U0682991

钱江女人

王韦/著

中国文联出版社
http://www.clapnet.cn

图书在版编目（CIP）数据

钱江女人 / 王韦著 . — 北京 : 中国文联出版社，2016.9（2021.1重印）

ISBN 978-7-5190-2021-7

Ⅰ . ①钱… Ⅱ . ①王… Ⅲ . ①长篇小说－中国－当代 Ⅳ . ① I247.5

中国版本图书馆 CIP 数据核字（2016）第 225179 号

钱江女人

著　　者：王　韦

出 版 人：朱　庆

终 审 人：金　文　　复 审 人：王　军

责任编辑：郭　锋　　责任校对：王洪强

封面设计：凤凰树文化　　责任印制：陈　晨

出版发行：中国文联出版社

地　　址：北京市朝阳区农展馆南里 10 号，100125

电　　话：010-85923033（咨询）85923000（编务）85923020（邮购）

传　　真：010-85923000（总编室）　010-85923020（发行部）

网　　址：http://www.clapnet.cn　http://www.claplus.cn

E-mail：clap@clapnet.cn　guof@clapnet.cn

印　　刷：三河市宏顺兴印刷有限公司

装　　订：三河市宏顺兴印刷有限公司

法律顾问：北京天驰君泰律师事务所徐波律师

本书如有破损、缺页、装订错误，请与本社联系调换

开　　本：880 × 1230　1/32

字　　数：284 千字　　印　张：11.5

版　　次：2017 年 1 月第 1 版　　印　次：2021年 1 月第 2 次印刷

书　　号：ISBN 978-7-5190-2021-7

定　　价：42.00 元

版权所有　翻印必究

主要人物关系表

冯德昌——冯府大老爷。
白玉屏——冯德昌大太太。
何如雪——冯德昌二太太。
夏林月——冯德昌三太太。
钱石兰——冯德昌四太太。
冯德信——冯府二老爷。
钱福顺——冯府管家。
阿春——白玉屏房中贴身丫鬟。
阿雪——白玉屏房中贴身丫鬟。
冯子枫——冯府大少爷，为白玉屏所生。
冯子桐——冯府二少爷，为夏林月所生。
冯秋云——冯府大小姐，为何如雪所生。
冯秋霁——冯府二小姐，为钱石兰所生。
仁昌——为冯德昌与静心师父私生。
孙立人——冯家霞山盐场掌柜的。
刘庆祥——盐工。
刘雨荷——刘庆祥的二姑娘。
李阿喜——盐工。刘庆祥邻居，雨荷相好。
曹老四——本名：曹木仁，码头掌柜的。
郝玉龙——省警署衙门次长。

子规——夏林月房中丫鬟。

紫薇——夏林月房中丫鬟。

白麻子——桂花镇镇长。

文怀远——钱江书院先生。清乾隆年进士。

曹攀——曹老四二子。

郝斌龙——集兰县警察局局长。

阿六——乡下水泥匠。

静心——白云寺住持，原俗名：素月。

易乐山——省盐务署署长。

熊麻子——本名：熊天野。省会金州市国军城防司令。

李六娘——熊麻子的太太。

何茂财——何如雪娘家爹。

薛桂花——春来茶馆老板娘。

李二旺——薛桂花的丈夫。

稻田信子——料理店老板，日本间谍。

吴妈——钱江书院做饭的。

老杜头——钱江书院看菜园子的。

高虎——国军上海驻军司令部警备团团长。

李友渔——中共地下党负责人，仁昌理工学堂同学。

林竹筠——中共地下党人，李友渔妻子，仁昌理工学堂同学。

目　录

第一章 春 卷

一

桂花镇的“春娘节”还有十多天才能到，冯府的大太太白玉屏便早早地交代厨房采购制作“春卷”的原料。这对她来说比什么都重要，因她借这个机会要与老二、老三还有老四这几位姨太太联络一下感情。作为大太太，她不想永远让人觉得她难说话，也有通融和蔼可亲的地方。

桂花镇的“春娘节”是女人们的节日，她让男人走开。只有在这一天，白玉屏才会像女王一样拾回自己的尊严。说句难听话，平日里三位姨太太没有一个是省油的灯，仗着她们人年轻，有老爷宠着，从不把她这个正室放在眼里。别看她们表面唯唯诺诺，百依百顺，其实骨子早憎恨着呢，认为她白玉屏永远都是个不可理喻的老妖婆。

“春卷”，是一种时令食品。将面粉加水加盐揉成团，擀成圆形的皮子放在平底锅里烙好，再将肉末、豆沙、生菜、猪油制好的馅摊在皮子上，然后将两头叠起，卷成长形下油锅炸成。“春卷”吃起来皮薄酥脆，馅料香软。各家做法各不相同，但主要区别都在馅心上，有大白菜肉馅的，有蟹柳馅的，有豆沙馅的，等等。馅心的好坏，取决于各家各户的生活条件，有钱的富裕人家，取材肯定讲究，山珍海味自然少不了。一般贫苦人家只能采用日常生活材料，像白菜、萝卜、花生、菜油来制作。民间谚语有“一卷不成春”之说，春天来了，吃“春卷”主要图个吉庆，除自己享用外，还可用于待客。

桂花镇的“春卷”要在“春娘节”这天吃。“春卷”吃完，女人们则要聚在一起赏花，朝拜“春娘娘”，下来还要行沐浴礼，即净身。这些活动男人们是不能参加的。富人家则请匠人提早来家，用纸扎尊“春娘娘”神像摆在供台上，等“春娘节”到来那天供家中女眷朝拜。普通人家扎不起，则去公社里朝拜，那里有扎好的“春娘娘”。拜“春娘娘”除上香外，更重要的是要献上当日制作好的新鲜“春卷”作为供品，再就是要往“春娘娘”面前摆放的大瓷瓶内插上根柳枝，意喻“春回大地，风调雨顺”。

赏花其实就是“踏春”，去户外采摘细柳和野山花献给“春娘娘”。

最有意思的是行“沐浴礼”。“沐浴礼”是女人的事，男人们是不能靠近的。社里的“沐浴礼”是由“春娘娘”的化身来主持，一般由民间能说会道的女巫来担任。当晚，社里的女人们会聚集在供奉“春娘娘”的大殿内，依次一丝不挂地从“春娘娘”面前走过，女巫则会用一根柳枝蘸上花瓶内的圣水往每一位女人的胴体上淋洒。大户人家的女人则不去凑这种热闹，她们认为，在稠人广众面前暴露自己的玉体，是件不光彩的事情。一是不雅；二是有失富贵人家的身份；三是自己某些隐私还不被这帮人看个一清二楚？！“沐浴礼”不能不行。因此，到了这一天，她们就会从清凉山上的“白云寺”内请一位女尼来家里扮演“春娘娘”的化身主持“沐浴礼”。范围小了，自然也就少了一份不安，大户人家的体面也便保住了。

女人们行“沐浴礼”，据说是为了净身，驱除身体上某些污秽之气，有句话讲：“女人是祸水”。只有行过“沐浴礼”

的女人，往后的家庭生活才能幸福，人丁才能兴旺，家业才能发达。

桂花镇的“春娘节”，并没有选在“立春”或“三月三”开春过，而是铁定在四月初一这一天。有什么讲究就不知道了，只清楚是祖上传下来的规矩，或许这个时节天气真正变暖和，生机勃发，大地布满新绿，更适合行“沐浴礼”。不过有一种说法倒更值得可信，那就是传说很久以前，桂花镇的女人十有八九不开怀，即使开了怀也只生女不生男。民间有歌谣为证：“桂花镇，桂花镇，桂花镇的男人女人没有用。母鸡不生蛋，公鸡不打鸣。”有了这种名声，桂花镇的男人哪还能娶到媳妇？女人哪还能嫁到汉？男人娶不到外乡的媳妇，女人嫁不到外乡的汉子，只好自产自销了：桂花镇的女人嫁桂花镇的汉，桂花镇的男人娶桂花镇的女人。那你想想看，在女人多男丁少的情况下，有相当一部分女人从年轻活到老都要承受身边无男人的煎熬；那是多么痛苦的事情，是何等的凄凉？桂花镇的女人不死心，她们要与命运抗争。有女人就提出，要全镇的女人四月一日这天晚上到镇南山上去祭拜“天神”，希望“天神”能赋予桂花镇女人以神奇力量，让她们开怀生养，护佑她们后继有人，人丁兴旺发达。祭拜“天神”的时候，女人们都要带上当日做的“春卷”和家中最好的食物，敬献给“天神”。据传说那天晚上，女人们焚香献贡，祭拜完“天神”，就在往回折的路上，忽然一阵微风吹过，紧接着竟下起了小雨，雨细如丝，飘洒在脸上柔柔痒痒的，怪舒服。不一会儿，女人的衣衫就被打湿了，紧贴在身体上。在路过山下的一条小河畔，有女人为了遮风挡雨，就顺手折了小河畔的柳枝盘了戴在头上当斗笠。回到家，自己的男人瞧之，不知是视觉上的某种引诱起了作用还是别的原因，男人抱了她就去床上行那事，那种爽快劲儿从来都没体验过，让她如饥似渴，如痴如醉。过后，第二日她去河边洗衣裳，几个女人撞在一起，私下聊起，都不约而同说有相同的遭遇，咯咯咯笑得开心，哈哈哈笑得前俯后仰，差一点腋下肋骨岔了气。形容说自己的男人是猛兽，弄得自己腰酸胯痛腿都合不拢，当然也舒爽得要死，你说男人这是咋了？下来之后，她们还偷偷问过别的女人，得到的答案竟然一样，也说那天晚上与自己的男人行了那事，言谈间脸涨红得像个要下蛋的老母鸡，满足之情更是溢于言表。当然啦，这些开口就让人脸红的话，只在已婚女人之间传递，遇到尚未出嫁的姑娘和情窦未开的少女，是万不可随便与之乱打趣的，否则遭人白眼挨人骂。

说一说，笑一笑，日子从指缝里滑过，祭拜“天神”的事就算这么过去了，女人们该忙啥还忙啥。话虽这么说，然而，三四个月之后，奇迹在她们身上发生了，这些拜过“天神”行过事的女人，个个肚子都鼓胀起来，刚过完年就齐刷刷产下了男婴，其中有一人产的还是龙凤胎，没把家中男人、公公、婆婆乐死。有女人就说，之所以这些媳妇们能生下男丁，全得益于四月初一那天晚上祭拜了“天神”。“天神”显灵，就派“春娘娘”下凡保佑咱们。理由是：女人们在回来的路上遇到春雨，那就是“春娘娘”的化身。乍一听，这话说得还真在情理中。从此，桂花镇的人们就将每年的四月初一这一天定为“春娘节”，以感谢“天神”的恩赐，“春娘娘”的眷顾。在这一天，全镇的女人们都要敬拜“春娘娘”，行“沐浴礼”，吃“春卷”。桂花镇也从此人丁兴旺，发达起来。不管咋说，时至今日，桂花镇已由历史上一个不知名的小地方，发展到聚集有四五千户人家，三万多人口，远近闻名的大商埠。故事真实也罢，戏说也罢，在每年的四月初一这一天，“春娘节”桂花镇的女人们铁定是要过的。不光成年女人要过，就连尚未成年的女孩子也要过。可见繁衍生息在这片土地上的人们对“春娘娘”是多么的崇敬。当然，在这一天，男人们也没闲着，他们会清扫院子，打扫屋舍，往角角落落淋洒艾水，将屋子内外收拾得干干净净，清清爽爽，一尘不染，专等自己的女人沐浴回来好上床睡觉。

现如今，除桂花镇之外，邻近的乡镇也过“春娘节”、食“春卷”。四月初一食“春卷”这一习俗，也便因此伴随着“春娘节”流传下来。

二

民国六年的四月初一如期到来，天空晴朗，万里无云，碧蓝如洗。冯府的大太太白玉屏从头到脚打扮得焕然一新。墨绿色的旗袍穿在她身上虽有点老气，但配以橙黄色的苏绣碎花柞丝坎肩，倒也不失几分柔情。高高的发髻之上，别上一对精致的雕花银凤钗，闪闪发亮。有些浮肿的脸上，显然用脂粉仔细扑过，白生白生的。经修饰后的眉和眼，大而有神。上下两片嘴唇火红，像刚从颜料盒里蘸过。左右一对串珠耳环前后摇晃。脖子上挂的是一条珍珠大项链，长长地垂在胸前。露出袖外一半的两只肥胳膊莲藕似的虽不咋好看，但却雪白雪白。手腕上戴着两只豆青玉镯，对比之下使她倒也不失几分女人的妖娆。本来尚算窈窕的身材，由于年老发福，反倒显得矮了许多，然也风韵犹存。咋说呢，尽管她穿金戴银，一个四十五六的女人，无论咋修饰打扮，岁月留下的痕迹总难掩去，美丽不再当年。白玉屏年轻时，可是镇上的一枝花，漂亮赛过大仙，否则凭冯老爷的眼捋也不会看上她。

每年的这个时候，也就是逢四月初一这一大，冯府的人小女人都得听她白玉屏的指挥，因除老爷以外她就是这个家中的二当家的。若老爷是皇帝，她白玉屏就是皇后娘娘，其他女人就是妃子公主、宫女和下人。

东山的太阳已爬上天空老高。白玉屏在阿春、阿雪两个贴身丫鬟的陪伴下，一路向自家的后花园走去。冯府的后花园建设在深宅大院的后方，坐北朝南，一半平地一半靠着山。靠山的部分，说是山，其实就是一斜坡，地势起伏较平缓。坡上竹木茂盛，景色宜人。三人出了院内右边的一道拱门，再向右一拐，直直穿过北面的一段长廊，出后门便来到后花园。然后，再沿着一条弯弯曲曲的小溪往前行走，过一座小桥，向左再爬一段缓坡，就来到了坡顶的望江亭。登得亭来，举目远眺，眼界顿然开阔。棋盘式的冯家大院尽收眼底，房屋布局错落有致，粉墙黛瓦，一片清幽。再向前望去，悠悠钱江就像横在眼前。在钱江的对岸，则是雄伟的白鹤楼，隔江与冯府的望江亭遥遥相望。极目尽处，起伏绵延的青山堕入天边云海之中。望江亭内，已有下人安放好桌椅板凳，金黄的“春卷”也早已摆上桌，一溜排开，足有十七八九盘之多。另外，桌上还摆了几瓶桂花酒以及其他一些糕点果品之类。丫鬟下人们齐刷刷侍立一旁，专等主人到齐好开席伺候。

这里且说白玉屏的一只脚刚迈上望江亭，就有丫鬟下人和早到的三位姨太太齐声向她请安。白玉屏眯着眼睛笑笑，然后朝她们点点头，俨然《红楼梦》荣国府里的诰命夫人贾母，神态那样的自若。大家忙将她恭敬地迎入席中央就座，她也示意大伙坐下。二太太何如雪、三太太夏林月紧贴着白玉屏左下首座了，四太太钱石兰则在她二人的正对面右下首坐下。今天除白玉屏打扮一新外,其他三位姨太太也个个打扮得花枝招展，不甘落于人后，像要盖过谁的风头似的。白玉屏虽脸上绽着笑容，其实内心早已不爽，这也难怪，作为一个女人，放谁都会萌生妒意。

就说三太太夏林月吧，一身枣红碎花软缎旗袍，紧紧地裹在她那娇娆的身材上，显得格外扎眼。那高高耸起的乳房就像两座小山丘，向谁示威似的；再瞧瞧她那紧实的后臀，从腰际向下滑去，突然一个鹞子翻身炫耀似的高高向后翘起。一双粉嫩的臂膊，再佩以满绿包金的玉手镯，将人衬托得煞是好看。你再瞅她那玉笋似的十个手指头，肤色细腻且白嫩，仅钻戒就戴了好几个。椭圆的脸上，一对丹凤眼总是那么水盈盈。一张嘴，语未出，先是一阵香风扑过，把对方给融化了。乌黑的刘海齐眉掠过，左右头上则别了红的绿的花和金钗银钗，鲜艳夺目。

夏林月今年已是三十六七的人，因肤色好，整天梳妆打扮得花一样，乍一看，就像是二十刚出头的大姑娘。夏林月出生于官宦人家，自小生活在条件优裕的环境中，长大嫁人后，仍保持官宦人家的生活作态。除穿着打扮讲究外，心里咋想的，她从不外露，遇啥事都要做足面子功夫，让别人总猜不透她的真实意图。夏林月人虽生得如花似玉，却嫁给了已有两房太太的冯府大老爷冯德昌做妾，当然非家人强逼或冯家人的死拉硬拽和要挟，而是她心甘情愿，非冯德昌老爷不嫁。也非她看上冯家什么好东西，一个生活在省城的官宦人家应有尽有，哪能看上乡下一个土老财的什么呢。那她这是为什么呢？原委很简单，那是由于省城闹“捻子”，当时“捻子”提出的口号是：“杀贪官，均贫富。”夏家在省城是当朝的世袭官宦，也处在“捻子”的扑杀之列。有一年的一天晚上，乡下桂花镇冯府的大老爷冯德昌，前来夏家找时任省巡抚衙门盐政官的夏伯温商讨盐务上的事，突然一队“捻子”冲进宅子，不问青红皂白，见人就杀，不一会儿，家中妻儿老小下人就倒地一大片。夏伯温见状，知情况紧急，要采取措施已来不及，遂与冯德昌一起拔刀应战。当他获知小女夏林月此时尚在后院阁楼上时，遂吩咐冯德昌快去后院救小姐。冯德昌虽家中已拥有两房太太，但要论年纪也就三十五六岁，年轻力壮，身板结实，他与夏伯温一起干掉了几个“捻子”后，趁机抽出身来赶去后院救小姐。当他火速赶到后院，但见一帮“捻子”已向阁楼之上冲击，大呼小叫。夏林月小姐在阁楼上望见楼下一帮人灯笼火把喊杀喊打，早就吓得吱哇乱叫，尖声大喊爹爹救命。冯德昌一个箭步冲上去，对冲击阁楼的“捻子”举刀就是一阵猛砍，一口气接连放倒六七个“捻子”，情况方才扭转。他踩着“捻子”的尸体攀上楼去，此时的夏林月小姐已被吓傻。他费了九牛二虎之力才把她从阁楼上弄下来，然后领着她杀出一条血路从后门逃了出去。待他将小姐安排在一安全之处后，回过头来又去搭救夏伯温夏大人。当他再次返回原处时，夏伯温已经倒在血泊中，披头散发没了呼吸，身上被乱枪戳得到处都是窟窿，血流不止。此时“捻子”已撤退，冯德昌扑上去抱住夏伯温就大喊：“大人，！夏大人！你醒醒！你醒醒！”不知是命不当立刻就绝，还是夏伯温放心不下女儿，最后悠着一口气，竟然睁开了双眼。他望着冯德昌从口中吃力地吐出几个字:“德……昌,小……姐,就……托付……给你了。”说完，还未等冯德昌回答，便脑袋一歪气绝，再未能唤醒过来。事后，冯德昌安埋了夏伯温及其死去的家人，领着夏林月小姐回到自己所在的桂花镇。桂花镇虽比不得省城热闹，但却山清水秀，水陆交通也还算便利。受夏伯温的生死嘱托，冯德昌就将夏林月小姐安排在自家住下。当时夏林月刚满十八岁，正处在青春妙龄时节。出出进进冯府，日子一长，难免惹出一些与老爷相关的闲话来。闲话一多，夏林月便索性提出要嫁给冯德昌，这让冯德昌府中上下所有人都大跌眼镜。冯德昌都已有两房太太，怎可能再娶一房？再说啦，一个十七八岁，一个三十六七岁，年龄也相差悬殊，绝对不可能的事。另外，一个省巡抚衙门盐政官的千金，怎会下嫁给人做小？而且还是三房。看来她是受不了别人的闲话，赌气闹着玩罢了，当不了真。对于冯老爷来说，他也绝对不可能接受，人家这是落了难才寄人篱下，若这样做，岂不是乘人之危，能对得起夏父的嘱托吗？！毋庸多想,他便一口回绝了她的要求。不过，他答应在本镇或省城朋友中帮她寻一门好亲事。过后，冯德昌还真托人帮她寻得几位，有本镇富裕人家的子弟，也有省城契友同行府上的子弟，人才模样都不错，可均未中夏小姐的意，她一心要嫁给冯德昌，做小也愿意。她说冯老爷是她的救命恩人，今生今世就是做牛做马也报答不完，别说做小了，她不怕人说闲话。咋办？这可难坏了冯德昌，无奈，他只好硬着头皮去做大太太、二太太的工作。事情到了这一步，大太太、二太太只好允了他娶夏小姐为妾。就这样，夏小姐也便名正言顺地成了冯府的人，做了冯老爷的三太太，从此没有人再敢说她的闲话。初入冯府的门，还时常挨老大老二的挤对，后来生下了儿子子桐，方不再挨她们欺负。

二太太何如雪，今天反倒一身素色打扮，从头到脚收拾得清爽，人前人后显得格外利落和一尘不染。光滑的头发，一根是一根，凌凌朗朗挽了拢在后脑勺结个大纂用黑丝罗套住，然后再用一只精致的银凤钗插上。端庄而秀气的脸庞只略施粉黛，就招人喜欢。一副燕尾雕花金耳环挂在左右耳垂处闪闪发亮，衬托得整个人不但精神而且聪颖脱俗。一件蓝黑白相间用深棕面料滚过边的格子无袖旗袍，穿在她身上是那样的合体。虽也生过孩子，但身段仍旧保持得那么匀称，腰是腰，臀是臀，一对酥胸照样丰挺有力，似要与夏林月争高低。可以这么说，这俩人在一起，虽有相似之处，却非同路人：一个是艳妇，一个是贤妻良母，各有区别。这也不奇怪，一个出身官家，总带那么点娇气；一个出生乡野手艺人家，虽端庄俊秀，却也不乏小家子气。何如雪感叹自己唯一的硬伤，就是不该生的是女儿。女儿秋云虽长得如花似玉，美丽可人，但毕竟是个丫头，顶不得门户，更不能为冯家传递香火。她何如雪在冯家虽贵为二太太，但见了老爷自觉先比夏林月矮了一截。有啥事，她只能背地里叨叨几句，若要摊开在桌面上，她还是没这种勇气，她担心说不好惹老爷生气，怪罪自己多事，反而弄得没面子，落一身的不是。二太太何如雪娘家是本镇人，住在乡下柳桥村。父亲何茂财是个裁缝，在镇上经营着一爿裁缝铺，难怪何如雪穿啥都是那么合身。当年她嫁进冯府，并非自愿，而是冯德昌老爷托人三番五次提的亲。起初，她直摇头，一百个不愿意，哪有一个黄花大闺女去给人做偏房？不光她本人不同意，父母也一概反对。但经不住媒婆巧舌如簧地瞎戳弄，说冯德昌的大太太不能生养，进了门能生个一男半女，那往后的事还不是你说了算。再说呢，冯老爷为人也不差，能攀上冯府这门好亲事，今后你何家何愁不发达？可话又说回来，拒绝也容易，人家可不是强逼你，人家主要是看上你如雪姑娘这个人，模样好，孝顺，又会持家，否则，放别人，人家还不肯呢。你们也想想看，你家的裁缝铺，连同现在所住的这个院落，可都是租赁冯家的，若亲事不成，冯家能不收回吗？冯老爷虽仗义，就算不收回，仍给你们用，可这租金能不涨吗？你何家人能承受得起吗？还有你家兄弟开的那染坊，还能继续经营下去？那也是冯府的地盘。是得是失，你们好好掂量掂量。

因何家是外来户，在桂花镇根基不稳，又没族里人帮说话，很需要找个靠山。当然，能有冯府庇护是再好不过了，可这给人去做小，一家人心里还是疙疙瘩瘩不顺溜。经反复权衡后，最终还是应了下来。不久，何如雪就被抬进了冯家的门，第二年便生下一女，取名秋云，因出生在秋天。

事情说来也怪，这大太太白玉屏嫁进冯府都五年了，终不曾开怀，就在何如雪生下女儿秋云的第二年，竟也怀上了，次年秋上便生得一子，把个冯德昌喜得嘴都合不拢，眼挤成了一道缝，他给儿子取名子枫，因也出生在秋天。这让何如雪脸上很无光，甚至说扫兴，刚高兴还没几天，就一下从天上掉到地下，被冷落，心里说不出是啥滋味。有人就说：“大太太白玉屏能怀上子枫，完全是何如雪进门帮她冲的喜，没有何如雪，她白玉屏哪来此等好事。何如雪年轻漂亮，正值怀春妙龄，能不激起冯老爷的欲望？一阵猛龙过江，何如雪怀上了，她白玉屏也便借了光怀了。”话虽说得有点邪乎，但何如雪耳朵里听了不免感到一丝慰藉，谢谢有人帮她说话。而冯德昌，拥有了何如雪，却总不能天天守着吃嫩草，隔三岔五也去大太太白玉屏那儿亲热一次，换换口味，同时也显得他一碗水端平。只因此，有分教，她何如雪今天才敢在白玉屏面前说话直起腰。每遇大太太对她不公，她总会说：“你当年能生了儿子，全因我冲的喜，要是没有我，你连个屁也放不出来！”白玉屏听了便不耐烦地说：“行了行了，不跟你一般见识。”就再不言语。

至于四太太钱石兰，凭着年纪小，腰身柔软，穿啥都好看。今天，她只随便挑了一件粉色旗袍穿了，头顶插了几朵小花，脸上略施脂粉，并未刻意去修饰，应付应付，就已是花枝乱颤；倘若正经去做，那岂不是更加楚楚动人，夺尽她人眼球。她没有那么做，怕人说她小妖精。

钱石兰原是冯德昌房里的一名贴身丫鬟，在一次游园中，冯德昌因酒后乱性硬是把人家给睡了。不久钱石兰肚子变大，为了遮家丑，只好将她纳房做了四太太，钱石兰也因此摇身一变，由下人一跃变为人上之人。更因这次乱性，钱石兰竟也帮冯家产下一女，取名秋霁，秋霁这名字没啥讲究，主要是顺着秋云、子枫、子桐往下排。至此，冯府的四位太太可以说各有一子或一女，平分秋色。要说有差别，当然也有，就说大太太白玉屏，虽有儿子长脸撑着，但人毕竟一把年纪了，黄脸婆一个，难能与手下丰姿绰约的三位姨太太媲美，经常遭冯德昌的床头冷落也就在情理之中。二太太何如雪，虽生了女儿，但人贤惠，处事干练，在冯德昌眼里她是把持家的好手，因而很受器重。三太太夏林月，美艳，出身官家，有修养，又生了儿子，可以说是最受冯德昌宠的人。四太太钱石兰，虽出身比不上前面三位太太高贵，又生的是女儿；但年龄却最小，水灵乖巧，喜盈盈好看，心眼单纯，冯德昌有时对她也爱不释手。只凭着这一点，钱石兰也就经常得到冯德昌的庇护，不至于让她在冯府活得低三下四，忍气吞声。可以这么说吧，冯府中的这四位太太，模样没有一个差的，个个赛似天仙；要说差，也只能从年龄上有悬殊，除此，她们都属女人堆里的拔尖货，能拥有她们，整个桂花镇恐怕只有冯德昌有这个福分，别人几辈子都修不来。

白玉屏见几位姨太太都到齐了，该享用的东西也都摆上桌了，这才睁大眼睛四下瞅瞅，瞧着大伙脸上都绽放着笑容，对她表现得毕恭毕敬，不禁在心中暗想：郁闷了很久，今天总算有地方畅快畅快了。于是乎，她扭捏作态，慢条斯理，同时脸上不忘挤出几丝笑容说道：“让妹妹们久等了。今天，天气晴朗，可以说是风和日丽，那我们就斟酒、吃春卷……开席吧！吃完、喝完，好趁这大好时光去踏青。丫鬟们，伺候你家奶奶吃好喝好。”站立自家奶奶身旁的丫鬟们齐说是。其他下人听了，也开始前后动作起来，开坛、斟酒、端酒、送酒，很快四位太太面前各摆上一杯。浓郁的桂花酒香瞬间向四周飘散开来，人人都在做着深呼吸。白玉屏噘着鼻子说：“这可是府上存放了十年的陈酿，老爷不让拿。我说‘春娘节’是女人的节日，趁此机会我们这些女人不吃口喝口好的哪行？平日里都是你们男人们山吃海喝，我们女人只有看的份，‘春娘节’可没这规矩。老爷遂就同意了，说行行行，要喝，你们就尽管去酒窖里拿。于是，我就让下人们搬了两坛出来。今天，我们要好好喝喝，可不敢喝醉噢，待会儿还要去踏青呢。”

经白玉屏如此一描述，三位姨太太遂抽抽鼻子齐声说：“真香！怪不得老爷不让拿，今天能喝到如此美酒，全托姐姐您的福。”白玉屏听了很是受用，心中虽得意，但嘴上却仍说：“哎，托不托福的就不说了，我与妹妹们同在一个屋檐下，理应有难同当有福同享，啥事都要互相照应着点才好，做姐姐的有招呼不到的地方，还请妹妹们多担待。来，不说了，妹妹们举杯，干！”四位太太齐齐举杯，一饮而尽。一杯酒下肚，大家做出各种表情，当然少不了的是喜悦，放下酒杯，又都齐声说：“真香！真好喝！”白玉屏咂咂嘴，也觉得此酒芳香馥郁，甘甜顺口，沁心醒脾，遂道：“真是好酒，不愧为十年陈酿啊！借此机会，大伙就多喝两杯。”说毕，招呼下人们再次满上。伺候斟酒的下人，挨个又给四位太太斟满杯子。杯子斟满，却不见她们立马拿起来，于是就伸长脖子侍候一旁，等待主人的再次招呼。

“好喝，也要慢慢品来才行，会上头的。来妹妹们，吃春卷，吃春卷，尝尝做的味道怎么样？”白玉屏又说。说毕，自己带头先来一块，塞在嘴里嚼起来。因她动手，其他三位姨太太也便跟着动起来。白玉屏嚼了几口，突然停下来，放下手中吃了一半的春卷，接过眼尖下人递过的湿手巾，抹抹嘴，擦擦手道：“怎不见秋云，还有秋霁来？这可是女孩子的大事，随随便便不得。”

经白玉屏这一问，二太太、四太太遂着了慌。首先是二太太何如雪解释说：“她大娘，是这样的，秋云与秋霁去了书院，说是文先生喊有事。”

四太太钱石兰也跟着解释道：“是这样的，今日一大早就走了，不知这个时候先生喊有啥事？”

“她俩难道不懂今天是啥日子吗？那文先生也真是，有啥事改日不成，非要今日？”白玉屏有点生气。本还想再说：

一大一小，没个整形，都这么大了，一点规矩都不懂等等，因顾及今天是“春娘节”，怕扫了大家的兴，也就把话头打住，不再继续。

“知道今天是‘春娘节’，她俩说去去就来，这久没回来，可能又有啥事给耽搁了？”二太太何如雪再次解释说。

“先生也是的，明明知道今天是女人的节日，还偏偏要喊她们去，你知道今天对女孩子意味着什么吗？真是乱了方寸！”白玉屏不想说了，见二太太还再解释，于是憋不住又来了几句。

二太太、四太太见大太太如此说，遂不敢再多嘴。

三太太夏林月因不关她的事，只在一旁默默吃春卷，并不掺言，随她三人去叨叨。

这里且说秋云。秋云属二太太何如雪与老爷所生，今年已满二十岁。秋云人出脱得跟她母亲一样干净利落，清清爽爽，十几年前就由冯德昌做主许给了省城的大盐商易老板的公子。秋云长到十六岁那年，易家提出结婚，只因易公子吸大烟，并患上了痨病，咳嗽起来要断气，整天病恹恹的。冯老爷就与二太太商量，说这易公子，小时候见着着实可爱，怎么大了变成这样，还染上了诸多毛病。干脆告诉他待易公子戒了烟瘾，把病养好了再说。无奈，易家人只好等着，后来又催过几次，都被何如雪与冯德昌以同样的理由给推脱了：烟不戒、病不好、婚不结。所以，秋云的婚事也就一拖再拖直拖到现在，至今待字闺中。秋云比子枫大两岁，可能受母亲的影响，她并不很喜欢这个大弟弟，而愿意跟妹妹秋霁在一起。

秋霁今年九岁，小小年纪，人长得很机灵，与姐姐秋云跟随书院的文先生习文学字。虽一大一小，俩人却在一起打得热乎，似乎永远都分不开。书院文先生，这些天因受了风寒，发热咳嗽不止，昨天下午秋云、秋霁姐妹俩回家前他还在熬药。

因文先生孤身，无人照顾，秋云放心不下，遂第二天一大早邀了秋霁去看望，如果没啥大事，就决定立马返回直奔望江亭与大人们团聚一起过“春娘节”。到了书院，文先生人还行，昨晚服的药，起了效果，病情有所减轻。文先生说：“你们不用看我，这里还有吴妈和老杜头呢，今天是女孩子的节日，你们可不能耽误，否则家里大人会说的。”因此，秋云、秋霁告别文先生出来，这会儿她俩正在返回的路上。其实，她二人去书院，是主动要去的，并非文先生所唤，出门时俩人都向家里撒了谎，所以才引得家人误会，以为文先生不知礼数，有事也不分日子和时分。

此时此刻，白玉屏当着大伙的面，说完数落文先生的话后，空气顿时像凝结了，几位姨太太只管埋头吃春卷，不敢再开腔，心里有啥只用两眼的余光在偷偷观察。三太太夏林月，见大伙都不开口，冷场，于是就出来调节气氛，说：“我说姐姐妹妹们呀，今天是‘春娘节’，玉屏姐姐帮我们准备了这多好吃的，还从老爷那儿讨来了如此好酒与我们分享，依我说，玉屏姐姐劳苦功高，我们做妹妹的应该敬她一杯，好好感谢感谢才对，你们说是不是？”二太太、四太太齐说是。白玉屏脸上遂布满阳光，不再阴着。夏林月不愧为官家出身的女人，会逢场作戏，把话说得那么的入耳，当即场面再次热闹起来。何如雪、钱石兰急忙将酒杯端起附和着三太太聚过来要向白玉屏敬酒。白玉屏喜得都快笑歪了嘴，连喝三杯方涨红着脸说自己不胜酒力，谢谢妹妹们好意，情领了，可不敢再来。三太太夏林月，见自己的话很讨巧，就借势戳火着要再敬一杯，说今天逢好日子，应该好事成双才对。白玉屏本不想再喝了，但在兴头上，又受了三杯。喝完，说万万不敢再来了，否则非醉倒不可。其实，白玉屏年轻的时候，人称豆腐西施，家里开着店，迎来送往，这点酒对她来说算不得什么，说醉倒，也只是一句客气话而已。

"哎，作为老大，对做妹妹的理应多关心，这也是应该的。冯家在桂花镇算得上是家大业大，这上上下下都要打理，难免有照顾不到的地方，前面我说过，如有不周，还望妹妹们多多担待，一家人嘛，不说两家话，都互相照应着点。"客气完，白玉屏端起酒杯起身与大家一一碰过，然后仰头又一杯饮下。

虚情假意也罢，真心实意也罢，大家见大太太喝得痛快，也都眯着眼睛感激地笑了。待屁股刚落下，侍酒的下人再次上前帮她四人斟满。白玉屏喝得兴致，没等大家屁股坐实，她却又站起来，端起杯子接着前面的话续说道："大家都在一个锅里搅勺把，也都是女人，不说谁大谁小，其实都是在互相帮衬，有磕磕碰碰地事，还望甭计较。今儿，春光明媚，高兴，妹妹们就敞开饮吧，反正我是不胜酒力了。"说完哈哈笑了。二太太、三太太、四太太跟着笑起来，说姐姐不胜酒力，那做小的就更加不行了。白玉屏此时已有些微醉，话也显得有点啰嗦，但心里却非常清楚：这桌面上话虽如此说，桌面下，大还是大，小还是小，规矩还是要讲的，不然乱起来，让你们这些个小妖精还不反了。

二太太、三太太、四太太见白玉屏此时此地话说得既入情又入理，又如此放低身段，于是三人眼色一交流，遂齐刷刷起身，端起面前的酒杯一口干完，说："谢谢姐姐关照！"白玉屏听了很得意。

接连数杯桂花酒下肚，四位太太人人脸上都飞起了红霞，就像春天里盛开着的四朵玫瑰花，在温暖和煦地阳光下显得格外娇艳迷人。不知此时她们的真实心境如何，但表面都显得十分地可亲可爱又可信。

这会儿，府上厨房派女佣人用大号的竹木匣子送来几小碗冰糖莲子羹。女佣人放下匣子，端出，在四位太太面前各摆上一碗。四女人拿起调羹舀了便吃，酒喝多了，春卷也吃多了，口干舌燥，此时来上一碗冰糖莲子羹正好，既清甜爽口又能解酒，还是厨房的师傅想得周到。当当当，调羹撞击着瓷碗响，嘴巴咻溜咻溜吃喝个没停。正吃喝得来劲，忽听身边丫鬟喊："大小姐，二小姐到了！"四位女人遂停下吃喝，目光整齐地向两位小姐可能出现的方位扫过去。两位小姐赶得急，气喘吁吁，额上都渗出了一层汗水，见大家都盯着她俩看，本已涨热的脸，遂一下变成两只红太阳，更加红了，羞怯得连句问候长辈们的话都说不出来。俩人并肩站成一排，费了吃奶的劲方才喊出句："大娘、姨娘们早！"然后朝她们再深深鞠上一躬。

"唉，既然来了，就别啰嗦了，坐下来吃春卷吧，待会儿还要去踏青呢！"大太太白玉屏对两位小姐说道。

"快坐吧！"其他几位姨娘也跟着说。

得到四位大人的允许，两位小姐才腼腆地各自跑去自己的母亲旁坐了。秋云坐在二太太何如雪身边，秋霁则坐在四太太钱石兰身旁。

这会儿，大人们都说吃饱了。

三太太夏林月不知是因啥，此时提出建议："我说妹妹们呀，玉屏姐姐为这次的'春娘节'心可没少费，并从老爷那儿讨来了美酒给大家享用，不如趁此借花献佛，最后再敬姐姐一杯，以示感谢，也不白妄姐姐的一片好意。大家说对不？"三太太的提议，并没立刻引起二太太四太太的积极响应，剃头挑子一头热。当然，四位太太中，只有她夏林月与大太太酒量最好，其余两位即何如雪与钱石兰，对喝酒都不太擅长，先前已喝了那么多杯，早已受不了，头晕，哪敢再喝？！所以也就都装聋作哑，待看看情形再说。但她二人细品三太太话中的含义，似乎不喝了这杯酒，就是对大太太的不尊敬。此时，她俩心里虽有一千个不愿意，却不能当着大太太的面表示拒绝。无奈，咬咬牙根佯装高兴，同声附和着说："好——"于是各自

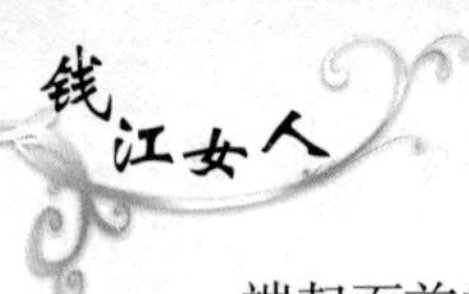

端起面前的酒杯与白玉屏碰了，说声："谢谢姐姐关照！"一仰头从嘴灌下。当然，秋云秋霁还小，除外。酒是香甜，但不可贪杯，放下杯子，二太太何如雪、四太太钱石兰都说千万不敢再来了，再来非倒下一大片不可。三太太夏林月可没那么好说话，撇着嘴则说："不会的，既然喝酒，就一定要尽兴，哪有半路刹住的。依我说，索性就再敬姐姐一杯！"

白玉屏这会儿也说不喝了不喝了，已不胜酒力，再喝非趴下不可。听大太太白玉屏也推脱，二太太何如雪、四太太钱石兰就在心里暗骂夏林月多事，拍马屁成精，不怕拍在马蹄子上挨踢？三太太夏林月如此拍大太太白玉屏的马屁，其实心里是有盘算的：她思忖将来与自己争夺冯府家业的非他人，而真正的对手就是白玉屏，因她与自己均为冯家生了儿子。至于二太太、四太太生的都是女儿，旁人不说，她们自己在人前先觉矮了一截，对她夏林月构不成啥威胁。借此机会奉承几句大太太，只想麻痹麻痹她，好让她放松警惕，免得她在老爷面前说自己坏话，将来在儿子争夺继承家业问题上不利。她也知道二太太、四太太喝不得酒，为了讨好大太太，只能委屈委屈她们了。最终，在夏林月的一再劝慰下，二太太何如雪、四太太钱石兰又喝了一杯。喝完，立马放下杯子，俩人都说头晕死了。白玉屏此时则圆场说："不喝不喝了，坚决不喝了！我也知道你俩喝不得酒，林月妹，你就不要难为她俩了。"

"我也不是难为，只是今天过节，心里高兴。嘿嘿，不喝就不喝了。"夏林月喜哈说。

"酒就到此为止，时候不早，妹妹们，我们这就去踏青！"白玉屏说。

此时，大小姐秋云却突然冒出来说："大娘，我娘怕是有点喝多了，踏青走路不稳……"意思是想说迟后点去，让她们先走一步。

“不打紧的，身边有丫鬟搀着，你就放心跟着好了。”白玉屏说。

“不碍的，我能坚持得住，一起走。”二太太何如雪说。

四太太钱石兰则跟着何如雪的话也说：“自己没事儿，再喝也没事儿，过去跟着老爷学过。”说毕，方觉后悔自己把话说漏了嘴，但话既已出口，难能收回。她心里主要顾忌：刚才还说自己不能喝，这会儿又说能喝，这不被人说她口是心非吗？另外，她当年的那些事儿，在座的谁还不晓得，为了做上冯府的四太太没少施展鬼花招，最终让老爷色迷心窍，硬被她拉上了贼船，一头栽倒在她的怀抱里。谁都知道她钱石兰看着年纪小，人可精着呢。当她说出上述话时，除二太太外，大太太与三太太则立马把嘴撇去一边，表现出一种不屑的神色。钱石兰心里明白，这俩人定是在心里骂她，意思是她钱石兰真不知羞耻，这种话都说得出口。但她不在乎，就当自己年轻，讨老爷喜欢，她们心里忌妒罢了。

大太太白玉屏此时不想再听这帮人瞎胡说，遂站起来大声说：“妹妹们，我们去踏青赏花吧！”

大家听她发号施令催促，也就不再拖沓，紧忙起身离开望江亭，在下人们的簇拥下，跟着白玉屏去花园里四处逛悠。花园内四处散发着草木的清香，蜂儿蝶儿围着五颜六色的花儿在起舞，虫儿在草丛中鸣叫。大约半个多时辰过后，四位太太及大小姐秋云、二小姐秋霁，均采得各自喜欢的花朵，手里拿了一同上山去拜“春娘娘”。“春娘娘”是请师傅用彩纸扎的，早由下人请上山来安放在自家花园的天台上，面前各种供品一应俱全，唱主角的“春卷”自是少不了。在天台上等候的下人们，当然都是女眷，远远瞧见主人在丫鬟们的簇拥下缓缓走来，一个个站得笔挺，随时听候主人的使唤。

这里所说的天台，实际是在一处竹木深处所建造的一座八角凉亭，据说已有些年头，是冯家祖上专门为自家女人祭拜“春娘娘”所建造。八角亭造型美观，虽历经风雨，油漆斑驳，但当年建造时匠人们精工细雕，巧妙设计，其手艺之高超实非同一般。亭上的诗书画作，大都描写了当年“春娘娘”降临人间时的故事和场景，至今仍依稀可见。

祭拜仪式很简单，四位太太加上秋云、秋霁六人，只向“春娘娘”献上鲜花，诵完祈祷词后，再跪下来磕上四个头便结束，然后在一帮下人们的簇拥下熙熙攘攘下山去。这只是序曲，因今晚上的“沐浴礼”那才是“春娘节”的重头戏。

三

傍晚，夜幕刚刚降临，冯府后花园天台上的灯火便升起来。隐匿在竹木丛中的天台，也就是八角亭，白日里并未发觉有啥奇异之处，然而到了晚上，忽然变成了一盏巨大的宫灯，远远地挂在半空。周围丰茂的竹林在灯火的映射下，宛若一个个亭亭玉立的仙女来到人间，端庄美丽，婀娜多姿。头顶之上，只有星星在闪烁，不见月色。冥冥之中，猛一抬头，仿佛进入天上幻境，脚下踩的不是土地，而是云朵。广袤无垠的夜空一片空灵，大地出奇的静，甚至脚下掉根针都能听见。

八角亭被用黄幔子一圈裹起来，侧面只留一个小口供出入，今晚的“沐浴礼”就在这里举行。亭内摆放的祭拜用品要比白天增添了许多。除供品外，还在纸扎的“春娘娘”塑像前又竖上了两只青花大瓷瓶，瓶中插上了一枝枝鲜嫩的柳枝。在靠近左上方则是一个尺余大铜盆，铜盆内盛满清水，水面漂浮了红的黄的绿的紫的花瓣，有不少核桃没入盆底。盆口处临时搁上了一两根长柳条。其次，又在“春娘娘”纸扎像前安置了一口不大的铜香炉，炉内插着数支檀香，轻烟袅袅，散发出阵阵幽香，沁人肺腑。靠旁是一口石磬，这是佛门重器，如此厚实的东西，估计是天黑前府中的男佣们扛上山的。亭中横梁上还挂上了三五华丽的彩灯，上面或绘或剪贴着与“春娘娘”有关的图画，如“春娘娘”送子图、柳絮莲子图等，喜庆吉祥，美伦美奂。亭内唯一缺少一样东西，就是红烛。据说之前曾有过风吹蜡烛引燃“春娘娘”塑像的事发生，后来便撤掉不再用。

这里的“春娘娘”与社里的大致相同，当然都为纸扎，也为女性，大小也差不多，跟真人样比例盘坐在供台上。左手拿瓶，右手执柳枝，面椭圆，眉弯眼细，鼻挺唇红，耳垂，身形肥硕，除了头顶的柳条帽外，乍一看，这不活脱脱一观音娘娘像吗？没错，若一定要问“春娘娘”长啥样，其实谁也没见过，从事纸扎的匠人们就发挥自己的想象力，移花接木将观音娘娘的形象移植到了“春娘娘”身上，反正都是受人们敬奉的神灵。所以，从某种程度上说，“春娘娘”实为观音娘娘的复合体。二者的区别，就在于一个戴柳帽，一个没戴。

前来主持仪式的是白云寺的静心师父。白云寺里住的全是尼姑，白云寺也叫白云庵，这里之前住的一定是和尚，后来啥朝啥代和尚搬走了，又住进了尼姑，所以就改白云庵，以示与和尚的区别。名字是改了，但当地人叫顺了嘴，一开口还是愿喊它白云寺。

静心师父早已到达“沐浴礼”现场，与她同来的还有一小尼妙音。静心师父非第一次来冯府主持“沐浴礼”，她几乎每年都到场。自从冯府的二太太何如雪踏进冯府大门那一年起，她就为冯府的女人主持“沐浴礼”，在此之前均由她的师父静玉在主持。师父圆寂后，这一任务就由她来接替。她从十八岁那年就来到白云寺出家做尼姑，二十多年过去，如今已是四十多岁的老尼。静心师父的老家不在桂花镇，她原是江州省合安县人氏，出家之前名叫素月。据说十六岁那年，爹娘将她许给当地一朱姓人家的少爷为妻，新婚当夜该少爷不知因啥突然暴病死在了婚床上，朱姓人家就说她是颗灾星，是她把少爷克死了。从此，她便没了好日子过，受尽了朱姓人家的虐待和折磨。先是婆婆的打骂，再就是族人的歧视和排斥，不给她入祖祠；更有叔叔那龌龊鬼惦记上了她的美色，竟在一大雨瓢泼之夜溜进房来将她给强奸了。偷了腥的叔叔仍不肯放过她，三天两头就溜来她房中寻欢，她不依，他就威胁说要把此事捅出去，让她今后没脸做人，无奈的她只能默默忍受着。日子一久，事情露馅，在当地掀起轩然大波，都说她伤风败俗，扰乱伦理纲常，视她为娼妇。族人们不去追究她那叔叔的不轨，却逼她去死。事情既已至此，她还能说什么，有用吗？谁听？她完全没了退路。娘家人也拒绝她回去，骂她辱没门风，既已嫁到朱家，活是朱家的人，死是朱家的鬼，贞节牌坊挣不到，至少也应做个烈妇，还娘家一个清明。闻听此言，她彻底绝望了，旁人冷酷无情不说，就连自己亲爹娘竟也如此狠心。她万念俱灰，活着还有啥意思，不如一死了之，将来就算做个孤魂野鬼也比待在人间强。她拿定主意，决定去死。死前，她想去附近山上的庙里拜拜神。她似乎对神还抱有最后一丝希望。走了一半路程，她又放弃了，在此之前她也曾无数次去那里拜过，自己的命运并没有得到改变，那些神灵只知道安享人间香火，并不作为，一堆无用的泥胎而已，不去也罢。她选了个风平月朗的夜晚，独自来到江边，准备在这里了却自己。她站在江边，抬头仰望着满天的星斗静静在想：传说人间有人死去，天上就会掉颗星星。她不晓得自己会是哪一颗，睁大眼睛在寻找着。她突然觉得自己有点傻，无际天宇，遍布着无数星辰，哪能找得到哪颗是自己？既然决定去死，还管那事做什么，或许自己一死，地上的亲人就会看到，首先是哥哥，只有哥哥同情她，哥哥要不是嫂子管着，一定会收留她、保护她；至于爹娘呢，他们才不在乎自己的死活。唉……她叹老天之不公，她叹人世间之冷漠无情。想到这里，她对人间已没了丝毫留恋，望着滚滚的江水，仰天长叹一声，纵身扎了下去。

夜色中，一艘官船打此经过，听见有人投江，忙朝这儿划来。船夫们摸着夜色把她从江水中救起，此时她已牙关紧咬，身子变得冰冷，奄奄一息。船主人冯德昌老爷见是位年轻女子，忙招呼人施救，女子慢慢地就苏醒过来。问她因啥要寻短见，女子闭口不语，只管哭。冯德昌就要侍女扶她船舱里去，找些干净衣裳给她换上，喂些汤水，然后让她好好歇息，并差人从岸上请来郎中给她诊治。女子经调理休息了一夜后，元气恢复。但见她模样生得不错，大大的眼睛，直挺的鼻子，椭圆的下巴，红润的小口煞是可爱，身段也不错；再瞧年纪，大约十七八岁样子。如此美人儿，问她因何要寻死？女子这才将自己的不幸身世道给大伙听。大伙听后，不禁潸然落泪，替女子的悲惨遭遇鸣不平，纷纷安慰她想开点，没有过不去的火焰山，年纪轻轻，就这样走了岂不可惜，人来世上多不容易，既然来了，就应该坚持活下去，等等。女子情绪方见平稳，面渐有血色。冯德昌被女子的不幸所感动，遂当场决定收她为干女儿，带她回桂花镇。船到桂花镇，为了不引起府中太太、姨太太瞎猜疑，就将女子托付给了白云寺里的住持静玉师父。静玉师父领悟冯老爷的这番苦心，出家人以慈悲为怀，遂收她为徒，并予女子起了法名，叫静心。从此，该素月女子便成了白云寺静玉师父门下的僧尼，有了安身立命之所。素月女子虽皈依佛门，但至死不忘冯老爷的这份恩情，仍旧与他保持着干爹干女儿关系，经常有所来往，不能说她俗念未绝，主要是为了报恩。就这样，在冯府的大太太白玉屏生下儿子子枫的次年秋上，素月也帮冯老爷生得一子，取名仁昌，以表感恩。仁昌出世后，为了掩人耳目，就以孤儿之名留在白云寺抚养，冯老爷也就以施主名义，常常予以资助。仁昌长大后，冯德昌收他做了干儿子，又出资将他送去县里的洋学堂读书。倘遇学堂放假，仁昌便回到桂花镇，仍与静心师父同住在寺庙里。当然，他也抽空去冯府上拜见拜见干爹，听听干爹对自己学业的意见，干爹也想通过仁昌了解了解外面的新鲜事，二人言谈起来甚欢，俨然一对亲生父与子（实际也是亲生）。

静心师父已将“沐浴礼”的一切工作准备就绪，与小尼妙音在等候冯府女眷们的到来。

很快山下就传来叽叽喳喳的说笑声。透过夜色望去，但见一帮侍女丫鬟打着灯笼火把正陪了冯府的太太小姐朝山上涌来。她们出拱门，穿长廊，过小桥，蜿蜒在山下的小径上，前后一溜排开，弯弯曲曲犹如一条火龙在夜色中游动。

说笑声越来越近。听得出冯府三太太夏林月的声音最脆，咯咯咯……尖声利嗓子，刺破夜空远远飘了过来。

说笑声显得混乱，你一句，我一句，嘈嘈杂杂具体谈些啥，根本听不清。渐渐靠近些，方听得一两句，也是三太太的声音：“二姐啊，去年‘沐浴礼’的时候，我看见你屁股上有颗痣，不知是真是假？听人讲，屁股上有痣的女人招男人疼，难怪老爷总夸你。”

二太太何如雪平常不大爱说话，这会儿却反驳说：“三妹你此话差也，你小腹下不是也有颗痣吗？大伙可都知道，你不但招男人疼，那地方也很会生养。哪像我这种人，只口里讨得个虚彩。你那才叫真正地实惠呢，得了便宜，就别卖乖了，大伙说是不是？”话毕，不知咋的，大太太白玉屏也插进来说：“我说二妹三妹，你俩就别吵了。我为老爷生了子枫，也不见得他待我好，老了，变黄脸婆了。男人疼不疼你，不在于你身上哪儿有颗痣没颗痣，关键是要嫩，嫩得跟水菜一样更好。四妹虽也生的是女儿，老爷却还是喜欢往她被窝里钻，为啥？就因为嫩，你说是不？”白玉屏话虽如此说，心里却在想：再怎么招人疼有啥用？将来要说由谁继承冯家家业与香火，那还不是子枫和子桐吗？嫩，总有老的一天，总会变成昨日黄花，到那时，有谁还能稀罕你？！

四太太听见不乐意，接了话把道：“若要如此说，三姐也嫩，三姐的屁股不也照样香，照样招老爷喜欢？哈哈哈……”白玉屏听了，不再言语。秋云和秋霁俩跟在队伍后面，大人说些啥，并不关心。白玉屏似乎意识到这一点，当着俩孩子跟着，说话不应该太放肆，便制止说：“我说你们啊，还是别胡说八道了，当着俩孩子的面，尽说些没整形的话，不觉丢人。”于是，大伙这才注意到队伍中还有秋云、秋霁俩存在，刚才只顾嘴上痛快竟把这事给忘了，遂忙把那让人脸红的话收住。再开口，也就只聊些天上地下的话，无关痛痒。

闲谈间，女眷们一一来到了天台之上。静心师父招呼大家先在亭旁靠凳上坐了歇息，等待举行仪式。其实，行沐浴礼的过程很简单，就是让女眷们进入帷帐脱去身上的衣裳，赤身裸体地站在“春娘娘”面前，由主持仪式的僧人一边口中念着颂词，一手拿着柳枝蘸了盆中的清水往女眷身体上抛洒；有点近似基督教里的洗礼仪式，也犹如观音菩萨降雨露甘霖，二者的意思应该说兼而有之。就是这看似简单的过程，因要脱衣裳，却让女眷们感到很难为情，人人变得羞羞答答，脸发红。炉中檀香轻烟绕梁，帐中灯火五光十色，四处充满着一种神秘色彩。刚才女眷们还一路熙熙攘攘，这回坐下都不说话，她们心里清楚，不一会儿，将有让她们每个人都脸红的事情要做。时间大概过去有一小会儿，静心师父在帐中净完手，焚完香，作完揖，便要小尼妙音招呼女眷们进帐沐浴，由大到小，按次序来。听到招呼，白玉屏急了，“沐浴礼”虽每年都行，但她的心还是不禁怦怦乱跳，脸发烫。她不是怕羞，主要随着年龄一天天的变老，她对自己的身体越来越没自信。尤其这几年，全身都发了福，腰间的赘肉整整多了一圈，简直就像个水桶。昔日丰挺的乳房也开始下垂，早前还轻巧的屁股发得就像个木盆，项间的褶子明显增多，不过，全身皮肤反倒比先前白皙了不少。作为一个四十多岁快五十岁的女人，且生过孩子，能把自己保养到如此已属实不易，谁也不可能青春永驻，均会老的。白玉屏进帐后，只向静心师父微微一笑，静心师父就示意她在一旁凳子上坐了脱衣裳，白玉屏含有几分羞涩的轻声回说明白。周围虽有帐子罩着，但白玉屏仍感到不好意思，磨磨蹭蹭好半天才算脱完，一个白净丰腴的玉体，活脱脱袒露在静心师父和小尼二人的面前。白玉屏身上并没有长有这痣那痣，全身上下洁白如雪。然而，就在右大腿的根部，生有一小块胎记。粉色的胎记，就像是一朵小小的莲花，更像是被人吻过之后留下的唇印。静心师父非第一次看到冯府大太太大腿根部的这块胎记，因每年帮她沐浴，早已习以为常。此刻，白玉屏还遮遮掩掩，静心师父却显得一点都不见怪，面部表情平静。待白玉屏向“春娘娘”上香跪拜完毕，静心师父便拿起柳枝，伸手蘸了盆中的清水，口中念念有词，将水往白玉屏胴体上淋洒。头部、胸部，背部、腰部、臀部一一淋过。柳枝每到之处，白玉屏都要打个冷噤，是冷是痒她都忍着，想笑又不敢笑，因沐浴时是不准说话的。

“沐浴礼”很快便行完，静心师父示意她穿好衣裳。小尼妙音则忙拿起手中的木槌朝香案上的石磬敲了一下，瞬间，石磬发出低沉而幽远的声音，声音穿过帷帐透过夜色向远方荡去。帐外其她女眷，闻到磬声，就知道大太太已沐浴完毕。少顷，白玉屏带着花香从帐中走出，一边整理衣脚，一边回原处坐了，神态甚为正经。待她屁股刚刚坐稳，二太太何如雪便站起身来，干咳两声，稍做镇定就抬腿往帐中走去。二太太何如雪进得帐来，人并不拘谨，显得一副落落大方。静心师父朝她轻轻示意，她即明白是啥意思，遂移步凳前坐了开始脱衣裳。何如雪身材匀称紧实，双乳丰盈，肤白。与大太太相比，她的肤白纯属天然，而白玉屏则为后天那种发福之白，有点像发面。她焚香跪拜完毕之后，即静静站在静心师父面前接受“沐浴礼”。静心师父照旧口中念念有词，手中拿了柳枝蘸了清水往她身上洒。三太太夏林月说得没错，何如雪白净的屁股上是有颗痣，痣生在左屁股往上的地方，有黑豆大小。何如雪至今没弄懂如此隐秘的地方，这三太太是怎么知道的？静心师父与小尼断不会外传，她估计多半属去年或前年自己沐浴的时候不注意，透过帘缝儿被她瞧见，这娘儿真眼尖，也怪自己太大意。这当儿，她下意识地用左手遮挡了一下，怕那不怀好意的三太太瞪大眼睛找机会又往里瞅。她承认自己招男人喜欢，但不仅仅是自己屁股上有颗痣。她刚进冯家的时候老爷是缠着自己，那是因为新鲜，惹白玉屏吃不完的醋。后来他又转去夏林月，再后来又转去四太太钱石兰，她们都比自己年轻。这回大家方明白，男人喜欢吃嫩草乃属天性，与其他均无关联。冯老爷喜欢吃嫩草，然也不忘常去何如雪房中走动走动，所以也就惹得其他几位太太心生忌妒，尤其是三太太，一逮到机会就拿话炝她。何如雪认为，老爷之所以未冷落自己，有可能是看上自己某些特质，比如贤惠、能持家，不像她们，不是水性杨花，就是心怀鬼胎，成天只知道算计。磬声再次响起，二太太何如雪已穿好衣裳从帐中走了出来。接着就该轮到老三夏林月了。

夏林月不用招呼，早做好了准备，待二太太何如雪前脚一出来，后脚便擦肩进帐去。她很快脱去身上的衣裳，露出白白的身子。她与何如雪一样，也下意识地瞅了一眼小腹下的那颗痣，脑中瞬间闪过一些乱七八糟的东西，脸一红，却又很快恢复冷静。她放好脱下来的衣裳，转身走到“春娘娘”面前焚香跪拜。但见她那滚瓜溜圆的屁股一起一落，倘让男人瞅到定会神魂颠倒。就在她跪拜完毕将要起身之时，由于今天过节，春卷、瓜果之类吃多了，酒水喝多了，肚子一咕噜不觉两个响屁溜了出来，让她顿觉脸红，羞臊难堪，窘态丛生，有点无地自容。她在心里偷偷骂自己：打个屁都不赶时，专等这里出洋相。静心与小尼并不笑，专心帮她沐浴。屁不是特别响，却被帐外的大太太、二太太、四太太听到了，都不作声地捂了嘴在笑。你说这些人的耳朵尖不尖，平时都装聋作哑。大太太心在想：这老三真不知羞耻，在这里丢人现眼，也不瞧瞧这是啥地方。二太太则有点幸灾乐祸：刚才还在说我呢，这回人丢大了吧？敢在神灵面前打屁，是要受惩罚的。四太太钱石兰双手捂了嘴，不出声地笑弯了腰，憋得喉咙管快要炸了。帐内，静心师父虽心似有不悦，但还是不动声色地坚持帮她沐浴完。待小尼一声磬响，遂转去香案一旁整理东西，不再理会。三太太夏林月自知落下大笑柄，出帐不好意思地低头坐去一边。有了前面三个太太的教训，轮到四太太钱石兰时，她就显得格外谨慎，生怕自己也像三太太一样在众人面前丢了丑，尽量别做出不雅的事情来。她蹑手蹑脚进了帐，先朝静心师父微微一笑，然后方去脱衣裳。这四太太人年轻，皮肉紧实光滑，双乳坚挺，腰际致密，两条大腿白生生地诱人，私处乌云遮月，时隐时现。钱石兰行动拘谨，小心翼翼照着程序做了，直挺挺站在“春娘娘”神像面前等候沐浴。静心师父照旧蘸了清水往她身上撩。她先是忍不住打了个冷噤，后顿觉有毛毛虫在身上爬，痒痒得难受。她想笑，又不敢，惟有忍着。她知道那样做会被人厌恶，传出去让人说三道四不值。小尼妙音在旁紧紧盯着她，见她紧张的样子顿觉好笑。突然眼前金光一闪，瞧见四太太白皙的脖子上挂着一条金项链，遂轻声提醒她将项链摘下来，说沐浴时身体上是不能留东西的。四太太在心中责怪自己太疏忽大意，怎把这事给忘了，忙摘下来放去一边，问静心师父要不要重新来过？静心师父说不用了，只要心诚就行，那些倒不受影响。四太太方放心，默默在心里祈祷：望“春娘娘”勿怪罪，小女只属一时疏忽而已，非故意为之。

四太太行完“沐浴礼”，最后就剩两位小姐秋云和秋霁了。四太太出得帐来，首先问自己的女儿秋霁身上佩戴了什么东西没有？若有，赶快取下来，千万不能带进帐去；继而又顺带问秋云佩戴没？待二人回说没有，方舒口气放心。二太太何如雪见四太太钱石兰出帐后对着两个女孩子神神道道，也凑将过来，得知为这事，也便与钱石兰一起劝二位小姐再检查一次。这回秋云方说自己头上有根小花簪，要不要拿下来？俩大人齐说要拿下来。秋云便伸手取下交与母亲保管。秋霁也在头上乱摸，看有没有硌手的东西，最后回说没有，俩大人也就再不作声。秋云进帐去，秋霁就坐在外面傻等。女孩子家怕羞，想到自己一会儿将要赤条条站在“春娘娘”面前，不禁脸有点发烫，心怦怦乱跳。过去每年她都跟着大人们行“沐浴礼”，并没感到有啥异样，现在一天天长大了，反倒有点不自在，主要是身体某些部位发生了很大变化，让她困惑，不愿将它袒露在别人面前。磬声起，不一会儿，但见秋云含羞出帐来，拘谨得腿脚都迈不开，摇摇晃晃着坐回原处。接着，只剩秋霁最后一个，进帐去，也很快就出来，跟秋云一样，脸上羞羞答答的。到此，整个“沐浴礼”仪式就算彻底结束。山下更鼓响，时间已进子时。帐外等候的女眷们早已困了，眼皮在打架。当瞅见秋霁走了出来，都不自觉地站起身，互相交头接耳问没啥事了吧？妙音出帐来传话，说师父说了，太太小姐们可以打道回府了。随即，一帮女眷就在下人们的簇拥下熙熙攘攘地下山去。静心师父和小尼妙音，也遂与冯府的几名女帮工，开始动手收拾亭内的供物。

夜幕覆盖着大地，无数盏星星挂满天空。偶尔也会听到远处传来几声狗吠。

第二章　暗香袭人

一

站在雄伟的白鹤楼顶层，举目远望，美丽的钱江就像是一条银练，自由自在地从脚下缓缓向东蜿蜒伸去，被初升的太阳染上了一层绚丽的金黄。远近大小山丘，满含翠绿，星罗棋布在钱江两岸。围绕着小山丘，阡陌纵横，一垧垧注满水的稻田，犹如一面面光洁平整的镜子，将山丘一览无余地倒映在水中。也就在钱江经过处，靠江以北坐落着远近闻名的桂花镇。

桂花镇素以桂树多而得名；以产桂皮、桂花、制作香料而名扬四方。冯德昌是这个镇子上的大户，占有房屋上百间，置有水、旱田上万亩，还办有一处规模不小的采盐场，算是富甲一方。就冯德昌本人而言，仅身边太太就拥有四房，家中丫鬟佣人不计其数。但冯家赚钱，真正所依靠的却不是田地和香料，而是食盐。食盐历来都属官家所统管，民间不得经营。而冯家据说祖祖辈辈都与官府有联络，因此，也便把持了一方官盐的经营大权。

冯德昌有个弟弟叫冯德信，与太太住在省城，单独有所宅院。冯德信住在城里，不是为别的，而是专为结交权贵，打点上上下下的政府官员，为的是他冯府能持久控制着本地官盐的经营权，有事儿也好及早抹平。说结交，也就离不开打点，二者孪生。要打点，无外乎就是送钱送物送女人。谁人不爱财，谁人不爱物，谁人不贪色？这里暂且按下冯德信在省城如何打点穿梭于官场不提，单说说他的大哥冯德昌身边的这些女人们，是如何争风吃醋，明争暗斗，为争夺家业拼得你死我活的故事，你肯定感兴趣，从侧面也可窥得官场风气之一斑。

二

冯德昌有四房太太。大太太白玉屏，出身土豪之家，娘家是邻乡梅坞人。其父早年是贩卖烟土起家的。后来又干起了船帮，做起了码头生意，再后来呢，家道中落，就搬来桂花镇开起豆腐坊，一家人靠卖豆腐维持生计。冯德昌也就是在那时认识白玉屏的。

白玉屏年轻时人长得格外漂亮，在那豆腐坊里一站，就像块磁石，吸引得无数过往行人掉眼珠子。只因她长得好看，豆腐坊里的生意也就自然红火。镇上有些后生，甚至为了能多看她一眼，天天都来她这里买豆腐，冯德昌也不例外。冯德昌更担心被人抢了先机，于是便在媒婆的撮合下很快将白玉屏娶进了冯家门。白玉屏进门后，二人感情甚笃，只因白玉屏久不开怀，冯德昌才想着要纳妾。白玉屏由此也落下了一块心病，自新人进门那天起，病根一天天开始加重。一到夜晚就心里难受，想到老爷跟新人在一起，自己被冷落，就一股无名之火往上蹿，直冲脑门，犯头痛。甚至有一段出现精神恍惚，怕见黑，希望一年三百六十五天都是白昼，永远都亮着。冯德昌见她如此，也于心不忍，遂隔三岔五地也来她房里走走，顺便安慰安慰她，哄她开心。至于那事，也只是应付，从没指望她给自己生出个一男半女来，他还是把主要精力放在了二太太何如雪身上。谁知就是这应付，没曾想有一天她竟然给怀上了。在二太太何如雪生下女儿秋云相隔不到一年的时间，白玉屏竟也奇迹般地生下儿子子枫，这让冯家人欣喜不已。白玉屏的地位随着儿子的诞生，也重新回到了从前，嵌在胸头的心病也遂化解，没有人再敢漠视她。可再后来呢，来了夏林月，一切又被打乱。三太太夏林月也生了儿子，取名子桐，势均力敌，要与她白玉屏平起平坐，地位再次受到挑战。白玉屏又开始犯头痛，白天吃不下饭，晚上睡不好觉。夏林月不光生了儿子，人也是个美人坯子，又年轻又漂亮，哪一方面都比她强，根本不把她白玉屏放眼里，倘若不是她大太太这个名份压着，说不准早翻天了。这是底线，决不允许她搬了梯子又上墙。可白玉屏心中很清楚，斗是斗不过她，有老爷在中间挡着，弄不好还惹一身自己的不是。夏林月可是伶牙俐齿，她会把白的说成黑的，把长的说成短的，你说弄出是非来老爷该听谁的？无奈，她白玉屏只好变个法子，即斗不过，就笼络她。拉她与自己站在一起挤对二太太，认为俩人生的都是儿子，是同伙。可夏林月并没拿她这份假情假意当回事，表面看相处得可亲热，实则貌合神离，背地都在打着各自的鬼主意，惦记着冯家偌大的家业将来由谁来继承，是子枫还是子桐？按理说是子枫，因他是老大；可夏林月明显不服气，背后散布说子枫败家，子桐才是冯家最可靠的接班人。俩人私底下的争斗近乎白热化，但表面上却都不挑明，甚至还显得一团和气。后来，老爷又娶了四太太钱石兰。钱石兰原本是冯府的一名丫鬟，论身份低下，生的秋霁又是个女儿，根本没资格与她白玉屏说话。可这小人精，也被老爷宠着，现在她与二太太何如雪是一伙。何如雪人可不糊涂，难说没事了不帮她出些啥主意，眼下看虽不咋的，但也存在潜在威胁。钱石兰身子骨嫩巧，一不留神哪一天又生出个儿子来也不一定，走到那一步，你不能说她谋取冯家家业继承权的野心就完全没有，那小人精可是个掂不来轻重的东西，若要犯上你也拿她没办法，她白玉屏能不了解？之前在做丫鬟时背地里就胡乱讲，说她钱石兰要是做了太太，就如何如何的，一点都不安分。旁边人就说："你那是太太的身子丫鬟的命，痴人说梦。"后来呢，她还真做了太太。现在冯府可以说分成两派，她白玉屏与夏林月一派，何如雪与钱石兰一派。明着都不露头，私底下一个恨死一个。不管怎么样，儿子子枫今年都已虚岁十八了，这继承家业的事该提到日程了，耽搁不得，早定早放心，免得遭人惦记。上午丫鬟阿春去书房送开水，回来传话说，老爷今夜要来她白玉屏房中歇息，要她准备准备。她不禁沾沾自喜，想着正好逮住机会，向老爷提说提说这事，让他早拿主意，免得夜长梦多。

话说冯府的大老爷冯德昌，已是五十多岁的人了，身边围了这多的太太，也真够忙的，按下这个，浮起那个。他原本不想这样，但事情将他逼到墙角，不这样做能行吗？像大太太白玉屏，进门后久不开怀，为了传宗接代只好又娶了二太太何如雪；老三夏林月，非他死活不嫁，你不能眼睁睁看着她守一辈子寡，那也对不起人；老四钱石兰原本是自己身边的丫鬟，只怪自己酒后乱性把她给奸污了，怕丑事外露才将她收了房。一帮女人在一起，争风吃醋的事情肯定少不了。至于说太太多，那也不稀奇，如今那些当官的和有钱人，哪个身边不拥个三妻四妾？就是这四个女人在一起，是非扯个不断，明枪暗箭的斗个没完。女人嘛，本就喜怒无常，好是非，头发长见识浅，你来我去净为些芝麻绿豆的事。谁要是受了委屈，你只要拿软话哄两句，立马就又喜笑颜开，感情动物一个。

这日，冯德昌因心中烦闷，一个人在书房里坐了喝茶。不知因啥事勾起了他对大太太白玉屏的怜悯，觉得有好一段时间冷落了她，良心上有点过不去。若要说当年的豆腐西施白玉屏，可是他打着灯笼追来的，虽开花结果较晚，但也没误事，最终还是给他生了儿子子枫，按理自己不应该将她晾在一边，可还是晾了，内心遂生出一丝歉疚。他决定今晚就回白玉屏那儿去睡，与她重续温情，毕竟她是正房，这点情意还是要讲的。此刻，丫鬟阿春进来送开水，也便将今晚要去大太太房里歇息的消息让阿春捎带给白玉屏听。白玉屏听后自是高兴，又是交代厨房加菜，又是交代丫鬟铺床。菜要清蒸的，汤要乌鸡汤；褥子要缎面的，被子要丝织的，感觉像新郎新娘入洞房那样讲究。白玉屏提早冲过凉，修饰打扮一番后，并换上了花俏的旗袍装。暮气没有了，面色红润了，对着镜子一瞧，心竟还兀突突地乱跳。

冯德昌虽说年过半百，但人身子骨结实，精力充沛，讲起话来嗓音洪亮，气沉丹田，一点都不亚当年。年轻时，也算得一美男儿，天阔地方，风流倜傥。上岁数后，稳中透着成熟，精明中带着老道。平时，高高的鼻梁之上，总喜欢戴副茶色眼镜，不知是怕见光还是为了装模作样。一件藏青色的长衫之上，总要套着件丝织马褂。一把广绣的檀木扇时刻都不离左右手。走路，腰直腿不弯，步履矫健，中气十足。

天已擦黑，白玉屏显得有些心慌意乱，都老夫老妻了，还羞涩得像大姑娘，主要因这个男人不常在身边，有了新欢忘了旧情，生疏罢了。但他能念及自己，也算有良心。另外，自己心里也揣着事儿，想利用今晚的机会要对他好好说说。

冯府家大业大，仅宅院就占地五百亩，豪门深似海。四位太太虽生活在同一大院，但并不挤在一起，各有各的一方小天地，谁也不碍着谁。出门串门，也要看是否对脾气，谁与谁。话顺耳多走动，话有刺少理睬。

大太太白玉屏是正室，住东院；二太太何如雪与三太太夏林月住西院；四太太钱石兰住后院东，独霸一处大院子，假山假石假景致，煞是好看。这是冯德昌特意赏赐她的，人嫩生，讨老爷欢喜，谁眼热也没用。白玉屏如是想：这男人呀，都一个样，喜新厌旧，刚开始恨不能将天上的星星摘下来给你，待那新鲜劲一过，方觉还是老夫老妻的好，既知冷知热又贴心贴肺。这不，日子一久，他自己跑回来了。

晚饭时，冯德昌果然来了，见了白玉屏就笑呵呵地打招呼。白玉屏稳得住，没有受宠若惊，平时受冷清的日子多了，不差这一刻。见老爷主动招呼，她也只淡淡地说："老爷，您来啦？屋里坐，我让丫鬟帮你沏茶。饭菜我都让厨房弄好了，你坐了稍等，一会儿下人们会送过来。"说着，白玉屏接过冯德昌手中递过来的礼帽，并扶他到客厅椅子上坐。阿雪很快就打来一盆洗脸水。冯德昌起身擦把脸后，重新回椅子上坐了喝茶。

"你这是啥风吹来了，怎突然想起来这儿？"白玉屏半开玩笑地拿话风凉他。

冯德昌没立刻回她的话，而是拿眼睛东瞅瞅西瞄瞄，像是从都没到过这里一样。不用说，这屋过去可是他久居的地方，自有了二太太、三太太、四太太，自己来这儿的机会确实少了。房间里的物件还是老物件，但擦得油漆铮亮照人。粉色的帐子显然是新换上去的，透露着一丝丝喜庆。再看案子上还插了两根红蜡烛，不年不节的不知啥意思。回头再瞧瞧白玉屏，浑身上下收拾得清清爽爽，并换上了一件花俏的旗袍在身，平素可不曾见她如此穿戴，尤其是生了儿子子枫以后，基本以素色暗花为主，虽也显得稳重端庄，但随着年纪一天天见长，不免有些老气横秋。今日，突然一身俏色，咋一看像是比之前年轻了十几岁。冯德昌就笑了："我说大人，您这是要干吗呀？弄得花里胡哨的。是你要做新娘子，还是我要做新郎官呀？拾掇跟新婚喜庆似的。或另有啥喜事不成？"

白玉屏脸一红，不好意思地反戏问："您说呢？"

"呵呵……我哪里懂。"冯德昌笑说。

“不懂，您就先别问，等吃过晚饭后我再告诉你。”白玉屏有意卖关子。

“神神道道的，你能有啥事。”冯德昌一撇嘴，嘲笑说。

“其实，也没啥事。就是老爷您平日里忙，想找机会跟你说说话都难。”白玉屏话里有话，轻重并用。

“就为这？呵呵，我还以为遇上啥好事啦，这么隆重的。不过，夫人呀，你这一收拾倒也觉新鲜，还真让我回忆起咱俩刚结婚时的情景。”

“亏你还记得。如今老啦，一把烂韭菜被你扔一边啦。”

“呵呵……看你说的，这不是来了吗！”

“来是来啦，明日又走啦。好啦好啦，不跟你说啦，晚上上床再跟你算账。”白玉屏话出口，方觉脸热，忙转去一边收拾东西。

“哈哈哈哈，我说夫人，难道我冯老爷怕你不成？！”冯德昌见她说漏了嘴，遂紧追一句有意取笑她。

“去你的，不跟你嘴贫！”白玉屏似嗔非嗔道。

“呵呵呵呵……”

两根红烛被点燃，顿时室内亮堂起来。

晚饭摆上桌来。白玉屏打发丫鬟拿来了陈酿的桂花酒，亲手开盖给冯德昌斟上，自己也斟上，端起杯子目不斜视地对着冯德昌说：“来，老爷，我敬你一杯！”

冯德昌甚觉好笑，说：“我说夫人，今日个这是怎么啦，一上桌就喝？平日里却不见你积极。”

白玉屏就笑说：“平日是平日，今日与平日有所不同，喝吧！”

“我倒是懵了，今日怎有所不同？你不说我还是先吃菜，垫垫底再喝。”冯德昌有意逼白玉屏。

白玉屏诡秘咧嘴一笑道：“嘿嘿，你真不知道？”

“不知道？”冯德昌好奇。

“唉，看来还是我告诉你吧：今日是你我的结婚纪念日。我让厨房加菜，下午本想要阿春去书房请你，谁知你自己寻上门来，我还以为你记得，看来你是把它忘得一干二净。”白玉屏假装生气。

冯德昌闻听此言，方恍然大悟，一拍后脑门连忙补白说：“你看我这记性，竟把这事给忘了，多谢夫人提醒，多谢夫人提醒。最近确实有点忙晕了头，神经错乱，还望夫人勿怪罪，来，老夫这就喝，自罚一杯，就算向夫人赔罪了。”

白玉屏见他如是说,方不好意思地白了他一眼,“咣”一声，碰杯与他同饮下，然后放下酒杯笑道：“罪就不用赔，我也就随口一说，你能来，我高兴还来不及呢，哪敢言说怪罪。”

“我就说嘛，都老夫老妻谁还不了解谁，嘿嘿……你说是不？”冯德昌打哈哈。

“是——”白玉屏将嗓音拉长说。

“来，吃菜！”冯德昌拿起筷子。

“吃菜。”白玉屏也拿起筷子。

“来，喝酒！”冯德昌说。

“喝酒！”白玉屏跟着说。

一阵酒啊菜啊后，俩人都觉得吃得太快喝得太猛了，有点脸胀脖子粗，这才放下筷子歇息歇息慢慢来。

酒也喝了，饭菜也吃了，此刻，冯德昌却显露出一副愁眉不展状，又唉声又叹气。白玉屏问他这是为哪般？起初冯德昌不愿说，哼哼唧唧应付说还不是为生意上的事。白玉屏问他到底因啥？他也就借酒浇愁，端起桌上的酒又干了，然后接过夫人随手递过的茶水，喝了几口润润嗓子方说道：“不瞒你说，老爷最近我确实有一桩闹心的事在胸口窝着，上不能，下不能，堵得我喘不过气来，郁结得慌。你可知道，咱冯府的盐业生意从来都是靠官府照应着。前一段，省府衙门新来了位盐务次官，硬是要把咱家的盐业生意分出三成给他的亲戚经营，入干股。你说气人不气人,哪有这道理？就连他的顶头上司拿他都没治，因有省警署衙门的次长郝玉龙给他做后盾，盐务署哪斗得过警署？老二德信带着银子几次去找盐务署当头的，当头的也说没办法，抗不过。你想想看：一个铜板两斤盐，这是衙门里定的，也是市面价。一个铜板合二十文，也就是说一斤盐的市面售价为十文钱。自家盐场每年也就五百万斤的产销量，现在要分出三成来给人家，那不等于从咱口袋里每年掏走三成的银子？除去上面和地方衙门的抽丰，也就所剩无几了。此事闹心就闹在各方神圣都得罪不起，明摆着吃暗亏，可肚里憋着有话就是说不出来。”

“那咋办？”白玉屏问。

“唉，还能咋办？胳膊哪能扭过大腿。实在没法子，也只能如此了。来，喝酒！不说了，说多心烦。”冯德昌一副无可奈何自我宽慰道。白玉屏听他倒内心的苦水，不免也替之忧心忡忡。

人往往是这样，得意的时候就忘了旧情，当遇到不顺的事儿时，方念起昔日的好来。冯德昌来大太太这里也是，老夫老妻不说她能给自己出什么好主意，就是来她这里坐坐，说说话，也觉得内心会平静不少。冯德昌至今清楚记得，他把白玉屏搞到手是二十几年前的六月十六日。婚礼那天，他家几乎邀请了全镇的人来赴宴，那场面铺排得可真大，仅宴请客人的酒席就摆了几百桌，连省城的客人都跑来道喜。白氏那天打扮得光彩照人，两个小酒窝就像两朵绽放的芍药花好看，为他冯家撑足了面子。道喜的人无不夸说新娘子模样长得俊，貌若天仙，堪比洛女重生，西施在世，人人羡慕不已。冯德昌的父母面对众多客人的赞美，那嘴笑得更是合都合不拢。那时冯德昌年轻，洞房花烛夜没少跟白氏亲热，现在一想起仍记忆犹新，不觉脸红。二十几年后的今天，人还是当初的人，可光彩不再，要不是她提醒，还真忘了今天是啥日子。

冯德昌瞧着桌上这些菜肴，都是些自己爱吃的，很显然是白玉屏交代厨房精心为自己准备的。

吃过饭，热水泡过脚，二人还聊了些其他无关紧要的话，见时辰不早，便上床歇息。一番温存后，白玉屏就向冯德昌提说让大少爷子枫继承家业的事。白玉屏并不知老爷心里还烦着呢，当她把话只说到一半，冯德昌便把身子转去一边，热乎劲儿全没了。白玉屏见冷场，自觉此刻说这话有点不合时宜，遂知趣赶忙将舌头夹住，不再往下说。冯德昌透过帐子望着天花板，沉默良久方转过头来对白玉屏说道："子枫嘛，做事毛糙，还不够成熟，就让他先上盐场历练历练再说吧。"白玉屏见老爷终于开尊口，就试探着道："大少爷今年虚岁都十八了，还不够成熟？想当年老爷您十六岁可就管事了。"冯德昌这回笑了，说道："呵呵，他哪能跟我比？你看他现在这样子，把偌大的一个家业交给他，你能放心吗？"

"男孩子吗，谁年轻时还没疯过，慢慢就好了，会走上正道。你那时候还不是一样，放下生意上的事不管，天天往我家的豆腐房里跑。"

冯德昌不好意思地哼哼两声道："那还不是你'豆腐西施'勾的。"冯德昌好像把心中的烦恼暂时给忘了，遂如此说。

"去你的。那时，你那一对眼珠子绿豆似的，把人家往死里盯，说是来买豆腐，还不为多瞧人家几眼。买豆腐，哪用得着你个公子哥来，放着下人干吗？"

冯德昌只笑不作声。白玉屏见他不生气，遂越发来劲，说："当然，我家的豆腐是桂花镇上最好吃的，也最有名的。起初我还以为你喜欢我家的豆腐呢，老来店里，谁知惦记上人家人了。”白玉屏说着，似乎回到当年样，还露出几分羞涩来。

冯德昌说话了：“哈哈哈……算了算了，你不说你，今天一身绿的，明天一身红的，后天又是一身黄的，你这不是有意勾人家，是什么？”

“嘿嘿……那也怪你，花儿在开，是蝴蝶自己扑过来了，还好意思说。”白玉屏说完此话，笑出眼泪水来。

“要说扑，不光我冯德昌一个，人多了。哈哈哈……”冯德昌说完也差点岔气。

“哼哼，那最终，还不是您扑到手了！”白玉屏撅撅嘴道。

“那当然，谁让我出手快呢。”冯德昌自得说。

“嘿嘿嘿，那也是。慢了……有多少人瞅着呢。”白玉屏也一副神态自若道。

俩人你一句我一句，说着笑着，最后还聊了些其他乱七八糟的话，白玉屏就又将话头转到老题上来。她说：“老爷，我想问你，对继承家业这件事……你到底是咋想的？依我说……还是早点定下来为好。二少爷子桐尚小，将来子枫这个当哥的不拿事……还有谁能拿事，我这也是替你想。”

“我说夫人，你这话是没错。不过……也得从长计议，不能操之过急。我又不是老得掉牙了，挪不动了，急着等人接班。”

“那你也得身边有个帮手，不能太累着。”

“你就放心吧，老爷我身子骨还硬朗着呢，才五十多岁就喊老，让人听了还不笑话死。至于子枫怎么安排，我自己心里有底，你就别操心了。”

“哼，你能有啥安排……”听冯德昌如此说，白玉屏不再作声。她知道此事无望，再追下去怕惹他生厌，本来心中就装着事，自己还不停在他耳边叨叨，岂不让他烦不胜烦，往后哪还敢再来？但不管怎么样，总算吹了枕边风，他不会不放在心上的。

对于老了动不了之后，冯家偌大的家业将来由谁主持，冯德昌眼下真没想过，最多也就脑子随便过过，说不上选谁不选谁。就俩少爷生性而言，大少爷子枫，性顽劣，有点不务正业，整日与一帮游手好闲的纨绔子弟混在一起，将来能有啥出息，哪还敢将身后大事轻易托付于他，冯家多少代人辛辛苦苦置下的产业，不能毁在他手里。至于二少爷子桐呢，人年纪尚小，虽乖巧听话，但这孩子似乎对做生意、主持家事不感兴趣。从学堂回来尽谈些街坊逸事，谁谁谁怎么样，谁家谁家又怎么样，要是放他该如何如何，不知从哪儿听来的这些奇闻。初听，觉得他分析得还有道理，再听，就不着调了，似乎有点傻，缺乏重心。若让这样的后人接替家业似乎也不妥，或许派去省城给他二叔做个帮手倒是块好料。

俩少爷，真要他二选一的话，老实说，他谁也瞧不上。所以，白玉屏提说，他只有以身子骨不老绕过。然而，冯德昌并非真没考虑，其实他心里早有谱，那就是仁昌。仁昌是他与静心师父的私生子，如今也已十六七岁了。这孩子灵动，孝顺，做事踏实心细，完全不像子枫、子桐兄弟哥儿俩，一个胡吹乱诌，一个神经兮兮，哪有个当家做主的样子？所以说，仁昌才是他冯德昌看好的人选。当然啦，这话他只能埋在心底，不能对外宣扬。

窗外树影婆娑，风吹桂花香。冯德昌噏噏鼻子，似乎闻到了从窗外飘进来的桂花阵阵幽香。其实，这是白玉屏有意为之，睡前她特意安排丫鬟采来一篮桂花搁在床底。此刻，正值夜深人静，芳香袭人。床榻之上，两人欢愉一会儿便都说累了，遂也就转身睡去。

三

冯德昌显然没被大太太白玉屏的枕边风吹晕头。说实话，

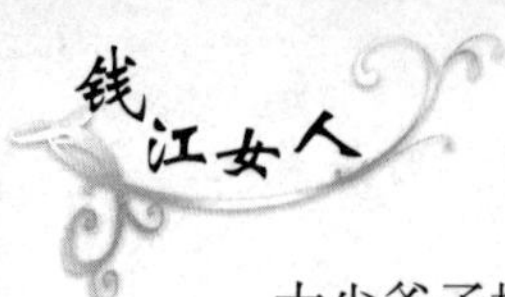

大少爷子枫确实有点不成器，不好好念书，整天跟一帮膏粱子弟鬼混在一起，四处惹是生非。就说去年吧，竟然把本镇码头掌柜的曹老四的二公子给打伤了，折了一条腿，一瘸一拐的。幸亏曹老四与自家是盐运上的合作伙伴，没把事情闹大，要是放别人，曹老四可不是那么好讲的，非闹出几条人命不肯罢休。他可与省城的黑帮组织有着千丝万缕的联系，自家盐运之所以多年来一直与他合作，就是因为他有这样的背景，图个省心。曹老四霸道，江湖气浓，当时只付了他一百银洋就把此事压下。事后，冯德昌为了让儿子子枫长长记性，同时也做给曹老四看，一怒之下，将儿子捆在树上杖责一顿，后又关在杂物房里三天没给饭吃。曹老四知道后也再没说啥。大少爷子枫从此也变得乖巧不少。冯德昌心里很清楚，冯家虽说掌握着霞山盐场的控制权，与本省盐务衙门上下关系也不错，但要把盐从盐场运出去，仅靠自家那几个护院和盐场监工、把头是不行的，那些个东西只会家门口逞强，出门押货一点能耐都没有，半道上不是货被人劫了就是被人打死或打伤。说来这些年也闹“捻子”，那些“捻子”个个身怀武艺，身手了得，不是一般人能对付得了的。所以眼下还不能与曹老四把关系闹僵，把路堵死，盐的外运还要仰仗他呢。

近来，冯德昌在外面有所耳闻，传说大少爷子枫又不好好读书，背着先生往外跑，还与几个纨绔子弟偷偷去窑子里逛。属真属假，府上却没有一人肯说真话。冯德昌猜想，这事十有八九，一定是大太太在身后压着，否则哪能遮得如此严实，一点口风都不漏。前一阵子，他与盐场掌柜的孙立人去省城办事，顺便提起大少爷的事。孙立人参谋说既然大少爷不喜欢读书，就不要勉强，牛不喝水强按犄角也没用，不如让他来盐场历练历练，安排点事情给他做，或许会好一些。他觉得孙立人的话说得很有道理。因此，他拿定主意，决定打发大少爷去盐场做事，有孙掌柜在身边管着，想他不会上到天上去。若逢大太太问这是为什么，也好有个托词，不至于连个应付的话都没有。主意一拿定，冯德昌顿觉心中轻松不少。他放下手中的水烟壶，起身来到案前，摊开宣纸，提笔饱蘸浓墨挥毫在纸上唰唰写下了两个苍劲有力的大字“历练”。气韵贯通，力透纸背，连同落款一气呵成。冯德昌很是得意，眉头舒展，左瞅右瞅不够，一抿嘴开心地笑了。他在心里细细回味孙立人的话，觉得一点都没错。人啊就得历练，不历练不行，就像新打造出来的一架牛车，初上路总吱吱扭扭的，磨合磨合就顺溜了；更像那马驹子，左蹦右跳的，大一点驾辕套车很快就变得服服帖帖，啥事没有。至于将来是否真把家业托付给仁昌，而不是子枫或子桐，眼下议这事为时尚早，留以后再说吧。

一团乌云遮住了午后的阳光，天色突然变暗，怕是要下雨了。冯德昌不管这些，端起桌上的水烟壶，重新摁上一撮烟丝，点燃后，靠去椅子上咕噜噜抽起来。似乎有点饿，干咳两声，嗓子无痰出，接着继续抽。火星一闪一闪，烟丝滋滋滋燃烧，青烟从冯德昌俩嘴角鼻孔快速滑出，并迅速向四周扩散。连续抽了三四袋，全身心顿感舒坦。随手丢下水烟壶，又端起茶几上的盖碗茶喝起来，不热不凉正好。喝了几口，甚爽，咂咂嘴，将盖碗放回原处。这会儿，方感犯困，就去躺椅上躺了闭目养神。朦胧中，闻听到外面滴答了几声，像真要下雨了，又不下了，遂渐渐熟睡了过去。冯德昌扯着鼾声，睡得正香，睡梦中突然被门外一阵喊声惊醒。

“老爷！老爷！二爷德信回来了。”

冯德昌听出是府上管家钱福顺在隔着门喊自己，遂朝门外回道：“有啥事进来说。”声音落，门吱呀一声被推开。钱福顺小心翼翼迈进门后，满脸堆笑地说：“是德信二爷从省城回来了，见前院人不在，遂要我来后院书房找您。他好像有啥

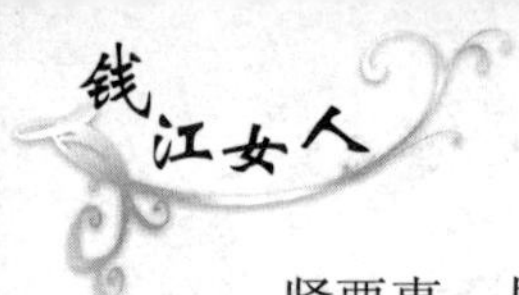

紧要事…与老爷您商量……”

冯德昌听了，躺着未动，望着钱福顺，半眨巴着眼睛回道：“知道了。你回去告诉二爷，就说我在书房。让他先吃饭，吃过饭，有啥事来这边谈，这里说话方便。另外，要人将二爷的睡房打扫打扫，开窗通通风。”

钱福顺连连点头，回答说：“好好好，我这就去安排和告诉二爷。”说毕，退下出门去。

钱福顺走后，冯德昌困劲儿全消，再难入睡。他猜想，老二此次回来肯定为盐业运销份额上的事，即“盐引”被抢。自家拥有盐场，每年的“盐引”基本可以满足产销需要，现在硬生要让出三成份额给别人，而且为“干引”，也就是说，对方啥都不用掏，白白要从自家生意中分走三成的银子，这放谁受得了？为这事他一直再犯愁，今儿老二从省城回来，是否有啥转机就不知道了。“是福不是祸，是祸躲不过。”他不禁自言自语叹气道。

推门，太阳从云缝里钻出，天地一片光亮。有几只喜鹊在屋后的古树上叫喳。冯德昌此刻心里烦乱，并没认为叫声多美妙，或有啥兆头，他抬头努努嘴，对着树上的喜鹊道：“去去去，叫个啥？老爷我正烦着呢！”喜鹊不知能听懂他的话，还是被他吓着了，扑棱一声逃散了。

四

霞山盐场历史上就有名，它位于钱江上游的北岸，虽名义上说是官办，但实际每朝每代都受桂花镇的冯家控制，当然，这与暗地里官商勾结分不开。至于谁勾结谁，一方说了不算，肯定双方要达成利益上的某种默契才行。霞山在钱江两岸算不上有啥雄奇，仅仅由几座小山丘组成，主要因产盐出了名。在江州省乃至闽浙之地，你要问桂花镇在哪里？没人知道；若要问霞山在何处，人人都会开口告诉你。

霞山盐场，地处霞山以南。在夏日晨曦或夕阳的映射下，站在山脚下，抬头顺着山坡远远向上眺望去，一片片注满盐水的盐田，犹如一面面平躺着的水银镜，层层叠叠映射出无数道灿烂金光，恍若人间仙境，将天和地融合在一起。在靠近山根处，则是一排排用各种材料建造的淘盐制盐作坊，有新有旧，新的好像为刚刚建造，旧的已破烂不堪，有些年头。

霞山盐场采的是井盐，也就是说将井中的盐水打上来，再注入盐田晾晒。晾晒是通过阳光和风的作用让其中水分蒸发，最后结晶出盐来，再根据好坏加工成粗细不同的成品盐。从采盐到上市，总共要经过十多道工序。在这十多道工序中，尤以采盐工最累最苦，他们要手脚不停扳动那巨大的盐辘轳，一桶一桶地将盐水从几十丈深的盐井内提上来，再注入盐田晾晒。上百盐田，每注满一次，三四十号采盐工得白天黑夜忙上一整月。采盐是繁重的力气活，非青壮年劳力不可。所以，女人和年老的及身体弱点的，就只有在盐田里从事翻耙、勾堆、挑担等相对轻松点的活儿。这些活说是轻松，其实没一样好干，整天泡在盐水里，不是肩挑就是背扛，脚都不像是自己的，在烈日下穿梭，一点都不好受。盐场做活虽也辛苦，但人们还是争先恐后地愿意去盐场，就因为每月能有几块现洋到手，看得见摸得着。若要种地就差了，一年到头得看老天爷的脸色，年景好，还能混个肚子圆；年景不好，遇虫灾水旱灾之类那就惨了，待缴完租子也就所剩无几，往后的日子只有卖儿卖女的份了。所以说，这个账人们还是算得清楚的。当然，在盐场干活也不能说一点风险都没有，晒盐靠的是太阳，若逢阴雨天气就犯愁了，尤其是十天半个月天都不放晴，那就得用锅煮。试想想，一大锅一大锅的盐水，要熬干结晶成盐，既耗时又费力，有多么不容易。因此，晒盐同样得看老天爷的脸色，人们盼太阳而讨厌阴雨天。当地曾有句老话叫“种地不如当盐工”，主要指盐工虽苦，却能到手现洋，种地就不好讲了。

五

夏日的盐场一片忙碌。晒好的盐要及时耙堆分类运走，说不定啥时一朵乌云滑过来，下那么一洒子，多日来的工夫就全白费了。要趁着这大好的阳光抢收抢晒，多出盐出好盐。就像种庄稼，一年辛劳，终于等到收获的季节，无论如何不能让庄稼烂在地里。头顶着火盆劳作，酷热那是自然的，但能多产盐，多产盐就有得铜板赚，有铜板赚那日子才有指望。所以，虽苦乃甜。

发了一天威的太阳，渐渐向西面山尖移去，残阳如血，落日的余晖映红了盐工们的脸。刘家的二姑娘雨荷与父亲刘庆祥此刻仍在盐田里忙个不停。他们在赶时间，争取在天黑前腾出最后一垧盐田，并将它注满盐水，要知道夏日夜晚的风力对水分的蒸发不可低估，对盐工们来讲，白天夜晚一样重要，不能耽搁。

“呦呵，小妹妹脸盘儿够亮的！”

雨荷正在埋头干活，忽闻有人说话，吓了一大跳。猛抬头见是位穿着光鲜的公子哥手里摇着扇子站在她面前嬉笑，身边还跟了几名监工。刘父认出这摇扇子的公子哥是冯家大少爷子枫，上个月来到盐场跟着孙立人做二掌柜的。这会儿，日头都要落山了，他来盐田干吗？不会是闲逛吧。他忙上前搭话应酬，一方面是为保护女儿，另一方面是怕女儿不懂事出语不慎惹对方恼，带来啥麻烦，就急急抢话说：“是大少爷啊，太阳都快落山了，您怎有空过这里来？盐田的路不好走，到处是塄坎，您可要当心噢！”

“刘老大，你一边去！我是在跟你家二姑娘说话呢。”冯家大少爷子枫说。

“雨荷她手中忙，还是我陪大少爷说话的好，有啥事您尽管吩咐。雨荷——天快黑了，你还不把拢好的盐挑回库里去？！”刘庆祥一边应付冯子枫，一边喊话想把女儿支开。

“雨荷，不用挑了。我让过秤的多记你家一千斤还不成吗？你就过来陪本少爷聊聊天吧。”子枫说。

雨荷不作声，只管忙她手里的活。待她装满两框盐正要挑担离开时，两名监工过来拦住她说：“大少爷问你话呢？”

雨荷这回说话了：“你没看见天黑了吗？多记不多记……我才不稀罕，把路让开！”

“呦呵，怎么跟大少爷说话呢？让你把担放下就放下！”监工厉声对雨荷说，并伸手拽她肩上的担子。雨荷生气，啪！将担子往地上一摔，气冲冲道：“我说大少爷，你有啥话就赶快说，我还要干活呢。久了我可没那工夫陪你闲扯！”

“别别……别生气，我只想让你陪我去玩玩。工钱吗，好……好说！”冯子枫说着从口袋内摸出几块银洋，丢去刘父脚前说：“刘老大，你可以走了，我这还与二姑娘有事呢！”

“大少爷，雨荷她忙了一天，还要回家梳洗吃晚饭呢，有啥事……改天再说吧。钱您还是收着的好。”说着，刘父就要将扔在地上的那几块银洋捡起来还给冯子枫。

“洗澡吃饭不用愁，有的是地方，我陪她去！”冯子枫说。

“不用了。我一个盐工，在外吃饭不习惯。要去你自己去，我可奉陪不起！”雨荷对子枫少爷的这种无理要求，当下予以回绝。

“你个毛丫头，大少爷请你是瞧得起你，你倒不识抬举。走！”几个监工开始动手强拉雨荷。

刘父一看急了，朝着子枫大少爷大声呼喊："不可不可，大少爷万万不可！你就放了她吧，她还小，不懂事，有对不起的地方还请大少爷包涵！"

大少爷冯子枫与监工并不听劝，执意要带雨荷走。在邻近盐田干活的李家后生阿喜，从一开始就在观察这边的动静。当子枫大少爷与监工要将雨荷强行带走时，他胸中的怒火再也无法强忍，遂大喝一声："住手！"一个箭步冲了过来。

几名监工闻声一惊，松手退后。

"你们这是要干什么？光天化日之下强抢不成？难道这世间没有王法了？！"李阿喜说着拉了雨荷就要走。

"站住！你小子，马槽里多出个驴嘴，少管闲事，给我打！"子枫大少爷一挥手，手下几名监工便立马对李阿喜一阵围攻，拳脚相加。李阿喜遂被打得满地乱滚，但嘴里并不示弱："你们这是在强抢民女，仗势欺人，光天化日之下岂能没有王法！我要上衙门告你们……"这些刺激的话语，很快招来一顿更加激烈的暴打。不一会儿，李阿喜便被打得鼻青脸肿，口中出血。雨荷惊恐万状，扑上来就趴在李阿喜的身上，希望用自己的身体保护李阿喜。刘父见之，"扑通"一声双膝跪地，连连磕头作揖，求子枫大少爷饶了李阿喜。

"哼哼，这么说，你是同意让雨荷姑娘跟我走啦？好，就看在你刘老大的面子上，饶了这小子，以后让他放老实点！"冯子枫说完，将手中的折扇收拢，对打人的几个监工道："好啦，教训教训就行，不要打折了！"监工听了方收住手脚。接着，几名监工就要将雨荷强行拖走，雨荷死死抱住阿喜不放，"不去！不去，我不去！"刘父也扑过来跪在地上抱住子枫少爷的腿苦苦哀求道："大少爷，你就放了她吧，她才十四岁，人还小。您就看在我这个老盐工的脸上发发慈悲，行行好，放了我那二姑娘吧？！"

“你这老东西，刚刚还答应，立马就变卦了。本少爷是看你家二姑娘人长得漂亮，心里高兴才邀她去陪喝几盅，谁知你这么不给面子。你把爷想到哪里去啦？本少爷是那种恶人吗？！你个老东西，滚！再不滚开，别怪我不客气！”

刘父还是不松手，他不相信子枫少爷说的话是真的，他玩姑娘可是名声在外，因此，嘴里仍苦苦哀求冯子枫放了自家姑娘。监工见刘父太难缠，抱了大少爷死不松手，就过来拉扯，并对刘父施以拳脚。刘父被打倒在地，头被重重地摔在田塄上晕了过去。雨荷看见，丢下阿喜惨叫着朝父亲扑来：“爹爹呀！爹爹呀！你这是怎么啦？”雨荷被几个监工拽住，她死命挣扎。最终，雨荷在一声声呼嚎中被人带走。远处盐田几个盐工，瞧见眼前所发生的一幕，不禁为之愤怒，但却无能为力。夜幕已完全降临，大地一片黑暗。据说当晚，雨荷姑娘被冯家大少爷子枫带去一处工棚内给强奸了。可怜的雨荷姑娘，今年她刚满十四岁虚岁就遭此厄运，真乃天大不幸。

六

雨荷的遭遇，在霞山盐场掀起轩然大波，激起盐工们的愤怒。首先是李阿喜联络了一帮年轻后生去冯府讨说法。这让冯德昌老爷很没面子，他拒绝会见这些人，指示护院将他们轰走，并放话说：“若再敢上门闹事，是盐工的开除；家是佃户的，收回耕地。”冯老爷的话并未起到震慑作用。第二天，盐场一片沉寂，盐工们对冯家少爷的恶行忍无可忍，讨不到说法，就罢工，用罢工的形式向冯府施压。冯德昌很恼火，于是授意盐场监工头联合镇公所的治安警将带头的人抓起来，就说他们扰乱官盐的生产秩序，损坏盐场财物。很快，先一天领头的几个后生便被镇治安警抓走。这几个后生当中肯定少不了李阿喜，因冯府的人早就看出来这事是他煽动的。领头的被抓，人心也就散了，盐场重新恢复生产。为了安抚人心，冯德昌这回不得不作作姿态，他派人向雨荷的父亲刘庆祥送去了二十块银洋和几块上等的布料，力求和解；要其劝说盐工不要再闹事。刘父不想连累大伙，无奈只好忍辱求全，被迫接受。

盐工们事是不闹了，但为刘庆祥的这种软弱深表遗憾。至此，这场因刘家父女引起的风波算是暂时平静下来。可回过头来，因此事被监工和治安警抓走的几个年轻后生却没能被放回。人们心中仍焦躁不安：说不准接下来还会发生什么事？不日，桂花镇的大街上贴出告示，告示内容说与李阿喜一起在盐场闹事的一帮后生私通“红匪”，改日将押往县城听候处置。众人瞧后颇觉愕然，怎么会呢？在桂花镇只听说闹土匪，哪来什么“红匪”，“匪”还分颜色？不解。但无论怎么着，只要安上“匪”，这罪名可不小。不用说，这消息也很快传到刘家父女的耳朵里。刘家父女初闻之，深感愧疚和不安，一切皆因他们而引起。至于什么“红匪”“白匪”的，那全属捏造出来的罪名，莫须有。当然，在刘父心里最为担心的还是李阿喜，阿喜是个好后生，在雨荷心里李阿喜是她可以托付终身的人。这回被抓去了，不知结果会怎么样，是凶是吉难卜，父女俩一筹莫展，只有在心里深深惦念和替之担心。

要说这李阿喜与雨荷俩本就是邻家，同住在兰溪村，两家人一直相处得都不错。

李阿喜只有一个老娘，父亲早年患病去世，留下孤儿寡母生活。

雨荷呢，则是母亲去世得早，母亲是生她时难产去世的。雨荷本有一个姐姐，八九岁时就卖给人做了童养媳。雨荷是父亲拉扯大的，可以想象父女俩生活得多不容易。

刘家与李家本同病相怜，均为不同藤上结出的俩苦瓜，惺惺惜惺惺，所以在生活上也都互相搀扶着往前走。两家的儿女也都非常听话孝顺。刘家做了什么好吃的，雨荷总要送李家母亲一碗；刘家田里有什么重活，李阿喜准会跑过来帮一把。天长日久，李阿喜与刘雨荷相处得俨然一对亲兄妹。随着年龄的增长，雨荷出脱得楚楚动人；李阿喜也长得浓眉毛大眼睛，身板发育得越来越壮实。刘父与李母俩看在眼里，喜在心田，虽嘴上暂时还没说，却都在心里早就偷偷默许了两个年轻人的亲事，只等着有一天将它挑明。但两家儿女们的听话与孝顺，并不能让两个家庭摆脱生活的重压；辛辛苦苦劳作一年，所产的稻谷七成要缴冯家的租子，只留得三成给自家，一年只有八月粮，其余就要靠挖野菜和给人打零工度日。无论生活上如何精打细算省吃俭用，可日子还是过得很艰难。就在一年前，冯家盐场突然贴出告示说招工，两家人便齐齐报了名，也都搬来盐场住。盐场的活儿很辛苦，李阿喜为了不让雨荷累着，就将自家承包的盐田与刘家的盐田挨到一块，方便随时都能予以刘家父女搭把手。

在盐场干活，除了累，也并非那么自由自在，随时都要忍受监工和监工头的辱骂和欺负。早上起床稍晚一点，就会遭到监工的骂娘；下午缴盐，粗细盐分类差一点，就会被监工刁难，重新来过。你说这日子过得窝囊不窝囊？辛苦不辛苦？闹心不闹心？对已年过半百,身子骨又不是那么好的刘庆祥来说，这日子实在太难熬了。刘家父女俩的艰难，年轻力壮的李阿喜看在眼里，他恨不能把刘家父女俩的活儿由自己全包下来。可自己再有心，也只有一双手，一双腿，白天黑夜没日地干也顾不过来；他恨不能长两双手，两双腿，那样就好了，随时随地都能帮到刘家父女俩。其实，刘父李母心里明白，这哪是他们想要的生活？再这样下去不光大人，俩孩子也非累趴下不可；要真是那样，那今后的日子还怎么过？因此，刘父李母便凑一块儿商量，咬咬牙，坚持干一两年，能多挣几个铜板就收拾回乡下去，到时给俩孩子把婚事办了，也好让他们安安稳稳过日子，不要再折腾。种地虽然不划算，穷是穷点，但免遭人欺负。可以说，早先都计划好了，忙完这一年，待明年春上就离开这里。可眼下，偏偏出了这事，让人如何是好？雨荷在家天天以泪洗面；李母更是担心儿子会遭什么不测，悲恸欲绝。刘庆祥既伤心难过，又束手无策，满含泪水左边劝完女儿，右边再去劝李母，唯独没有人劝自己。在不得已的情况下，刘庆祥只好硬着头皮去找冯府的大老爷冯德昌求情，求他发发慈悲放了李阿喜。冯德昌慈心善面对他说，盐场的事好说，后生们不懂事，不怨他们；可通“红匪”这事，不是他冯某人能做得了主的，得县里定，不过可以帮说说话。刘庆祥说，这孩子从来都老实，怎会通“红匪”呢？一定是抓错了。冯德昌则说，通没通“红匪”待县里调查后才知道，你我说了不算。

刘庆祥、李母、雨荷在家苦等了几个月后，总算从县里传来消息。消息不好也不坏，说李阿喜与同被抓的几个后生并未被判杀头和坐牢，而是被派到徐世昌的队伍修工事去了。刘李两家人的心总算放下，人虽未回来，但能把命保住就好；只要把命保住，人总有一天会回来的。话虽如此说，但两家人的心里还是有一丝不安，那就是李阿喜跟着队伍在战场上跑，也绝非安全，说不定一颗子弹飞过来……怕晦气，都不敢再往下想。他们坚信阿喜命硬，遇啥难事都会扛过去，有菩萨保佑，说不定人很快就会回来，如此在心中默默宽慰着。

第三天，刘父与李母一商量，便一同搬回兰溪村去住。为了吃住方便，两家人从此就搭伙在一起。雨荷除了下地干活，一有空余就帮阿喜纳鞋底，只一年下来，仅鞋子就做了十几双，袜子织了十几对。一针一线无不寄满对阿喜的思念之情，企盼他早点归来。

七

盐场的事情总算平静。但人们对冯府的虚伪表示愤愤不平，表里不能如一，说面上和善心底凶狠。冯德昌心里明白，这样做确实不妥，大家乡里乡亲的，但他不能坏了祖上几百年来立下的规矩，那就是“家声不败”，所以他不得不恩威并施。

通过这次盐场事件，冯德昌算是对这个大儿子看透了，指望他来主持家业不败才怪呢！这天晚上，他没有上大太太白玉屏那儿去睡，他怕她又唠叨个没完，一段来他耳朵都被她磨出茧子。什么大少爷年少，年少时谁还没做出点出轨的事来，也怪那女子勾引，否则他不会与一个盐工的女儿勾搭，好歹也是大户人家的少爷，哪能如此不讲究身份。总之，她想方设法为大少爷开脱，甚至还时不时拿他冯德昌年轻时干过的那些丑事来羞臊，力求淡化儿子所犯下的过错。他冯德昌承认自己年轻时也做过一些偷鸡摸狗的事，玩过戏子，逛过窑子。但那都是为了生意上的事，从内心讲他不愿意这么做，可人在江湖身不由己啊，白玉屏老拿这说事，他心里实在不服，子枫这是在败家，自己则不是，不能相提并论。听孙掌柜讲，大少爷最近常去柜上支钱，不知在做啥？不过每次都不多，所以也便不放在心上。盐场的事虽让他冯德昌烦闷，但不久老二冯德信从省城带回的一条消息，立马将他心头的烦闷一扫而尽。那就是：省府衙门新来的那位盐务次长只到任几个月又调走了。省警署衙门的郝玉龙本是那位次长的后台，见人都调走，也就懒得再理这事。那位次长的亲戚没了靠山，要入干股的事自然也就黄了。冯德昌听了二弟带回的好消息，高兴得要跳起来，欣喜之情溢于言表，嘴里念叨说：“真乃叫人算，不如天算，我冯家

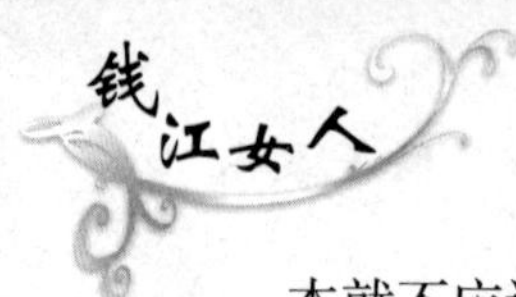

本就不应该倒，是天助吾也！”同时也在心里想，这或许是因祸得福吧，我看你们这帮穷小子还再闹腾！至此，冯德昌已不再生子枫大少爷的气，甚至还认为臭小子做得对。他曾听人说过，在闽浙等地民间有一种广为流传的说法：大凡从事经营活动的生意人，年头都要寻女人开鸿运。当然这种开鸿运，并不是与自家女人行那事，而是去外面撞桃花运。撞不着，就去窑子或者寻暗娼。若能撞上未开苞的姑娘，那就要行大运了，这叫开门红，当年的生意肯定红火。这种说法初听起来甚觉荒唐滑稽，实在可笑，没人信，但这种迷信思想却在他脑海里深深扎下了根，并未移除。他将冯家前后所发生的两件事情联系到一起一想，不免有点信了。大少爷来盐场“历练”，一来就撞到刘家那二姑娘，开了大运，省城的那位盐务次官就跑了，眼看要失去的银子又找回来了。他认为这鸿运开得好，这就叫“失之东隅，收之桑榆”，折两个小本，换来的可是大收益，买卖很划算，说不准还有更大的好事在后头。从此，他不再认为子枫大少爷是败家子了，甚至还认为这小子有胆量，生意场上嘛，本就是尔虞我诈弱肉强食的地方，老实人哪能吃得开。他也不再对大太太白玉屏有成见了，对于她所提出的让大少爷子枫继承冯府家业的事，从心底渐渐认同。但他冯德昌毕竟是过来人，历经风雨，选谁不选谁还要等到最后再斟酌，他不想轻易就把话放出去。想到这儿，他扭身去了西院三太太夏林月的屋。进门方知来错了，要是三太太也向他提起继承家业的事，这可如何是好？那还不掐上。近几个月来所发生的事，她不会不知道，就是瞎子看不见，用耳朵也听出来，何况一个正常人，瞒是瞒不过的。冯德昌开始在心里打鼓，暗暗叫苦，遂抓紧打腹稿预备搪塞的话。

“呦，是啥风把您给吹来了，您……不是跟玉屏姐姐闹得正热乎着呢嘛，怎么这就想起人家来？是那儿的饭菜不好吃还是真心放不下奴家？或者说来这儿躲清闲？咯咯咯……”冯德昌一进门，三太太夏林月就拿话揶揄他。夏林月嘴上虽怨恨老爷冷落自己，但嫩脸之上却难掩欣喜之情。冯德昌知她在有意取笑自己，并不觉得有啥难为情，女人嘛，都这德行，啥事都喜欢争风吃醋，说一套，做一套，有啥不明说，还让你去猜，猜不着，就背地里拿风凉话损你，总让人琢磨不透。

“是东南西北风，不是人来风。我是来找子桐的，不知他最近跟先生学习得怎么样了？想考考他……看是否有长进。”冯德昌这是在找借口。夏林月听得出他是在搪塞，不是来找她才怪呢。最近一定是跟白玉屏杠上了，所以才想起来自己这里寻舒坦。不管他因何，能来就好，遂热情扶他屋内椅子上坐。还未等夏林月开口，房中丫鬟子规便殷勤过来帮冯老爷泡茶。夏林月就转身打发房中另一丫鬟紫薇赶快去隔壁二姨娘家喊子桐回来。二少爷子桐最近喜欢跟姐姐秋云玩，整天黏在二姨娘家里不回来。

“我不管你找谁，来了就好……咯咯咯咯……”三太太话音未落，冯德昌先感觉她一股热气扑面，摇曳得他的心忽来晃去。夏林月话刚开头，忽又想起什么，遂对丫鬟子规呼说：“子规啊，想来老爷从外面转来，一定还没吃晚饭呢，这就不去打扰厨房了，你带些银钱……去街上帮老爷买一斤牛肉、一斤脆皮鸭，再要俩猪蹄，一包花生米回来。好酒我这儿有，就不用买了。”说完去里间屋子，打开梳妆台前的小抽屉摸出几块铜板，出来随手递给丫鬟子规，并不忘交代说：“快去快回！”丫鬟子规揣好钱答说：“呃，知道了三奶奶。”就急转身出屋去。

冯德昌坐着一边喝茶一边在想：这娘们还真会疼人，如此摸透自己的脾性，知道老爷我事忙未曾吃晚饭，于是就随口抛出一句：“还是我的林儿知冷知热地疼人。”夏林月听了，拿鼻子哼哼两声，说道：“老爷，您这话说的，听了让人全

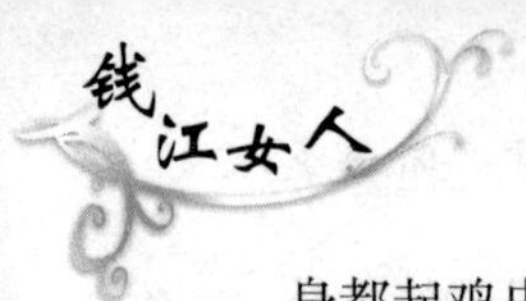

身都起鸡皮疙瘩。您是在大奶奶房待腻了，来我这儿找新鲜，想换换口味呗，啥事儿还没做……进门就先夸上了。咯咯咯咯……”

“呵呵呵，你你……你看看，你看看，吃醋了不成，吃醋了不成。我就知道你会耍笑我，不过，作为老爷，我可没有偏着谁向着谁，你们都是我的太太，一碗水我得把它端平，一视同仁，你说是不？哈哈哈……”冯德昌说完自先乐了。

“对对对，对得很，待吃过饭上床歇息了……我再与你说仔细。”说毕夏林月含情狠狠剜了冯德昌一眼。冯德昌自是领会，于是望着她不好意思地干笑几声。但转念又想：这娘们不会是嗅出什么味来吧？二少爷子桐也是冯家的香火，她不会耳中塞了驴毛装听不见，轻易就将继承的机会拱手让人，起码也该争一争啊？先不管这些，她说床上就床上，然后再听听她如何说。

其实，前一阵子的闹腾，三太太夏林月早就看出端倪，一个游手好闲的公子哥冯子枫，本就是个没出息的东西。自从老爷去白玉屏那儿住了一段儿，情况竟发生逆转，冯子枫这只火鸡竟也能变凤凰，癞蛤蟆也能逞大马。白玉屏肯定没少往老爷身上下功夫，被她的枕边风给吹歪了头，否则怎会突然决定派大少爷去盐场？说是历练，实则还不是为了掌握盐场的控制权，将来好接替老爷继承冯家偌大的家业。要知道冯家的家业一大半靠的就是这盐场，没了盐场支撑，光靠那一万多亩水旱田，在桂花镇是撑不起如此大的牌面的，别说四处吆五喝六，府上看家护院长工短工杂工佣人一两百号人，有一半得遣散。盐场被他控制了，那她夏林月与儿子子桐娘俩往后的日子怎么过就说不中了，肯定不会有好受的。都是冯家的后，凭什么厚此薄彼？夏林月越想越觉得自己窝囊，这么大的事情让人抢先，竟连一声都不吭，算是傻到底了。白玉屏既然能算计，她夏林月就不能让她的阴谋得逞。她在心里暗暗下决心，一定要将事情扳回来，就算弄个鸡飞蛋打，也不能便宜了姓白的。

说话间，二少爷子桐从隔壁二姨娘家回来了。冯德昌瞧见二少爷，心里喜得眉开眼笑，叫他来自己身边坐。

“子桐啊，在学堂先生处，国学、算学学得怎么样啊？还行吧？将来咱冯府这偌大地家业就靠你和子枫哥俩了，学业上你可得有长进噢，不可往下溜。”冯德昌话说得语重心长。

“爹，子桐记住了。嘻嘻……你可不知道，我们学堂那国学先生有点怪，讲起课来总是摇头晃脑之乎者也，跟念经差不多。说出来的话佶屈聱牙，又难听又难懂。算学先生就更加搞笑了，竟然把一年三百六十五天推算成三百六十八天，整整多了三天。把算学册子例题中的人名‘王卓’，读成‘王戳’。还有，就是在描红课上，二癞子画了个大大的王八，被先生发现，狠狠打了一顿板子，手都打肿了。你说好笑不好笑，嘿嘿嘿嘿……”二少爷说得眉飞色舞，唾沫飞溅。在一旁的丫鬟紫薇听了也忍俊不禁，掩着鼻子笑。二少爷还要往下讲，冯德昌忙要他打住，道：

“子桐啊，学堂的事就暂且说到这儿吧，我看还是先吃些东西，过几日有空，你来我书房，我再细细与你讨论。”不用说，冯德昌已从二少爷的这番话里明白了什么。很显然，二少爷在学堂并没什么长进，同时透露出学堂先生的俗不可耐，全是些酒囊饭袋之辈。

二少爷回说他已在二姨娘屋里吃过晚饭了。冯德昌也就不勉强，让他独自去玩。冯德昌来三太太夏林月这儿，说是找子桐，这话原本只是个借口，谁知就是这借口，却让他对二少爷有了另外一种看法。之前他一直都认为子桐要比大少爷子枫有长进，现在看来，实不尽然，好不到哪里去。

二少爷告辞回了自己房间。客厅内暂时只留得冯德昌、

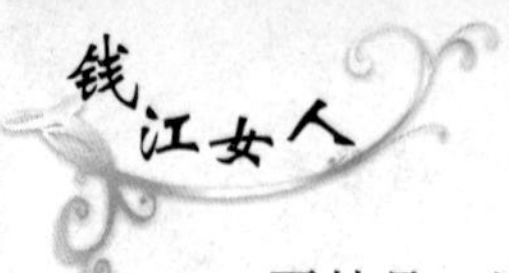

夏林月、丫鬟紫薇三人。

“你说这学堂里都是些啥人吗，一个老古董，一个纯粹就是一混饭吃的糊涂虫，能教得啥学生？”夏林月唠叨说。

“那都是镇长白麻子塞进来的，不沾亲带故的正经先生他不要，非要弄两个废物进来。”冯德昌生气地说。

“我看啦，实在不行就让子桐去县城学堂就读。白麻子这哪办的是学堂，纯粹糊弄人！”夏林月试探着问。

“我看也是。花钱是小，跟着这两个废物也误人子弟。”冯德昌竟随口答应了三太太的提议。

这会儿，丫鬟子规从外面回来了。

“我说你呀，怎么去这老半天才回来，上县城了？等得肚子都饿瘪了。”夏林月瞧见子规便数落道。

“三奶奶，你可不知道，街上卖牛肉的两家店，早已卖完，待我转去码头上的范记那里才算买到。后又去了街西买了脆皮鸭，我知道老爷爱这口。猪蹄、花生米出门街边店铺就有卖，没费啥工夫，就是这牛肉耽误了时间。”进门就被怨，丫鬟子规喘着气向主人解释说。夏林月见她说得辛苦，也就不再怪罪，催她赶快将买来的东西上桌，老爷等着呢。子规汗都顾不上擦一把，就急急跑去厨房拿来碗筷、酒杯等，并与紫薇二人一一摆弄好，方才怯怯退下。夏林月见桌上吃的准备就绪，遂去一边屋角拎来一小坛桂花酒，慢慢开封，然后小心翼翼地亲自帮冯德昌斟上，自己也斟上，这才屁股落座说：“老爷请！”冯德昌早就凑来桌前，未等她“请”字落定，便不自觉地端起了酒杯候着。夏林月瞧之，不禁抿嘴一笑道：“让您久等了，来老爷，我敬您一杯！”说毕，双手举杯向前一晃先干了。冯德昌也跟着干完。

“我说，都老夫老妻了，还这么客气！”冯德昌笑说。夏林月咧咧嘴只笑没作声，而是操起筷子拣了一块卤牛肉放到冯德昌的碗里。

“不……不客气，我……我自己来吧。你也吃，你也吃。”冯德昌谦让说。夏林月又夹了一块脆皮鸭放到冯老爷碗中，回说：“我午饭吃得多，这会儿还不饿。主要是老爷您要吃饱，我只是作陪。”

“既然是作陪，那就一起再干一杯吧！”冯德昌说。

“好！”夏林月说。

二人遂端起了鬘刚斟满的酒，“咣”一碰杯干了。冯德昌舔舔嘴唇，长吸口气，放下酒杯，拿起筷子点点桌上的菜对夏林月说：“你也吃一点尝尝，味道真不错，空肚子喝酒不好，伤胃。”夏林月见他如此关心，就顺了，用筷头挑了一小片鸭皮放在嘴里嚼着。冯德昌反捡了碟中的花生米，一粒又一粒丢进嘴中嚼得咯嘣响。因二人嘴巴都有货占着，虽面对面坐着，这时却都只嘴动，不说话。

冯德昌两杯酒下肚竟食欲大增，遂往下也就不再客气，自顾自地大吃大喝起来，不再讲究。一会儿酒，一会儿肉，吃得满面红光，不亦乐乎，不再理夏林月。夏林月在旁瞧着他这副模样，不觉暗自好笑。

晚上吹灯上床，亲热至中途，夏林月就问他：“老爷，您将大少爷派去盐场，可是大奶奶玉屏的主意？是不是以后……想让他来接您的班，主持冯府的家业？”夏林月话单刀直入，说完，不停用手摩挲冯德昌溜光的身子。

冯德昌早就料到她会问起此事，好在他提前心里有准备，遂答说：“哪里的事。怕他游手好闲，到处生惹是非，就听了孙掌柜的话，让他去历练历练。我又不是七老八十，急着接什么班？你就别瞎猜了。真要有那事，我能不告诉你吗？子枫子桐都是我冯家的香火，手心手背都是肉，我能偏哪个向哪个，你说是不是？”

“嘿嘿……也不是我多心，都是那些下人们没事背地里瞎喳喳，我根本就不信。”夏林月完全是托词。冯氏家族将来由谁接班不接班关下人们屁事，用得着他们瞎喳喳。

“呵呵，下人们嘴里的话，你也信……？”

“不是我生性多疑，耳根子软，我怕真要有此事，那可就糟了，我是在替老爷您着想，替冯氏家族的兴衰担心。我并不是说大少爷有啥不好，你也知道，子枫是个无定性的人，整天闲逛游，不是惹事就是生非，不干正经事，真要把冯府的家业托付给他，那还不败光去。且说二少爷子桐，虽学业不长进，但人实诚，将来一定会有大出息。”

“我知道，你是为我冯家好，但你所说的那些都是没影的事。我不是说过，我今年才五十多，又不是老得迈不动步，急着要人接替。现在议这事尚早，你就把心放肚子里吧。”

“嘿嘿……我也就随口这么一说，都怪那些下人们闲磨牙，不知从哪儿听来的？”

“呵呵呵……先别乱摸，轻点……”

“嘿嘿，不嘛……”

夜已深。这一晚，尽管夏林月在被窝里百般柔情，万般蜜意，冯老爷始终没再兴奋起来。

第三章　书院深深

一

初晨的细雨，飘飘洒洒，把个偌大的桂花镇锁在一片迷雾中。连日来，本就阴郁的天气，这会儿光线变得更加灰暗。坐落在钱江北岸上的“钱江书院”，被水雾完全所笼罩，徽式的门楼，暂时还不辨雕饰，只有“钱江书院”几个大字，历历在目。大门紧闭着，两边的高墙之上爬满了厚厚一层藤本植物，或缠绕，或匍匐，或半悬吊在空中。它们，均被清晨的细雨浸漂得湿漉漉水淋淋。顺着藤本植物向下瞧，白色的墙面被水滴划得一道一道痕，洇在一起连成一片。日久天长，寒来暑往，那被水浸袭过的墙壁，竟都长出了一层毛茸茸的苔藓来。书院门前两棵巨大的桂花树，擎天立地，纹丝不动，只听得雨打树叶沙沙响。树下清冷的石板上，稀稀拉拉掉落了不少碎的黄的花瓣。有些是新落的，有些则是昨日或更早一些时候落下的，已变褐或弯曲，甚至被行人踩烂成泥。从树下经过，细闻，一股淡淡的桂花清香立马穿鼻入扉，令人神清气爽。树上有几只野雀在叫，大清早的不知唧唧个啥？见树下有人经过，野雀胆小受惊，扑棱棱顶着细雨朝天空远处飞去。天空布满铅灰色，脚下的青石板泛出清幽的光。在桂花镇，可以说除冯家大院之外，占地面积较大的也就数这座“钱江书院”了。

钱江书院，进门中间由三排大殿式的房屋建筑组成：前排三间、中排三间、后排三间，称为中三庭。三庭当中，前排三间供奉的是孔圣人造像。中排三间和后排三间为教学场地，专供先生和学生读书诵经用。除此，东西还有个小院落，说小也不小，各建有九间偏房。东院供先生们生活起居用；西院则是弟子们的寓所。再往里，靠北是一处小菜园。小菜园内建有厨房和几间雇工住房，另搭有几间存放杂物木棚。整个书院环境清幽，假山假石装点，奇花异草种满各个角落，俨然一方与世隔绝的小天地，一块读书诵经的绝佳去处。当年建院时，据说设计人之所以选址此处，主要图的就是个清静。书院据记载建于盛唐永徽年间，迄今已有上千年历史。总共从这里走出两位状元，六位进士，举孝廉者就有十一人，中秀才者则不计其数。当年有句流传很广的乡俗俚语是这样来形容的："走进桂花镇，秀才比驴粪。"可见钱江书院发展之鼎盛，人才之济济，遍及乡村四野。

书院的文先生，就是清乾隆从钱江书院走出去的进士，当年曾出任两淮地区的盐运官。文先生，名怀远，子居廉，号钱江樵夫，又乡间野叟，今年七十有一。文先生一生未娶，年轻时在桂花镇上有一相好，名玉兰。当年文先生进京赶考，玉兰姑娘担心他体弱，又是长途跋涉，吃不了那风霜之苦，为照顾他，不顾家人的反对，执意陪他一同前往。然而，不幸的是，就在文先生考中张榜的那一天二人失散，从此杳无音信。之后，文先生被朝廷委以两淮盐运官，官服加身，但他仍念念不忘寻找他的玉兰姑娘。到任属地后，第一件事，就是安排手下前往京城，继续打听玉兰姑娘的下落。手下访遍京城，最终不得消息，玉兰姑娘就像是从人间蒸发了一样。这令文先生伤心欲绝，心中始终结着个疙瘩，吃饭睡觉总不香，整日郁郁寡欢，也无心做官，从此下定决心，终身不再娶。后来，因思念玉兰姑娘，另一方面也因看不惯官场上的腐败与龌龊，遂辞官回乡。从此，他寄情于高山流水，不再涉足名利场。回乡后，没了朝廷的俸银，生活很快就变得拮据。为了糊口，他不得不搬来书院靠卖字、教授学生诗文维持生计。文先生最擅长的是书法，他临遍史上诸多名家之真帖，像欧阳询的《九成宫》、颜真卿的《多宝塔》、柳公权的《玄秘塔》、赵孟頫的《寿春堂》、王羲之的《兰亭序》等，均烂熟于心。他集众百家之所长，如今已形成了自己的一套书写风格。文先生的另一特长，就是画玉兰。他笔下的玉兰花洁白如玉，高雅而清香，总是那么的栩栩如生和显得一尘不染，或许他是在借画花追忆自己的恋人吧。文先生也究习国学，对史上诸子百家各个流派，均有自己的见解。

清光绪三十二年，康梁维新变法，朝廷宣布取消科举，书院遂一下子变得冷清许多，弟子锐减，到最后竟寥寥无几。昔日诵经读典的朗朗之声早已绝于耳，再难觅当年之鼎盛踪迹，崇尚诗文的人越来越少，书院由此变得凋敝衰落。时至今日，只剩得空荡荡一座院落，残垣断壁，充满凄凉和冷清。

秋云与仁昌是两位勤奋好学年轻人，不追逐世俗，他们同是文先生的崇拜者，二人都喜欢国学与书法绘画。

秋云与仁昌是去年秋上在书院碰面才正式认识的，之前仁昌虽常去冯府拜见她的父亲冯德昌老爷，但只是隔窗隔帘一瞅而过，白驹过隙，谁也没有在意谁。仁昌于早年就闻听静心师父讲，钱江书院的文先生是位好人，为人正直有学问。待长大点，他就在师父的引荐下，叩拜在文先生门下做弟子，跟随他究习国文。后来虽说又去了县城新式学堂，但他一有机会便跑回来去书院聆听文先生的教诲、习字或作文。记得那是一个秋日的上午，天空同样飘洒着蒙蒙细雨，天气同样的阴郁和清冷，仁昌忙完手头的几件事，便匆匆出了寺院的门下山往书院去。刚行至书院大门口，偶遇一年轻女子身穿格子旗袍，腋下

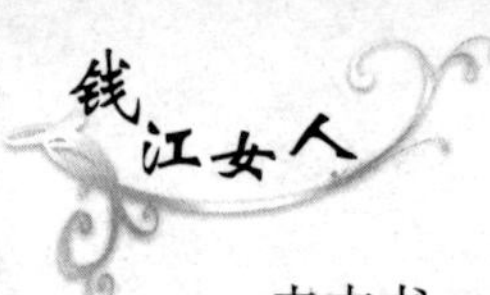

夹本书，头顶撑了把油纸伞，也走进书院门。二人在门口相遇时，虽说只相互瞧了对方一眼，但从她的娇羞和他的憨态之中，可捉捕到彼此并不反感。待两人前后来到文先生的书房，经先生介绍，二人方算正式认识。那是他二人第一次相见，说实话，秋云与仁昌虽同在一个镇上，因各自的境遇不同，熟知的机会也就非常少，交往更谈不上。一个贵为大户人家的千金小姐；一个乃住在寺院里的孤儿，高低贵贱相差甚远，没有啥能够把他们联系在一起。今日同拜在先生门下，虽无心撞上，却难回避，正因为如此，也便为他们提供了正面接触的机会。秋云初说话行动还带有几分矜持，但话来话去便相互熟了，也就不再那么拘束，开始有说有笑，遂室内气氛一下变得活泛起来。秋云人极聪慧，既能写得好字，又能画得好画，更赋得好诗。只因兴趣相投，仁昌不用说，对这位年长自己几岁的姐姐也心生好感，觉得她性格活泼开朗，很随和，不像那种难靠近的女子。当时，在秋云看来，这仁昌人五官端正，生得眉清目秀，谈吐斯文，并不讨人厌，虽年小自己几岁，但已长成七尺男儿身，称得上一翩翩英俊少年。那身钉有五颗铜扣子的学生装，穿着在他身上煞是精神。很快两心相悦，眉目传情，行同故知旧友，熟络在一块。

窗外，雨还在沙沙地下，但天空已明显放亮，没了清早时的晦暗。文先生有早起的习惯。此刻他已早早洗过脸漱过口，移步来到书房前的过道上，一边练拳，一边等秋云、仁昌两人的到来。今天，他要给他俩讲授《元曲》中的另外两个片断，脑中考虑如何将它叙述得更贴切一些。不一会儿，便远远听见书院大门响，想必是秋云仁昌他们到了。先到来的是秋云，她住得近。平时她还会带上妹妹秋雰一块来，今天没有，估计，一是天阴下雨的缘故吧；二怕秋雰在旁碍事，影响她与仁昌的交往。总之，二者皆有之。

秋云小姐今天一身素色打扮。黛绿色的条纹旗袍之上，套一月白绣花绸面夹坎肩；乌黑的秀发梳了用一只圆形发箍卡好整齐拢在脑后头，显得洒脱而自在，完全一新式女性的装扮。秋云的家（也就是冯府）与书院同处一条街上，一个在西，一个在东。冯府在西，书院在东。与书院仅隔南北两条巷口，步行也就三四百步远，步大，一转身就到。所以，虽天空飘着雨，地上也湿漉漉，她仍跟往常一样，一双高跟黑色麂皮靴子穿在脚，头顶一把棕色油纸伞，用不着动啥干戈，只一小会儿工夫就到得书院，天气对她来说根本就不是问题。当然，或许还另有一个原因，那就是她要把自己最美好的形象展示给仁昌瞧，不要让他觉得自己拖泥带水和俗不可耐。秋云到达不久，仁昌也就跟着到了。仁昌住在白云寺，途中要下山走过一段乡下的泥泞小路，所以，一路顶风冒雨，他不得不头戴好斗笠，身上披好蓑衣，甚至将裤管挽得高高的，光了脚丫走路才行。即使那样，一不小心，也会滑上一跤摔倒泥潭里，哪顾得上形象好看不好看。再说啦，仁昌这孩子从小在苦水中泡大，他也不是那种好面子爱虚荣的人。秋云见他如此披挂，虽觉好笑，但并没有因此而看轻他，反倒觉得他这样原汁原味的实在。仁昌面对秋云，自觉狼狈不堪，瞬间窘态陡生，一副极不好意思状。他慌忙卸下雨具，找了地方先去清洗自己那沾满泥水的臭脚丫，待清洗干净，方才从自己随身携带的布包内取出一双干净的布鞋和布袜，坐一干净石级上换了，然后起身捋了捋有些凌乱的头发，这才红着脸进屋来与先生和秋云说话。

“嘿嘿……乡下小路，弯弯曲曲不好走。尤其是雨天，嘿嘿……脚下打滑，就更不好走，所以，嘿嘿……有有些狼狈。”仁昌有些尴尬，不好意思支支吾吾解释说。然而，秋云和文先生并没有觉得有啥不妥，却将目光齐齐投向了他的一条小腿，见他一瘸一拐的，误以为他摔伤了。仁昌遂明白他二人的意思，

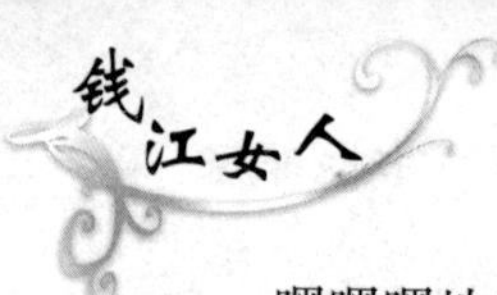

嘿嘿嘿地傻笑着说："没事的，从小走惯了乡下的道路，崴了一下，活动活动就好。"秋云和文先生见他说没事，也便放心。但还是交代他，以后行路要小心，不可赶得太急。仁昌憨笑着回说以后会注意的，只因今天天气阴沉下雨光线不好，所以下山时不小心才滑了一跤，不过无大碍。

"没事就好，没事就好。但还是要小心，无论走路做啥，粗心不得。"文先生关怀说。

秋云小姐在旁也关切说："是啊，仁昌，以后多注意点。"

仁昌听完此话，心中一阵阵温暖，像个听话的小孩子腼腆地回说："嘿嘿……我记住了，会注意的。"

秋云小姐瞧着他那憨态可掬的样子，遂忍不住抿嘴笑了。

文先生见他二人都已准备好笔墨纸砚，也就废话少说，轻轻翻开手中的书页道："俗云'一年之计在于春，一日之计在于晨'，所以，早晨时间宝贵，我就接着昨日的课题讲吧。昨天，我讲到《元曲》中的《南吕 · 四块玉别情》部分：'自送别，心难舍，一点相思几时绝？凭栏袖拂杨花雪。溪又斜，山又遮，人去也。'四块玉，为南吕宫曲调。句式为：三三七七，三三三，共七句五韵。关汉卿巧妙地运用苏轼《少年游》'去年相送，余杭门外，飞雪似杨花。今年春尽，杨花似雪，犹不见还家'之意，将它溶在自己的曲中，更加准确地表达了主人公的送别之情。女子送别亲人后，依旧恋恋不舍，依偎栏杆，追寻亲人离去踪影的情景。一句'凭栏袖拂杨花雪'真乃叫绝，道出了女子的相思。她望穿双眼，无奈亲人已远去，关山阻隔，只有一缕情丝扯不断，随亲人远去。曲写得幽怨惋叹，细腻而感人……"文先生一边缓缓迈着步子，一边抑扬顿挫地向两位年轻弟子传授自己对该曲的见解。秋云与仁昌坐在案前静心聆听，一声不响，宽敞的书房内鸦雀无声。文先生课讲得深情，秋云与仁昌一步一步被带入曲中所描写的情景之中。文先生似乎也替曲中人物的悲惨命运伤感，或者说触到了他某根神经，脸部表情显得凝重，声音渐渐趋之低缓，最后，干脆停止没再继续往下讲。为了掩饰自己的失态，就顺手端起搁在案头上的紫砂壶抿了两口茶水，这方换了个话题重新开始，道："以上……我们就暂且回顾到这儿吧，回去你们可细细揣摩，写出心得。下面，咱们就讲新课，还是《元曲》，关汉卿的双调《大德歌 · 春》。我先诵读一遍，你俩可试着品味。"他略作停顿，调整了一下呼吸，方开口吟唱道："'子规啼，不如归，道是春归人未归。几日添憔悴，虚飘虚飘柳絮飞。一春鱼雁无消息，则双燕斗衔泥。'子规即杜鹃也，鱼雁则比喻之书信。春天燕子都要双双飞来在屋檐下做窝，何况人呢。关汉卿使用典雅而又通俗的语句，含蓄地表达了少妇盼亲人归来的相思之苦。句子虽短，但意境幽然，很耐人寻味，静下心来细思必有感触……"

文先生讲课，并不像有些老先生那样摇头晃脑，满嘴之乎者也。他讲授既通俗易懂，又入得情理，非常感人。这篇《大德歌 · 春》，他足足讲授了一袋烟的工夫。听得秋云满脸愁云惨雾，听得仁昌一副忧心忡忡，他们完全被曲中的情节所感染。

这会儿，外面雨已停，天虽还阴着，但室内光线比秋云仁昌他们初来时亮堂了许多。仁昌就提说要文先生歇息会儿再讲授，怕他体力不支累着，毕竟是位老人家了，不可连轴转。文先生笑笑说没事，执意坚持把最后几段讲授完方肯坐下来歇息。此时，门外传来脚步响，接着有人推门，是吴妈送饭来了，手里拎着食匣子进门就喊："早上下雨，天亮得晚，以为时辰尚早，稍一迷糊就过了，这不……误事了，想必先生一定饿坏，全怨我这婆子贪睡。"

文先生忙说："不饿，不饿，来得正合时候！"

文先生自己没有开伙，一日三餐全由吴妈送来。

吴妈放下食匣，从上到下一层一层打开盖子。先从上层取出一小碟臭豆腐，再从第二层端出一盘腌制的酸梅菜，待掀开第三层时从里面取出的则是四个不大的小笼包，最后方从最底层双手捧出一碗香喷喷的糯米皮蛋粥，一溜摆好在案上。然后收起食匣去一旁坐了，静候先生用餐。文先生向秋云和仁昌稍作谦让，待他们说来书院前均已在家中吃个早点，这方走过一边用湿毛巾揩揩手，然后向上抖抖袖口弯腰坐下吃喝起来。他一边吃，一边与吴妈拉些家常。秋云与仁昌则屁股挪去一边看书。吴妈说："今秋雨水好，菜价比先前便宜许多。新米登场，五个铜子便可买得一升。不像去年天旱，啥东西都贵死去。唉，雨水多说好也不好，雨水多对庄户人有利；可对盐工们就不好了，三天两头见不着日头，就得生火烧，那可多费事呀。我邻居老邓家的二小子俩月都没往家拿铜板了，天老阴着，难出盐，盐场又不给预支，你说这可咋弄？如今都二十有五的人了，还没讨得一门亲事，把老邓两口子可没愁死。可话说回来，这老天也难做，老不下雨挨庄户人骂，下雨多了又挨盐工门抱怨，这放谁都难弄。嘿嘿嘿嘿……你说可不是。"

文先生就一边吃着一边说："唉，大家都是命苦人。你说这老天到底应该向着谁？两为其难啊。"

吴妈就又笑笑说："就是，到底向谁才对呢？还有，镇上的评戏班子里唱花旦的顾玉梅，听说另搭班去了城里，嫌这里工钱低。她这一走，那评戏班子还不塌台了？她可是里面的梁柱子呀。说实话，这顾玉梅的戏唱得可真好，就说这《棒打薄情郎》中的金玉奴，那可是演活了，论唱功，论身段长相样样都好，没了她，我看咱桂花镇再难寻出第二个像她这样的人来，走了多可惜。先生你说是不？"

其实，对于吴妈文先生心里清楚，顾玉梅戏唱得好坏，她只是听街坊邻居在瞎议论，吴妈自己可以说连一回戏园子都没进过。镇上沈家的评戏班子是有讲究的，据说当年的乾隆爷曾点看过，现如今人们要进一回戏园子手里没有一块银洋就别想。像吴妈这种如此省吃俭用的人，哪舍得花这等冤枉钱？顾玉梅离开或许另有其原因，并非一定为工钱低。于是他说："唉，可惜是可惜了些，常言道：'人往高处走，水往低处流。'再有名再好，人家也不可能在这小镇上待一辈子，你说是吧？"

"先生说得也对，放谁谁不想往大地方走，窝在这山旮旯里有啥出息。"吴妈顺了文先生的话说道。

聊着聊着，不知不觉饭菜已吃完。文先生就抹抹嘴站起身来，伸伸懒腰打了两个饱嗝，移步一边待着，等吴妈过来收拾碗筷。吴妈问他吃饱了没有？文先生就笑着答道："吃饱啦吃饱啦。俗话说得好：'坐着吃饱，站起刚好。'刚好！"

吴妈走后，文先生端起茶壶抿了几口，坐一旁稍做歇息，就接着前面所讲的内容继续为秋云仁昌俩授课。等到吃午饭时，天空再次飘起了雨，吴妈准时送饭过来；或许因早餐送晚了，午饭就不好意思再延误。文先生要留秋云、仁昌一起吃。吴妈也说今天下雨，她特地多加了几个菜，想必你二人暂时回不去，就陪先生一块吃吧。秋云推辞说不用了，她家离书院近，自己回家去吃就行，谢谢先生，不用客气。仁昌也说该走了，明日再来，说着就去拿雨具。文先生也就不强留。吴妈本还想说"下雨天留客天，人不留人天留人"，见秋云仁昌俩执意要走，话到嘴边遂又改口说："既如此，你俩可要走好，雨天小心路滑！"秋云与仁昌俩齐说："吴妈、先生就放心好了，我们会注意的！"

秋云仁昌双双出了书院门。此时，正值午饭时分，调今日时辰尚早，秋云突然提出说要跟仁昌去白云寺他的住处看看。仁昌说："这怎么行，寺院内都住着些僧人，突然带一女学生回来，她们会怎么看？不妥不妥，万万不可。再说呢，既就是要去，你瞧今天这鬼天气，下雨怎么去得了？乡下的路你没走过你不懂，非常难行，你瞧瞧我这身打扮就知道有多难。”秋云说：“我也可以光了脚丫走。”仁昌说：“这不行，你一个大小姐细皮嫩肉的怎好在泥水里踩，划伤了怎么办？”仁昌予以拒绝。秋云还是死缠着说：“我也并非一定要去你住处，人家上山只是想拜拜菩萨，顺便看看静心师父。说去你住处，那也只是个托词，看把你吓的？！”但仁昌还是觉得不妥，即便要上山拜佛，也应选个好的日子，这雨天，风吹雨打的咋行？就劝她暂先放弃，改日天晴再去不迟。仁昌是傻，秋云这样说并非真心要去，她也知道这下雨天，乡下的道路泥泞不好走，她一个女孩子家哪吃得这种苦,就眼下自己这身穿戴就更不行。她心里想的，无非使想借此理由与仁昌靠近，路不好走，也就有了相互搀扶的机会，男女之间也就自然而然地好上了不是？仅有语言是不够的，该接触要接触，否则过后会害相思病。现在看来遇今天这种倒霉天气实有不妥，难以成行，也就听他劝放弃。但还是在心里骂他真个榆木脑瓜，一点都不开窍，白浪费自己一番心机。她心里虽如是想，然而又不想就这么被拒绝，那多没面子，起码得给个台阶下，于是就说：“那上山拜佛不去了，你就送人家一程回家吧？！”仁昌知道她这是在撒娇，就爽快答应了，说：“好好好，行，我的冯大小姐！”

秋云把嘴一嘟说：“以后，不许你叫人家大小姐，好像人家有多老似的。叫秋云！”

“好好好，秋云，就叫秋云！”仁昌嬉笑说。

秋云向他做了个鬼脸，二人遂并肩朝西街方向走去。其实，还没行几步就瞧见秋云的家，再往前就到家门口了。秋云思忖被人瞧见不好，遂对仁昌深情一瞥，说声再见，便扭身小跑着回家去了。仁昌望着她的背影发了好一阵子呆，一种莫名的落寞感袭上心来，他不知这是为什么。此刻他两只腿像长在了地上，挪都挪不动，可以说他那一颗十七岁少年的心，被她给掳走了。

二

第二日，天气忽然转晴，但脚下仍然湿漉漉的，路面低洼处尚有积水，行人走道得像跳傩戏样拣着地儿走。临近早饭时分，太阳方从云旮旯里蹿出来，地面上也渐渐开始变得干爽，但此时街上行人仍稀少。有鸟儿在树上鸣叫，叫声清脆。闷了几天的蝉们也开始试声，嗓门调得高高的，当然还是老一套，吱哇吱哇地单调重复，一点都不动听。街边有公鸡在追母鸡，母鸡在前面拼命奔跑，公鸡在后面拼命追；母鸡逃到一草垛旁终于被公鸡追上，公鸡很快将自己的双爪踩到母鸡背上，母鸡老实趴在地上一动不动。一只小花猫在一旁静静观看。公鸡突然扇动翅膀从母鸡身上跳下来，小花猫一惊，哧溜一声攀上屋檐溜走。

书院的文先生早上起来精神爽快，又适逢雨后天晴太阳出，于是洗把脸未等吴妈将早饭送来就径直转去了屋后的小菜园。书院后的小菜园住着位孤老头老杜，老杜头今年六十多岁，人又聋又哑，小菜园由他负责打理。老杜头人虽又聋又哑，但做起活来却很扎实，腿脚也勤快，一亩半地的小菜园被他安排得井井有条，根据季节不同，种上了各种瓜果蔬菜，春天有春的，夏天有夏天的，秋天更有秋天的。此时节令正值深秋，菜园里茄子、黄瓜、豇豆、西葫芦挂满架；地上辣椒、大葱、白菜、胡萝卜、花生比比皆是。一边的小池塘内还养了草鱼黄鳝之类。在小池塘的另一边圈养着几只母鸡，平时生活上也有肉蛋类搭配。菜园里这么多东西，靠文先生和老杜头俩当然吃用不完，那怎么办呢？文先生早有计划，于是就安排老杜头空闲时挑去街镇上卖，这卖菜的收入基本能维持他和老杜头俩的日

常开支。

老杜头是文先生请来的。老杜头过去常给书院厨房送菜，书院冷清后，文先生就要他搬来书院专门负责打理书院内部的小菜园，于是老杜头就来了，这一住就是十多年，人都老了不少。这十多年里，老杜头除了种菜就是卖菜，闲来没事就去前院文先生的书房里转转，看他写字画画，但更多的时间他还是喜欢一个人待在小菜园里侍弄这侍弄那。老杜头一个人开伙，起初文先生也动员过他一起要吴妈送饭吃，他不肯，比划着说小菜园里啥都有，吃住都很方便，文先生就不勉强，随他去吧。小菜园里也确如老杜头所说，很方便。园内盖有四间宽敞的砖瓦房，一间做睡处，两间做厨房，剩余一间留作杂物房；另外一旁还搭有小半间柴房。这里过去曾经是书院先生们的膳房，现在用不上了，因此就统统留给老杜头一个人使用。厨房内，一切操作用具一样不差，何苦还要人伺候。吴妈伺候文先生那是应该的，他是诗文人，过去也曾是官家；论自己，就一个种菜的孤老头庄户人，哪能要人伺候，这不主仆不分乱了规矩？在文先生看来，这样也好，人活着要过得自在，他人关怀过多反而令对方不安，老觉亏欠人什么，身上背有包袱；能自给自足，自食其力，生活方才显得坦然。

文先生踱步来到小菜园。老杜头一大早就挑担出去。昨日后晌，起菜腾出的一块空闲地还未来得及翻过，文先生就去杂物房找来一把锄头顺手挖了起来。刚下过雨后的土质较疏松，挖起来不是很费劲。文先生一个年过七旬的人了，干起活来依然精神抖擞，不一会儿就连挖带耙弄出了一大块，浑身也开始冒热汗，正想着要停下来歇息歇息再耙，吴妈就送饭来了。吴妈每次送饭都先去书房看看，书房寻不见人，就猜先生一定去了小菜园。每次她都一逮一个中，从没失误过，久而久之竟变成一种默契。文先生见吴妈来了，也就暂时先搁下手中的锄头，去厨房洗手准备吃早饭。一大早轮了几下锄头，这会儿也确实饿了。吴妈笑盈盈地一一从食匣取出饭菜，很麻利地在一旁的小石桌上码置好，说声今天的天气真不赖，要文先生慢用，便挽起袖口拎了篮子溜进菜园去摘菜。一碗三鲜汤，一碟小葱拌黄瓜，两个热馒头，外加一只熟鸡蛋，文先生坐下来吃得津津有味。刚吃完待放下碗筷，远远就听见有说话声传来，回头一瞧是秋云仁昌他们来了。此时，吴妈拎了菜篮从菜地出来，抬首瞧见二人就笑呵呵搭话说："呦，你俩这早就来了？可不像一些年轻后生和女子喜欢赖床。吃饭了没有？"秋云和仁昌俩被她这一夸，遂不好意思笑答说吃过了。吴妈就不再去理他俩，走去一旁弯腰放下菜篮，然后拍打拍打手上的泥土过来收拾桌上的碗筷。秋云与仁昌向文先生恭敬道声早，就要抢着去帮文先生耙地。文先生瞧着却说："你俩还是歇着吧，一会儿还要研墨写字呢，不要弄一身泥土。也就剩得这点地没弄完，还是我来吧。"秋云仁昌则说先生刚吃饱饭不可马上就干体力活，要先生坐一旁歇着，就让他俩来吧。文先生拗不过便依了他俩去试试，并交代不要挖脚上，应小心。秋云抢先拿了锄头下地去挖，仁昌就跟随一旁观看。秋云举起锄头没挖几下就尖叫声起，丢下锄头朝远处跑去。大家均一惊，以为出啥事了，目光齐刷刷朝她投去，但见她一脸惊恐状。仁昌就大着胆子上前去察看，以为是啥呢？原来在新开挖的地方钻出一条筷子粗的大蜈蚣，着实够吓人的。蜈蚣全身长满腿，背上黄中带点褐，褐中带点黑，一看便知是条长了好多年的老蜈蚣。仁昌就说不用怕，待我找根树枝将它夹了丢去一边便没事，说完就去一旁找树枝。大家听说挖出条蜈蚣，就觉得没啥好大惊小怪，遂将绷紧的心又放下。吴妈就对秋云开始说了："嘻，这你也怕？有一次我在园子里摘菜，一只青蛇就挂在瓜架上，我还以为是条青豆角呢，把它摘下来就往篮子里扔，哧溜一声跑了，我这才

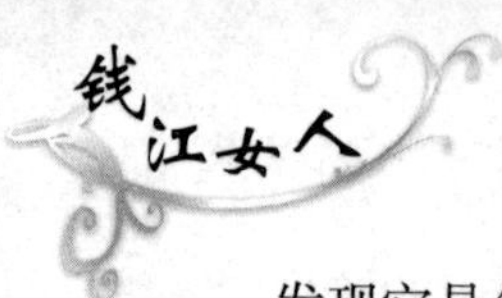

发现它是条蛇。否则，我把它拎回家去当菜吃了都不一定。”吴妈话说得既轻松，却又吓人。文先生与仁昌就有点不信，想吴妈这是在有意夸大。本没事了，经吴妈如此一说，秋云更加不敢靠近菜园了。文先生就望望他二人笑说：“这蜈蚣，虽属五毒之一，其实并不可怕。药铺里面常用，焙干研粉，服之能清热解毒治疗疟疾，以毒攻毒。”仁昌听文先生说蜈蚣有药用，就问要不要再将它捡回来？文先生说：“不用了，既然放了，就随它去吧。”吴妈在一旁边择菜边说：“先生真是个大善人，菩萨心肠。前一阵子他生病，病好了我要杀只鸡炖了给他补身子，对当时就在这儿，他不忍心目睹我杀鸡，就说等他离开后再动手吧。你们说，天底下的人，心都像先生一样可多好？！”文先生苦笑插说：“吴妈，你这是扯哪儿去了，天底下也未必全是坏人，好人也不少。只是这世道乱，暂时被一些利欲熏心的人占了上风，相信一切会好的，社会总是在变革。”吴妈知道自己咵咵嘴，遂转口说：“还是先生说得对。时间不早了，我得赶紧回去做午饭呢。秋云仁昌，那你们玩，我就先走了。”秋云仁昌回说吴妈走好，目送她拎了食匣、菜篮，颠了小脚离去。

吴妈走后，小菜园里一下安静不少，仁昌就让文先生、秋云坐歇着，自己操起锄头去菜园子里挖起来。仁昌年轻，又是后生家，体力精力充沛，不大一会儿工夫就将剩余的一小块地连挖带刨收拾好，然后再将整块地连起来统一进行了平整，一切做得有模有样，不外行。一旁站了与文先生说闲话的秋云，此时走过来瞧之，就夸赞说：“身手不错呀！真没看出来。”仁昌瞄了她一眼笑笑，继续忙他的。

“秋云姐！秋云姐！”忽然有人喊秋云。秋云一愣，以为是谁呀，当透过瓜架瞅去看清是秋霁时，就说：“你怎么来了？！怎么知道我在这儿？”

秋霁已走到她面前，被她问，就嘿嘿嘿傻笑说：“我在路上碰见吴妈，是她告诉我说你在这儿呢。”

秋云将脸一沉，佯装不高兴。

秋霁就腼腆解释说：“姐，你近来来书院总不喊人家一声，人家一个人在家待着多无聊啊！我早饭后去问二姨娘，她说不知道你去哪儿了，天一亮就没影。无奈，我便一个人出来街上瞎晃悠，晃着晃着就到书院这边来了，遇见吴妈，这才知道你在书院后的菜地里，于是……就进来了。”秋云就要她一边待着去，气也就暂消。秋云平日里跟秋霁玩得很要好，可以说二人形影不离，秋霁年纪小也听话。自从仁昌学堂放假回来后，秋云就嫌秋霁跟着像个尾巴，有点碍手碍脚不方便，更怕她嘴不牢将自己与仁昌的事说出去，所以，去哪儿不去哪儿也就不再告诉她。秋霁说来也够可怜的，一个人闷在家太孤单，加上四姨娘钱石兰最近又学会了玩牌，白天黑夜往外跑，留秋霁一个在家吃喝都没人管，你说这哪行？她又是个女孩子，不像男孩子可以到处去疯。

秋霁见秋云姐姐不生她气了，就去菜园子里闲溜达。秋天的菜园子开满了鲜花，五颜六色招人喜欢，蝴蝶蜜蜂更是到处飞舞。秋霁兴高采烈，又是追又是赶，神态天真而烂漫。秋云只顾了与仁昌说话，也就懒得管她。

“仁昌呀，不知咋的，我很想去山上看看静心师父，拜拜菩萨，你说我是去……还是不去的好？”秋云问仁昌。

仁昌听了不知如何回答好，一时面露难色，在想昨天才婉拒了她，此刻怎又提起来了？今天可不下雨，她也再没说要去他住处看看，只言说去看师父和拜菩萨，他犹豫了。仁昌心里明白，秋云看似与他撇清关系，待她真要上山了，哪能不去他住处走走？再拒绝恐她真要生气了。再说呢，他也担心让她独自一个人上山，路上没人陪不安全。无奈，就回答说：“去就去呗，我陪你一块去。不过……今天不行，还要跟先生习字呢。”仁昌这种不冷不热的话，让秋云听着怪怪的，就半嗔说：“谁谁……谁说今天要去啦？选明天，觉得咋样？”

仁昌不好再推辞，笑笑说：“明天就明天，我等你。不过，上午还要来先生这儿习字，时间定下午吧，你看如何？”

“有人陪，咯咯咯……那感情好。下午就下午，这样定了。咯咯咯……”秋云见他答应遂笑歪了嘴。

“定了！”仁昌用肯定的语气答道。

“秋云姐——快来呀！秋云姐，快快……快来呀——！”秋霁在菜园子另一头高喊起来，一惊一乍的，不知出啥事了。

“你瞎嚷嚷什么呀？狼咬住啦。”秋云生气责道。

“你快来，我被蜂蜇了。”秋霁半带着哭腔告诉说。

秋云这才撇下仁昌跑过去看。秋云边走边嘴里嘟噜：“叫你追，叫你追，这下蜇着了不是？”

仁昌也丢下锄头跟了过去。

文先生在一旁坐了歇息，听到冯府二小姐被蜜蜂蛰，就追说：“秋云啊，蜜蜂蜇了不打紧的，找皂角水泡泡就不疼了，喊秋霁过来。”说毕起身就去杂物房寻皂角。

菜园另一头，秋霁握着一根手指头放在嘴里使劲咂，见姐姐秋云过来方放慢哭腔。秋云问她怎么啦？秋霁从嘴里抽出指头给她看。秋云瞧见秋霁的左手食指头肿得像个红萝卜，被蜂蜇处已被她咂出血来。秋云忙拉过她的手来细看，轻轻一碰，秋霁就跳起来喊说疼。秋云就埋怨说：“谁让你不注意，在菜园子乱跑，它不蜇你蜇哪个？！”

“我是在追一只蝴蝶，挺好看的。不知咋啦……就被蜜蜂飞过来蜇了一下。”秋霁怯声辩说。

“追呀，这下好了吧，不追啦？”秋云挖苦道。

秋霁被姐姐数落，不敢再作声。

仁昌在旁安慰说：“秋霁别怕，不要紧的，找皂角弄水泡一泡就好了，不疼了，肿也很快就会消。这是工蜂，要是遇胡蜂就糟了。工蜂不怕。”仁昌说着过来帮她察看蜂蜇后留下的刺。秋霁的左食指肿胀处明显有一针尖似小黑点，黑点带有尾巴，不用说是蜂刺了。仁昌从秋云的手里拉过秋霁的手指头瞪大眼睛用手指甲钳了往外剔，反复几次都没成功。仁昌说，工蜂长的都是倒刺，不好剔。工蜂蜇完人后，它自己也就活不成了。他接着再试，终于剔除。问秋霁还疼吗？秋霁说还疼。仁昌就说：“走，去屋子找皂角水泡，泡一泡就会好一些，不疼了。”

皂角不难找，在菜园厨房的南山墙边上就生长着一棵巨大的皂角树，树上挂满大大小小的皂夹，有干又有青，用竹竿打下几只捣碎就可泡水。此时，文先生早已帮她弄好一小盆皂角水端过来，根本不用去树上打。文先生喊秋霁快把手伸进盆中泡，不大的盆中满是气泡，文先生让她不要动，一会儿再拿出来。秋霁照文先生说的做了。也就在大伙围着秋霁忙活的时候，秋云却在一旁“哎哟”一声跌倒在地，说脚崴了。大家惊呼，仁昌丢下秋霁忙跑过去看，伸手想将她搀起。秋云不让，双手抱着一只腿瘫坐在屋檐下的台阶上扭捏说疼。仁昌见她一副痛苦不堪的样子，当下心慌没了主意，不知如何帮她才好。秋云属脚下踩空才崴的脚，估计是扭到脚脖子，否则不会那么难受。她在心里埋怨全因秋霁多事，一惊一乍害得她不小心才跌倒。在大家回过头来替秋云担心之时，秋霁却说她手指已好了，不再疼了，大家听了一时哭笑不得。仁昌再次试着想把秋云扶起来，秋云说不行，疼。仁昌与文先生就怀疑怕是真伤到筋骨了。仁昌就去杂物房找来一矮凳子给她坐。秋云勉强坐了，被扭的是左脚脖，她试图脱去鞋袜看看到底是伤到哪儿了。鞋子脱后，脚上的袜子只脱到一半，就瞧见脚踝周围肿胀起来，不过肿是肿，倒并不红，但有点发青。文先生就说不大要紧，

属轻伤，搀扶去前院他书房找药酒擦擦就会好，别耽搁，否则会出现瘀血。文先生虽如是说，但秋云身子动都动不了，哪还敢硬搀她。见状，文先生发话了：“仁昌，抱起秋云去前院。快，别磨蹭了。”仁昌听了，面露难色，傻站着不动。文先生见他不动，就催说：“傻愣着干什么？快，别磨蹭了。”秋云脸红。仁昌虽不好意思，但先生在催，不好违背，就硬着头皮准备行动。待他伸开双臂，秋云早已做出要他抱的姿势。他不再迟疑，一弯腰就将她轻轻抱起，一路朝前院走去。秋云将脸伏在仁昌胸前，乖得像个懂事的孩子。秋霁拿着秋云的一只鞋袜与文先生紧随其后。秋云软绵绵的身子让仁昌抱着颇觉羞怯，心也开始怦怦乱跳，俩脸颊发烫。自从他长大懂事后，这还是他人生第一次与女孩子抱在一起，他头脑有点发胀，呼吸也变得紧促。因心里絮乱，走路就变得不稳，一着急，脚下打了个趔趄差一点摔倒，吓得他脸发紫。秋云受惊“啊”了一声，两只手死死将他抱住。文先生在后大声提醒：“仁昌，脚下稳当点，放慢点，不可太莽撞。”仁昌这才头脑冷静，放稳脚步行走。

到得先生书房，仁昌将秋云轻放在先生平日授课休息的躺椅上。秋云顺势躺下，但手臂还搭在仁昌的脖子上，仁昌将它顺下放好。此时先生也已到来，他进门二话不说，急去书架取下一瓶药酒，又找来一只瓷碗，打开瓶盖往碗中注入少许药酒，然后盖好瓶子，蹲下扶过秋云的左脚，腾出一只手蘸了碗中的药酒就往秋云的脚脖子搽试。反复搽试十几二十几次，方见肿起的地方渐渐发红。文先生觉得这样还不行，遂喊仁昌又拿来案上的火柴，划燃一根丢进碗中，酒“噗”的一下被点燃，发出蓝色的火焰。文先生就将右手四指并拢，快速伸进碗中蘸了药酒就往秋云脚脖子上涂，并一边问秋云烫不烫？秋云回答说有点烫，火辣辣的。文先生就放慢速度，安慰她说忍一忍马上就好。秋云点点头，咬紧牙关不再作声。药酒在碗中火烧火燎，把仁昌秋霁二人看得目瞪口呆，心惊肉跳，他们都从来没见过这种场面。如此这般来回涂搽了好多次，秋云脚踝肿胀处渐有少许红点泛出，文先生方说："行了，没事了，若有瘀血，遇药酒很快就消散，缓会儿就好，不打紧，属轻微。"于是停止搽试。秋云也就暂躺着先不动。仁昌秋霁听先生说没事了，收紧的心也便跟着放下。秋云想起刚才他二人替自己担心的神态，不觉有点好笑。

时间到了吃午饭前后，秋云已能试着站起来行走。不一会儿吴妈就将午饭送到了，进屋见秋云一瘸一拐的，便问这是咋啦？秋云笑笑说不小心扭了脚。吴妈放下食匣子就数落开："像大小姐这种嫩巧身子，走路一定要小心，脚下踩稳了再走，千万不能慌。扭得要紧吗？"秋云说："没事。先生已帮搽了药酒。"吴妈说："没事就好。像我，有一次着急走路不小心，绊了一跤，食匣子摔出老远，饭菜撒了一地，碗碟都摔坏几只，回家重新弄过才给文先生送来。不论做啥，还是稳当点好。"秋云不好意思回说："是的。"仁昌就在一旁笑。吴妈见有人愿意听，一时兴致来，就又接着道："药酒搽了，很快就会好，最怕瘀血不散。先生这里药酒灵，火烧过那就更起效了，大小姐，你尽管放心，没事的。"吴妈嘴啰唆，但说的却也在理，不很讨人厌。文先生知道仁昌秋云秋霁此时也一定是饿了，就对吴妈说："吴妈，想必他们几个也饿了，我给你钱，麻烦你去街口谭记包子铺买几笼小笼包回来，配了这些菜我与大家一块吃。你上老杜房里找个罐罐啥的，再能打些汤水回来更好。"说毕就伸手去口袋内摸钱。

吴妈说："行。不麻烦。钱你给我的还剩几块铜板，够了，你不用再给，我这就去。你们稍等，我很快就回来。"

"先生，还是我去吧。吴妈人年纪大了，你就让她老人家歇歇腿吧。”仁昌此时抢说。说毕，还未等文先生答应拔腿就出门去。既如此，文先生就追喊要他把钱带上。仁昌隔门回说不用，他身上带有。秋云在旁本想对仁昌说自己尚不饿，不用考虑她，但见他人已冲出门去，也就暂且作罢。秋霁则傻站着，看着大家不说话。

仁昌出去后，吴妈闲着没事，刚才聊天的兴致已过，再聊没啥说的，于是就说自己去老杜头那里找些碗筷来。文先生要是饿了，就先打开食匣吃着，时间久怕菜凉。秋云也跟着说要先生先吃，她还不饿，等仁昌回来再吃不迟。秋霁也说再等等，让先生先吃。文先生说，还是等等大家一块吃的好，不着急。

不大一会儿，仁昌就回来了。照说的，该买的全买回。四笼小笼包，一钵钵葱花牛肉汤，香气扑鼻，闻着很是诱人。仁昌说钵钵是向店老板借的，说吃完与笼一块再还回店里去。此时吴妈已拿来碗筷，遂动手帮大家打了汤水，发给每人筷子要大家趁热吃，否则凉了就不好了。因此，大家也就围过来一起坐下开始吃喝起来。

上午，除了耙那块地，其余再没干啥正经事。下午，文先生就开始教秋云仁昌习文写字。秋霁没事，也找来毛笔跟着一起练。待太阳偏西，秋云、仁昌、秋霁方告别先生准备回家去，说打扰了先生一整天，您也该休息了。文先生担心秋云行走不便，秋云就说腿脚已不疼，好多了，走路没问题，有啥，也有秋霁在身边，扶扶就行了，不用担心。仁昌也叮嘱秋霁照顾好姐姐。秋霁说没问题，就请放心吧。随后三人向先生告辞一块出门去。出了书院大门，秋云就望着仁昌笑笑，然后说声再见。秋霁就上前搀扶了秋云的一只胳膊往回走去。仁昌关心地说：“脚崴了，走慢点，别慌！”秋云则回说知道了，她会注意的，要仁昌也一路走好。仁昌向她点头笑笑，说再见，遂调转身朝另一方向走去。

回去的路上，秋云要秋霁不可将今天在菜园里发生的事告诉府上人，若被问起，就说在回来的路上不小心跌了一跤，否则以后上哪儿再也不带她了。秋霁答应替她保密，就请姐姐一百个放心。秋云这才抿嘴一笑，俩人一块继续往前走去。

第四章　联起手来

一

大少爷冯子枫去了盐场，二少爷冯子桐也准备去县城新式学堂读书。作为冯府的二太太何如雪并非是个糊涂人，她很快便从中看出端倪：原来老大白玉屏与老三夏林月撺掇老爷，在合谋上演一出将来由谁继承冯家家业的戏。派大少爷子枫去盐场历练那只是个幌子，说词而已，其中隐藏的真实目的有可能是让他长长本事，下一步好接老爷的班；打发二少爷子桐去县城学堂念书，等学成归来，有可能安排他以后接二老爷的班，因二老爷无子嗣，省城那摊子将来也得有个托付。这事情想得的确很美，不无道理。你说冯家偌大的家业，将来不由大少爷子枫继承就是由二少爷子桐继承，除此还能有谁？因为他们是这个大院里的男人，冯家的种，不可能轮到外姓人。要怨谁，也只能怨自己那肚子不争气，生女而不生男。子枫与子桐他哥儿俩将来如何，她何如雪不管，可问题是：有一天老爷真撒手将冯家偌大的家业交给这哥儿俩，那她白玉屏、夏林月还不成了皇太后啦，到时要谁吃荤谁吃素不全凭她二人嘴里说了算？那可就有她何如雪受的了。不行，坚决不行！要整，现在就得整个明白，不能等到那一天，否则后悔来不及，欲哭都无泪。以她何如雪的想法：冯府的家业，除二老爷冯德信省城的家产外（因二老爷家的事还轮不到她们这些做婶娘的说话），其余桂花镇冯家的所有产业得平分；房子多少间，田产多少亩，库银多少两，要算清楚，由四位太太平分，人人有份。另外，盐场的生意，四位太太各占股份，年终按股分红。只有这样，自己的利益将来才有保证，才能不被她们这些人欺负，否则，凭什么厚此薄彼？女儿秋云眼看要出嫁了，她一走，自己岂不更加孤单无助，孤家寡人一个？那个未来的姑爷易公子也真是个窝囊废，将来万一有啥事，想找个依靠都难。秋云许配给易公子，当初可都是老爷为冯家生意上的事与江州省城大盐商易乐山做的交易，否则，自家秋云一个如花似玉的俊俏姑娘，怎会随便许给易公子那样一个废人呢？现如今倒好，帮子枫子桐哥儿俩干了件大好事，家业发达了，自己却啥光没沾着；大娘、三娘连句感激的话都没有，非但不念你的好，反思谋着要算计你，你说这谁受得了？要实在不行，对老爷说说，我看与易家联姻的这件事就此算了，谁爱咋地咋地。都说她何如雪人厚道，家教好，没错，她何家是个家风好、有教养的人家，不想没事东家出来西家进去扯是拉非，非要卷进那是非窝里去，只要她母女俩能平平稳稳过安生日子就啥也不想了。可现在看来安生不了，弄不好得睡大街，这后半辈子就有得罪受了。这绝对不行，即使再厚道的人也不能被人当泥捏，想圆就圆，想方就方，想捏个扁的就捏个扁的，那不成傻子了吗？这事儿自己算是看透了，下来就是如何摊牌得靠自己了，没有人能帮得了她。直接对老爷说吧，担心会惹他不高兴，弄不好怨自己多事，没事捕风捉影尽瞎琢磨。要找大娘和老三讨说法吧，显然也不行，反会遭她们戗白羞辱：说怪谁呢，怪只能怪你自己那屄眼不争气。这不行那不行，难道就这么眼巴巴干看着被人架在火上烤而一筹莫展？她在心里暗暗下决心，自己必须想出办法来戳穿她们，不能让她们的阴谋诡计得逞。

何如雪最终还是想出了一条路子，那就是与四太太钱石兰联手，由她向老爷递话，自己先不一下就走到台前去，一个人势单力薄，现在两个人就不用怕了。此刻，何如雪觉得一向都死脑筋的她，这会儿怎就突然开窍了？不用说，这全是老大、老三她们给逼的。

二

早晨起来，天气晴朗。冯府的四太太钱石兰没事正在院中树下喂“八哥”，忽然“八哥”张嘴叫：“来人啦，来人啦……”钱石兰猛回头一看是老二何如雪进院来了，满面春风，脸上布满笑容，便招呼说：“呦，是她二姨娘来啦，稀客……稀客。我就说……今儿个早晨喜鹊叫，想必是……一定有啥贵人到，原来是您呀，咯咯咯……”

“你就别糟践我了，都前院后院住着，一天见八遍，还稀呀贵呀的。要说贵，您四姨娘才是真正的大贵人呢。怎么……今天怎不去打牌，有得空在家里享清闲……喂‘八哥’？”何如雪笑盈盈道。

“唉，不去啦。前一阵子还赢，这一阵子……把赢的几个输了不算，还赔进去不少。我琢磨……是杂货铺容掌柜家的二太太与人合伙在算计我。所以……就暂且不去了。”钱石兰不服气说。

“啥二太太，我从未听说过镇杂货铺容掌柜有个二太太，您说的是哪家二太太呀？”何如雪不解地问。

“还能是哪家，就是‘容记’掌柜的二太太呗。这您还能不知道？也就是咱府上大娘房中原来的贴身丫鬟小阿春呗！老爷把她一千块银洋卖给了容掌柜做二房，她现在可是……家雀变凤凰啦。不是穿金，就是戴银，摆阔气。你没见她脖子上挂的那金项链足有指头粗；光钻戒就有好几个呢；两只小手腕上戴的全是和田玉手镯，水润水润的；软缎做的花旗袍，一天一换。唉，她是故意在我面前显摆呢。说是邀我去打牌，嘿嘿，实则想让我瞧瞧……她今天的阔气劲，气气咱呗。”钱石兰说。

“原来是这样啊。我这是待在家里久不出门，对外面的消息一点都不通。那好好的，老爷为啥要把阿春给卖了呢？”何如雪闻之愕然，疑惑不解，追根问。

“说来……这小贱人不是人，背地在跟容掌柜乱搞，被捉住了。老爷生气，便要挟那姓容的，讹他一千银洋……干脆就将那小贱人卖给他作罢。谁知这小贱货……因祸得福，越发了得，由此撞上大运了。”

“哦……原来如此？！”何如雪这方算明白。

“是这样的，我能骗你呀！我说……她二姨娘，你整天闷在家里……不知在做啥，是不是吃斋念佛想成仙啊？”钱石兰打趣说。

“嘿嘿，看你说的，吃啥斋念啥佛的。天气转凉了，还不是洗洗涮涮的事，夹衣夹袍、棉衣棉袍趁这大好太阳，拿出来晒晒，该拆的拆，该洗的洗，没闲着。”何如雪嬉笑着回说。

总之，俩人一见面站在院子里就闲聊上了，没挪地儿地夸夸了老半天。何如雪没告诉钱石兰有啥事？钱石兰也没问何如雪找她做啥？站立一久，二人都感觉腿脚发麻，钱石兰这才想起应请何如雪屋里坐了说话。

“她二姨娘，咱屋里坐了说话，干站着累。”

“秋霁……不在家？”何如雪忽然问起二小姐秋霁。

“唉，不在家。一大早就跟秋云出去了，俩人狗皮膏药似的黏在一起，没事天天往书院跑。说是跟先生习字，谁知在干些啥？反正待在家里也没事，随她去。”钱石兰答说。

“嘿，都是些没心没肺的人。”

“可不是嘛。”

待进得屋来，互不客套，分宾主坐了，因话在兴头上，二人就一边嗑瓜子一边接着东拉西扯地继续往下叙叨。

钱石兰住在冯府的后院东跨院，虽偏僻，可却是独享一方天地。这里环境优雅，独门独院的清静，关起院门来要做啥不做啥，旁人谁也不知道。坐北朝南五间青砖大瓦房，为明式建筑，格子窗雕花门，做工讲究。中间两间做正厅，会客用；东边两间套房做卧室；剩的西边一间屋子则留给秋霁做闺房。屋内陈设可谓是应有尽有，大太太房里有的这里有；大太太房里没有的这里也有。进门，正厅内挂有各式名人字画，案头左右两侧摆了器型精美的青花松绿瓶，案中央则是一花梨木细雕插屏，插屏前用两只粉彩花卉瓷盘各搁了水果花生糖果之类的小吃。靠案左右首放着两把太师椅，油漆擦得铮亮。正厅以西为主人用餐的地方，搁有一黑漆嵌花小圆桌，围着圆桌一圈摆着几只小圆凳。靠墙壁之处挂了几幅仕女图。墙角高脚立架上则放着一盆水仙，花叶嫩生可人。除此而外，屋内还摆着些专供客人坐的椅子及杂七杂八的物件。总之，都是些撑面子讲排场的陈设。院子以东，盖有一排六间厦房，一间给丫鬟们住，两间做厨房，另两间供干粗活的下人们住，剩一间则为杂物房。你再看看钱石兰的穿戴，哪里瞧得出昔日是曾给人做过丫鬟的人，高领枣红旗袍，缎料柔软而贴身，领口、袖口、下摆及开衩处均细针密缕滚过，就连包边用料都十分讲究。再看头上，时兴的卷发齐耳拢了用花饰发卡卡到脑后，右耳靠上插的是一朵孔雀蓝宝石包金小花饰，星星点点。俩耳一对银质绞丝耳环扑闪扑闪放光。加之她人年轻肤嫩，长得又好看：小巧的鼻子，黑黝黝的大眼睛，长长的睫毛一闪一闪对谁都那么含情脉脉。小口一启，小脸蛋上立马露出一对小酒窝，花一样讨人爱。一对莱青翡翠玉镯戴在她两只白嫩的手腕上，煞是好看。一双麂皮做的高跟鞋穿在她脚上，举手投足总是那么风情。在她身上如今想要找到哪怕是一丁点丫鬟时的痕迹都难，完全一副阔太太形象。然而，相比之下，何如雪就显得寒碜多了，既不穿金也不戴银，一身素装。虽简单，倒也清爽、端庄贤淑，但难掩被人冷落布在脸上的一丝凄凉，底气上先怯了钱石兰一截。钱石兰她一个小小的丫鬟不知哪儿来这大本事，把个老爷哄得团团转，要啥给啥。身价变了，如今就连说话的口气都跟着变，没了过去的那种乡俗俚语，措辞变得讲究，人显得也很有教养，不再那么拖泥带水小家子气。何如雪早些时候曾听人议论过，说这冯家四太太钱石兰乃当年提督府虞参军的私生女，因战事忙乱才流落到民间小户人家，长大些又被卖到冯府做了丫鬟。当年的虞参军已战死沙场，这钱石兰到底何许人也，也就难知其根底。何如雪当然也对这种坊间嚼舌一概不信，甚至嗤之以鼻地说："哪会呢？离奇。"不过，据后来观察，钱石兰自做上了冯家四太太，从她身上所展现出来的行事风格看，真还有那么点大家闺秀的影子，这就令人不得不怀疑……估计所传多半应属真的。

钱石兰的美丽在众人眼里是无可挑剔的，但在冯府并非她独领风骚，其他几位太太刚娶进门时，也个个如花似玉，绰约多姿。只因岁月流转，时光逝去，如今变得一副老身罢了。钱石兰年轻，诚然迷人，瞧着可爱，那是年龄在那儿摆着，谁也拿她没办法。其他几位太太虽经历时间磨砺，脸上留下诸多沧桑，但冯府优裕的生活条件，让她们风韵犹存，人老色不衰，个个风情万种。偶尔四位太太凑在一起，可以说争奇斗艳，各具特色，难说哪个不美。可男人生来就贱，纵使这大千世界有千花万花盛开，他却专拣嫩的采，偏偏喜欢年轻的，这就让钱石兰在四位太太中占了上风。巧的是钱石兰恰恰是个很能揣摸男人心思的女人，更知投其所好，所以方处处讨得老爷欢心。就凭这一点，她骨子里就不是个平常人。何如雪虽贵为二太太，但当见到钱石兰时，就先将自己二太太的身架放了下来。何如雪也非第一次才来钱石兰这里，平时没事时也往这里跑，找钱石兰坐下来拉家常。只因今天心里装着事，摸不准对方能否听她说，所以陡觉钱石兰在自己面前形象好像高大了不少。不论过去还是以往，钱石兰对何如雪还是非常敬重的，因她们同病相怜，都未能为冯家延续香火。表面瞧着光鲜，但内心空虚，一旦面对大太太和三太太，总感觉气势上弱人一大截，不那么硬气。因此，寻常二人也就自觉不自觉地走到了一起，达成某种默契，结成一种同盟。

二人进屋坐定，又闲唠叨了半天，做了不少铺垫何如雪始终未将话切入正题。钱石兰看出来了，猜她今儿到访一定有事，遂将话锋一转笑着问何如雪："我说她二姨娘，平日里也没见如此兴高采烈过，今日这太阳打西边出来了，有啥喜事让你这般高兴,道来听听,让妹妹也高兴高兴,别老藏着掖着……"

何如雪听了，心想这钱石兰不愧是个小人精，啥事都难瞒过她，既然她主动问，也就用不着再兜圈子了，于是就说："嘿嘿，还能有啥事藏着掖着，有怎能不告诉你妹妹呀。说是高兴，那是撑在脸上……给人看，要说心里……憋屈着呢。只是今日这事……难能有让人高兴之处，说出来……怕让妹妹你担心，所以……还是不说的好。其实也没啥大不了的，只是老觉得心里别扭。"

"你这没说是啥事呀，什么担心呀别扭呀的，妹妹我也非那脆弱之人，有啥你就直说出来，别神神道道卖关子。嘿嘿……"钱石兰笑着说。

"其……实，也没啥，可能怪我这人多虑，就老觉窝在心里疙疙瘩瘩不顺畅，于是就想找人说说。唉，我说……四妹呀，你说你我这命咋这苦呀？当然我不能与妹妹你比，你还是大福大贵之人，我是说我自己……”

“我说她二姨娘，你今儿这是咋啦，还没说是啥……就先见外了……平常可没见你这样。”钱石兰有点忍不住。

“唉，我也是个没主意的人，便与你商量。你说冯府这大的家业，又有盐场又有田地，又有房屋又有铺子……放谁不眼红？将来……老爷要是老了，这偌大的家业……由谁继承才好呢？”何如雪试探着问钱石兰。

钱石兰一愣，痴呆了眼睛望着何如雪，愣了半天方开口说:“噢，你是担心这。这……我可倒没想过，反正……不是大少爷子枫就是二少爷子桐，除此……还能有谁呢？”钱石兰这话显然没过脑子，属随口一说。

“那你说，是子枫好呢，还是子桐好？”

“按理说应该是大少爷，子枫。”

“那咋行？子枫吃喝嫖赌……啥坏事都干，落到他手上……三两下不败光去！”

“依你说应该是子桐了？”

“子桐就更加不行了，傻儿吧唧的，一点长进没有。他哪有本事管得了偌大的家业？管……谁会听他的，老爷会传给他？”

“那老爷还能传给谁呢，总不会传给你我的秋云、秋霁吧？你说。”

“唉，都怪你我命不好，可惜生的都不是男儿身，要那样就好了。”

“那二选一，就只能是大少爷子枫了。那大娘还不尾巴翘天上去了，三姨娘……她能答应吗，不与她争？”

“争……肯定是要争。无论是谁争到手……对你我都没利。子枫、子桐只是个摆设，将来在幕后主事的还不是大娘和三姨娘？我担心的是……你我俩将来可就没有好日子过了。”何如雪将钱石兰往正题上引。钱石兰听了此话方有所悟，遂陷入思索，望着何如雪不作声，久久嘴里才喃喃道：“是……啊，唉，冯家那俩男人确实没啥用，如此说，你我将来得听她们管？”

“那还用说。遇老爷身体不舒服或有啥不测，这冯府就由她们说了算。”何如雪说。

“那咋行？！大家都是做太太的，这冯家偌大的家业凭什么就由她们说了算，由她们支配？那我们还活不活呀？老爷要是一有病或不在了……你我还不被人一脚踢出门赶去大街上睡了？”钱石兰似乎明白了什么，气呼呼地说。

“四妹呀，你这算是明白了！”何如雪说。

“那二姐呀，你说……我们该咋办？”钱石兰问。

何如雪假装思索片刻后道：“办法嘛……我倒是有一个，不知妥与不妥？”

“二姐呀，先不说妥与不妥，你就说出来听听才知道。”钱石兰急切地说。

“四妹呀，我这可是跟你商量，我是为你我今后着想。俗话说得好，不怕一万就怕万一，眼下看没有啥，到时候谁也说不来，万一真沦落到那一步，可就惨了。你也知道，我也非那斤斤计较之人，或喜欢算计哪一个，有句话叫‘未雨绸缪’，咱得提前做好打算，不能坐以待毙，等人将刀架脖子上就来不及了。你说……我这话对吗？”何如雪绕了一个大弯，还是没把自己心里的真实想法直截了当地告诉她。其实，钱石兰这会儿已看明白何如雪为什么此刻对冯家由谁将来继承家业如此上心，不外乎大少爷子枫去了盐场，二少爷子桐准备去县城学堂，让她想多了。当然她说得不无道理，自己却糊涂脑子没往深处去想，今日经她这一提醒，方明白事情真还没那么简单。何如雪呢，之所以不愿很快袒露自己的想法，有她的理由：她怕话一出口，说岔了收不回，人心难测，万一被人误解，传出去那她不成了众矢之的？冯家可再就没了自己说话的地方。她一向是个做事谨小慎微的人，她一边掂量话的轻重，一边在探测钱石兰的反应，看她是否跟自己一条心。她虽不相信钱石兰就是那阳奉阴违的女人，但她也不想把话说得太直白，应让对方跟着去领悟，这种利害关系想谁都看得清，除非脑子有毛病。

“二姐，你说得对，是这么个理。你说咱该咋办？你就照直讲了吧，我全听你的，求你别绕弯弯了。”

何如雪用眼四下瞧瞧见屋内屋外再没别人，唯有她与钱石兰俩，于是就把嗓子压低说：“四妹呀，你知道咱冯家的产业都有哪些吗？”

钱石兰摇摇头，忽儿又点点头，似知又似乎不全知。

“一个是盐场，一个是田产，再就是房子。”何如雪说。

钱石兰这回老实点头表示。

“以上三样，都是些不动产。除此，还有库存的现洋和一些值钱的古物件、字画之类。”何如雪说。

“铺子算不算？”钱石兰突然补充说。

“算。我是专拣大的说，铺子太小，其实它也归在盐场这里边。”何如雪解释说。

“噢。”钱石兰明白。但她又问：“二姐呀，我还是不懂，你算这些个做啥呀？”

“有用。你想想看，你我俩人都是冯家的太太，虽说四房太太中有大有小，可大家伺候的却是同一个老爷，凭啥厚此薄彼？上面这些东西咱得平分！子枫、子桐是冯家的香火，这没错。可再偏向……也不能全偏向了去，总得给我们这些人留点吧；否则的话……还叫我们活不活呀？你说我这话说得对不对？”何如雪说到这儿略作停顿，想看看钱石兰作何反应。

“对，对呀！”钱石兰说。

“这冯家上百间房屋，四位太太各占多少得平分。田产也一样，谁占多少，划分到各人名下，租子各收各的。还有这盐场，四位太太各占股份，按股份多少分得红利。库银，也要分到个人名下，冯府大院的日常开销，由各家共同承担。至于省城那边的店面，就归二爷算了，盐场的生意还仗着他拓展呢。其他呢……就是一些古董字画，这可不好弄，到底能有多少，我可揣不中，没底。总之，只有这样办，我们将来的生活才有依靠，即使老大老三她们多分点，但咱们总比没有强，不至于担心被人欺负或被赶出门去。想赶，我们也不怕。你说是这么个理不？”

“是是是。二姐，你说得太对了，早就应该这样办。今日你要不说……我还一直蒙在鼓里呢，经你这一点拨，我心里全亮了，这帮人……也真会琢磨事儿了。依我说，趁早把这规矩立下来，今后也就懒得再看她谁眉高眼低。一是，现在就分个清楚；二是现在不分，但在老爷生前得立下这规矩，到时就不会乱了。你说是不？”

“是是是。前面的都好说。最后……就是这古董字画搞不清……”何如雪忽然想起什么，皱了一下眉头方接着说：“四妹呀，你可曾听说老爷秘密收藏了一件很值钱的东西？是啥东西……不懂。但据说价值连城，可有这事？老爷自己可从没向人提起过，我也只是听人说。”

“是有这么回事，那是古代什么名人的一幅字画。起初我也不信，记得刚刚嫁给老爷的时候，有一次上床我问他，他说：‘什么价值连城的宝贝，没影儿的事，别听人瞎胡说。’后来我背过身去睡了，佯装生气，不再理他。他性急难耐，于是就告诉我说：‘是有那么一件宝贝。’我问是啥宝贝？他说是元代的一幅名画。我问藏在哪儿？让我也长长见识。他说今晚不行，那东西藏在库房深处，要瞧……也得改天，现在黑灯瞎火的哪行？我就笑说‘那你明晚上可一定要带来？否则……您别想溜我被窝里来热和。’待第二天晚上，他并未带来，而是拖到第三个晚上才带来。是一幅卷着的旧画，打开一瞧，绢面都有点发暗，黄喇喇画些花花草草的，一点都不好看。我说就是这？他说对，就这。我说……我还以为是啥珍珠玛瑙呢，一幅破画。他说，这你就不懂了，就凭这破画换咱府十几处院子都绰绰有余，可以说价值连城。我说就这一幅古画能值那么多钱？我说我才不信。老爷就说，信不信由你，说毕就将画卷了收起，当晚睡觉前怕人偷还特意压在枕头下。”钱石兰一口气叙说完。

“经你这么一说，这事证明是真的了？”何如雪问。

“是真的。是我亲眼所见，不会有错！”钱石兰强调道。

何如雪听了，没再往下问，似乎在思考啥。

钱石兰这会儿话却正在兴头上，不免又说：“另外，还有个大秘密……你们可能谁也不知道，告诉你吧，就是老爷暗地里在倒腾古董。你没见老爷书房里那么多坛坛罐罐……咋来的？还不是倒腾来的。”

对于钱石兰所说的这一切，何如雪确实不知道。她一个正直裁缝人家的女子，自嫁进冯家，只知道相夫教子过日子，哪管这多闲事。今儿，若不是事逼，她才懒得去打听这打听那，不愁吃不愁穿的费那闲心。

钱石兰没说谎，冯德昌老爷手头确实收藏有此画。那乃元代“元四家”之一的大画家吴镇的《芦花寒雁图》。吴镇，字仲圭，号梅花道人，浙江嘉兴巍塘人。上诗文，善画山水竹石。与王蒙、黄公望、倪瓒史上同称“元四家”。吴镇的作品乃稀世珍宝，能得到它非一般人所能为之。那《芦花寒雁图》如此珍贵的东西，怎会落到一个身居乡野的冯德昌手上呢？说来也非那么容易，他也是狠下了一番功夫，通过道上几个朋友，几费周折方从京城一贝勒王爷手上购得此画，当然银子没少花。画到手后，冯德昌担心存放在屋里会被盗，于是，他让人在库房的地下室内另辟一间密室，专门用来存放此画。

其实，人们有所不知，冯德昌老爷他是个两面人，表面上他除经营盐场生意和桂花镇上万亩水旱田外，私底下还做着倒腾古董字画的生意，走着明和暗两条道。有句丑话叫“马无夜草不肥，人无外财不发”，也有句相近的话叫作“刀走偏锋”，都是说些不按常理出牌，非正经人能干的勾当。冯家能够富甲一方，也许与此有关，这就是富人所信奉的真理。

冯德昌在钱江对个的白鹤楼有一套房，明里说是谈生意待客的地方，实际是他从事古董交易的秘密处所，每一笔古董字画交易冯德昌都在那里完成。冯府内的太太下人们，平日里也只知道老爷是去那里谈生意，并不晓得他在倒腾古物。至于府上、书房内摆放的那些坛坛罐罐，壁上所挂那些字画，有钱人家的老爷都这样，喜欢附弄风雅，并无人上心。

这里说句题外话：不往远里说，就当下那些达官贵人和有钱有势人无不在倒腾？大清国倒了，流出宫外的宝贝多了，谁不想趁此暗地里发点浮财？他们白天是人，晚上全是鬼。冯德昌混迹此洪流中只算得个小鱼虾。这里暂按下冯德昌小鱼虾的事不提，单说说二太太何如雪从四太太钱石兰口中得知老爷背地里还在做着古董生意后，她有点犹豫了：是按照原计划继续呢，还是待考虑充分后，再回过头来与四太太钱石兰商量？她估计冯家除现有的盐场、田产、房产浮在面上这些东西外，老爷手中所掌握的古董生意也定是一个不小的数目。一幅古画能顶十几处院子，想想这是什么概念？

钱石兰见何如雪端坐着不语，就问说：“二姐呀，那你说……咱下来该咋办才好？”

“我也在琢磨这个问题。盐场、田产、房产、库银这些都好说，在明处；就是这古董字画……摸不准，有多少，值多少银子？这些只有老爷心里清楚。他不说，有哪个敢问，唉，你说是不是？”何如雪叹气说。

“那咋办呀？”钱石兰急了。

何如雪又开始不作声了，她在深思。钱石兰见她不答，也露出一副愁眉不展的样子。桌案上的瓜子已嗑去大半碟，然而只听瓜子破壳响，就是不闻人语声。屋外树上，偶尔传来几声鸟叫。

何如雪沉思良久后，突然开口了：“只有一个办法……”刚开口又哑火了。

“啥办法？”钱石兰见她吞吞吐吐，遂兴起追问。

“那就是……那些古董字画先不用去理它，咱只要将面上的这些东西弄清楚就行。盐场、田产、房产、库银，就按你我前面商量的……该咋分咋分，该占股占股，有这些……今后养老也够了。贪恋得太多……恐老爷不答应，事儿会黄，最后漏出风去招来是非，你我落个骂名，说我们太会算计。其实，真正会算计人的应该是她们，老谋深算！我们这是被逼无奈，出于自我防范而已。你说对吗？”何如雪说。

“没错，一点都没错！”钱石兰愤愤不平说。

“那咱就照前面商量的办？”何如雪最后一次问钱石兰。

“行！就按前面说的办！”钱石兰很干脆地回答。

听到钱石兰这话，压在何如雪心头的一块石头总算落地，一番口舌没白费，来时还忐忑不安担心钱石兰不听她的，这下彻底放心了。

三

二太太何如雪与四太太钱石兰为了自己的利益，最终结成同盟。但下一步咋向老爷提说这事呢，何如雪心里清楚：自己怎么出面都不合适，只能由钱石兰设法向老爷递话，因为眼下老爷最宠的人就是钱石兰。所以，让她负责向老爷递话，事情好坏老爷都不会怪罪。上次能把画儿拿给她瞧，这次想也不会拒绝；办法还是以前的，选在床第之上，先吹吹枕边风，看看老爷啥反应，待有效果，再一步步把话摊开来说。要说的话事前准备好，到时只需照着背就行。就是不同意，在床第之上想他也不会立刻就翻脸给人难堪。就算他没有立即表明态度，但过后他一定会将此事装在脑子里细细捋，如何区处，那就是他的事了。

何如雪之所以要躲在幕后，她也掂量过：一、自己人老珠黄，没了资本，在老爷跟前说话，难讨他喜欢；二、她虽对平分家产的事愿望强烈，但她不想打头阵，她怕落下闲话把自己抹黑。钱石兰就不一样了，年轻漂亮，老爷正迷着呢，而且先前有成功范例，即使说错了也不会被怪罪。想反，真要弄成了，将来在处分家财上还会偏向着她也不一定。所以说，人跟人不一样，同样一件事情，放在某人手中恐怕行不通，若换另一人就会畅通无阻。何如雪说服了钱石兰，钱石兰同意由她向老爷递话。

何如雪担心钱石兰说话把不住门，再三叮咛她："四妹呀，有句话叫'见风就使舵'，你可要把握好轻重啊，知道进退，若顺风顺水，就往前推；若情况不妙，老爷生气，你就不要再往下说了，下来咱另想法子。"

钱石兰笑说："二姐呀，你就放心好了，我知道怎么做。说错了……想必老爷他也不会把我吃了。"

"这我相信。你四妹啥人？既聪明又能干，怎会出错呢。但愿老天爷保佑，一切能顺顺当当，不显山不露水地把事情办成，千万不可惹出啥是非来，弄得一地黄沙，那样的话……你我可就里外都不是人了。”何如雪再三提醒说。

“不会的。老爷那脾气……我摸得透，他不会拿我怎么样。”钱石兰肯定道。

“这就好！就看四妹的了。”何如雪笑了。钱石兰也笑了。

四

第三天晚上，冯德昌就兴冲冲跑来后院四太太钱石兰这里，进门言说他已在大太太处吃过饭，饱着呢，让钱石兰不要张罗，主要想与她聊聊天。钱石兰见他如此兴高采烈，就要笑说：“你既已在她大娘那儿吃过饭，今夜何不在她那儿续温存，怎脱得了身来妾处闲逛，不怕大娘吃醋，忌恨贱妾的不是？”冯德昌就嬉笑说：“怎脱不得身？我诓她说晚饭后还要上白鹤楼谈生意呢,就借口出门去,上街绕了一圈,这不,就上宝贝……你这儿来了，你那细皮嫩肉的老爷我喜欢。不像她，一副老皮囊，没劲。哈哈哈哈……”钱石兰佯装生气地说：“细皮嫩肉有啥用，又不能给冯家续香火，热和完就将人家扔一边，将来老了……日子咋过还不知道呢；不像老大老三她们……无忧无虑，活得逍遥自在。”冯德昌不解，以为她又为一些鸡毛蒜皮的事与老大老三她们掐上了，就在想：女人啊，就是心眼小，针尖大的事……不随意就会挂在心上,遂为哄她高兴就说:“我说宝贝,你先别生气,今天我有一件大好事要告诉你,你猜……是啥？”

“有啥好事想必也轮不到我，早跑大娘三娘她们那儿去了；排到我，也剩空壳烂秕子。”钱石兰嗔说。

“告诉你宝贝，老爷今日我做成了一单大买卖，与你之前瞧过的古画儿一样值钱！”冯德昌兴奋地说。

“真的——？”钱石兰瞬间表现出惊喜。

“那还能有假。老爷我办事从来不放空炮！”冯德昌满脸喜悦，一副得意。

“能告诉我是啥宝贝？！”钱石兰好奇地问。

“我告诉你，你可不许再对人讲。”冯德昌显得很神秘。

“不会是大烟吧？那玩意儿谁没见过。”钱石兰见他神神道道，就不屑道。

“哼哼，不是。大烟那玩意……查得紧，我才不去弄呢。”冯德昌否定道。

“那是啥呀？别卖关子了。不说……算了。”钱石兰一噘嘴道。

“西周……青铜器，双牛贡。是从古墓里挖出的，可值钱啦。是我从一个古董贩子手里花了一万块银洋弄到手的。那家伙不识货,老爷我这回算是拣了个大便宜,拿出去一转手……就是上百万价钱，甚至不止这个数。当然，我是不会卖的，给多少钱都不卖。我要把它留下来……作镇宅之宝。宝贝，想不想一瞧？”冯德昌压低嗓音说完这番话后，问钱石兰。

钱石兰初始觉得好奇，也很想一睹这如此值钱的双牛贡是啥样子。后来一听说是从古墓里挖出来的，便头皮抽冷风，顿觉晦气，遂兴趣全无。墓里的东西阴气重，她可不想染上。

“不想！”钱石兰很干脆地回答道。

“这次……为啥不想呢？”

“墓里那东西……阴森，我怕染上晦气。再说呢，那东西就算如何值钱，可与我有何相干？还不是留给老大老三她们俩。”

冯德昌见钱石兰今晚有点不高兴，闹情绪，老揪着老大老三她们不放，想必心里一定装着事，要是放平日，不知早兴奋成啥样子。今晚二小姐秋霁去了秋云那儿不回来。冯德昌就起身关好门和窗，要抱了钱石兰去里间床上亲热。钱石兰扭捏说："人家还没洗脸净手呢，天还早，就猴急！"说完，白了他一眼。冯德昌只好松开手说："好好好，不猴急，不猴急，老爷我等着。宝贝，你有啥话……咱一会儿上床慢慢说，不生气。"

"哼，气倒没生，生谁的气？不生气。只是贱妾这段时间总觉得心里堵得慌，不畅快。"钱石兰说。

"有啥烦心事……给老爷我讲，我帮你排解排解……就好了，别老闷在心里，会闷出病来的。"

"就怕你排解不了！"

"啥事嘛？这么严重。"

"说严重……也严重，说不严重……也不严重。总之卡在心里不舒服。"

"你不说出来……我怎知道能不能帮你？"

"能，你能。就怕贱妾说出口来，不但不帮……反而遭老爷您骂，说我不安本分。"

"只要你说出来，老爷我一定帮你，向着你。说错多少都不会怪罪！"

"老爷，这可是你说的？"

"是我说的，嘿嘿……君子一言，驷马难追！"冯德昌说完这句话，自先乐呵了。钱石兰也忍不住扑哧笑了，眼泪差点都冒将出来，然后深深朝他甩了一个媚眼道："那老爷您先上里间候着，待贱妾擦擦身子……换身干净的就来陪老爷。"

闻听此言，冯德昌这回心里方美滋滋地奔去里间。四太太钱石兰的卧室，床铺得柔软躺上去舒服。冯德昌脚都没洗就溜上床去，很快褪去身上的衣服，一骨碌就钻进被窝候着。待他钻进被窝后，却左等右等久不见她进房来，心里难耐得慌，正犯叽咕，忽然眼前一亮，钱石兰旋即来到他身边。只见四太太光着身子，雪白的肉体上只轻飘飘披了件粉色的绸衫，挺着颤巍巍两只大奶子爬上床来。冯德昌心里欢喜，一把将她揽入被窝，手抚摸着她那光滑如绸缎的身子，一阵阵欲火升腾，全身热血上涌。然而，钱石兰此刻却显得不怎么配合，一副冷冰冰，挣扎着将他的手用力推开，不让他碰。冯德昌越是性急，她越是扭捏厉害。于是就问她这是怎么啦？钱石兰就赌气说：“人家不是讲有话对你说吗？一到床上就忘了。”

“噢——嘿嘿嘿……原来这样，没忘没忘，怎会忘记呢。宝贝，那你有啥话，这就赶紧说吧。”冯德昌无奈，只好强忍了嬉笑哄她说。

“那我可就真说了？说不好……您可别怪罪。”钱石兰说这话时，一改常态，满含温情，并侧身过来用一只手在冯德昌的胸脯上摩挲，弄得冯德昌全身毛骨酥痒。

“不怪罪，不怪罪。老爷我说话从来都算数，怪罪谁……也不会怪罪宝贝你。嘿嘿嘿……”

“那……我可就说了？！”

“说吧，尽管大胆说吧！”

钱石兰一边卖乖佯装可怜，一边柔情似水地将她与二太太何如雪之前商量好的话和盘对冯德昌叙说了一遍。冯德昌听后，脸上表情一下变得僵硬，半天无语。钱石兰摸不透他在想什么，以为他刚说不怪罪，现在反悔了，遂将手从他身上抽回，头扭向一旁等着挨训。

冯德昌没有发怒，但脸上笑容褪去，他是在认真思考钱石兰所说的每一句话，虽初听不爽，但细细分析还是有一定道理。她与二太太何如雪虽未为我冯家续子嗣，但这不是她们的错，生儿生女要是她俩能自己说了算，何必今天会走到这一步，都怪老天不作美。她担心将来生活上会失去依靠，才想出此办法来。唯有这样，才活得踏实，放谁都会这样替自己考虑。然而，涉及到划分家产的事，那可是个大事情，府中祖祖辈辈可从来没有人敢这样想过，更别说做了。所以，现在就要回答她显然是不可能，太为难他了。但刚刚给她许诺过的话，一眨眼就变卦，这不是自己在打自己的嘴巴？考虑再三，决定先应承下来再说。

“宝贝，这可是个大事情，你容我几天时间考虑考虑，今晚……咱就暂先不提这事，但老爷我向你保证：一定会让你满意的。你说呢？”说完，冯德昌伸手摇摇钱石兰的肩膀，意思是在求她。前面见他不吭声，钱石兰还在担心他会生她气，现在看来纯属多虑，心中暗想：这事真还被二太太何如雪说中了，佩服她能掐会算。不管咋样，总算把话递了出去，接下来咋办就看老爷他如何作答。于是，她就思忖见好就收，有意借坡下驴，不想逼他，怕闹将起来反而对自己不利。他说要考虑就由他考虑去吧，反正他已知道此事，就耐心等着，早几天晚几天不差。想到此，钱石兰就嘿嘿一笑，扭捏着身子撒娇道：“人家哪要你立刻就决断，人家只是随口一说罢了，人家相信老爷……不会撇下我们这种女人不管的，也不可能让大娘三娘赶到大街上去睡。”

“那是那是，咋会呢。”冯德昌见她不生气了，也就暂先不想那么多，搂过她压上身去就要行那巫山云雨之事。钱石兰没拒绝，并尽力配合着。一时，大红地绣花缎被红浪翻滚，一波未平一波又起。

这里且说钱石兰还真摸透了冯德昌老爷的脾气，果然没敢将她怎么样，只略施温柔就轻轻松松将他俘获。她这也是在做丫鬟时跟着前面几位太太学的，到她这儿已应用得炉火纯青，将女人生来具有的柔情发挥到极致。她知道女人手中最具杀伤力的武器不是强悍，而是柔情，只要功课做到家，哪怕心再冰冷的男人，也能将他化成水。

初战告捷，钱石兰与何如雪俩女人都为自己的努力感到高兴，下一步，就等着喜讯传来吧。

第五章　女人不累

一

二太太何如雪与四太太钱石兰撺掇老爷分家业的事，不知咋的消息不胫而走，传进了府上大太太白玉屏和三太太夏林月的耳朵里。俩女人听说此事后极力表示反对，说世间哪有这道理？自古就是男儿当家，女儿出嫁，你若是担心今后没着落，那只能怪你那屄眼子不争气，生不出男丁，怨不得谁，没让老爷休了就已不错，还有脸说这种话。话虽没有当着何如雪与钱石兰俩的面说，但背地里已经疯传开。何如雪知道后就来气，便找四太太钱石兰商量对策。既然老大和老三说我们这些人没用,那我就做给她看看: 秋云不嫁易公子了,完全可以招赘上门，这不就有男丁了嘛，有香火了嘛！秋霁将来也不出嫁了，也招赘上门，我看她还能放啥屁。她们这是得了便宜还不卖乖，什么人啦。钱石兰也觉这些人说话做事太过分，就说：“对。秋霁将来也不出嫁了，咱都招婿，看谁能拗过谁。再说，大小姐秋云也是老爷为生意上的事，才委屈同意嫁给省城易公子的；要不是为了冯家生意上能有靠山，一个如花似玉的大姑娘，谁愿意许给一个病怏怏的半死鬼。你说呢？”

“是啊。她们这些人，只知道为自己着想，从不顾及别人。说难听点：太不知天高地厚了。就她们生的那俩傻儿子……也敢在人面前显摆，将来不把家败光才怪，不信……走着瞧。”何如雪说。

“二姐，你说得一点都没错，我也看那大少爷和二少爷都不咋地。你瞧子枫那德行，年轻轻的染一身坏毛病；子桐呢，又痴又笨，脑子一点都不灵光，简直就是个榆木疙瘩。将来要靠这俩人支撑家业，还不早被弄垮了去，一大家子人喝西北风都找不到地方！”钱石兰话说得气乎乎。

“就这货色，人家捧在手上还当是啥夜明珠宝贝呢。”何如雪说。

“哼，我看就一块烂砖头，扔在茅坑边擦屁股……都没人捡！”钱石兰说。

何如雪与钱石兰俩女人坐在一起，你一句我一句，说了一大堆大太太三太太的不是，气总算慢慢消了，心理也平衡不少。

就眼下而言，可以说冯府的四位太太已明显分成两派：大太太白玉屏与三太太夏林月一派；二太太何如雪与四太太钱石兰一派。两派之间背地里都在隔空递话，都拿最刻薄的语言相互诋毁，但却始终没有面对面交过锋，因中间还夹着冯德昌这堵墙，她们都不清楚冯德昌是咋想的，揣摩不透他这堵墙会倒向哪边？

且说那天晚上，冯德昌老爷在四太太钱石兰床上亲热到关键时刻，钱石兰突然向他提出划分家业的事，当时性起，就顺嘴答应她说考虑考虑，这原本也只是一句应付话，但此后，不知谁那儿走漏了风声，竟在四位太太之间掀起一场轩然大波，开始扯起了是非。为此他也问过钱石兰：是否是她扬话出去？钱石兰矢口否认是她干的。于是，他便怀疑是二太太那儿出了问题。谁干的先不去论，总之，此事也提醒了他：他冯德昌不得不向几位太太表明自己的态度。但如何表明，却有点犯难了。

首先从继承家业的角度而言，大少爷子枫，这孩子实就一不学无术的浪子，学坏容易学好难，心大天上去了，他能给你安安分分守护家业？！二少爷子桐，人太实诚，就根本不像他爹娘生的，纯粹就一木头疙瘩，一点脑子都没长，自己都管不好，哪堪当得此大任？！他算是看透了，冯氏家族偌大的家业，今后要交给这俩人实难令人放心；也非四太太二太太她们说，事实也确如此。说实话他早就将心中这杆秤的重心移向他与静心师父所生之子——仁昌身上。毋庸置疑，仁昌无论哪方面与这哥俩比，都要强上几十倍、上百倍。论模样，十六七岁的年纪，就已长成七尺男儿身，生得眉清目秀，堂堂一表人才；论谈吐，不仅识文断字，也才思过人；论处事，不管做啥，都能做到大方得体，不失礼节。然而，只因仁昌是他与静心师父私生，没名没份，在别人眼里他应算是个外人，所以，也就不好参与到冯府的家事中来，为此他冯德昌没少伤脑筋，十多年来，这事一直是窝在他胸头的一块心病，有话说不出口。他也不知何时才能将这层窗户纸捅开，将此事告白于天下，让众人认可，让家人认可，让仁昌这孩子名正言顺地走到前台来，堂堂正正地走进冯家。眼下家中闹腾，此事再难拖下去：由谁继承家业？划不划分财产？仁昌如何才能走到前台来？老实说，当断不断，反遭其乱，事情逼他必须拿定主意。

大太太与三太太，二太太与四太太，人分成两派。若要让他冯德昌支持哪一派，说句心底话，他都支持，又都不支持。就说大太太白玉屏和三太太夏林月吧，她俩为冯家各生了男丁，为冯府传宗接代立了大功，按理说冯家的家业将来理应由两位少爷来执掌，不要说啥规矩，自古到今都如此。但她们也不能插根鸡毛就上天，居高临下小瞧人。至于二太太何如雪与四太太钱石兰所说的招赘进门，虽是句抬杠的话，气话，那也是老大老三所逼，也完全非无理取闹和强词夺理，细分析还是有一定道理。当下，他冯德昌并非到了风烛残年那步，但往下的事情不能因此就永远都不考虑？人活在这个世上，脆弱得很，说不行就不行。像镇上绸布店的崔老板，才四十好几，平时能吃能喝，在上个月突发脑溢血，人就没了，你说这叫咋回事？想到此，他不禁心生感伤。虽说自己非崔老板那么命短，但往后的路谁敢保证就没事呢？崔老板烂吃烂喝，全身长满肥膘，很大程度上是他自己把自己给害了，而他冯德昌身轻若燕，气沉丹田，骨架匀称，人都说他长着一副菩萨像，但也不能因此就证明自己一定能长寿。长不长寿，人的命完全掌握在阎王爷手中，他想让你活多久就活多久；他不让你活，你一天也活不了。

总之，冯府将来由谁继承家业这事，他冯德昌心里肯定希望他与静心师父所生私生子仁昌来担当，除此，他不想再考虑别人。这事他得抽机会上白云寺找静心师父谈谈才行，听听她对此事的看法。

二

白云寺，是座古老寺院。寺院距桂花镇并不远，最多也就十来里地，它就坐落在镇子身后北面的清凉山上。清凉山是本地诸多小山丘中一座较高的山，面积不很大，但因它是个万人朝圣的地方，声名自然也就远播。白云寺建在清凉山的最顶端，寺内房子由南向北往上一溜排去。前后分为大殿、中殿和后殿。大殿供奉的是水月观音娘娘像；中殿供奉的是张药帅张仲景；后殿则供奉着其他诸佛及神像。寺院东西两侧各设有僧房，总共有十多二十来间，专供僧尼们吃喝拉撒和休息用。另在中殿东侧围墙处开有一道小门，推开小门往里是一处小院子。进院靠墙左右两侧各种有一丛丛的毛竹，毛竹枝叶繁茂，顶端已跃过围墙向四周扩展去。院内左首，坐北朝南盖有几间瓦房。

瓦房前则是一块小菜地，小菜地里种有白菜、萝卜、豆角之类的季节性蔬菜。靠小院南边围墙处则栽有三两棵桂花树，树身已有大人的小腿脖子那么粗。在院内不起眼处，则堆放着一些乱七八糟的什物。另在小院南墙靠东一侧，还开有一道侧门，出了侧门眼前则是一条曲曲弯弯的小道，沿着这条小道往下行去，即可直达山底。要说这处倚靠在寺院旁的小院子，它正是白云寺住持静心师父与其私生子仁昌所居住的地方。

二十四节气，临近暮秋，虽说天气已完全转凉，但秋后还有二十四个火老虎。火老虎没了，有时气温也会莫名其妙地往上蹿，热得人全身直冒汗，穿在身上多日的夹衣夹裤又得脱下来换上轻松凉快的夏日装。当然，这种火爆天气一般不会持续多久，来去匆匆，三两天就结束。热浪一天当中主要集中在午饭后和日落之前这段时间。其余，像早晚天气还是很阴凉的。要说自上个月月末到现在，气温一连有十来二十天都维持在阴冷状态，想必不会再有啥反复，镇上有些年老和体质较弱的人，都将棉衣穿上身，谁知从昨天开始，又热上了。

这天吃完早饭，冯德昌老爷打算趁凉就上山，去白云寺找静心师父，把心中的话向她倒倒。出门前，他已想好，若家中太太们问起，就诓说去年捐给白云寺两百银洋修缮大殿屋顶漏雨，时隔快一年，不知工期进展如何，他想上山去看看。其实，家中所有人至今都不知道他与静心师父之间还隐藏着某种鲜为人知的秘密。

冯德昌出门前，没有忘记带上管家福顺，路上也好有个说话的。福顺提议冯老爷叫乘轿子坐上，因乡间小路不好走。镇上也有拉黄包车的，但颠簸大，还是坐轿子舒服。冯德昌说啥也不要，就两条腿，步行，顺道也可看看沿途的风光。福顺就说老爷好雅兴。冯德昌则纠正说啥雅兴不雅兴的，出门走走，看看山山水水，心里畅快。出进总让人抬着哪行？！得活动活动筋骨，发汗发汗，对身体有好处，这叫新陈代谢。钱福顺就顺着说："老爷您说得也是，是这么个理。"于是，主仆俩就边走边拉着话，出冯府沿钱江书院后的一条小路直奔白云寺而去。当然，管家福顺也并不知道冯德昌老爷此去白云寺的真正目的，还以为他真为捐款修缮的事呢。沿钱江书院后这条狭长的小路走出去没多远，冯德昌老爷就渐感浑身上下发热，不一会儿，额上便沁出汗来。再看，东边的太阳已爬上山，斜照在人脸上红扑扑的；屋舍、树干的影子被太阳光拉得老长。远处望去，田野深处弥漫着一层薄薄的轻雾，将还未收割的庄稼、菜地和杂草淹没在雾气里。有牛群在小溪边吃草，挂在脖子上的牛铃在叮当响。晚熟的稻谷还在田里干戳着，枯黄的叶面被早晨的水汽打得湿漉漉的。长尾巴蜻蜓已开始在路旁的杂草上起舞，时而飞去一边，时而又飞回来；有时钉在半空中一动不动，只吱吱扇着两只翅膀。因是暮秋季节，四下并非完全一片衰败景象，野处风光仍旧带有几分迷人的色彩。踏着乡间小路继续向前，一条不算太深的小河沟突然横在冯德昌和管家福顺二人面前。河沟的水很浅，甚至没不过脚面，横跨水面一溜摆了三五块不大的石头，当作跳石供行人通过。福顺怕冯德昌老爷脚下踩不稳，提醒他说："注意！要不要我脱鞋下去扶您一把？"冯德昌就说："嗨，大江大河都过来了，还在乎这点小河沟！老爷我身子骨好着呢，你放心。"

钱福顺就说："那是那是。"

过小河沟走不远，抬头遇见上镇揽活的阿六。阿六老远就打招呼："呦，这是冯老爷啊，冯老爷您好。钱管家……你们这早是要去哪儿呀？"一个乡下揽活的，冯德昌有点不想搭理他，见问就应付说："随便出来走走，走走……"

"冯老爷要去白云寺检查捐款修缮的事。这不，一年了……不知动静怎么样？"钱福顺补白说。

冯德昌嫌钱福顺多嘴，心有不悦，但他说得也顺理成章，也就没气了，点头笑笑。

“噢……是去白云寺啊，冯老爷……您可真是个大善人，这十里八乡的人都知道……你为寺院里做了不少善事，善人善举。那你们快赶路吧，遇午后天热，否则不好下山。”阿六边说着，边点头哈腰从他二人身边擦过。阿六过处，身后留下一股难闻的汗臭味，冯德昌屏住呼吸赶紧用手去扇。钱福顺瞧之，也跟着扇了几下，汗臭味迅即随风消散。

话说这阿六，四十来岁，是附近乡下的农户，也是位泥水工。农忙时在家，农闲时就去镇上揽活干。有时冯府大院的一些泥水活儿也请他做，没泥水活时，就遇啥做啥，打杂工。阿六砌石砌砖的手艺很不错，冯府大院修修补补的活儿也时不时有，所以出入冯府的机会多了，他对府中上下人等基本都认识。冯老爷他虽也认识，但没敢与之搭过话，今天这是撞面上了，算是头一次与冯老爷唠叨了几句，非他天生胆小，而是身份贵贱使然，贱让他感到自卑，贱让他没了敢与冯老爷这样的富贵人搭话的勇气。

冯德昌与钱福顺主仆二人大约行走了两袋烟的功夫，途经一座舂米房时只坐下来稍做歇息，擦擦汗，便向上山的路爬去。清凉山算不得高，但也非在平地上行走，折来折去不轻松，二人不一会儿便气喘吁吁。因太阳晒，又全身不住冒汗，外套衣服也脱下来拿在手中，经过一阵吃力跋涉终于到得山顶。抬首仰望蓝天，好像天空降低了不少，伸手就能够到。顺着脚下一条平整的石板路再向前行百十来步，就来到寺院的大门口。拱形的院门之上用青砖刻着“白云寺”三个大字，据说为前朝某人物所题写，笔法遒劲，字体浑厚。再瞧，拱门左右两边，各竖有一块木制的匾牌，一边题：“佛门广大难渡不善之人”，另一边题：“天雨虽宽不润无根之草”。字迹古朴，亦显得不同凡响，非普通读书人所写。冯德昌稍静静神，就招呼管家上去敲门。管家敲了，不一会儿门打开，来了一位小尼，十二三岁样。管家钱福顺认识此小尼，她名叫妙音。小尼问施主有何事？管家说："施主冯老爷……去年捐本刹两百银洋整修大殿，今儿前来察看工期进展。"小尼听了，像是弄明白，就朝冯德昌和钱福顺他们点点头说声："两位施主，请进。"

冯德昌于是就与管家钱福顺从小尼打开的半扇院门，跨过足有一尺高的门槛进入寺内。小尼重新掩上院门，带领他二人一块来到大殿前，说道："二位施主，请暂且在此稍稍等候，待我去请师父过来陪你们说话。"说毕，急匆匆跑去后院寻师父。小尼离开后，冯德昌见大殿的门开着，便让管家拿出来时所带香烛，步入殿内对着水月观音娘娘的塑像，烧香磕头拜将起来。刚拜至中途，就闻听门外脚步响，接着就有人在身后喊："敢问是这位施主言说要察看寺内修缮情况吗？"冯德昌匆匆磕完头起身，当调转身瞧见是静心师父后，方忍不住笑了，一脸不好意思地说："您……来啦。"

"阿弥陀佛，原来是冯施主。冯施主……要问大殿的整修情况，理所当然，尚请冯施主后堂坐了一叙。妙音——，过来帮两位施主看茶！"静心师父望了冯德昌和钱福顺两人一眼，异常平静地说。

冯德昌遂应说："好好好……"接着顺口又对钱福顺说："福顺，你就不必陪了，有老爷我一人便可。你去殿外等候吧，我不招呼，你就暂先别进来打扰。"

"好嘞！老爷，我这就出去外面等候。"钱福顺答说。

待钱福顺出去，冯德昌老爷就随静心师父一同来到大殿后堂就座。不一会儿，小尼妙音用托盘端来几杯茶水，先递给冯德昌一杯，冯德昌并不客气，伸手接了；再一杯，小尼上前递给她的师父；余一杯，端去殿门外，应该是递给管家钱福顺的。小尼妙音走后，静心一边招呼冯德昌喝茶，一边开口试探着问："冯施主，今儿一路辛苦，不会是专为修缮的事而来吧？"

"二者皆有之，二者皆有之。"冯德昌笑笑，放下茶杯，唐突答道。

时值秋末，不逢年不过节，上山朝拜的人稀少，因此，俩人也用不着回避啥，干脆就坐在大殿后堂的椅子上拉起话来。

"那我就向冯施主先说说修缮的事吧，然后再听您讲讲还有何事。"静心师父停顿了一下继续说："大殿因年久失修，主要是翻瓦，将小椽换过，重新抹灰，再把瓦盖上。有些椽子被雨水浸泡都腐烂了，一点都不牢固；没有被水淋的，受时间风化也变朽木。像屋顶有几处都在漏雨，有一处甚至水都漏到观音娘娘的塑像上，再不弄真要垮了。自您去年捐了两百块银洋后，我就让人寻工匠马上进行整修。这次，全使用上好的杉木椽子，灰也是用从钱江上游陶瓷场运来的上等灰料。盖瓦呢……因那些年闹捻子，有相当一部分被踩坏，这次也新补过。最后还剩了一些材料，有几间僧房漏雨，也顺便整修了一下。两百银洋……基本花费完，仅剩得十来块，留在账上，待下次修缮时再用。这里，我首先得替寺院众贫僧谢谢您冯大施主了！"说毕，起身朝冯德昌躬身一拜，并嘴里念念有词："阿弥陀佛，善哉，善哉。"然后坐回接着说道："大殿整修在三个月前就完工。冯施主这次既然亲自来察看，待会儿我带你四处瞧瞧，整修仍按老样进行，未作啥改动。情况基本就这样，您还有啥不清楚的便问吧。"冯德昌忙摇头笑笑说没有。于是，静心就将话头调转过来道："大殿的事说完啦。我猜你此次上山来，肯定有啥要紧事，否则，你会打发别人来的。说说看，是啥事，不会是仁昌与大小姐秋云的事吧？"静心师父这会儿说话，语气已没先前那么一本正经，变得柔和了不少。

冯德昌未直接回答她的话，而是岔开绕去一边道："素月啊，近来还好吗？我……生意上的事较忙，很少有时间来看你。我瞧你比之前老了，应是为咱儿子仁昌所操劳，让你一个人受苦了……”说着，脸上不自觉流露出一丝伤感。

“唉，来了……不说这些。我娘俩有你接济已经很不错，你不必替之担忧。这些年，你头发也白了不少，自己不要太累着，要多保重身子。”静心说。

“素……素月，你也要保重，还有咱们的儿子呢，让他瞧着咱……高兴才对。”冯德昌听了静心师父体贴关心的话，一时心头温热，不禁眼眶潮湿，说话声音都有点颤抖。

“唉，我会的，你放心吧。”静心说。

“这是……五十块银洋，你先收着，仁昌念书要用。再说，你也日子过得太清苦，该花销处花销，没了……我这有；我人不来，我也会派人送来的，你只管用。”冯德昌从腰间处取下一包银洋，递到静心师父面前后说道。

“用不了那么多，上回你给的还剩有。你虽有钱，但府上一大家子人都需要你操心。俗话说：家大业大花销大，用钱的地方多，你还是带回去吧。”静心师父推说。

“是花费大，但不至于连这点钱都拿不出。话说回来，我也不能光顾家里面，你……我也得顾。素月，你也不是不知道，我冯家乃几代富户，有花不完的钱，只要送来，你尽管放心收着就是。”冯德昌说。

“那咋行？”静心师父再次推说。总之，俩人你推来我让去，最后静心师父拿话说不过他，就只好收了，并再次告诉他，以后要送别送这么多，我娘俩吃喝也用不了多少钱，尽管说是为了孩子考虑。冯德昌见她收下，方笑了。接下来，他就将话引上主题。他先向静心师父禀明说，察看大殿整修，只是个幌子，主要为找她商量事情。静心师父说：“我早看得出，冯老爷您不用解说。说吧，到底有啥事？看你如此一副愁眉苦

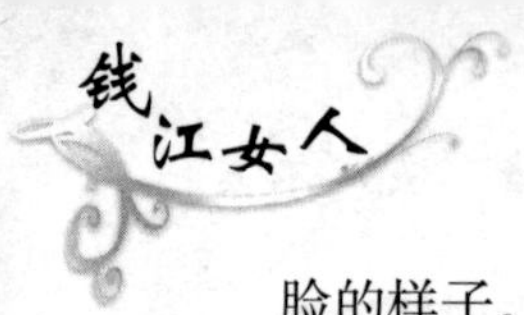

脸的样子。”静心师父问他。

冯德昌稍作平静，随后叹口气方道：“说来话长。我就这么对你说吧，你知道，大太太和三太太生的都是男儿，二太太和四太太生的都是女儿。大少爷、二少爷如今年纪都不小了，所以事情就来了：大太太与二太太都思忖要自己所生的来继承冯家家业。我见大少爷整天游手好闲，就安排点事情给他做，打发他去了盐场，给孙掌柜做个帮手，谁知事情便由此引起，三太太就误认为我要将把冯氏家业的继承权交由大少爷，遂就互相闹开了。这事情还没完，二太太与四太太又热闹上了，害怕我冯氏家业被大少爷二少爷控制后，大太太三太太成了慈禧太后，垂帘听政，担心她们被人欺负……没了活路，因此竟闹着要分家产，什么田产呀，房屋呀，还有盐场，一并要平分。她们认为只有这样，今后的生活才能有保障，怕被人将来踢出门。你说……这叫什么事儿啊？怎么会有这种奇怪的想法呢？一波掀起千层浪，一件小事竟引来这大的风波。唉，再把话说回来，我又不是七老八十，马上快死啦，都等着抢着争着接班……分家业？这么一闹腾，我更担心秋云与省城易公子的婚事怕是要黄了。二太太已放出话来：‘既然生了女儿没能为冯家延续香火，那咱就不嫁了，干脆招赘入户，延续香火的事就不用愁了；别拿续香火的事仗势欺人。’四太太钱石兰也说秋霁将来也不嫁了，也招赘上门。你也许清楚，我冯家盐场的生意多少年来都靠的是易家人帮衬，真要悔婚，这生意还能做下去吗？那易家可不是随便好得罪的，在官场势力大着呢。唉，都怨这易公子,年纪轻轻的……怎染上这毛病？他要是好好的，说不定秋云早嫁过去了。现如今……你说这事咋弄？也怪，这易家两口子身体都健健康康的,怎就生出一个劣物？！我是想，将来……真让大少爷子枫继承冯家偌大的家业,我是不放心的。这孩子，说句实话，他就根本不是那块料。二少爷子桐呢，人太实，要说那脑瓜子一点都不开窍，甚至可以说有点痴傻，你说这大的事能交由他吗？不仅我不放心，我看没有人能放心的。二太太和四太太也早看出问题来，所以才认定：这哥俩将来无论哪个接手，他的母亲都会成为慈禧太后，垂帘听政。因此才闹着要分。今天我来，也是与你商量，让你给拿捏拿捏，这事该咋弄。说句实话，我对大少爷子枫和二少爷子桐没抱啥希望，双双不看好。由此，我想到咱的仁昌，这孩子聪明，无论是读书写字，还是为人处事，样样都不差，要是将冯氏的家业托付给他，那我这心里真就踏实了。可目下难就难在这孩子尚没有个正式名份，外人都只知道他是个孤儿，哪里知道他是我冯德昌的亲骨肉。素月，你说这事咋弄？可真让人犯难啦。听说大小姐秋云与他来往密切，处得很好，唉，不愧是亲兄妹啊，血脉相通。如若按后者，二太太与四太太所说划分家产，那仁昌也应该有份才对，不能放空。你帮我出出主意，这事咋区处才好？若要分家，祖上可从没立下这规矩；若要不分，托给子枫还是子桐这哥俩继承，按理说没错，自古到今都是男人继承家业，没有说女人也能继承的。现在，府上都分成两派，听起来……像是双方都占理。唉，让她们这一搅腾，我这脑子真还有点犯迷糊了。所以，这不，上山向你讨教来了，求你指点迷津，帮我分析分析利害关系。”冯德昌老爷一股脑儿向静心师父倒出了郁结在心头的烦闷，方算舒了口气。接下来想听听静心师父对此事的看法。

静心师父要他先喝茶别心焦，啥事情慢慢来，总会处理好的，不要把身子急出病来。冯德昌听之，脸红，朝她不好意思苦笑笑，遂端起案边的茶杯连喝了几口，然后咀咀留在口中的半截茶叶梗，用舌尖顶了，轻轻一吹气吐在地上，说：“那你说这事情咋区处？反正我现在使被逼到墙角……心里可乱得很，你帮我想想办法看咋解决吧。”

“唉，按理说，这是你府上的私事，我一个佛门僧人，又是个外人，本不该过问此事；今但见你冯老爷这般愁眉苦脸，又费这大功夫上山来，我不说几句，你会怨我太冷漠无情。唉，你这明摆着是要我作难啊。”静心师父语气异常婉转地对冯德昌说完这段话，就默默不再言语，空气一时冻住。

“素月啊，我从没拿你当外人，本就是一家人嘛。若说是外人……那那……那我们的仁昌呢？”冯德昌激动地说。静心师父不吱声，只管用双手掐着怀中的念珠。时间大约静静过去一小会儿，方听静心师父开口说：“那我就随便说说，你听后也别当真，我只是以一个旁观者的身份来瞧这事儿。其实呢，在我看来，这事处理起来也算不得啥很难，为啥呢？既然她们都闹腾，都火热，您就干脆来个冷处理，先把这股火给压下去，也就是说：将来由谁继承家业或接替你掌管暂先不提，谁也别提，过几年再议，往后推。事情不就了了，二太太四太太哪还再敢提划分家产的事，双方矛盾不就化解？家中风波不就平息？”

冯德昌听了，陡觉茅塞顿开，一拍大腿说道：“对对对，对呀——！我怎么没想到？只要我不提由谁继承家业之事，啥事……不都暂且了了，什么大太太二太太三太太四太太的，都一旁给我站着去。”

“你这是脑子一时犯糊涂，被女人一戳弄就立马乱了方寸。您可是冯府的大老爷，只要您稳住脚跟，其他人哪还敢乱说乱动。”静心说。

“你说得对，这样……我便有得时间考虑仁昌的事儿了，我一定会想办法将事情处理好的！”冯德昌兴奋，先前紧锁的眉头顿时舒展开来，脸上愁云也瞬间一扫而去。

“你呀，是生意场上精明，处理家事来……就不咋地。也是，常言说清官也难断家务事，家中的事儿谁也不可能分得清楚。”静心说。其实，静心师父只说对了一半。冯德昌他不仅在生意场上精明，在家事上也未犯糊涂，他是被几个太太缠得没法子：男人嘛，见了女人哪能不说好？上了大太太的床，就说大太太好，言听计从；上了二太太的床，就说二太太好，也言听计从；上了三太太、四太太的床，照样说她们好，能言不听计不从吗？四位太太争风吃醋，互相背地里抛砖头，分成两派闹将起来，你说她们都是他冯德昌一个一个娶进门的女人，会偏向谁呢？当然，人吃五谷生百性，若真要在心里分出个等次来，说句实话，他还是喜欢四太太钱石兰，其次是三太太夏林月。这俩人生得艳、娇嫩，更会伺候人，作为男人谁不图个耳顺身子爽呢。要论大太太，根本与这俩人没法比，人老皮黄不说，还古板，瞧着都没劲。二太太人能干，模样端庄秀气，但太过老实本分，平时连个讨男人高兴的奉承话都说不好，更别说矫情了；说她嘴笨吧，倒不见得，只是直来直去太过僵硬，干活处理家务却是一把好手。唉，你想想看，一个男人整天被四个女人围着，就像《红楼梦》里面的宝二爷，热了这个却又冷了那个，不免引出种种猜测来。说一千道一万，女人本就是个是非身，无法说得清。

冯德昌老爷从静心那儿讨得主意，心中自是兴奋，末了，就又借此机会向静心师父即素月说了些掏心窝子的话，要她照顾好自己，有病有痛就请郎中瞧瞧，不要硬扛着；吃饭虽说是僧人，但也不能太寡淡了，菜油茶油多搁点，没了就捎话，他好让下人们给她送上山来；天凉了，衣服也要穿暖和，不要冻着。静心说：“知道了，你放心，你也要多保重，一把年纪了，也不要太劳累，有啥事尽可能安排下人们去做。”冯德昌说：“我，你就放心，身边有四个女人服侍着，吃喝拉撒不用愁，我是担心你和仁昌。”静心师父就又说：“难为你老惦记着我娘俩，你冯老爷是我的大救命恩人，没有你冯老爷，哪有我素月今天，我就是不为我自己着想，也要为你我的孩子着想。”冯德昌就说：“啥恩人不恩人的，早都过去的事了，你就不要再提了；再说，你也为我冯家生了仁昌这好孩子，不亏欠我，相反，我得好好谢谢你才对……”俩人你来我去，聊了不少客气话，时间大约过去有两个多时辰，这会儿，正好有香客进殿来上香，静心师父就去前堂招呼。恰巧，小尼妙音进来续茶水，因中途她已续过一次，这会儿杯中尚满，冯德昌就说不用了。待小尼退去，静心师父应付完香客重新返回，冯德昌便起身说要告辞。因快到午饭时分，静心要留他与管家二人在寺内吃斋饭。冯德昌推说不用了，趁太阳尚不很热，好早早下山去。静心师父也就不强留，送他出门去。殿门外，管家钱福顺坐在树下石头上正歪着头打瞌睡，听见响动忙醒过来，睁开眼一瞧，见冯老爷与静心师父就站在他面前，遂慌忙问道：“老……老爷，静心师……师父，你们聊完啦？”

“聊完啦。”冯德昌与静心师父齐声说。

钱福顺听后弹起。

接下来，他二人就随静心师父在大殿内外随便转了转，冯德昌就说：“时间不早啦，我们下山吧。”管家钱福顺回说好。然后，主仆俩一起向静心师父拱手道过别，出寺院门下山去。

此刻，正值太阳当空，晒在头顶火辣辣的，福顺赶紧打开随身带来的油纸伞上前给冯德昌老爷撑上。没走两步，冯德昌觉得山路弯曲，老让人在身后撑着伞有所不便，就一把从管家手中夺过伞来自己打着走。下山的路虽不好走，太阳也实在太晒，但冯德昌老爷的心情特好，一点都不觉得，因他此次上山从静心师父那里讨得了好主意心中正乐着呢，尽管热得气喘吁吁，汗流满面，脸上却始终洋溢着笑容。乐到极处，竟忍不住唱起来：

红红嘴唇像樱桃，
弯弯柳眉如鹅毛。
乌乌青丝似墨胶，
细细身腰赛柳条。
低声一笑失三魂，
回首一看六魄消。
你若走进和尚庙，
四大金刚也酥倒。

冯德昌唱的是越剧《王老虎抢亲》中的片段。管家钱福顺在他身后七八步远跟着，见冯老爷又哼又唱，就猜他此次上山一定收获不小。

三

话说冯德昌老爷自从白云寺归来，一连几天都不说话，只管一心一意忙他的生意。太太们见他做事驴着脸，也就没人敢当面问他继承家业和划分家产的事到底咋想的。因猜不透，所以也就不敢冒犯，生怕一不小心触怒他，无故遭一顿戗白，那脸上多不好看。

渐渐随着日子一长，太太们见老爷脸色好转，就猜他前一阵子定是生意上遇不顺，所以才那样。同时主观判定这事应与家事无关，这会儿好了，于是有人就大着胆子试探问："我说老爷啊，让子枫接手继承家业的事……你心里到底是咋想的，你不能老闷着不说话啊？"问话的是冯府的大太太白玉屏。白玉屏判断完全错了，只她这一句轻微的话，就将他触怒，立即招来一顿劈头盖脸地呵斥："你这是要催我早点死呀……还是想要我折寿？！我如今满打满算才五十好儿，既不聋又不瞎，

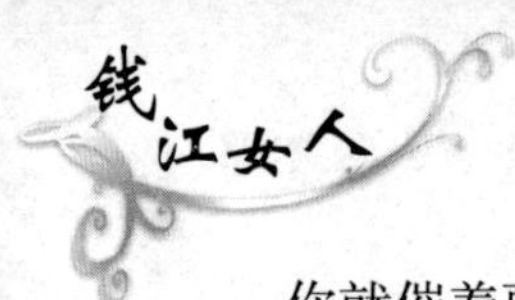

你就催着要人接替我，你安的是啥心？是不是我死了……你好找你那李阿哥再续旧情？！”在冯德昌年轻认识白玉屏之前，白玉屏确有一位相好，名字叫李满，后来被抓壮丁，据说死在了战场上。现在冯德昌突然揭出来，也因他一时恼怒，拣到什么说什么，只想拿话把她嘴堵上，没考虑有啥后果。冯德昌的话刺到了白玉屏的痛处，让白玉屏感到很委屈，心想之前已提说过的事，自己只是轻轻一问，没想到挨他如此羞辱，心里很不好受，眼泪水立马哗啦啦从眼眶滚落出来，都一把年纪了，竟还像个小孩样呜呜哇哇大哭起来，一边哭一边诉说自己的委屈：“我……说老爷呀，你今儿个是咋了？你是吃火药啦……还是嫌弃我老了，没用了。我也就是随口那么一问，你发那么大火气干吗呀？谁盼你早死啦……谁要你折寿啦？接不接替……我女人家只是在你面前念叨念叨，谁立字啦写据啦要你马上定下来？我也知道家业传递是个大事，得从长计议，不能操之过急，你看你发那么大脾气给谁看，还扯出早年那些陈谷子烂芝麻的事来羞臊我，人都死了……你还耿耿于怀牢记在心，你……今儿到底是咋啦？呜呜呜呜……”白玉屏大扯着哭腔，越说越伤心，一把鼻涕一把眼泪，瞧着可怜。

“以后，不许你再提这事！”冯德昌心里烦，不想与她多啰嗦，说完，一甩手愤然出门去，留得白玉屏独自在屋里哼哼唧唧。此时，上桌的晚饭，早已变凉了，老爷走后，白玉屏一个人也无心吃下，待情绪稍微平缓，只好交代厨房将它收走。

冯德昌从大太太白玉屏那儿憋了一肚子气出来，因天色已晚，一时不知去哪儿好，迟疑之中突然想起四太太钱石兰，遂一抬脚转身朝后院迈去。进了四太太房，见到四太太钱石兰他一句话不说，问也不答。钱石兰见他脸子拉着，就猜他一定是在外面受了谁的气，这会儿还没消，于是便不再问，只招呼丫鬟端茶倒水，然后轻声问他晚饭吃了没？冯德昌摇摇头说没吃，气都气饱了。钱石兰遂要丫鬟快去告诉厨房准备饭菜，说老爷来了。丫鬟出去后，钱石兰见他情绪缓和，就试着过来将半个屁股撅往冯德昌的怀里去坐。冯德昌没拒绝，就势将她抱了。钱石兰就左手扳了他的肩膀说："啥事嘛，看把您气成这样。不会是生意上遭人算计了吧？这帮生意人……个个都鬼精，下一次防着点就是。"

"哼，算计我的人……还没生出来呢！"冯德昌的话让钱石兰明白，他并非为生意上的事生气，而是另有原因。到底啥原因，钱石兰不敢直接问，就诱导着让他自己慢慢说出来。

"那是啥嘛？竟把您气成这样。"钱石兰道。

冯德昌没吭声。不过说起生意，最近他确有一桩生意搞砸了，非遭人算计，而是被人明火执仗地给抢了。那就是前两天，盐场运出的一船精盐，行至半道上竟然无缘无故被一帮当兵的给掳了去，你说气人不气人，到现在他还没弄清这问题出在哪儿。曹老四手下那多押船的都干啥吃去了？手里也有家伙，怎就一枪不放让人给乖乖掳走了呢？属偶然，还是曹老四设局暗中勾结当兵的有意而为之？胸中疑云重重。本来窝在内心深处的闷气稍消一点，钱石兰这一提起，又惹他心烦。他一把推开钱石兰，在屋里踱起来，刚转晴的脸色又阴沉下来。钱石兰见此情形，也就不敢再多嘴，要踱随他去踱。冯德昌他虽心里有气，但不是针对四太太钱石兰，而是老大白玉屏和曹老四俩，对钱石兰所表现出来的殷勤他并不反感。钱石兰是个明白人，早瞧出老爷生气并非因她，所以她大着胆子缓步走到冯德昌的跟前，从身后拦腰将他抱了，将双乳紧紧贴在他的后背上，再用下巴顶着他一边的后肩娇声娇气地说道："好啦，好啦，今晚来我这儿……咱只管吃饭喝酒，说点令人高兴的事，除此，别的任何事情都不提，您说好不好？"冯德昌只喘着气，不回答，站在原地任她抱着。门外脚步声响，丫鬟进来送茶水，瞧见四奶奶与老爷前胸后背贴在一起，不禁扑哧笑了。俩人赶紧松开。“死丫头，进门……也不带个响儿，鬼似的，吓我一跳。”钱石兰虽不好意思，但仍装腔责怪说。丫鬟止住笑，放下茶盘说声：“老爷，茶水，请慢用。”说完急忙退下。丫鬟出去后，钱石兰就唤冯德昌坐了用茶。冯德昌这才情绪稍稍缓解，转身睃了她一眼，走到桌案前坐了，伸手端起已泡好的盖碗茶，一边捋漂浮在面上的茶叶碎渣，一边嘬起口来细细品味。

“这属新帮老爷您准备的西湖龙井，您尝尝，味道还行吧？”钱石兰说。

“哼哼，还行。”冯德昌用鼻子干哼哼两声说。

“上个月，我要二老爷在省城托人帮您从杭州的五云山买来的。”

“还行。怪不得入口味醇和，兰香扑鼻，属好茶，上乘之品也。谢谢你了。”这是他进屋第一次对钱石兰说出口的感谢话。

“人家打小跟在您身边，知道您喜这个。”

“唉，难得你一片苦心啊，还是你懂老爷我的心。”

钱石兰听后，俩脸蛋上立马露出两个迷人的小酒窝，对着冯德昌笑了。

冯德昌承认，四位太太中，就数这个小的最疼他，从十几岁做丫鬟到后来做姨太太，一直都很投他的脾气，不像另三位，他娘的做啥都摸不到爷的心坎上，总像隔着层皮。

冯德昌口品着香茗，趁饭菜还未上桌，就借此空当与钱石兰聊起了上天入地的事。

“你说这夸父……怎就能把日头追上呢？追到天边也没用。女娲炼石补天，用石头补那不掉下来吗？这孙猴子被压在巨石之下几百年还不死，依我说，饿都饿死了。土行孙能钻地在地下跑，谁见过，真好笑。嘿嘿……”冯德昌不知哪儿来的奇思妙想，不粘天不粘地的竟扯到这事上。让钱石兰听了有点丈二和尚摸不着头脑。

“老爷，你怎提起这来了？那都是些传说，前人编的故事，真正哪有那事？”钱石兰嬉笑说。

“我就说么，要不……这夸父不好好在家种田，追那干嘛，不说被日头晒死……累都累死了。还有这女娲，不在家织布生孩子过日子，去补啥天呢？玉皇大帝都不管，你逞啥能呢？天到现在还漏，总下雨。猴子还能活那么长时间……我不信，那么大石头……早压扁了。土行孙更别说了，就算它能钻地，但遇上石头它还能钻得进去么？哈哈哈哈……胡乱编，编得也太离谱了。你就说《三国》吧，刘备他那么聪明的人，怎就生了阿斗？哈哈哈……”冯德昌一边喝茶一边说，说得眼泪水都飙出来，茶水溅了一衣服。钱石兰见老爷乐得厉害，这才弄明白老爷是有意拿话逗自己，遂也就跟着傻笑，并找来东西帮他揩茶水。

“这事儿……说来也怪不得刘备，男人那东西插进去只管快活，出来个啥他哪儿懂呢？哈哈哈……”冯德昌末了还加了一句荤的。

“老爷……你真坏……”

“哈哈哈……坏，不不坏。”冯德昌胡说乱诌，并非他一时神经错乱装疯卖傻，他想这会儿应该缓解一下初时的难堪气氛，晚上也好与那小人精摔洒淋漓。

不多一会儿，厨房饭菜已弄好，下人依次端了进来桌案上摆好。冯德昌见是可口的青椒爆猪肚、清水闷鲶鱼、茭白炒肉丝和一小碟酱油泡花生，口水早就流了，不等钱石兰招呼便凑去桌边坐了拿起筷子就要吃。钱石兰瞧之对他说不急，还有上好的绍兴老黄酒，一块吃着喝着岂不更好？少顷，下人便将香喷喷的绍兴老黄酒拿上桌来。钱石兰亲自动手为他斟上，自己也要了一杯，俩人遂开始面对面吃喝起来。

当晚，冯德昌就搂着四太太钱石兰过夜。钱石兰是个极聪明的女人，她可算把冯德昌的脾气摸了个透，遇他不高兴时尽量顺毛捋；遇他高兴时就得寸进尺。今晚这事就是，她只能顺毛捋，倒着戗肯定挨蹶。熄灯后，钱石兰对冯德昌又是一番柔情蜜意，至于他今天为啥事不高兴的话只字不提。冯德昌被四太太的痴情完全给熔化了，不一会儿就全身冒汗，浑身酥软完去。待高潮过后，二人都说累了，遂各自调转身呼呼睡去。

第二天醒来，天已大亮。钱石兰一看时间已不早，披上衣服赶忙下床去要厨房准备早饭。交代完厨房回到床上，此刻老爷人已醒，他似有意犹未尽，拉住钱石兰的手要她躺下来再睡睡，陪他说说话。钱石兰听后也就顺从，一掀被子哧溜钻进被窝。钱石兰猜，这会儿老爷肯定要说心里话了，就搂着他静静听他说。

“唉，石兰啊，你说这码头的曹老四……是不是有意这么做？”冯德昌说。

“老爷，你这……说的是啥事嘛？”冯德昌问得唐突，钱石兰听得更是莫名其妙，不懂他在说啥。

“咿，你不知道啊？前不久，也就是上个月月底，曹老四帮盐场运出去的一船上等精盐，半道上，突然被一帮当兵的抢了，曹老四竟一枪没放。派去的人全囫囵囵回来了，没一个伤着，你说这里面是不是……有诈？”

“噢，你说的是这事呀，咋能不知道。曹老四跟咱十多年，一直都很好。或许当兵的这些人仗着人多势众，曹老四斗不过人家呗。应该……事出偶然，属不得已而为之。老爷你又没有啥地方对不起他，他……凭什么要这么做，眼睁睁不管让人把一船盐抢走？”钱石兰试着帮冯德昌分析。

“有一件事情上……我猜得罪了他，所以他才使出这损招来要挟咱。”冯德昌怀疑说。

“啥事上……得罪了他？”

“你不知道，曹老四曾有几次向我提出过增加押运费的事情。他说现在银洋不好使，都用法币，要我再增加五十块银洋给他。如此一来，每船每趟的押运费不就成一百五十块了吗？多出平时的一半，我没答应。我怀疑他是不是为此事暗地里泄愤报复。”

“这可说不好。咱现在没啥证据……”

“是啊，我也只是猜测，空口无凭。你找他……他会认？”

“老爷，要我说，要找证据也容易，花些银子从他内部回来的人身上下手不就得了吗？”

“我也是这么想。不过，先不可声张，待我把事情坐实拿到证据，你再看我怎么找他算这笔账。一个曹老四都收拾不了，我冯德昌今后在桂花镇还怎么做人？！唉，先不管这些，聊起心烦。”冯德昌斜倚在床头一边说话，一边用手在钱石兰的双奶上摩挲，忽然把手停住，沉思片刻，然后换了个话题对钱石兰说:“宝贝啊，你……你之前说的划分家产的事，你看……老爷我也还不是很老，就先别催了，放一放过几年再说吧。老大和老三那里我先把她们稳住，不让她们再提让谁接替继承家业的事，你看好不好？你放心，我保证，你跟老二将来一定不会吃亏的，不会在我临死之前撇下你们不管的。”

“老爷，你说这话挺吓人的，活得好好，什么死啊不死啊的，不许你说这话。既然你这么安排，我听您的。我也这么想，老爷你还不老，身子骨如此结实硬朗，年轻着呢，由谁继承家业，现在提确实尚早。只要大娘和三娘她们不催继承的事，我便与二娘如雪不再提说划分家产。有老爷您这句话，还怕啥呀，相信您以后不会撇下我们不管的。”说实话，钱石兰早就想问划分家产的事，当瞧见冯德昌进门老吊着个脸，就先作罢。这会儿他主动说出来，未曾想到结果竟是这样，让她大失所望。然而事已至此，她还能说什么呢，若与他拧着反而不好，因此，只能暂且先顺了他，待以后再慢慢说吧。

“宝贝，你真懂老爷我的心思，哈哈哈哈……”冯德昌又伸手去摸钱石兰的奶子。门外丫鬟喊：“老爷，四奶奶，吃早饭啦！”冯德昌这才把手收住，隔窗回答说：“知道了！”

此时，时辰已是大半早，二人遂穿衣下床准备吃早饭，再续温存的事就暂先放一放。

第六章　夺命漩涡

一

岁月像与人赛跑，一晃就到了来年的春上。

阳春三月，钱江两岸繁花似锦，田野、山丘、沟壑到处披上了厚厚的新绿。古老的桂花镇大街小巷沐浴在一片和煦春光中。狗在人稀的巷子里撒欢；小猫躲在屋顶的树荫下懒睡；人在街边又说又笑，你来我往，笑声朗朗。孩童们更是精力充沛，跑去户外捕螳螂、捉蛐蛐、追蜻蜓或捕捉小虫物玩。小河沟里的泥鳅滑溜，不好弄，出门时的干净衣裳这会儿满身泥水，回家非挨大人骂不可。大一点的孩子，几个人便相邀去江边的老榕树上掏鸟窝，一个个活蹦乱跳，满脸都洋溢着欢乐的色彩。

冯德昌老爷自去年秋上从白云寺静心师父那里讨得主意，回来还真把府上大小四位太太给压住了，没人敢再往下闹。不闹，不等于没事，虽不敢明着来，可私下肚里却各人打着各人的鬼算盘。大太太白玉屏就在想：反正大少爷子枫是长子，要说继承家业，怎么说他都占先，其次才能轮到别人。二少爷人又痴又傻，一个木头人肯定争不过子枫；但二少爷背后有他那聪明的娘做幕后军师，有时世事也难料。另一个原因就是：老爷除宠着老四以外，经常也护着老三。可以说，将来对自己能构成巨大威胁的就只有夏林月，不得不提防着。至于老二何如雪与老四钱石兰根本就没资格参与，她们是怕大少爷将来掌事以后再也说不上话，自己吃亏受可怜，所以才极力向老爷推出这划分家产的损招来阻止。这俩骚娘们，可真够毒的，事情坏就坏在她俩身上，呸，克星！

二太太何如雪认为：此次划分家业之事虽未能如愿以偿，但也起码起到阻止和拖延老大白玉屏、老三夏林月让其子继承家业的计划；同时也争取到老爷对自己将来生活保障的承诺，算是一举两得。当然，这事她得感谢老四钱石兰，要是不与她联手，仅靠自己单枪匹马出击，老爷是万不会答应的。下一步，就看事情如何发展，反正老四钱石兰已将要说的话向老爷挑明，老大、老三也全知道；要有啥，有她与四太太俩人扛着，怕她谁呀！

三太太夏林月，她的想法正好与大太太相反，她认为：大少爷子枫行为不端，浪荡公子一个，简直就是一匹放荡不羁的野马。若让这样的人继承家业，非把这个家给毁了不成；除非老爷人昏庸了头，才会做出这决定。要她说，自己所生的二少爷子桐才是真正的人选，子桐人虽说木讷，但胆小听话，有她这个头脑如此聪明的娘在后面帮他出谋献策，还能有啥不能做的。所以，由子桐将来继承冯府的家业，应该说是木板上钉钉子十拿九稳的事。二太太、四太太二人提出划分家产，老爷虽没表示反对，也可能只是嘴上那么一说罢了，当不得真，到时候还不是我夏林月说了算。如此一想，她心中不禁暗自得意，但表面却装着没事人一样，出出进进欢声笑语，见了二太太四太太面亦显得格外地亲热，说不管怎么样，我们总归都是一家人，何必闹得彼此间生分呢。这样一来，让人觉得她三太太宰相肚里能撑船，本就不是个计较前嫌的人。

至于四太太钱石兰则与大太太、二太太、三太太的想法都不同，她觉得老爷的话可信也不可信，老爷眼下瞧她年轻，所以才哄着她，对她言听计从。一旦哪一天衰老，姿色褪去，他就会嫌弃，对她所说的话不再当回事。接下来，她不想与二太太何如雪联合了，她要单独干，这就叫另辟蹊径。老爷不是暗中在做古董生意吗，就私下要求他赠自己几件宝贝。对，就要她见过的那幅古画，叫什么《芦花寒雁图》；从墓里挖出的青铜“双牛贡”再值钱也不要，晦气。老爷不是说过，那幅《芦花寒雁图》古画，可换十几处院子嘛，有了它，今后还愁没活路？只要把画儿弄到手，其他，随她们这些人去怎么闹；就是一块铜板不分给她钱石兰，也无所谓，有了这幅古画在身边够了，供她娘俩吃喝几辈子，才懒得跟这帮人去争。但……如何才能让老爷交出这幅画呢？这让钱石兰费尽思量。不过钱石兰自有她钱石兰的办法，她一定会让老爷乖乖把画送到她手上。

二

春深时节，钱江两岸，草木葱茏、紫薇花开、鱼儿水中游。运盐的船队一字排开顺着奔腾的江水向东驶去。就在江北岸的一棵百年老榕树下，大晌午的聚集着一群半大不小的孩子，叽叽喳喳，吵吵嚷嚷，争论个不休，从架势看是在商量着掏鸟窝。这帮孩子真不懂事，也不看看这是啥地方：老榕树整个树冠都倾斜水面去了，树心多半已腐烂变空。周边草深，树下又是峭崖陡壁，水流湍急，且藏有漩涡，若有不慎树杈断裂掉落江中，后果将不堪设想，此处非常之危险，一般都没人来这儿。这都谁家孩子，家中大人也不出面管管。路过的大人瞧之替他们着急，然而，孩子们好像并不在乎，他们似乎有初生牛犊不怕虎的勇气和胆量，根本听不进大人的话，有话不是叫“自古英雄出少年吗”，这点危险怕个啥？

“不就是上去掏个鸟窝嘛，注意点不就行了；大人那属屁股胆，遇啥都怕。就算失手，从水中扎个猛子不就上来。在江边长大，你说谁能不会游泳？再不行……我曹攀跳下去救你们。依我说，全一帮胆小鬼，我要是腿没问题，哪轮得上你们，早爬上树顶去了！”老榕树下，钱江码头掌柜曹老四的二公子曹攀坐在一块大石头上高声喊说。他这话是专门说给冯府二少爷冯子桐听的。子桐犹豫迟迟都不见动静。他看看这棵几人合抱粗的老榕树，再看看树下奔腾的江水，心里一阵阵发怵，头皮发麻，双腿都在打战。抬头仰望，那鸟窝确实诱人，编织得像个圆灯笼样好看，结构致密外形规整，就嵌在老榕树一根较粗的树杈的夹隙里，看样子很牢固。依他在别处掏鸟窝的经验判断，这窝内鸟蛋肯定少不了，起码在十多个，蛋也小不了。只可惜这树杈弯曲歪斜得厉害，有大半个身子扑向了江面，风一吹，摇摇摆摆，连整个树冠都在晃动，有点像荡秋千。不过，这会儿风并不曾吹，老榕树变得似乎很安静，但即使那样，仍存在很大危险。

“二哥！那……太危险了，我劝你还是别上去了，万一……”秋霁也在这帮人当中，不无担心地劝说子桐道。

“我是前几天不小心走路把脚崴了，否则我早爬上去了。子桐，不危险！你要说危险……那我们大伙找根绳子系在你腰间拽住不就成了。万一落水，我们就一齐将你拉上岸来，保险你没事，大不了喝口水而已；说不准口里还能叼条鱼上来呢，嘿嘿嘿……”人堆里一矮胖小孩放大嗓门对子桐二少爷喊说道。

“嘿嘿嘿……是是是。你要真怕，那就系条绳子，我们一起给你拽住，你还能怕个啥？我也昨天上山砍柴把脖子给扭了，你瞧，到现在还僵硬着，不然，我早上去掏了，哪跟你费那么大劲。”一长脸瘦猴扭了几下自己的脖根说。

“怕个啥呀，子桐，你那样子攀上去……俩脚踩往下面的那一根，用一只手攀住头顶那根树干，然后俯下身子，伸出另一只手轻轻一拉，就像卸灯笼样便可将鸟窝弄到手。里面肯定有不少鸟蛋，你可不要给弄翻了，那就白费。说不定还有小鸟仔哩，哈哈哈……”树下草丛一留锅盖头的小男孩说。

“子桐，上啊？！快点上啊！咯咯咯……一看就是个怕死的胆小鬼。”坐在树下岩石上，一边晃荡着双腿，一边看热闹的一年纪较小男孩跟大孩子也在起哄戏谑说。嚷嚷间，另一叫大明的孩子已跑去岸边不远处的茅棚内，找来一根绳索丢在冯二少爷子桐的脚面前。其他几个孩子跑过来，捡起地上的绳子就要往子桐身上系，说这回就安全了，还怕啥？！子桐当着这么多人的面，还是表现出犹豫不决。

“二哥！你还是别上去了，太危险了！”妹妹秋霁在一旁再次提醒道。

“唉，真没用，怎能听女人的话？女人生来就胆小。子桐，我说你是站着尿尿的……还是蹲着尿尿的？还冯府二少爷呢，这点小事……都吓成那样，还给人面前吹嘘说要干大事呢，谁信？！一看就是吃软饭的熊包蛋一个，肯定经常挨子枫欺负。将来冯府的当家人非子枫莫属，你就靠边站吧。”曹攀在树下，口中叼着烟卷，再一次煽风点火说。

“不不……不是我怕，我我……我是在观察，看看从哪个方向爬上去比较好使。另外，我我……我是担心万一那鸟儿飞回来怎么办？瞧见有人在偷蛋，还不围上来把我啄死去。真到那时，你们说我该怎么办？我又不能松手，等它把我头啄烂，眼啄破？那不成了瞎子？”子桐明显在说谎。他心里其实一百个不情愿，但为了在同伴们面前争回面子和争强好胜，他还是决定一试。

“嘿嘿嘿……原来为这个……”一帮人听子桐如是说，不禁放声笑了。

“我就说嘛，冯府的二少爷……哪像你们这些穷小子胆小如鼠。子桐，不用担心，鸟儿见我们这么多人在树下它不敢靠近的。落水也不用怕，有我啦，我会让他们拉好绳子，万一不行，我立马跳下去救你。你知道，我的水性比谁都好，年年参加龙舟赛，不知都跌落水中多少次，没见把我淹死，一点事都没有。我是龙王爷他舅，你是我的朋友，保护你更加不用说。说实话，你也清楚，我腿脚坏了，不灵便，要灵便的话，哪要你们这些小毛孩子动手。这样吧，掏到的鸟蛋，我跟大伙少分点，你多分点，你看行不？”曹二公子继续煽风说。

“二哥！”秋霁见子桐不听她劝，急得要哭了，嘴里喃喃要他不要听这帮人瞎咕叨，真的太危险，否则她要回家告诉三姨娘。

“你站一边去！女人在旁不吉利。”子桐完全被这帮人忽悠住，死不回头，根本听不进劝。只见他扑通一屁股坐在地上，噌噌噌三两下就脱掉脚上的鞋子，然后站起身紧紧松弛了的裤腰带便欲准备上树。锅盖头和瘦猴上前帮他往腰间系绳子，他说不用，这点小事哪用得如此烦琐，手到擒来，你们就在下面等着接鸟蛋吧，可不要打烂了，黄撒一地。子桐说这番话，是自己给自己打气，自己给自己壮胆。

“嗨嗨……这才像个男子汉大丈夫说的话，有胆识，能拉硬屎。”曹攀坐在石头上边抽着烟边夸赞子桐说。

子桐开始爬树。

老榕树树冠太大，树杈交错复杂，将头顶的一大片蓝天遮得严严实实，似有点密不透风；树身更是七扭八拐，一会儿平地，一会儿峭壁；一会儿斜坡，一会儿倒挂金钟。没有一个规整的姿势，主干分干绞缠在一起，分不出谁是谁。树身以下倒也干爽利落，往上就有点疙疙瘩瘩了，并且长满黑乎乎的青苔。青苔有湿也有干，松垮垮黏得不是很紧，拿手一掰，一疙瘩一疙瘩往下掉。别以为它就是树身的一部分，真要拿它当着力点，那你就被它蒙蔽了，极有可能失手，危险亦可随之到来。你千万要看清楚，不能上这个当。子桐早明白，过去曾在山上掏鸟窝没少遇到。长有青苔的树，一般都生在地势较阴湿的地方或水边，他不会被这些黑乎乎的家伙所迷惑。子桐瞧瞧大伙那殷切期盼的眼神，像受到某种说不清道不明的刺激或鼓励，于是他不再犹豫，拿定主意，走向树前开始往上攀爬。起初，一切都很顺利，噌噌噌就爬上去五六尺，显得很轻松。大伙背仰着头，伸长脖子用赞叹与惊讶的目光瞧着他，见他动作敏捷一种不可阻挡的样，口中不禁发出阵阵唏嘘和叫好声。子桐听到树下这帮人的赞扬后，信心更加十足，只在中途稍作喘息换气就直接朝着目标扑去。很快就由树身主干部分攀爬到树顶的分杈处，他没有停下，脚下踩着一根较粗的树干，双手紧紧抓住头顶上的另一根粗树枝，一步步横着向前移。此刻他并没有感觉咋地，既头不晕，也眼不花，唯有气喘，呼吸跟不上。他聚集目光，透过树干交错的缝隙去观察，见那鸟窝最多也就离自己丈余远，只要再努力一把，就可轻松拿下。他靠在树干上一边稍作休息，一边在想：如何才既能拿到完整的鸟窝又不伤害窝内的蛋和雏鸟？因这是个老鸟窝，垒在这棵老榕树上有好些个年头了，不但外形大，看起来也挺结实，非一般林子里那些小鸟窝，只几根干柴棍编织随便涂抹些烂泥巴了事，结构简单，掏时只需伸手轻轻一扳就到手，不费吹灰之力。这老鸟窝就难办了，它不是建造在竖的主干上，而是在横的斜的侧干上，位置又十分危险。咋办？他一时心里突突突没了主意，最后决定待靠近后再说，说不定没想的那么复杂，都属鸟窝，只大小不同而已，难道它还能是铁打的不成？子桐慢慢横着向鸟窝靠去，他的手脚一有动静，树干树枝树梢也跟着在动，鸟窝也在动。他立刻变得谨小慎微，不敢随便乱摇晃，脚下该挪一尺，这会儿就只挪五寸。因他攀着的那根树干已有近半倾向江面，高空处往下瞧去，滚滚的江水不禁令他心生恐惧，倒抽一口冷气。突然脚下一滑，身子向后一踉跄差点翻将下去，吓得他尖叫一声，冒出一身冷汗，脸色煞白。当他静静神，重新站稳脚跟后，方发现左脚板不小心踩在一块松软的青苔上，青苔被踩裂掉落水中去，树干露出湿而滑的皮。经过这回惊吓，接下来他不敢再有丝毫大意，甚至行动变得迟缓，腿脚畏缩不前。他有点后悔，但这种想法转瞬即逝：既然上得树来，就鼓足勇气把鸟窝拿下来给他们瞧瞧，否则总说自己胆小鬼。往下一切只要自己小心从事，就会没事，有老天爷在高处保佑怕个啥。树底下那帮家伙肯定拿眼睛死盯着自己的一举一动，可不能让他们看笑话，说自己做啥都笨手笨脚猪一样。

“二哥——小心！不行就下来！”秋霁在下面神情紧张，恐慌不安地在对树高处的子桐高声喊说。

“子桐，就差一点够到了，你可不能放弃啊！”

“子桐，不用怕，手抓紧点，脚下踩牢靠点就行，不会有事的。”

“嫌长青苔的地方滑溜，你尽量躲开点不就行，拣干处走，一步一步向前靠拢！”

老榕树下，一帮黄毛小子在呐喊，大呼小叫。总之，一要他小心注意；二要他不可放弃，千万不能打退堂鼓。

子桐松了口气，再次向那鸟窝靠近。此刻，他觉得腿脚越往前挪动，树干弯曲幅度就越大，他紧张得心都快提到嗓子眼了。更糟糕的是：那树的粗细干儿上像抹了层猪油，脚踏上去，手抓上去湿漉漉滑溜溜地很伤脑筋。这是江水在下面长年湿蒸所形成的自然现象，仔细观察，无论大小枝条表皮之上，都生长着一层细密的青霉，所以，哪有不滑的道理。怎么办，是继续向前，还是就此作罢？现在他冯子桐可以说所面临的处境十分艰难：头顶之上，茂密的树枝树叶将天空编织填充得密不透风，就像一只巨大地筛子扣在头上，刺眼的太阳光穿过筛孔如一根根锋利的射箭直往他脸上扎。腿脚之下，离地两三丈就是滚滚的钱江之水,那水卷着浪花一刻都不停歇地向东流去。他明显感到自己被夹在中间动弹不得，孤立无援。这会儿，他方真后悔了，不该听这帮人瞎忽悠。好面子、逞强，不听妹妹的劝告，这下弄个进退两难，你说如何是好？此时此刻，他心里烦乱得很，像有二十头狮子在撞。他调整调整心绪，咬咬牙继续向前移动，既然上树来了，就应该把那鸟窝拿下来。一寸，两寸，一尺……突然咔嚓一声，右手攀着的一根树干齐嚓嚓断了，身体顿时失去平衡，前后摇晃了两下，吓得他魂魄都散了，幸好还有另一只手攀得够牢，才没出啥事，否则非酿成大祸不成。待他稍稍冷静下来，静神一看，不禁大吃一惊，几乎要叫起来：我的个娘呀，这树干不光表皮滑溜，树芯也被虫子蚀空，腐烂变成枯枝，这还了得。他下意识地瞧瞧当下手中所攀着的这根，仔细观察后并没发现有问题，方踏实。经前后两次惊吓，他默默在心里提醒自己，下一步行动一定要小心，细心留神，可不能再有所闪失。

“子桐，怕个啥呀，你再向前挪动几步……就够着了。你弄下鸟窝，先看看里面有没有鸟蛋，有……先把它取出装进口袋里，或者我们几个在树下脱了衣裳接着，一个一个向这边扔，不会碎的。若全是小雏鸟，你就连窝端下了丢过，我们瞅准接着。待你下来后，我们一起烤了吃！”曹攀在下面用双手打着喇叭朝上喊，看来他并不知道子桐在树上发生的一切。

“攀哥，鸟蛋扔下会摔碎的，还是先让他装口袋带下来比较好！”锅盖头说。

“胡说！你他妈的懂个屁？有衣裳托着怎会碎。去去去……滚一边去！”曹攀骂锅盖头。锅盖头躲一边再不敢说话。

子桐腿有点发软，下面喊些啥他一句没听清，他的注意力此时全放在了四肢上。此时的他有点像是身陷囹圄，被困在高处，全身都在颤巍。他鼓足勇气，再一次试着向前靠近，阳光穿过树缝变得像一把把五颜六色的利剑，刺得他俩眼皮都发酸。他眨巴眨巴眼睛，想极力避开那太阳色光的干扰将目光集中在那鸟窝上。再向前移半步就够着了，他脸上流露出一丝欣喜。快够着了，快够着了，就差一小点距离。曹老二，我让你看看，我冯子桐是不是吃软饭的熊包，能拉得硬屎不？！大少爷子枫，就算他再厉害，也别想与我争，冯家不能由他说了算，应该有我子桐一分子，娘早说过，要与他争，不能服软输给他，都是冯府的男人，凭什么？谁怕谁呀。还是娘说得对，子枫哥本就是个浪荡二流子，一天吃了不干正经事，尽给家里添麻烦，爹看好的是自己。自己虽胆小，但娘说了，背后有她撑着怕啥呀。对，将来要是当了家，有啥事就让娘帮拿主意。嗡嗡嗡……头顶上像拉警报，这是啥声音？嗡嗡声就在耳畔。他停下来观察，扭着头一看，见有一个大黑点在围着自己的脑袋盘旋。他似乎明白了，来者不善：是只大胡蜂。这还了得，大胡蜂可不是好惹的，蜇到身上、头上非起包疼死人不可，毒性大着呢。小时候在油菜地里玩耍，就被蜂蜇过，只是一种小蜜蜂，但自己的小指头就肿得像根胡萝卜。曾听大人说胡蜂很厉害，携有剧毒，若被它蜇了……人多半就没救了，说得很似恐怖，但他始终没见过。这回真遇上了，情急之中他没多想，挥手去驱赶。这胡蜂好像根本就不怕他，你赶得越紧，它嗡嗡得越厉害，缠得也越厉害，像是与自己作对。子桐实实有点怕了，神经一阵阵发怵，不知如何是好。无奈，他开始胡乱挥舞手臂，极力想把胡蜂快点赶走。讨厌的胡蜂，迟不来早不来，偏偏这个时候跑来捣乱。他驱赶紧了这胡蜂越发来劲，由起初的骚扰开始转向进攻，不顾一切径直往他头上撞。正当他手足无措的时候，不知啥时候又飞来一只，这只比先前那只更大，来势凶猛，看来一公一母定是两口了。后来的这只一定是公的，子桐有点难以招架了。很快后脑勺就被它叮了一下，透过头皮钻心的疼，他奋力去挥打。就在这一瞬间，它似乎瞄见头顶之上，竟然悬着个巨大的胡蜂窝，胡蜂窝被树叶所遮挡，怪自己没瞧见冒犯了它，所以它才会变得如此疯狂和不顾一切，这可怎么办？

“子桐！怎么啦？怎么啦？”瘦猴在下面瞧见喊说。

“二哥！你怎么啦？二哥！你怎么啦？！”秋霁紧张地朝树上大喊。

“胡胡……胡蜂……”子桐说这话时，眼前已被一群胡蜂给包围，全是嗡嗡声，那小翅膀振动得像无数把折叠扇，晃得他头晕目眩。这会儿他明显感到头上脸上胳膊上爬满了胡蜂，甚至有胡蜂往领口内钻，刺得他针扎似的生疼。

“子桐！子桐！胡蜂不要打，越打越蜇人！不行就下来吧，不要那鸟窝了。”在耳畔一片嗡嗡声中，子桐分辨出这是曹攀的声音。可说来容易，此刻面前被无数胡蜂缠着，哪还脱得开身。他只觉得头脚手臂全身已火辣难耐，神经已紧绷到了极点，他已没时间理下面的人。他拼死在驱赶，心里惟有一个念头，只要把胡蜂赶走，他才有得救。他似乎感觉脚下的树干在剧烈地晃动；天空与树冠在齐齐旋转，像商量好的。他一只手挥累了，换另一只手继续挥赶。有几只扑到他面上来，已被他一巴掌拍扁落下，又有一只落下。他笑了：我看你再来，把你们全送回老家！大院的人都说他木讷，此刻他觉得自己一下开窍了，聪明起来。子枫算什么，哪比得了他子桐。忽然，耳畔咔嚓嚓炸雷似一声巨响，像是啥东西被撕裂，遂瞬间他感到脚下腾云似一轻，手从树干上滑落，整个人像坠入五里云外。脚下所踩的那条树干承受不了如此大折腾，齐刷刷从主干分杈处断裂，人随即从高处扑通掉下江水去，江水被溅起一朵巨大的浪花。就在落下那一刻，他“娘呀——”发出一声惨叫，整个人连同断裂的树干一块被激流卷进漩涡，在水中只仅仅扑棱了两三下便消失，紧接着水面重新恢复常态。然而，却未见子桐再露出水面。树下待着的一帮小伙伴，见状一片惊呼，尖声呐喊，个个吓得目瞪口呆。稍待冷静，齐声喊着要曹攀赶快下水去救人。

“二哥！二哥！二哥……”秋霁见子桐落水，惊恐万状，吓得脸色煞白，情急之下跑去岸边撕破嗓子朝下呼喊，但没了二哥子桐的回音，只有滔滔不绝的江水在咆哮。她转身哀号着求曹攀赶快下去救人，这可是你之前说过的。曹攀对眼前所发生的一幕也吓呆了，虽说这属他预料中的事，但隐隐觉得自己这事做得太缺德。当他从地上站起来的那一刹那，看见自己拖着的那条残腿，仇恨重新占据了他的脑海。

“喊有什么用！？我是说过救他的话，可那是在龙舟赛上，人多，有帮手；这儿险滩……漩涡，谁敢下去？那不找死。”曹攀生气说。

“你你……你骗人，说话不算数！呜呜……”秋霁急得大哭。

锅盖头、瘦猴、大明，还有跟着来看热闹的几个男孩，见闯下大祸，竟无知地求曹攀给龙王爷说说情，不要让子桐死。曹攀此时眼角挤出一丝坏笑道：“你们他妈懂个屁——！能救……我早下去了，还轮得着你们说。别嚷嚷了，赶快回去找大人来！”

大伙这才清醒过来，刚才是被吓懵懂了头，包括秋霁。于是，大伙遂撒腿急急忙忙朝街镇上奔去，有些胆小的半道上便偷偷拐回了家。

秋霁一边抹眼泪号哭，一边往回疯跑，有几次跌倒在地，她顾不得疼痛，爬起来继续向前跑。她要将子桐落水的消息迅速告诉家中大人，让他们快去搭救。

小伙伴们散了，老榕树下留下曹攀孤零零一个人在那里。

他抬头瞅瞅树上的鸟窝，再瞅瞅树下奔腾不息的江水，一抹鼻子，冷冷一笑，转身朝镇子的另一头走去。

三

话说冯府的二小姐秋霁原本今天要跟姐姐秋云去书院写字玩，早晨起来，秋云突然说自己今天有事，挪明天吧。秋霁满脸失望，只好一个人无事在家闲待着。因秋霁并不知道秋云早前与仁昌约好，今日要一同去白云寺拜菩萨的。秋霁在家无聊，就思忖出门去玩，无意中在院子碰见了二哥子桐。子桐问她要去哪儿？她说秋云姐不在家，她一个人在家待着闷得慌，想出去走走。子桐说好啊，这样吧，我带你上江边掏鸟蛋，我们跟曹攀昨天商量好了，一大帮人都去，可好玩呢。秋霁听了心里痒痒的，说行，反正在家待着也没事，就当去看热闹。说毕，遂跟着子桐一块去了。

这会儿，秋霁哭丧着脸急匆匆跑回家来。她母亲钱石兰见她头发零乱，神情恍惚，被她这种样子吓一大跳，还以为她在外面遭人欺负，遂催问她是怎么了？发生了什么事？是不是在外面遭哪个小乌龟王八蛋欺负？你告诉娘，我找他算账去，真无法无天了,欺负到我冯家人的身上来了,胆子也忒大了！？秋霁摇摇头说不是，然后就只是哭。母亲钱石兰急了，说我的小祖宗你快说呀，到底是发生了啥事，你想急死我不成？！秋霁这才吞吞吐吐说道：“二哥……子桐……掉江里了。”

“啊？你再说一遍，是谁掉江里了？！”

“二哥……子桐，掉江里了。”

“你说的是真的还是假的？！”

“真的，娘。”秋霁口气肯定地说。

“在江边哪个地方？”

“就在江边那棵老榕树下。一帮人掏鸟窝被蜂蜇就掉下去了。我劝他好几次……他不听，非要上去。也受曹攀、锅盖头、瘦猴，还有大明一帮人戳弄，才上的树。”

“那人呢？爬上岸来没有？！”

“没有，树杈断了，连人一起被水卷走了。”秋霁拉着哭腔抽搭着回说。

“那没有人下去救？！”

“都是些孩子，没人敢下去。曹攀开始说他能行，他是龙王爷他舅，会水；后来咋催他都不下，还骂人。”

“我的妈呀，这还了得。出这么大事儿还在这儿待着干什么？走！我们快去告诉老爷和你三姨娘！”钱石兰说完，就扯着女儿秋霁的手臂急急朝前院跑去。到了前院正堂老爷会客之处，俩下人说老爷不在屋内。钱石兰急问去哪儿了？下人回说：“听说去了白鹤楼。”钱石兰要下人立马去找，就说家中出大事了，要他速速赶回。一听说府上出大事了，俩下人也神情紧张，二话没说拔腿就去。住在东院大屋的大太太白玉屏听到这边闹哄哄，就赶过来瞧。当见是四太太钱石兰带着二小姐在这里嚷嚷，就插话过来问发生啥事了，这么火烧火燎的？

“子桐出事了，与人掏鸟窝掉钱江里了！”钱石急切回答说。

“啊？那还不赶快要人去救？！管家！管家！福顺！这个死人跑哪儿去了？阿雪……快快喊管家来！”白玉屏急切地喊说。

钱福顺正在西院安排泥水工阿六做事，听到人喊，以为有啥事，就先撇下阿六赶过这边来。当见是大太太唤他，就问她有啥吩咐？白玉屏要他赶快组织人马去钱江救人，说二少爷子桐落水啦！福顺听了大惊失色，问落在哪个位置？四太太钱石兰抢说：“就在老榕树下！”钱福顺回说：“好好好……我马上要人去救！”遂转身去找人。

时间就是生命，一刻都不能耽误。钱福顺边走边呼喊，要府上所有男丁快快带上绳索、竹竿等物跟着自己去江边救人。

“地点老榕树下！老榕树下！”钱石兰担心搞错，耽搁时间，叮咛道。钱福顺背身远远回答说知道了。

吃完午饭，躺在屋内床上休息的三太太夏林月，忽然被院外传来的一阵阵的呼喊声惊动，出门方知儿子出事了，当下就吓瘫，扯开喉咙号啕大哭起来，扑着就要往门外去。还没出大院门就一头栽倒在地，全身抽搐晕厥了过去，惊得丫鬟们一阵尖声呼叫：“三奶奶，三奶奶……你这是怎么了？”

白玉屏见之，亦惊恐万分，忙与四太太一起跑上前来察看。她要丫鬟先把三奶奶头扶起，自己遂蹲下身去掐三太太的人中，没掐几下便苏醒过来。三太太睁开眼睛见这么多人围着，便又乱舞起来，扑着叫着要去江边救儿子，抱怨说你们都不管，我自己去救等等。白玉屏将脸色一沉说：“救的人我已安排去了，你一个女人……就在家等候消息吧，应该不会有事的。”说完，交代丫鬟将三太太看管好，搀回屋去休息，说她气晕了，倒点热水给她喝，不要让她乱跑。几位跟在身边的丫鬟回说：“是，大奶奶。”白玉屏交代完，转身气呼呼地瞅了一眼钱石兰母女说：“这到底是怎么回事嘛？！老爷找到了没有，这简直乱套了……全乱套了……”还没等钱石兰回答，就不再理她，甩开双腿急急朝大门外奔去，说她要亲自赶去江边敦促救人。钱石兰没法，就对女儿说：“走，我们回屋去。秋霁，别怕，救的人已经去了，不会有事的。”秋霁由于受惊吓，站在那儿双腿一直都在打哆嗦。

冯府派去救人的男人，有的驾着木船，有的划着竹筏，手拿绳索或长竿聚集在子桐落水的地方紧张搜寻打捞。桂花镇几个水性好的人也被请来，这几个人长年都在江上靠打捞混饭吃，水性了得。他们腰上绑了绳索，一次次从木船上扎入水中，又一次次爬上来；大约持续了有半个时辰，言说已将树下深水处统统摸了个遍，也未发现二少爷的身体，估计被卷往下游，应往下游展开搜寻。这时，冯府的大老爷冯德昌火烧火燎过来，站在岸边上厉声吼道：“散开！沿钱江两岸快快向下游搜寻，别在这儿耽误时间了！”于是，五六条木船、三四乘竹筏，十多号人马，快速驶离沿钱江两岸顺流向下游搜索而去。沿途，一经发现有可疑之物……像漂浮在水面的新树枝、树叶及衣物之类，打捞者都会扎下水去摸索一番，一个疑点都不放过。镇码头掌柜的曹老四从别处得知消息后，也急忙派出自己的两艘大船协助寻找。然而，大小船只地毯式从上游到下游把钱江搜寻出去三四十里水路，折腾到天黑也没发现有价值的线索。冯府请来的那几个专门靠打捞过日子的人就分析说：钱江水深，水流湍急，水下岩石交错，地形复杂，怀疑二少爷已出意外，沉溺江底被岩石或某个没入水下的东西卡住；若是那样的话……就很难搜寻到，否则早就打捞上来了。前年镇上赵老二家的小儿子玩水掉江里，也同这次一样，整个钱江几十里都搜了个遍也未找到，后来被下游一打鱼的人发现了，就卡在水中一棵枯木下面，不是泡胀两只脚丫露出水面……根本就很难发现。所以，他们怀疑二少爷极有可能遭遇类似情况。因钱江两岸树木茂密，环境错综复杂，甚至有些地段水下还分布有岩洞，难能判断他具体被卡在某个位置，搜寻起来比较困难。当然也有可能二少爷顺流早已爬上岸去，身体虚弱被岸上某户人家搭救了，现在正躺在人家家中静养，只是消息一时闭塞无从知晓罢了。以上等等，分析得不无道理。但分析归分析，冯德昌老爷不想就此放弃，他要管家指挥人马，打上灯笼火把连夜继续搜寻，扩大范围，查缺补漏，每一个角落都不许放过。请来的几位有经验的打捞手，工钱再加一倍，希望细细查找。同时安排人手前往钱江两岸住户家中打探，看可否有情况。经过一夜拉网式地搜寻，也动用了霞山盐场会水的壮劳力，将近百十号人马折腾了一整夜，几乎把所有能够想得到的地方翻了个底朝天，最终毫无结果。第二天，稍作短暂休整，冯德昌要大伙继续向下游延伸数里展开搜寻，陆上也不放过，凡住在钱江两岸一里地以内的人家，一户不漏，统统都要打问到。搜寻的人按照冯德昌老爷的吩咐不折不扣地做了，一连三天三夜，一丝有用的线索都没有寻到，只发现了些死猪死牛死羊之类的畜生尸体，就是没有人的踪迹。到第四天仍旧一点线索也没有，冯老爷有点气馁，想这事怪了，是啥也该明了，何况一个大活人，让他百思不得其解。最后他推测：二少爷生的希望渺茫，都三四天了，别说淹死，光饿都饿死了。于是，到第五天他要大伙停止搜寻，只安排了五六名水性好的家丁，背上干粮分别沿钱江两岸陆地往下游查找。他心中清楚：二少爷子桐既无生的希望，那就是死了，都这么多天了，尸体也该浮上来了，那不是漂到岸边沙滩就是某树丛旁。冯德昌推测的一点都没有错，果不其然派去的家丁很快就传回消息，说在下游王母滩发现了二少爷子桐的尸体。冯德昌立刻派船让人去将尸体运回来。尸体被运回后，按照当地的风俗被入棺停放在了冯氏宗祠的大门外，供亲人们祭奠。至此，冯府上下已是哭声震天，挥泪如雨，因这突如其来降临在冯家人头上的灾难，悲恸欲绝。说实话，世上白发人送黑发人这样的事情，放谁都难以接受。

四

真乃天有不测之风云，人有旦夕之祸福。子桐是死了，

是没救了，这对冯家人打击很大。冯家男丁本就稀少，代代都属单传，最多也不过双。到了冯德昌、冯德信父亲这辈算是最旺的，生了冯德昌、冯德信他兄弟俩。冯德昌为了把这种好风好水传下去，娶了四房太太，最终也就给他生出俩男丁，没能超过父辈。老二冯德信就不用说了，一双丫头辫子，没指望。现在突然失去了二少爷子桐，这不是要了他冯家人的命吗？当然，痛定思痛，让他冯德昌费解的是：像二少爷这样一个胆小的人，怎会随便爬那么高的树呢？尚且处在危险地带，他想弄清事情的来龙去脉。他隐隐觉得这事并非仅仅掏鸟蛋那么简单，说不定另有起因。联想到二少爷落水前府上所发生的一系列事情，他愈发觉得这事出得有点离奇：若非天灾，定属人祸在作祟。于是他找来了二小姐秋霁来询问，因秋霁那天在现场，他想从秋霁身上发现线索，看有啥不对劲的地方。

秋霁来了。

秋霁说那天她原本要跟秋云姐去书院，秋云说她有别的事去不了，改天吧。书院去不成，秋霁说她一个人在家待着无聊，就想着出门去走走。刚刚出后院门就撞见二哥子桐。二哥问她去哪儿？她说闲着没事，想上街去走走。二哥子桐就说曹二公子约他去江边掏鸟窝，问她去不去？我说都有谁，他说有曹二公子、锅盖头、瘦猴、大明等人。冯得昌听到此，不禁心里一咯噔，会不会是曹二公子设套……他在心里打了一连串的问号。秋霁继续接着往下说："于是我就跟二哥去了，心想反正在家干待着烦闷，不如跟着去散散心，后来我就跟二哥子桐去了江边。我俩到了江边的老榕树下，曹二公子与一帮人已在那里等候。曹二公子不停鼓动二哥上树，说自己腿脚不好，否则他早上去了。其他一帮人也在瞎戳弄，有锅盖头、瘦猴、胖墩、大明，还有阿丑、阿顺两个小的，都煽惑着要二哥上去。我说太危险，劝了几次都劝不住。后来就出事了。二哥开始并没有遇到啥危险，在快够到鸟窝时被一群胡蜂蜇才掉下水去。我知道二哥最怕蜂蜇了，小时候在油菜地里玩耍被蜂蜇了手指头，吓得大哭着跑回家。二哥落下水，我亲眼瞧见他被江水连同树干一起卷进了漩涡。曹攀之前说他水性好，并说他年年都参加龙舟赛，掉下水去好多次都没事，还说他是龙王爷他舅，要二哥放心，万一掉下去，他立马跳下水去救。后来……也没见他救，要大伙回去喊大人来救。”

秋霁一口气说完那天的经过，冯德昌听后似乎全明白了：这事一定与曹攀脱不了干系。但他还有另一个疑点，那就是二太太何如雪与四太太钱石兰会不会参与其中？因她二人之前曾提出过划分财产之事，见未达目的，怕将来子桐继承家业后对她们不利才……若是那样……那她们为什么不拿大少爷子枫开刀呢？难道另有顾忌？当然，这只是他瞎猜测，胡思乱想罢了，无人证物证支撑，说明不了啥，谅她们也没这个胆做出这种丧天良的事来。之前分家产的事该答应的他已答应了，只是现在不行，要往后推几年再说。难道她们迫不及待，连几年都等不了？他不相信。凭他对这两位太太的了解：平时连杀只鸡都怕，哪有胆量杀人呢？最终冯德昌还是把问题的根源归结到曹二公子身上，认为他疑点最大。

疑点一，码头掌柜的曹老四（正经名字曹木仁），为与自己争那五十块银洋的押运费未成，接着半道上就出了盐船被劫之事。

疑点二，曹二公子为什么要约二少爷子桐去江边摸鸟窝？老榕树那地方多危险……全桂花镇的人都清楚，难道曹二公子他不懂？还极力鼓动。冯德昌怀疑是不是前些年大少爷子枫打折了他的一条腿，这会儿在子桐身上报复？其父曹木仁虽当时看在两家人是生意上的合作伙伴，不愿伤及和气，这事就算那么过去。然而其子曹攀却对此事一直都耿耿于怀，记恨在心，奈何不了大少爷子枫就拿二少爷子桐出气，导演了这一幕？曹攀这小子秉性谁还不知道，仗着他老子的势力做啥都霸道，谁要是得罪了他，非弄个没完没了。其父曹木仁能给他冯德昌面子，可能只是暂时的，按他这人的本性……岂肯那么轻易算了？谁知道他背后安什么心，说不定与其子一起策划了这起害人事件。

总之，两件事件联系起来，让冯德昌疑窦丛生，不得不怀疑这事与曹家父子有关。

就在二少爷子桐落水身亡的事过去有大半个月，有一天，三太太夏林月不知咋地突然扑去二太太何如雪和四太太钱石兰的住处，寻死觅活地大闹了一场，骂说二太太、四太太长的那屄不争气，生不出儿子，分不到家产就拿二少爷出气，陷害他，心比毒蛇还毒，喊叫着要与何如雪、钱石兰俩拼个你死我活，后被众人拉开方没做出过激的事来。

且说大少爷子枫，人虽浪荡，但脑子不笨。他先后听了秋霁及那天掏鸟窝在场几个小家伙的叙述，当下就断定这事纯属曹二公子所为，要找曹二公子算账，被冯德昌呵止，斥说就凭他戳弄几句咱就找人家算账，未免头脑太简单了：那我让你去跳崖，你咋不去？即使要跟他斗，也应该把问题弄清楚，掌握切实确凿证据，再找他理论不迟；鲁莽行事，只会把事情弄糟。后来没过多久，大少爷子枫还是背着父亲带人把那曹二公子给狠揍了一顿，虽没像上回那样打残，但也留下皮外伤。曹二公子当时承认是他戳弄，但也有别的小孩戳弄子桐上树，若不是遇胡蜂，说不定啥事没有。大少爷子枫虽一时解了气，但最终未从曹二公子身上获得有用的东西。这可惹火了曹攀的父亲曹老四，曹老四这回不顾两家人的面子，冲来冯府指着冯德昌的鼻子跳起来就骂："我说冯老爷，你冯家人是不是瞧我曹老四好欺负？之前子枫打折了我家二公子的一条腿，看在你我两家生意上的交情,我没过多跟你计较。如今又来了,哪有个一而再,再而三的寻事呢?!你家二少爷子桐的死……与我家曹攀有何相干?即使戳弄鼓动了几句……也不至于犯哪家王法吧?那我让你冯德昌去跳河……你怎不去?再说啦,戳弄鼓动的人又不单我家曹攀一个,凭什么偏拿他出气?好欺负是不是?押运费,你涨了就涨,不涨算啦,反正现在世道乱,押运这活儿也不好干,从此往后,你爱找谁找谁去,小爷爷我不伺候啦。希望你们以后不要将屎盆子老往我曹老四头上扣!捉奸捉双,捉贼要赃,要有证据,没有证据,你这不是有意陷害吗?那样的话……别怪我曹木仁不讲交情,咱走着瞧!这次就算你狠。”曹老四在冯德昌面前蛮横无理,冯德昌忍无可忍:一个草莽粗夫、鸡鸣狗盗之辈,竟敢在他冯某面前撒野。他正想发作,教训教训这狂妄之徒,但话到嘴边又忍了回去。曹老四他暂还不能得罪,盐场的生意还要靠他。自己心里虽对他持怀疑态度,但确实在没掌握证据的情况下不可乱说话。即使要整治他,也应想个万全之策,不能鲁莽从事。于是,他遂改变口吻道:“我说曹老弟,请你先勿怒。都怪老夫对犬子管教不严,才惹你生气,多有得罪。我让犬子当面来给你谢罪赔不是,你看如何?”说毕,他让人把大少爷押上来。随即大少爷子枫被几个家丁捆了手脚押来曹老四面前。子枫耷拉着脑袋,只拿眼睛瞅不说话。

“曹老弟,大少爷子枫……这个孽子给你押来了,要杀要剐全随你处置!”冯德昌对曹老四说。

这回,曹老四傻愣了,他清楚冯德昌这是给他演的苦肉计,你看看这阵势哪像给他赔礼道歉?但当着诸多人的面,只好软下来但仍反唇相讥:“我说冯老爷,你这是干啥呀?怎么处置……那可是你冯老爷的事,我一个外人……哪好直接插手!”

冯德昌听了曹老四这讥讽话,心里遂有点窝火,就对手下几个家丁大声说:“好!你们给我听着,把这个四处惹是生非的东西……给我吊在树上打！我不说停，你们谁也别住手。”家丁看看子枫大少爷的可怜相，再瞧瞧冯德昌老爷那愤怒的眼神，起初尚有点磨蹭，后遭冯德昌厉声呵斥才将大少爷推去院中树上吊起。冯德昌一声给我打！几个家丁便轮番动手，挥舞手中的皮鞭。曹老四瞧了，觉得此时自己仍待在这儿已不大合适，若闹将下去恐怕要蹬破鼻子撕破脸难收场，遂打算借坡下驴溜走，于是便装腔作势说：“大少爷子枫，三番五次欺负我家曹攀，过去一条腿被打瘸了，虽非他亲自动手，但也为他所指使；如今……还不肯放过，又将他打伤，实在是太过分了！我曹家是欠你的了还是该你的了……你对他竟如此过不去？如此记恨在心？说句有体面地话：你冯家祖上可是世代仁义，今就出了子枫这样的后人，不说辱没家门，最起码在人面前不好听，不信你打听打听？至于怎么教训，你冯老爷看着办！我可没有当着大伙的面逼你。告辞了！”说毕就要抬腿走人。

“且慢，曹老弟，你真不想看看？”冯德昌有意反问道。此刻，大少爷子枫已在几名家丁的鞭打下哇哇乱叫。

“不看！有啥好看的。这种把戏还是留你冯老爷自己欣赏吧！”曹老四说毕，一甩手气呼呼走了。

“给我使劲儿打！”冯德昌从椅子上“噌”的弹起，用手指着吊在树上的大少爷子枫厉声吼道。

第七章　真相难白

一

话说自从冯家三太太夏林月遭遇失子之痛，一时悲愤交加去二太太何如雪和四太太钱石兰门上大闹一场后，何如雪与钱石兰总觉得被人冤枉，咽不下这口窝肚气：平白无故被人栽赃、背黑锅，那不成杀害二少爷子桐的凶手了吗？让人怎么看她们？唉，说这俩人为了争夺冯家的家产，竟拿自家的儿子下毒手？虽非亲生，但也喊她们叫姨娘，你说她俩还有脸活在这世上吗？俩人经商量后，决定双双去投江，以此来洗刷自己的清白。

这天天黑，她俩各自在自己的住处关起门来进行了一番梳洗打扮，并换上了当年出嫁时的衣裳。呆坐至三更时分，俩人方摸着夜色出了门。

她俩手挽着手沿着钱江边上的一条小路向前走去，她们要去的地方叫“秀才亭”。

提起“秀才亭”，这里还有一段凄美的故事呢。言说古时某个时期，本镇有位叫李贺的秀才，年轻时恋上某富人家的小姐柳月，柳月对李生亦非常倾心。柳月是个才女，俩人常在一起谈论诗文，互换书简，鸿雁传情，渐渐一个离不开一个。但柳月的父母嫌李贺秀才家太贫，坚决阻止她与李贺交往，说他地无三分，房两间，嫁给他……他拿什么养活你，拿啥持家过日子，朝天喝西北风不成？骂李贺是癞蛤蟆想吃天鹅肉，做梦娶媳妇尽想美事。从此，俩人被强行隔开，不许见面。李贺胸中装满苦闷，因日夜思念自己的心上人，把头发都愁白了。柳月呢，更是茶饭不思，夜睡不能眠，朝思暮想，形如槁木。柳月父母担心这样下去恐出啥意外，就托媒将她匆匆许配给了当地一大财主的公子，算是门当户对。该公子是个浪荡之辈，整日除吃喝玩乐，别无所长，柳月怎会心甘情愿嫁给这样一个人呢？

就在她要出嫁的前一天晚上，李贺为了表达自己对柳月小姐的思念之苦，冒险潜入柳月小姐的房中，俩人凄凄切切……掏心掏肺地聊了很久，最后共同发誓：今生不能在一起，来世做鬼也不分离。走时，李贺将自己的一块玉坠挂在了柳月的脖子上，说想他了就瞧瞧这玉坠，好比我永远都在你身边。之后又将一札诗稿递到她手中，要她收好。做完这一切，方依依不舍离去。李贺走后，柳月泪干人倦，迷迷糊糊睡了过去。睡到后半夜，忽然被房中的一阵响动吵醒，她误以为老鼠进来吃东西，就没去理它，随它去折腾，明天天一亮自己就要离开这里，此刻哪还有心思管这种事，任它去把房中的东西咬烂！于是，就翻了个身用被子将头捂紧继续睡。没睡片刻，忽又听得柜子门响，心想这鬼老鼠真讨厌，又奔柜子另一边去折腾，遂黑暗里顺手就抓了一件东西甩了过去，这回不响动了，她方盖好被子安心入睡。谁知没过多久，她隐隐约约再次听到柜子门响，好像柜门已被打开。这可不行，柜子里除平时自己喜欢穿的几件衣裳外，还有积攒的一些私房钱。这些都不重要，银洋铜板老鼠咬不动，衣裳烂了就烂了，关键柜内还存放有李贺写给自己的诗稿，可不能也让它给咬烂，遂掀开被子准备下床去驱赶。当她伸手豁开帐子时，就在这一刹那，黑暗里发现有一个人站在柜子前，这让她大吃一惊，正要喊："你是谁！"还未等她张开口，那人就过来一把将她的嘴捂住，并一手掐住她的脖子，压低嗓音对她说："喊，就掐死你！"她不管这些，反正眼下自己已是个半死的人了，任凭他怎么样？于是就拼命进行挣扎，竭力想摆脱对方。然而，对方却死死不松手，她越是拼命，对方越是掐捏得更紧，憋得她透不过气来。她就用脚踩，用头撞，渐渐她就感到全身肌肉松软没了力气，胸闷呼吸紧张。可此时，对方仍不肯松手，继续死死掐住她的脖子不放，生怕她再有啥反抗。直待她身子骨向下沉去，瘫倒在地没了呼吸为止。对方见她人不动了，就大着胆子行窃，将柜中的珍贵物品洗劫一空。

待第二天天大亮，家人进来送洗脸水，方发现柳月人已死在房间内，遂报案要官府帮忙查找凶手。官府破案的人，首先从柳月颈脖上发现了当晚李贺送给她的那块玉坠，遂断定此案为秀才李贺所为。接着李贺被捉拿，重刑之下他不得不招认是自己杀了柳月，原因是她变了心嫁给了别人。李贺很快便被官府砍头。

若干年后，相邻村的一起盗牛事件牵出了当年柳月之死为该盗贼所为，并从盗贼家中赃物里搜出了李贺当年送小姐的诗稿和她过去穿过的衣物。盗贼也供认自己纯属谋财害命，绝无嫁祸李秀才之意。至此，李贺案方真相大白，然而人已被错杀，死不能复生，但总算洗清冤屈。后来，人们为了纪念李贺对爱情的忠贞不渝，就在钱江上游，寻了一处风景美丽的地方修了这座"秀才亭"。

冯府二太太何如雪、四太太钱石兰投江的地方就选在"秀才亭"。一是以死来证明她们的清白，纯属被人所冤枉；二是恨老爷冯德昌犯糊涂，对他不能明辨是非表示失望。她俩一前一后，头顶着月色向"秀才亭"走去，虽心如刀绞，却都强忍着悲痛不作声，只闻得脚踩落叶沙沙响。

这里暂按下冯府二太太、四太太最终投没投江不提。且说老爷冯德昌当晚去白鹤楼谈生意，因谈得兴致，一起与客人喝茶聊天至大半夜，临近三更时分才返家。回家进大门没多考虑，就径直朝后院四太太房中奔了去。不知因啥，当晚四太太房门竟虚掩着。冯德昌不管这些，黑咕隆咚推门进去就试着往四太太床上躺去。因黑着灯，他误以为四太太熟睡了，就伸手去摸弄；另外生意场上得意，也想给她个惊喜，让她也跟着高兴高兴。谁知摸了几次都落空，轻喊也无人应，待他静神借着窗外夜色细瞧，方看清床原来是空的，遂被吓了一跳，兀自坐起身来，但很快就冷静下来，开始猜她可能出门去小解？但又一想，前厅就搁有马桶，拉完小解完第二天自有下人们拎去倒掉，哪用得着冷飕飕跑去门外。又猜她去打牌，都大半夜了还不回家，怀疑一定是阿春那小娘们喊了去，自从嫁给杂货铺容掌柜做小，手里有俩钱……看把那小人烧的。再说四太太人呢，就算要出去打牌，怎连门都不锁，就不怕贼进来偷东西？冯德昌想着想着，不免对四太太的粗心生气。还有这丫鬟，主人去哪儿不去哪儿，连个门都看不好，尽是些没用的东西。他叹口气，摸黑独自呆坐在床头胡乱想了大半天，此刻顿感头脑犯困，呵欠也一个跟着一个来。无奈，只好作罢，管她呢，爱回不回，准备独自歇息。于是，他便强打精神，从衣裳口袋摸出一包火柴，抽出一支划了，走去烛台点了，屋子顿时亮堂起来。借着灯光，他举目四下察看，只见屋中一切正常，也就不曾想到会有啥事情发生。正准备脱鞋上床，刚脱鞋子，又忽然想到……不妨再去隔壁二小姐房中瞧瞧。但他又不想吵醒二小姐，就出门转去丫鬟房，想唤醒个丫鬟问问。丫鬟醒了，只言说二小姐天黑去了大小姐秋云那儿，没回来，估计在大小姐那儿睡了。他再问四奶奶上哪儿去了？丫鬟说没上哪儿，在房休息。冯德昌说：“胡说！房中根本就不见四奶奶人影。”丫鬟听了十分诧异，说她晚上明明瞧见四奶奶人在屋子，怎就不见了？冯德昌心中生气，骂说都是些蠢货！丫鬟不敢再作声，但又见老爷心着急，便试探着小声说:“四奶奶……不会是去……打牌吧？”冯德昌斥说:“胡说！打牌……能这晚不回来吗？都啥时候了，难道她不懂坏了府上的规矩，打牌打到……天亮去？”丫鬟胆小于是不出声。冯德昌就打算亲自上前院二太太那儿去看看，顺便问问秋霁是否真在大小姐那里。

冯德昌与丫鬟一块来到前院二太太住处，一推门，门同样虚掩着，唤了两声也不见有人回应。遂推开门径直进得屋来，划了火柴点亮案上的油灯，见厅内正常，没啥异样。遂急进左首厢房睡处去瞧，床榻之上并无二太太的人影，铺的盖的放得整整齐齐，原封未动。这就怪了，她也不在家。就又去隔壁房中找大小姐询问。大小姐迷迷糊糊从梦中被父亲叫醒，得知问秋霁人是否在她这儿，秋云回说是在她这儿。冯德昌又问她知不知道她母亲去了哪儿？秋云说她下午去了书院，天黑回来累了，与秋霁玩了会儿便早早上床歇息，母亲去哪儿她并不知晓，难道不在屋子？冯德昌回说是的。秋云就想：这就奇怪了，白天还见她好好的，晚上能去哪呢？冯德昌说他也觉得奇怪。秋云便推醒二小姐秋霁想问个究竟，问她知不知道二娘和你娘去了哪儿了？秋霁睡梦中回答说不知道，一整天都与你在一起，哪知道她们去哪。秋云于是披衣下床，要与父亲一起去下人房打听。下人们得知情况后，齐齐说不知道。不过有一女佣人说，她半夜出去撒尿，遇见二奶奶一身工装，问这阵子了……还有事出去？天黑，要不要人陪？二奶奶说不用了，镇上亲戚家有急事，去去就回，遂也没在意。女佣转而问冯德昌，说老爷……府上是不是出啥事了？女佣说完，自觉言失，立马又自打自的嘴巴说：“你看我这臭嘴，你看我这臭嘴，该抽，该抽！”另

一女佣人也说，她半夜里起来去收白天晾晒忘记收回的衣裳，怕被风刮吹跑、遭贼偷，黑暗中远远瞧见一个身影独自出大门去，隐约瞧见人有点像四奶奶。冯德昌就怀疑，俩人不会是……因子桐的事情想不开……寻啥短见去了。他当即打发人再去大太太、三太太处寻找。寻找的人很快便跑回来禀报说两处均没有。冯德昌这下慌了，真要那样……这还了得！另外，二太太、四太太的突然失踪，也惊动府中上下人，大家纷纷起来帮前院后院的寻找，包括后面花园的小山坡上都寻遍了，最终没寻见。大家就猜这到底是为什么？白天还好端端地，天黑怎就不见了呢？只有冯德昌心里最清楚：毫无疑问肯定属子桐的事被冤枉，俩人想不开，全怪老三夏林月，在事情没弄清楚前就冲人门上去瞎闹腾，这才把祸闯大了。冯德昌这会儿只能从最坏处着想，他立即召集全府上下分头去寻找：一拨人马留下来，对大院里里外外包括花园各角落再做细细查看；另一拨人马外出沿钱江两岸进行搜寻，尤其是值得注意的几个地方，像码头、“秀才亭”、老榕树下等处。其次，他还派人分头去了二太太的娘家、亲戚家打听。四太太钱石兰没啥亲戚，就让人到她平日几个较要好的姐妹家去探寻。一有情况急急来报，他相信人很快就找到，应该不会有事；既就她俩一时想不开，也没必要做傻事。都几十岁的人了，让老三随便一闹腾就寻短见……那像什么话。再说，中间还有他这个老爷做主呢，起码也该听听他的见解；你俩实在是太糊涂了，真要有事……可让我冯德昌活不活呀？冯家短短不到半年就失去三位亲人，谁能接受？秋云、秋霁一下没了娘，你让我对她们咋交代？易家前几天捎来话，说易公子病已治愈，秋云眼看就要出嫁。还有秋霁，年纪尚小，也需要人照管。你让我如何是好？冯德昌越想越着急，心里不禁一阵酸楚难过。

话分两头说，其实，就在冯德昌为寻找俩太太着急万分之时，二太太何如雪与四太太钱石兰来到“秀才亭”坐下，并未立马就寻短见。她俩从家里出来一路悲悲切切，眼泪都哭干了。现在坐下来静心想想，二人颇感凄凉，这些年来在冯家活得真窝囊，不是被这个欺负就是被那个揉碾，如今无端又遭人陷害，实在憋屈透了。钱石兰此刻心情更是复杂，她就问何如雪：“我说二姐，难道我们真的只有死这一条路……方能洗刷清白？别无……它法？”钱石兰犹豫了，她还年轻，不想这么快就死。何如雪望着江面远处的夜色，沉默不语。

“二姐，我是说……咱俩未免太懦弱，就被夏林月那臭娘轻轻一闹腾，就寻死……我觉得一点不值。咱得跟她斗，还有那个总不安好心的老大白玉屏。只有我们齐心，不信斗不过她。老爷属一时犯糊涂，过后他会清醒的；夏林月那是一时急眼了……血口喷人，他不会看不出来。”钱石兰又说。

何如雪静坐着不说话，并非她心中无话可说。她觉得老四的话说得对，咱不能为了洗刷清白就拿命去赌，父母将自己养大容易吗，就这么不明不白地去死，算什么事？秋云、还有娘家人知道自己投江，那还不哭死。老四人一辈子也不容易，生下来就没爹没娘的可怜，长大些又被养父母卖到冯府做丫鬟，吃尽苦头才熬到今天，现在要去死，岂不冤枉？并且她身边还有个女儿秋霁，人年纪尚小，需人照顾。这就死了……留下她可咋办呀？夏林月纯粹就是个疯子，虽之前她何如雪与四太太提出过分家产一事，但实与二少爷的死无关，你怎能血口喷人诬陷是我俩人干的呢？！老四说得没错，不能就这么便宜她，得死个明白，到时谁胜谁负还不一定呢！何如雪虽心里这样想，但她并没将实话告诉钱石兰，仍做出一副悲恸欲绝的样子对她说：“唉，傻妹子，你说要是好端端地……谁愿意去死？这不……被人逼的吗，否则谁会走这条绝路呢。你……后悔了？”

“不不……不后悔！不后悔……”钱石兰喃喃说。

此刻，已到四更天，虽阳春，但后半夜的天气尚有点寒冷，尤其是江边，冷风飕飕。她俩开始时还在一起絮叨，叙说各自的苦处，慢慢就啥也不想说了，静静地靠在一起坐着。俩人谁也不愿提啥时准备从这儿跳下去，黑暗中倾听着脚下滔滔奔腾地江水，浑身似乎有点颤抖，她们都不知从这儿一头扎下去将会是什么样？或许瞬间就被浪头卷走；或许沉入江底又浮上来；或许又奇迹般被人给救了……到底怎么样，无从知晓，因为她们谁也没有体验过。东方慢慢泛白，忽然远处传来嘈杂声，只见钱江两岸，各有一队人马打着灯笼火把火龙样朝上游蜿蜒而来。毋庸置疑，这一定是冯府派人寻上来了。

至于接下来所发生的事，猜看官您一定也想得到：二太太何如雪与四太太钱石兰被救了，没能双双从“秀才亭”上跳下去。因这次事态闹得太大，怕以后她二人仍有啥不测，做出出格的事来，冯德昌就逼着三太太夏林月当面向她们赔了不是；大太太白玉屏也向她们说了不少错怪的话。最后，冯德昌答应她俩的要求：报官。要官府出面帮她们将子桐的死……查个一清二楚，还她二人一个清白。至此，这事暂时方算平息，往后事情到底如何发展，还要看官府的作为了。

二

话说集兰县新到任的警察局局长郝斌龙，原是个粗人，斗大的字不识半箩筐，纯粹就一睁眼瞎。当他接到冯家二少爷落水身亡的案子后，起初还兴致勃勃，壮志凌云要在集兰县大干一番，满口答应冯德昌老爷，说敝人一定将此案给您查个一清二楚。但往后，便渐渐开始推脱，说你家二少爷落水身亡，怀疑有人设计陷害全属扑风捉影的事，是他自己不小心坠落水中。再问，他就借口说最近事忙，公务缠身，腾不出人手，上面要求剿匪，哪顾得过来，最终不了了之。冯德昌感到非常窝火，长吐一口气，叹息道："唉，遇上这种混世魔王只能认倒霉，靠他查案子，能查个屁！"从此不再对他抱任何希望。可是这案子不能不查，否则怎向二太太、四太太还有三太太交代？难道让这种胡乱猜忌、怀疑、幽怨持续下去？真那样的话，事情只会变得更糟，从前那种平静的生活常态将不再有，兴旺发达了几代的冯氏基业必将走向衰落。冯德昌想到这儿，不免打了个冷噤，好像他已在脑海中想象到家道没落时的凄凉景象。他在心里痛下决心："这不可能，绝对不可能！狗官不查……那咱就自己查，不信查不出它个水落石出来；既就使多破点财，也要把这种晦气给压下去！"冯德昌之所以信心十足，说句实话，他从来都没认为二少爷这事属二太太与四太太所为，病根一定在曹家父子身上：别看他冲上门来大喊大叫，那是在虚张声势，掩人耳目，转移视线，内心一定藏捏着鬼！只要他用心去查，姓曹的伪装得再严实，也休想逃出他冯某人的这双火眼金睛，瞒天过海，没门！

当然，他冯德昌想是这样想，但过后认真一思考，觉得问题远没那么简单：一、你不能大张旗鼓给人说官府不管了，案子要自己办，那曹老四不警觉起来百般阻挠？还如何查得下去。二、生意上你不能停止与他合作，否则他肯定觉察到你冯德昌在怀疑他，事情就变得不好办了。

冯德昌是个很有定力的人，脑子也不糊涂。就在官府的人放话出来说：经查子桐一案纯属自己不慎落水身亡，非他人陷害，他也就默认了。在外人看来此案已结，官府的话哪能有假？冯德昌之所以选择不出声，意在麻痹曹老四放松警惕，自己好暗中展开调查。提起调查，这里不得不从曹老四的为人及根基上说起。

曹老四，本名曹木仁，小时候，原桂花镇一混混。其父曹阚，是青峰冈的守墓人。

提起曹木仁，这里首先不得不说说他的父亲曹阚与其爷爷曹褚。曹木仁的爷爷曹褚过去也曾是位守墓人，算是世代祖传。爷爷曹褚一生未娶，你想想看谁家姑娘愿意嫁给一个守墓人？曹木仁的爷爷曹褚不光为人守墓，还将自己的家也安在墓园里住，这多么阴森，晚上出来撒泡尿都心惊胆战的。曹木仁的父亲曹阚，是曹木仁的爷爷曹褚捡来的。曹阚从小就跟着曹褚在墓园中吃喝。待曹阚长到十八二十几岁的时候，也同样没有姑娘愿嫁给他，说他是守墓人的儿子，嫁了一辈子都晦气。这可愁坏了曹木仁的爷爷曹褚：自己没留下种，捡了个野种儿子曹阚，也要断种？

事情说来也怪，这曹阚因自小长在墓园，胆子忒大，白天黑夜出入墓园如行走在街头巷尾，一点都不觉害怕。一日，镇上一年轻少妇死了，主家将其尸体运来青峰冈墓园停放，打算择日再下葬。该少妇人活着时长得煞是好看：丰乳肥臀，柔软的腰际，走路总是扭扭捏捏，如风摆杨柳；尤其那双勾魂的媚眼，不知惹得多少骚情男人掉眼珠子，曹阚就是其中一个。有一次，该年轻少妇在溪边洗衣裳，曹阚瞅见便死皮赖脸凑上去拿话撩拨：

棒槌棒槌丁丁当，
槌槌砸在石板上。
我说妹呀你莫乱想，
小心槌在小手上。
槌伤小手没人疼，
没了棒槌哥哥这里有。
白天要，白天给，
黑夜要，黑夜给，

只要妹妹你将哥那棒槌放心上。

少妇害臊，被他这话羞得满脸通红。幸好衣裳已洗完，就匆匆收拾起搓衣板，端起洗衣盆起身离开。没走几步，忽然想起棒槌落下，又折回去拿，却见曹阚拎了棒槌走过来满脸淫笑着对她说："哥把棒槌给妹送过来了，哈哈哈哈……"边笑边用色迷迷的眼睛在少妇身上使劲乱瞄。少妇生气，狠狠瞪了他一眼，伸手抢过棒槌扭头就走。曹阚便趁机在少妇屁股上拧了一把。少妇急收身骂道："下流！"便夹紧屁股逃离，生怕曹阚缠上，图谋不轨。曹阚并没缠上来，而是站在她身后远远递话："我说妹妹呀，寂寞了就来找哥哥，哥哥白天黑夜……可都想着你！"少妇不理睬，自管离去。

要说这少妇，也着实可怜，娘家父母为贪图钱财竟将他嫁给了镇上一个瘫子。众人都知道瘫子不行，当年上山砍柴伤及要害，嫁给他肯定守活寡。但财迷心窍的娘家父母根本不管这些，结婚后果不其然是这样。因此，她便被镇上一帮喜欢偷腥的男人所惦记，千方百计想着如何才能占到她的便宜。曹阚，一个三十大几的壮年男人，精力旺盛，正愁没个女人发泄呢，所以，该少妇便成了曹阚眼中追逐的猎物，他总想找个机会与少妇亲热一番，消消身上那欲火。然而，曹阚努力了几次都未能如愿，均被少妇拒绝，但曹阚淫心不死，执意要在她身上把事做成。慢慢的少妇在外面招惹男人的事便在镇上闹得沸沸扬扬，说啥难听话的都有。当然，这些难听话也很快传进了夫家人的耳朵里，夫家人恼怒，就找少妇吵，甚至还发动族里人来教训她，说她伤风败俗不守妇道有辱祖宗。少妇喊冤枉，说这些子虚乌有的事全属镇上那些长舌妇、骚男人瞎编，根本没影儿的事。族人不信，说母狗不摇尾巴，公狗岂敢硬上；也怪她那身骚肉，一点都不正经，依依摇摇惹男人两眼尽放绿光。虽大多数族人鄙视她这样的女人，然而族长大人却不那么看，出面为她主持公道，说她人还是本分的，也安守妇道，怨就怨咱镇上那些不干正经事的骚男人，放着自己婆娘不去搞，整天喜欢在外拈花惹草；还有那些光棍汉、懒汉，吃饱喝足没事干，尽往女人屁股蛋子上瞅，见个老鼠洞也恨不得插进去，若是让我瞧见……不把他那鸡巴揪了喂狗吃才怪呢！看来族长大人真英明，能洞察秋毫，明辨是非，既然族长如是说，族里其他人也就不敢再多嘴饶舌，全听族长的。从此，少妇也便在族长的庇护之下活得逍遥自在，不再担心有人会放闲屁。然而少妇她并不知，族长之所以出面替她说话，其实并没安啥好心。也就在一个夜深人静的晚上，族长趁少妇夫家公公婆婆不在家，摸进房来，先是打晕了瘫子，然后愣是把少妇给强奸了。少妇这下真没脸见人，一气之下喝药死了。若按当地风俗，未满三十岁的年轻男女死了，一般不允许将尸首停放在家中，所以，第二天该少妇被人发现死后，夫家就要人赶快将少妇的尸体抬去青峰冈墓园存放，待择好日子再行安葬。这不，曹阚就此惦记上了，大旱望云霓，少妇活着时未能近身施欲，死了便想摸摸她那瞅着让人销魂的身子。就在少妇尸体被运来青峰冈墓园的当天夜里，正好老天下起暴雨，狂风大作，又是打雷又是闪电。然而这曹阚，色壮其胆，在那漆黑的夜晚，丝毫不感到恐惧，相反却显得异常兴奋。他趁其父曹褚熟睡之机便偷偷摸进墓园里的停尸间。借着窗外的电光，他掀开盖在少妇身上的遮尸布，开始动手一件一件剥少妇身上的衣裳，一边剥一边发出阵阵淫笑，继而对少妇的尸体肆意进行猥亵。当她发现少妇的胸口尚留存有一丝余热时，便决意要欲行不轨。性这个东西让他饥渴难耐，他遂二话不说，脱去裤子就爬上少妇的身体，接着那阳物便不停地在少妇的下体内蠕动。这种不齿行为叫作奸尸，民间最痛恨。也就在曹阚玩得正起劲之时，那少妇突然将他抱住，曹阚当下被吓得七魂都飞到天上去。惊恐之余，他试探着问：“你不是死了吗，怎又活啦？你到底是人还是鬼？”少妇说：“是人。我……怎么会到这儿？这是哪儿？你是谁？”

“我我……我……你你问这干吗呀？这里是墓园，你不是死了吗？是你的家人把你抬到这儿来的。”曹阚颤巍着说。

少妇气息微弱、挣扎着道：“我……我我……我这是怎么啦？”说毕，身子一阵剧烈抽搐，双手遂松开曹阚再也没了反应。曹阚又一次被惊吓，正准备溜下逃走，谁知冷不防少妇再次将他抱住，紧接着猛咳一声，一股浓血直溜溜朝他喷将过来，射了曹阚一脸一胸脯，瞬间一股难闻的雄黄味直往他鼻孔内钻，同时感到少妇的下体也有浓血往外排泄，将他那阳物刺得生疼。曹阚被吓傻了，顾不了那么多，挣开少妇的双手翻滚下床。少妇呼吸微弱，嘴里似在不停呻吟：“水，水……水，给我水……”

曹阚此时认定：少妇一定是喝了雄黄水寻的短见，此刻心里正燥热着呢。在江南一带，人们对雄黄存在一种误解，认为饮雄黄水能驱邪和保健康，其实不然，雄黄的毒性极大，遇热即成砒霜。幸亏这少妇喝的可能不够量，才出现昏迷假死。加上半夜遇打雷闪电，又遭曹阚揉捏，七窍贯通，毒液一排出，便又活了过来。曹阚抹了一把自己脸上的污物，二话没说，光着屁股帮她去找水。推开房门，室外屋檐下就有一口破水缸，伸手打了一瓢端来少妇面前。也算他胆子大，黑暗中他借着窗外的电光扶起少妇就喂。少妇连着喝了几口，最后竟咕噜咕噜将一瓢水全部喝下去。曹阚问她还要吗？她轻摇摇头低沉说：“不要啦。”曹阚将木瓢扔去一边，然后只稍作歇息，就俯身抱起少妇将她移去靠墙一处干爽的竹笸上去躺。紧接着寻来东西，试着帮她揩去身上的污物，然后动手一件一件帮她重新穿好衣裳，自己也穿好衣裤。再后来曹阚就蹲去她身边，拿话安慰她，说："这里是青峰冈墓园，你夫家以为你死了，就把你抬到这里来放，不想你又活过来了。我是曹阚，你认识，不用怕。"

"啊，啊啊啊……你是曹……曹阚？你们都不是好人，你你……走开，你……你为啥要救我？就让我去死吧，去死……"

"唉，我知道你讨厌我，瞧不起我，我是守墓人的儿子。我也知道你被夫家和族人欺负了，但你也不能因此就想不开……往绝路上走？依我说好死不如赖活着。人来到这个世上多不容易，无论是吃了多少苦，受了多少罪，都应活下去。"曹阚说。

少妇开始抽泣起来，黑暗中眼泪噗噜噜往下滚，紧接着哽咽道："我的……命，怎就这么苦啊？为什么……要……要活过来……呜呜呜……我这是……哪辈子造的孽呀？"曹阚正想对她说凡事想开点。却闻少妇又呜咽道："爹娘不是人，为了钱……把我往火坑里推。那瘫子没用不说，还与爹娘老子合着欺负我；族里也全是些不明事理的人，还有道貌岸然的族长……当面是人，背后是鬼。呜呜呜……"

曹阚觉得这小娘儿真乃一可怜人儿，便继续劝慰道："我说妹子，依我说……你还是看开点好，何苦非要寻短见呢？既然活过来了，说明你是个好人，命不该死，阎王爷不收你。你若不嫌弃……就跟我过日子，我看他有谁还敢欺负你！"

少妇只抽泣，不回答。

至于后来呢，或许你能猜得到，该少妇被曹阚救下后，没了去处，就跟了曹阚隐姓埋名一起在墓园里生活。你若要问：那少妇的夫家择好日子要找尸体下葬，那可怎么办？曹阚他有办法，与其父商量当夜打了一副棺材，再搬来几块大石头用破棉被包裹了装进去。待次日天晴少妇夫家派人来安排下葬，见一切均已弄好，遂对曹家父子的这种善举深表感激不尽，千恩万谢之后，还塞给曹家父子十多两银子作为酬劳。曹阚呢，有了女人，就不怕生不出孩子，此后不久也便有了曹木仁。

“曹木仁”这名字是父亲曹阚帮起的，意即他是墓园里出生的，取其谐音“墓人”。至于人们为啥叫他曹老四，并非他在家中排行老四，因曹阚就只生了他一个。曹老四是他长大后跑省城混事，在帮会内部的排名。

在当地曾流传着这样一句话，即“宁嫁个杀猪的，不跟守墓的”。一个是杀生，一个是守魂，人们对二者的看法却大相径庭，从根子上就对守墓人怀有偏见。认为守墓人的职业总是跟恐惧相连，一提起就让人毛骨悚然，哪还敢同床共枕呢。总之，与他们在一起阴森，晦气重。所以，曹木仁长大后，也遭遇到父亲、爷爷当年所遇到的难题：娶妻难。尽管曹木仁长得有模有样，啥也不差，但始终没有姑娘愿嫁给他。其父曹阚托了好几个媒婆子帮保媒，但只要一提说“守墓”这俩字，对方便立马变了脸，一口回绝。后来，连那些能说会道的媒婆子都替他发愁，都说：“难啦！”不肯帮了，说这银子不好挣，要他另请高明。曹家父子一筹莫展。然而曹木仁是个烈性子，扬言说：“在桂花镇乡下讨不到女人，难道在别的地方也讨不到？我就不信。老子在城里讨个洋姐儿给你们瞧瞧！”曹木仁显然不是在吹大话，没几天他真打起铺盖卷儿进城去了。

曹木仁到得金州城，因是初次来这里，之前从没见过外面的大世界，一瞧这金州城如此之繁华，顿时傻愣了眼，甚至连东南西北都摸不着，这可如何是好？曹木仁胆大，他有他的主意，先寻了一处客栈暂住下来，然后再慢慢打听看哪里需要帮工的。曹木仁住下后，出门先后寻了好几家店铺、会馆，问人家是否需要学徒或杂工，均被一一拒绝。无奈，他只好去车场瞧瞧，看那里是否需要拉车的。他身板壮实，一定行，待先有个落脚处，以后再慢慢想办法。谁知车场老板要他先缴二十两银子押金，才肯租车给他。曹木仁觉得太贵，另外瞧着那些臭脚夫一个个汗流浃背，汗臊味熏人，就有点看不上这种鬼差事，转身走了。后来实在没法，他就又去了金州码头转悠，看看能否寻到一份监工之类的体面活儿干干，因他身板好，打架肯定没问题。金州码头上一片繁忙，人来人往。曹木仁一连问了几个扛活的："兄弟大哥，你可知道监工房在哪儿吗？"均没人答应；不但不回答，还拿白眼瞪他。这就奇了，我又没得罪你们谁，干嘛这么恨我？曹木仁他有所不知，这些整天在码头扛活的没少受监工的欺负，所以，你在他们面前打问监工房在哪儿，没把你撂倒就算轻的。不告诉也罢，曹木仁决定自己去找。他远远瞧见一监工模样的人，对手下一帮扛活的吆五喝六，便跑过去问。还未待他开口，对方就先一顿鞭子朝他抽过来，要他滚远点！曹木仁不懂码头是黑势力的地盘，外人不可擅自闯入。当然，对方也没拿他当啥危险人物看待，就凭他那土里土气的样，断定他就是个不懂规矩的乡下人，赶他离开就可。曹木仁觉得晦气，出来一连好多天都碰壁，一样差事没谋到。不要说正经点的活儿，就是打杂人家都不要，他心里十分懊恼，这可咋办？他甚至后悔不该来这里，这金州城他娘的狗眼看人低，就根本没拿他曹木仁当人看。回去，可一想到桂花镇也不是人待的地方，姑娘们都偏见，没人愿嫁他，待着还有啥意思。这些天，他干脆把自己关在房里哪儿也不去，就这么吃了睡，睡了吃。一连闷了三五天，甚觉无聊，就想着出去再碰碰运气。这回他变得聪明了，他出去街上做了几件时兴的衣裳，西装革履穿上身，之前的那种土气当下跑没了影，完全一副洋派，人模狗样精神不少。他也学着那些文人雅士花了几个铜钱在街边摊上买了把折扇攥在手中，走一路摇一路还真像回事。一切准备好，他便出门了。

这回，他不找那些干粗活的行当，专往戏园、银号、当铺、烟馆、酒肆，甚至回春楼去，看看那里有无自己的用武之地。待到得戏园子，班主嫌他一不会唱戏，二不会拉胡琴，不愿随随便便养一个吃闲饭的，让他另谋高就。无奈，他又去了银号，恰巧这里需要个记账的，想这不小事嘛，在家时自己也常帮父亲记账，纸钱多少，蜡烛钱多少……一算就清楚。可他字没识几颗，光会算不会写不行，老板让他滚。于是，他又到了酒肆，降个等级试试看。酒肆掌柜一看他这身行头，哪像个跑堂送水伺候人的，说我这庙小，请他换个大地方的好。没法子，他又硬着头皮去了烟馆，既然出来了就再碰碰运气。到了烟馆，管事的说烟馆里用的都是些伺候男人的女客，你一个老爷们能派屁用场？要他赶快离开，别影响他做生意。曹木仁最终碰了个鼻青脸肿，没能找到事情做。再次受到打击，他情绪十分沮丧，只觉眼前一阵阵发黑。都说这金州城是天堂，来了方知他娘的是地狱，想插根针都不容易。唉，还是回桂花镇吧，跟着老父守墓活得自由自在。他彻底泄气了，对自己在城里混没了丝毫信心。但很快转念又一想，走时撂下狠话，就这么回去岂不让人笑话死了，说你一个守墓人的后代能做出啥大事来。常话说，瞎雀还碰到个蔫谷穗、瞎猫还逮只死耗子呢，难道自己这辈子连这点运气都没有？掂量自己身上的银子还没用完，就索性再四处转悠转悠。遭受前面一连串的打击，接下来的几天里，他对找到找不到差事做再没那么上心了，反正也不抱啥希望，随他怎么样。

这天，他吃过早饭，出门一路漫无目的地朝街上闲晃荡去。东瞅瞅，西瞄瞄，看到自己感兴趣的店面就走进去问问，看人家是否招人手。人家说不要，他就欠欠身子转身又出来，心里没啥负担，也就对此无所谓，继续去寻找。就这样他进去一家出来一家，再进去一家又出来一家，直转到夜幕低垂也没啥收获。这会儿，他不知不觉来到一处“春香院”的大门前。这里男男女女人头蹿动，笑声盈盈，猛然间曹木仁被人狠狠撞击了一下，一个趔趄差点倒在地。待定神方瞧清为一青年男子不知因啥从自己面前飞跑而过，自己就是被他撞了，心里正想骂他长眼睛不？忽闻身后一穿着华丽女子大喊“抓小偷！抓小偷！我的钱包！？”事情原来如此，曹木仁闻之，二话没说拔腿就朝窃贼追上去，很快那窃贼就被曹木仁一脚撂倒，并被牢牢擒住。钱包也被他从窃贼手上夺下来，待女失主赶来便随手还给她。为表示感谢，女失主从钱包里拿出几块墨西哥银洋要送给他。曹木仁不要，说用不着答谢，拒绝了女失主。此时，一位中年男人追着女失主屁股赶上前来，开口就说：“小兄弟啊，你好身手呦！看上去像个斯文人，拳脚功夫可了得！”曹木仁心烦，没时间听他废话，转身就要离开。

“小……小小兄弟，且慢，我有话对你说。”曹木仁被那男人叫住。他心想有话就讲，有屁就放，我才没工夫与你啰唆。

“小兄弟，不知你在哪儿高就，我见你身手不错，有心留下你，可愿不愿意过来跟我干？”那男人说。

曹木仁听之一愣，当下心头一热，却又反想会有这等好事？不会是想拿自己寻开心吧。自来到金州城十多天，倒霉透了，没一样顺心的，于是就满不在乎地对那男人说：“那你先说说……你爷是干啥的？”

“哈哈哈……我就是这‘春香院’的老板。另外我还经营着一处码头上的生意，在城内还开有两家烟馆。”那男人很得意地说。

“他啊，他是我们胡爷，我就是她的人。”女失主也跟着补充说。

“那胡爷您说说，让我帮你干些啥？”曹木仁对此很不屑，现在社会上骗子也不少，这俩男女不会是打自己啥主意吧？见自己穿着阔气。

“你就先跟在我身边吧，跑跑腿之类的。待以后熟知了……你想干啥，再派你去。你意下如何？若你别处另有好差事，那就不勉强。不过，今天这事我还是要谢谢你！”那男人说。

“小兄弟，快答应吧！胡爷见你身手好，一般人他不会这么对待你的。”女失主似乎一片好意，对曹木仁催说道。

曹木仁本来还有些迟疑，不肯信这二人的话，但看看他俩如此诚恳，不像是骗自己，于是就答应了。反正在客栈闲着也闲着，就试试看，难说就不碰上好事呢。后来呢，你大概也想得到，此胡爷乃金州城一霸，黑帮老大。曹木仁跟着他做事自然亲眼见识了胡爷的呼风唤雨，财大气粗，专横跋扈。曹木仁凭着年轻身强力壮，胆子大，跟着胡爷出出进进，四处打打杀杀，立了不少功劳，很快得到胡爷的赏识，没出几年竟然坐上了黑帮组织的第四把交椅，排行老四，帮内人遂称他曹四爷或曹老四。因曹老四是胡爷亲点的将，经过这多年磨炼已渐渐成为自己的心腹，后来就干脆把金州码头交给他管理。曹木仁没辜负胡爷的期望，把个金州码头打理得井井有条。当然，当初曾用鞭子驱赶他的那位监工遂被他解雇。

那个时候，桂花镇冯府的盐船也常来往于省城金州码头，不过那时他与冯家并没结下啥怨，大家都属同乡，彼此之间还能做到相互照应，配合默契。冯府的人也常塞些好处给他，他也欣然笑纳，不过嘴上还是要说几句客套话：“彼此都是同乡，不可闹得太生分。”冯家的盐运虽省、府、县衙门有盐务警保护，但历来警匪一家，离开哪家都不行。所以，要保证水路盐运畅通无阻，多半还得仰仗曹老四呢。有了这么个同乡在省城金州码头上管事，可以说做起事来要比之前方便得多了。警也罢匪也罢，只要瞧见桂花镇冯家的盐船经过都远远敬着，没人敢乱造次。几年后，曹老四说自己想回桂花镇娶妻生子，孝敬父母。胡爷见他是个孝子，于是就同意了。走前，胡爷赠给他一笔不菲的银子，要他将婚事办热闹点，待你有了儿子，就带了与媳妇一起来省城玩。曹老四感恩戴德不尽，再三谢过，说生了儿子一定拜作胡爷为干爹。就这样，曹老四告别了胡爷风风光光回到了桂花镇。有了钱，曹老四便大手一挥，从人手里买下了桂花镇的水运码头来经营，自己做起了码头老板，也称掌柜的。不久，便有邻乡漂亮姑娘嫁给他，结婚第二年就生得一子，取名曹贵。可怜这曹贵还未等到去省城拜见他那干爹，就因患先天性心脏病夭折。紧接着，又生了老二曹攀。曹攀命硬，身体健康，长得白白胖胖。曹老四便带他去省城认了胡爷做干爹。

事情说来也奇，这曹攀小时候长得肥胖结实，可大了却变得精瘦，简直就是一副骨头架子，不知这是为何？可能是烟花柳巷去多了，身体被掏空。曹攀人虽瘦，嘴巴功夫却一点都不差。镇上人称烂嘴，喜欢四处挑事，所以经常挨人揍也就属自然的了。其父曹老四拿他也没治，都乡里乡亲的三天不见两天见，寻人家门上去闹腾多了也不是个法子，要说事儿呢……却全是儿子曹攀先挑起的，挨了揍，你说怨谁呢？就说有一次吧，他竟没事拿着竹竿往人家牛的屁股眼里捅，你说缺不缺德，牛惊了跌下岩去摔死。牛主人找他试问，他却耍赖，死都不承认，跟他在一块玩的几个少年后生亲眼瞧见是他干的，他却反说人家诬陷他。还有一次，他竟爬上本镇一户人家的榆树，隔着院墙偷瞧人家女主人撒尿，并往人家屁股蛋子上扔石子。你说这曹攀坏不坏水，后被女主人发现，对方提起裤子便是一顿臭骂。再就是，他在钱江边一小渡口旁与一群少年玩耍时，趁人不注意，偷偷解开一条小舢板的缆绳，小舢板失去牵引，漂向下游沉没。船主人寻上门要他赔，他竟辩说这纯粹是栽赃，还指使码头打手打伤了人家。你说，就这么一个整天无事生非的东西，其父曹老四还常常护着他。后来，他又带着人去冯家霞山盐场招惹是非，把人家费了几天几夜才从盐井打上来的一池盐水放掉。这回曹攀遇上了与他同样顽劣的冯家大少爷冯子枫，两拨人马便开始打斗起来。曹攀的一条腿在这次打斗中被对方的人当场打折。虽然事情为曹攀引起，但冯家大老爷冯德昌还是向曹老四父子赔了不是，说下去一定要好好管教犬子。冯德昌这么做，并非怕他曹老四，因曹老四毕竟为他冯家盐运上的合作伙伴，好多事情还要仰仗他呢，能不得罪最好不得罪。于是，冯德昌就把这口气给忍了，除向曹家父子当面赔礼道歉外，也杖责儿子一顿，并拿出一百块银洋给对方做治疗费，不够再补。曹老四呢，看在两家人多年来的交情上，虽心里还有所不服，也就忍忍就此按下，接受了冯德昌的道歉和赔偿，这事就算了了。

话啰嗦到这里，你也许已明白曹家父子是什么样的人了，也清楚了冯曹两家的关系。现在，冯德昌老爷要查二少爷的死因，虽嘴上不讲，心里总还有点投鼠忌器的意味掺杂在里边，并非他不把二少的死放在心上，失子之痛，做父亲的心里哪能不难受？倘若查清真属曹家父子设计陷害，那还得过官，再次经过官府认定才能判定曹家父子是否有罪。这是一漫长过程，不是三天两头就能办结，官府的拖沓腐败那是不用说的。冯曹两家可就此彻底撕破脸皮，掐上了，掐来掐去非弄得头破血流不可。曹老四那无赖也不是那么好对付的，其背景他冯德昌心里能不清楚吗？弄到头来谁胜谁负还真难说。如此一来，冯家盐运可就没了曹老四的庇护，最后还能否做下去都成问题。退一步讲，人既已死，不能复生，没必要弄个你死我活；并非他做父亲的狠心，是事情把他推到这一步。然而，不查吧，二少爷确实死得冤，他无法给府上上下一个交代。经再三考虑，冯德昌决定查还是要查，至于将来作何区处暂先不论，总得让他心里清楚，二少爷的死到底为何人所为：一、是否如自己所怀疑的曹攀在盐场与子枫打架吃了亏，拿子枫没治，就在二少爷子桐身上出气报复；二、盐船被劫，是否是曹老四为了五十块银洋的押运费与人合伙设的局算计自己？这个谜他得把它揭开才行，他不能让这根榆木楔子不明不白就这么长期插在自己心上，那还不难受死？

三

时间已进入隆冬。桂花镇虽地处南方，但此时的天气也已变得异常寒冷。

冯德昌老爷这段时间一直都猫在家里没出门，一是怕风寒；二是心情欠佳；三是等待派出去的人回来报告情况。

冯德昌要等的人是自家两位伙计，一位是盐工阿仓，一位是府上的杂工小伍。

阿仓有位同村伙计阿细在曹老四的码头上干押运。小时候俩人玩得很要好，长大后为了谋生，俩人一起出来找活做。阿细因身板结实，被曹老四看上，留在码头上做押运工。阿仓呢，则因个头太矮小，曹老四没看上，让其另谋别的职业。后来，阿仓就去了霞山盐场做了采盐工。冯德昌了解到他俩有这层关系，便派阿仓潜入曹老四的码头去刺探情况。当然，非随随便便就能将情况搞清楚，曹老四的码头戒备森严，一般闲杂人很难进入。押运工吃住拉撒均在码头，没有曹老四的允许不得随便出入。他这是学省城帮会胡爷那一套，桂花镇地盘虽小，但他也想摆摆谱。押运工除随便不得外出，更不能随意议论码头生意上的事，否则将被解雇或暴打。阿仓没法直接进入到曹老四的押运队伍中，就转展通过阿细介绍当上了码头伙食房里的送饭工。这一来，他便有机会从曹老四手下的这些监工、押运工、搬运工嘴里套得冯家盐船被劫信息。临走时，冯德昌再三交代阿仓，到了码头，没有特殊情况万不可随便来府上见他，以防被人怀疑或跟踪，将事情办砸。阿仓答应，说冯老爷您就放心吧。至今日，阿仓去曹老四的码头已有两个多月了，冯德昌就想，都这么久了怎连个动静都没有？

冯府有个杂工叫小伍，今年才十三岁，被冯德昌安排去放牛。小伍就赶着牛群整天与锅盖头、瘦猴、大明、胖墩……那天与子桐一起掏鸟窝的几个少年混。冯德昌想通过小伍从锅盖头、瘦猴、大明等几个小家伙嘴里套得子桐落水的真实情况。因小伍活动不受限制，一有啥就立刻回来报告冯德昌。那帮小家伙守口不严，因此，冯德昌很快便通过小伍掌握了二少爷子桐那天落水的真实信息。现在，就差码头阿仓带回消息来，证实自家盐船被劫是否属曹老四与当兵的设的局？

今天晚上，冯德昌不知有感应还是有预兆，掐准阿仓今夜一定回来报信。三更都过了，冯德昌仍无睡意，一直躺在书房的竹椅上等。管家钱福顺不停地往炉中加炭，将炉火生得旺之又旺，整个书房暖似春天，热烘烘的，一点都不觉冷。差不多快到四更，阿仓果然摸回来了，因管家钱福顺早有交代，看门的赶忙将阿仓领去后院书房见冯德昌。到得书房，冯德昌让阿仓慢慢讲，将两个多月来探听的情况详细告诉他。

阿仓说，曹老四是个奸猾人，他所做的事绝不允许手下人往外传。我在伙食房里当送饭工与这帮人混熟了，所以他们才敢向我透露点消息。关于府上盐船被当兵的洗劫一事，其中有两位押运工就说：那完全是曹老四事先策划的，与那帮当兵的一块设的局。一是大少爷子枫打折了曹二公子的腿，这些年来心里一直不畅快，在寻机报复；二是曹老四这些年迷上了赌博，柜上常有亏空，就想从冯老爷那里榨些银子出来，于是就借口说押船费用大，提出涨价，每条运盐的船要求加价五十块银洋。冯老爷没答应，曹老四就与领兵的勾结。领兵的正愁没军饷呢，有这等好事自然干了。当时，他们这些押运工按照曹老四事先安排，端起枪只朝天乱鸣了几声就弃船逃走，船不用说就被劫了。后来呢，见此事有点不了了之，曹老四就下了狠手，说打蛇打七寸，要在冯家人的要害处下手。因此，子桐二少爷落水的事情就接着发生了。码头上的人都知道这是曹老四指使其子曹攀干的，只是不敢对外乱说罢了。俩押运工又说，有一次曹攀请他俩喝酒，酒桌上醉了，也亲口对他俩说到此事，不会有错。

阿仓还说："据伙食房的人议论，当时为了引二少爷子桐上钩，曹攀事先还发给那天一起掏鸟窝的几个孩童两块铜元呢。所以，这帮小家伙便跟着曹攀一起戳弄和鼓动让二少爷爬树，二少爷落水本就属曹家父子设的计。"阿仓讲的子桐落水这一点，倒与小伍从小伙伴口中打听来的情况基本一致。看来真相已大白，没出他冯德昌所料，果然如此。盐船被劫，二少爷遇难，两起事件均为曹老四一手所为。这狗东西，竟变得如此的没人性，人莫予毒，看我怎么收拾你！冯德昌在心里暗自发誓。

四

冯德昌所说的"收拾"，是有其道理的，凭他冯家几代人的苦心经营，无论是在官场，还是在军界都积累有广泛的人脉，对付一个乡下土恶霸绰绰有余。老二冯德信早已捎信回来，说已联系好省城段祺瑞手下一个姓高的营长，只要咱查实是曹老四所为，便立刻带队伍过来把他给剿了。冯德昌在想：现在应该是时候了。他唤来管家钱福顺，要他明天就启程去省城把调查的结果告诉二老爷冯德信，要他通知高营长发兵。钱福顺是个久经世故的精明人，虑事很有一套，仅瞧他那颗油光发亮的脑壳和那弯弯的鹰钩鼻，或许就知道他有多老道了。要是把他生在三国，定是位了不起的谋事，魏、蜀、吴谁胜谁负可能得由他钱福顺说了算。在冯府，冯德昌历来对钱福顺都很看重，啥事只要他说得入理，一般也会采纳。钱福顺明白，冯老爷这次是发狠心了，要给曹老四点颜色看看。曹老四的确有点嚣张过了头，自恃省城帮会内有人撑腰，所以就四处耍横。他也不看看冯家是什么人，哪容得你一个乡野粗夫地痞恶霸在他面前张牙舞爪，太岁头上动土？！这回看来是要被灭了。一个守墓人的种，本就不是个好东西，灭了清静，省得他在桂花镇瞎折腾。钱福顺答应明天就去省城将话转告二老爷，但心里好像还有话要说。冯德昌看得出来，就说："福顺啊，要有话……你就直说，别磨蹭。"

钱福顺就说："老爷，我知道，曹老四的确是个恶人，该杀，该剐，您这样做我完全支持。但有些话……我觉得还是说出来为好。当然，我这绝不是在动摇军心：曹老四罪不容诛，死有余辜，咱咋处置他都不为过，也算是为民除害。我在想……灭曹老四没问题，可下一步咱盐场的生意该如何往下做？曹老四死了，盘踞在省城的那些帮会兄弟会不会报复？他可是在帮会内深耕多年，且坐过第四把交椅，据说帮会头目胡爷也很器重他，曹攀还把胡爷叫干爹呢。要那样的话，那咱的盐船将来要在金州码头靠岸就有点难了。桂花镇倒没有啥，大不了把曹老四留下的码头接管了。当然，我这只是随口一说。明天一早，我就去省城向二老爷禀明情况，让他尽快发兵。"

钱福顺的一席话，让冯德昌变得忧心忡忡，他明白钱福顺话的道理，投鼠忌器，不要太伤着自家。这方面，之前他也曾想到过，只是曹老四所犯下的罪行实在让他忍无可忍，就犹如扎在他身上的一颗毒刺，不拔除实在疼痛难耐。管家钱福顺说得是没有错，剔除曹老四这颗毒刺容易，可自家盐场的生意以后往下还做不做？省城金州的黑帮势力盘根错节，老二德信他有能力摆平吗？就算能摆平，按下了这家，说不定又浮起那家，按下葫芦浮起瓢，折腾得起吗？得多少银子去打点？盐业生意历来都是专产专营，但自古到今都离不开衙门武装和地方黑势力的庇护，没有了他们，你将寸步难行。冯家盐船被劫、二少爷子桐遇害，现在事情已经调查清楚，全属曹老四所为，但为了报仇，不一定非要老二德信带兵回来灭了他才解气，也还有别的法子可选择，只是暂时需要等待，等有了万全之策再治他狗东西不迟。想到这儿，冯德昌让管家钱福顺先暂缓去省城。

接下来的事，你或许也清楚，冯德昌在外人面前不再提起盐船被劫、子桐遇害的事，谁问也不答。这在全镇人看来，冯家这回真是吃哑巴亏了，众人都看得清清楚楚，事情明显与曹老四有关，冯老爷咋就瞧不明白呢？实在是奇了，言说这冯老爷子一世精明，这个时候咋就犯糊涂了呢？至于冯德昌对家中的四位太太是如何交代的：有一天晚上，他一一将她们请到前院堂屋大厅就座。他说："事情我已派人彻底查清楚，二少爷遭遇不幸和咱家盐船被劫确系曹老四这狗东西所为，一手策划的。目的是为了报其子曹攀被咱家大少爷打残之仇，还有未满足他押运费涨价的要求。官府怕他，我冯德昌不怕他。我原本已与二老爷德信商量好，找带兵的剿了他。但苦于有人证而无物证等原因，就暂且把此事按下。就子桐落水而言，曹攀虽居心不良，除自己外，还教唆一帮小家伙戳弄子桐上树，所造成的后果实在太严重。然而深究起来并非被人亲手推下江去，而是自己失手所导致。换句话说，既是有人再如何鼓动你上树……你坚决不上……他也拿你没办法，所以说多半责任还在子桐自身，没脑子。盐船被劫，损失惨重。通过我派人私下秘密调查，也属曹老四串通当兵的所为。但也只有码头押运工口头证实，目前暂还找不到被劫盐船和货物下落所在，物证未到手。两件事，若就这样报到官府，估计一时难定案。子桐落水，前面衙门已判决过一次，再判结果可能一样。官府无能，找二老爷带兵回来灭了他，属实轻而易举的事，管他狗屁官府呢。但我想，咱要灭他，没必要闹腾太大，容我另想办法治他，一定帮我冯家将这口气出了！这里我要交代的是：二少爷子桐的不幸完全属曹老四报复所为，与二太太何如雪、四太太钱石兰分家产无关，不要再产生误解。家中出了这么大的事，谁不为之痛心，大少爷是我的儿子，难道子桐不是？关键是，在事情还没有弄清楚之前就乱怀疑、瞎猜测就不对了。你们四位太太可都是我冯德昌的亲人，我可不愿看到你们自相残杀，伤着谁都不好。家中出了如此不幸，希望大家都能节哀。至于曹老四这个恶人，你们放心，我会想法子收拾他的，俗话说：君子报仇，十年不晚。对付曹老四这种小人，不用三年，我很快就会让你们见识见识我是怎样收拾这个恶魔的！”

在座的四位太太听了，都低垂着头，拿眼睛互相瞅，却无一人作声。

第八章　藏在白云寺里的秘密

一

来年的五月，端午节刚过，冯府的大太太白玉屏就想着去白云寺还还愿才对。去年的这个时候她也去了白云寺，为使大少爷子枫能掌管冯府的家业，她向菩萨许下了愿，若得菩萨护佑如愿以偿，来年她将捐献银洋五十块为菩萨再镀金身。

不用说菩萨早已显灵：

一是二太太何如雪与四太太钱石兰联手划分家产的阴谋未能得逞；二是二少爷子桐不幸离去，真乃可叹可悲。虽非她白玉屏亲生，然而从感情上来说，可他毕竟也是冯家的种啊，内心深处可绝没有兔死狐悲幸灾乐祸的意味。但无论咋说，在大少爷子枫继承家业这件事情上，总算没了竞争对手，让她轻松许多，稳坐钓鱼台，彻底放心了。你说，这难道不是菩萨显灵？不算遂愿？当然，这种显灵虽不那么厚道，但也说明菩萨在这件事情上还是偏向自己一方。换句话说，二少爷子桐或许他生来就没这个富贵命，怨不得哪一个。

至于二太太何如雪与四太太钱石兰，别看她们闹得凶，经过这一次打击，估计今后再也难掀起大浪。还有三太太夏林月，失去了二少爷做依靠，一蹶不振，更无心思与人争高低，也没了资本。应该说，她白玉屏眼下算是把冯府的天下给坐定了。

这天，白玉屏心情异乎寻常地好，一大早就起来开始梳洗，嘴里咿咿呀呀哼着小曲儿。少顷，厨娘送来早点，早点是一碗莲子皮蛋粥，一碟集兰酥饼，再外配一小碟酱梅菜。白玉屏瞧了啥话没说，坐下来就吃。最后还剩两块酥饼，小半碟酱梅菜，白玉屏便说饱了，让厨娘将碗筷收走，然后一抹嘴又开始收拾打扮起来。先打开柜子一股脑从里翻出一大堆衣裳摆在床上，一件一件对着镜子比画。比画来比画去，最终选中了几件年轻时穿过的旗袍，试着穿起来。不试不知道，一试方知选出的这几样没一件合身的，不仅色彩扎眼与年龄不相仿外，并且腰身也小了一大截，纽扣根本扣不上。年轻时身材苗条，如今腰间已长了一圈的赘肉，哪还再穿得？无奈，揽了丢去一边，又重新开始挑选。这次她从中挑出几件素色来：一件淡绿，一件棕红，一件宝石蓝。一一试过，三件中，她觉得棕红比较沉稳，既不显俗气，又不乏热情，宽窄正合身，于是便穿了。然后拍拍打打坐去镜子前涂脂抹粉，该配的头饰也一一插戴上。毕竟她是冯府堂堂的大太太，怎可随随便便说出门就出门，讲究还是要讲究的。一切穿戴齐整，但为脚上该穿什么鞋白玉屏却又犯愁了。在家穿的软缎绣花鞋自然不合适，经不起野外折腾；还有几双高跟儿，就别提了，乡间路不平，去年去时就曾有过教训，虽脚没被崴，可脚指头打出几个水泡来，脚后跟也蹭破了层皮，回家疼了好几天，又是搽药又是用热水敷，好长时间才好。想来想去她从柜子深处的一个旧包袱内，翻出两双从娘家带来搁置老久的粗布鞋，那是她嫁进冯府之前在娘家给自己做的，一针一线都亲手缝制，穿在豆腐房用。布鞋年头虽久拿着也略显笨重，样子倒不显难看。两双布鞋上面均绣有花，里子面子也厚实耐用，针脚扎实缜密。登上脚试了试，两双都还不松不紧很合脚,虽它与今儿自己这身穿戴打扮有点不大搭调，但决定还是穿它的好，走远路，图的就是个脚下舒坦，其余甭管那么多，又不是在大街上，走给谁看？整整忙了足有一个时辰，白玉屏总算把自己收拾停当。接下来就是准备朝拜的物件，五十块银洋的银票那是一定要带的，其余，免不了就是些香表蜡烛之类，还有供品，像水果、点心等。白玉屏历来对拜佛都比较认真，她说对佛陀菩萨不能用糊弄，心一定要诚，否则，与其这样还不如不拜。除银票自己揣着外，以上等等均由贴身丫鬟阿雪负责打理。昨天下午她已交代过阿雪，阿雪做事细致，白玉屏很放心，一般不会误事。忙了一大早，到了日头爬上一杆高，主仆二人总算出了门。白玉屏并不觉得磨蹭，只是拜佛，又没啥火烧屁股的事情，赶那么紧做什么？要带的供品由丫鬟阿雪用一只篮子拎着。遮阳用的伞看来得白玉屏自己撑着，因去白云寺的道路坑坑洼洼，若让人帮撑着，脚下扭来扭去实也不方便。再说啦，阿雪臂膊挎着一大篮东西，够沉的，根本顾不上，也腾不出手。

白玉屏与丫鬟二人出了冯府的大门，转身向左朝钱江书院方向走去。待行至钱江书院东头，再转身向北猛一拐，然后紧贴着墙脚下的一条小道继续向前走去。向北的这条小道，就是直通清凉山的乡间道路。道儿不是很宽，道路两旁长满茅草，郁郁芊芊，也时不时有一两棵高大的乔木树竖在其中。田间刚插不几天的秧苗，长势喜人，含翠欲滴。此时，鸟儿已不再鸣啭，途中却能看到一两只不知名的野雀从这边树上扑棱棱飞去那边树上。远近处有太多的蚂蚱叫得正欢，按理这蚂蚱入夏才有，怎这会儿提前就叫了？可能与近来一场小雨过后，田间地头，山坡崖畔草木疯长、气温升高有关。绿头螳螂在一旁杂草中钻来钻去；黄色、蓝色、褐色的蝴蝶在花端翩翩起舞；更有蜻蜓在头顶胡乱飞来飞去，有时竟撞到油纸伞上，吱啦一声掉落地下，挣扎着又飞起。丫鬟阿雪挎着竹篮在前面引路。白玉屏则右手撑着伞，左手拿着包，全神贯注跟在阿雪屁股后面走。清晨地太阳投射在户外田野山冈，把一切映染得血红。白玉屏怕光，将眼睛眯成一道缝，将手中的油纸伞侧对着太阳光，尽量不让它直射到脸上。雨后，曲曲弯弯的乡间小路被过往的行人、牲畜踩踏得乱七八糟，一点都不好走；有些低洼处还留有积水，得绕着走。泥干处磕脚，泥湿处有时踩上去打滑；有些塄坎上看去表皮干了，一旦踩将上去就会上当，扑哧一声泥水飞溅，弄得鞋袜裙角全脏，得心细才是。白玉屏左右扭动着屁股，时不时从腰间掏出一条手绢来拭拭额头上的细汗。主仆二人就这样出力费神地大约行走了有半个时辰，待跨过前面的一条小河沟，丫鬟阿雪就回头对白玉屏说："大奶奶，你若是累了，咱就找个荫凉处……歇息歇息再走？"

白玉屏望望周围道："你看，这里……旷野，哪有歇息的地方？再往前走走看，快到舂米房了吧？到那儿再歇息吧。"

"好嘞。那大奶奶……你走路小心，别崴着脚。"丫鬟阿雪提醒说。

"知道了。我又不是你们年轻人……那么没重心，你就放心好，我脚下稳着呢。"白玉屏说。

丫鬟阿雪嘿嘿傻笑说："那你也要……小心。"

"好了好了，知道了。"白玉屏知道，这丫鬟跟在自己身边多年，不光腿脚轻快，做事细心，嘴也甜，很讨自己喜欢。

乡下道路曲曲折折，很不好走。拐了一道弯，绕了一个圈，过了一条小河沟，方瞧见不远处竖着一座木头房子。房子有一半"骑"在小河沟上，靠边则是个大转轮，吱吱呀呀车着水；同时伴有节奏很强的舂米声远远传来。木房前种有一棵大榕树，榕树树冠大而浓密，就像一把巨伞撑在屋顶之上，把天和地隔开，给树下留下一片荫凉。舂米房的门大开着，门口丢着两只竹箩筐，门外不见有人，估计在里面。阿雪跑上前去，找了块烂布匆匆将树下的一块石板抹干净，专等白玉屏过来坐。白玉屏过来坐了，阿雪也寻了地儿在另一边坐了。二人屁股还未坐稳，从春米房的一侧就窜出一个人来，认出是阿六媳妇，蓬头垢面的，穿着邋遢，像是去后面刚小解完，一边走手里还提着裤子。阿六媳妇看见房前突然来了两个人，先是一愣，以为是做啥的，待定睛，方咯咯笑了，说："原来是冯府大奶奶和阿雪姑娘啊,你们这是要去哪儿呀？这热的天……有啥紧要事吧，怎不叫乘轿子坐了……"

"也没啥事，随便出来走走……散心。坐啥轿子呢，走着敞快。"白玉屏轻声答说。

"我跟大奶奶去清凉山白云寺，累了，坐这歇会儿脚。"丫鬟阿雪补充道。

"怎不与冯老爷同去？"阿六媳妇天麻麻亮就来春米。在春米房门口忽然瞧见冯府的大老爷冯德昌坐了轿子匆匆经过，所以不解才如是说。

"老爷有事，去不了，所以才让我陪大奶奶去。"阿雪嘴快答说。

阿六媳妇因心里没底之前轿中所坐就为冯老爷，当时仅透过轿帘瞟了一眼，此刻经丫鬟这一说，便不好乱多嘴，于是就道："……噢噢噢，是这样啊。阿六不在，我一个人来春米，你看这……这春米房连口水喝都没有，要不，我去远处人家弄点来？"

"不用了，我们不渴，坐了歇歇脚就走。要喝……待到得山上自然有得水喝，就不打扰你了，你忙你的去吧。"白玉屏说。

"那大奶奶，实在不好意思。刚上一窝谷子，这会儿估计快春好一糟了，我得进去看看，你俩歇着。"阿六媳妇一脸愧疚的说道。

“你去吧。”白玉屏说。

阿六媳妇最后望了一眼白玉屏，方哈腰进了春房。

因阿六常去冯府揽活干，有时也顺便揽些拆拆洗洗缝缝补补的小活路喊来自己媳妇做。像太太们房中的门帘呀帐子呀，室内椅子上冬天铺的垫子呀等等。当然，绸缎衣物等细活不让她干，府上自有女佣人料理。这一来，她也便与府中的人混熟了，府中几位太太也都认识她，她也认识几位太太。嘴巴也算不得笨，无论见了谁，都会先打招呼，老爷太太、大婶、大哥大姐的喊。总的来说，她虽不太招人喜欢（主要是嫌她邋遢），但也不太招人厌，就是这么一个人。

白玉屏望望周围，再抬头望远处的蓝天，树荫婆娑，风清日丽，心情颇感格外的好。坐下歇息了会儿，精神恢复，就唤丫鬟起来赶路。主仆俩一前一后沿着脚下曲里拐弯的土路继续往前走。走走停停，再向前行走了大约有个把多时辰，终于爬到了清凉山的山顶。清凉山虽不是很高，但二人顶着太阳也费了蛮大工夫。站在树荫下缓缓神，仰首望见坐落在松柏环抱之中的白云寺，红墙黛瓦背靠在蓝天之上，显得肃穆而又凝重，恬静而神秘。此时此刻，在白玉屏的内心深处，一种敬畏之心油然而生，陡感人神之间离得那么近。寺院的门虚掩着，她屏住呼吸，吐了一口长气，怀揣着一颗无比虔诚的心推门走了进去。宽敞的寺院内空荡荡并无香客到来，一切像凝固了似的。突然，一只丹顶鹤由东面松林中飞出，从白玉屏和阿雪她们头上掠过，向西而去；又有一只跟着飞了过去。白玉屏小时候读过几天书，她脑海里忽然联想起“一行白鹭上青天”的诗句来，可惜只瞧到两只，不成行，未能完全传达出诗的意境来。她迟疑了一下，将伞收起，绕过大殿前的铜香炉，径直向里走去。进得殿门，面前供台之上端坐一尊巨大的水月观音娘娘塑像。水月观音娘娘结跏趺坐，头戴化佛冠，左手持净水瓶，右手持杨柳枝。在塑像的正上方，有一块木匾，上写“南无大悲救苦水月观音菩萨”几个大字。观音娘娘双目微启，表情显得无比的慈祥和安静，在她的面前摆满了各式各样供品。铜铸的香炉内，几支燃了大半的檀香冒出丝丝青烟，看来在半个时辰或更早前已有香客来过。白玉屏只粗略扫了一眼殿内的环境，就吩咐阿雪将篮中带来的供物拿出，并上前亲自一件一件在供台上摆好。最后从她手中接过一小把上好的檀香，从中抽出几支来，在案上的麻油灯前点燃，弯腰在一块蒲团上跪了，双手将檀香举过头顶，恭恭敬敬对着观音菩萨塑像拜了起来。她一边拜一边口中念念有词，当然，尽是些感激还愿的话，拜完起身再在香炉内将香插好。做完上述这一切，白玉屏随手又从携带的小包内摸出几块铜板，当啷啷丢进右首的功德箱里，然后往下扯扯旗袍的下摆，唤声丫鬟“我们走”，转身出殿去。

出了大殿的门，因快近中午时分，天热，白玉屏再没想着要去别处。今天上山的目的是为了给观音娘娘还愿，香也烧了，头也磕了，下来要做的就是：将身上带来的五十块银洋的银票，亲手交到寺院住持静心师父的手上。寺院这会儿人稀，加之太阳当空，整个大院内很少瞧见有人走动，估计僧人们在做功课，要不就是在忙别的事情，静心师父也不见人，只听风吹松柏飒飒响，白玉屏决定去静心师父的住处瞧瞧，遂缓步与丫鬟阿雪绕过大殿山墙，然后一转身来到东边围墙旁的一道小侧门前。轻轻推开小侧门，往里则是一个小院子，靠北建有一排房子，这儿就是静心师父的私人住处。白玉屏过去也曾到过这里几次，所以也就用不着再探寻，遂径直朝里走去。因小院基础比寺院矮一截，白玉屏穿过小侧门，小心翼翼下得三五个台阶，而后方轻手轻脚绕过左首一小片竹林，最后来到静心师父住处房门外不远处。她正想大声呼唤静心师父，说“我来了”，但转念又一想，此乃佛家清净之地，大喊大叫哪像个大户人家的太太？就此闭嘴，遂蹑手蹑脚继续贴着檐下墙壁往前行走。待到门口再喊不迟。想来静心师父或许吃完午饭，此会儿没啥事正歇着喝茶呢，突见自己来访，一定十分惊喜。

白玉屏在前面走，丫鬟紧随其后。屋檐下竹影摇曳，微风徐徐。正当白玉屏穿过檐下一处木窗户时，忽然隐约听见屋内有说话声，细听，像是一男一女；女的一定是静心师父了，那男的又是谁呢？听声音不像是个后生，而是位长者。若是年轻后生，那定是静心师父与孤儿仁昌了。仁昌去了县里读书，不节不假的不可能回来。白玉屏犹豫了，进还是不进？进，打扰了静心师父与人谈话，多不礼貌，况且在与一男人聊，更显不合适，若贸然闯入，定惹静心师父心里生气，同时也将自身陷于尴尬境地。她想折回去，先去寺院四处逛逛，待会儿再来。既然来了，银票一定要亲自交到静心师父手上。另外，心里也有一大堆感激的话要说。正忐忑之中，突然隔着窗户纸从里传出几句话来，让她听着好生奇怪：似乎这二人的谈话竟还与她冯府的事情有关。于是，她屏住呼吸静下心来仔细听。只听里面那男人说："这府上的事你也清楚，几个女人争来争去……这下倒好，出事了；怨这怨那，还没得个安宁，想着……真让人痛心。现在……只能靠子枫了，可这孩子都长这么大了，一点定性都没有，做啥事都不能让人省心。"白玉屏听到这儿，觉得这男人的声音好熟，但一下又想不起来是谁。

"我说，你也别着急，慢慢来。"白玉屏听出这是静心师父的声音。

"不着急不行啊，总得有个考虑。常话说：'人无远虑，必有近忧。'我决定让仁昌明年就去省城他二叔那儿。今年年底仁昌就从县城速成学堂毕业了，待一过完年就走。去了省城，一边读书，一边跟着他二叔历练，这孩子……我相信将来一定有出息。"那男人说。

白玉屏这回听真切了，这是老爷冯德昌的声音，她十分惊愕，他怎么也来这儿了？怪不得耳熟。白玉屏想继续往下听，看他们到底在谈论些啥。

“你既然已定了，我也没啥好说的。可继承家业这事……非小事，仁昌他连个名份都没有，怎么可能呢？你我之间的那种事……就更拿不到人前去说叨，真传出去，那您府中上下还不炸开锅？不把你我用唾沫星子淹死？”是静心在问老爷。

“至于名份，我会帮他理顺的，那是以后的事情，先走这一步棋。”老爷冯德昌说。

听到这儿，白玉屏似乎一切全明白了，老爷他将要仁昌替代大少爷继承冯府的家业。那孤儿仁昌不用说即为他二人的私生种了。十多年来，自己全被他蒙在鼓里，包括府上所有人。她顿感天旋地转，她想立马闯进屋去大闹一场，骂俩人个狗血喷头：一个是令人尊敬的寺院僧人，一个是桂花镇堂堂有名的正人君子，表面上人模狗样的，背地里尽干些男盗女娼的事，你们不嫌丢人，我白玉屏还嫌丢人呢！但她虽气血冲头，却没有失去理智，她知道这么做的后果，揭了老爷的短，触怒了他的脾气，让他颜面扫地，他不把她白玉屏休了才怪？到那时才有得笑话看，冯德昌照样还做他的大老爷，而自己呢，却被撵出了家门。老二、老三、老四她们还不偷着乐死。失大于得，自己绝不能这么做，不能美了那几个臭娘们。她遂递眼色给身后的丫鬟阿雪：要她后撤。阿雪立刻领会主人的意思。于是主仆二人又轻手轻脚，原路折回。出了小院的侧门，来到寺院内，白玉屏脸色难看。丫鬟阿雪问她是否还再等？白玉屏定是给气晕了，脸朝着远处半天不出声，良久才声音颤抖着说：“下山！”说完撇下丫鬟，迈开双腿冲出寺院大门径直朝山下奔去。丫鬟一时没反应过来，待反应过来方急起直追。

此来清凉山，白玉屏本为还愿，不曾想无意中竟发现了个天大的秘密。难怪老爷这多年来又是捐款又是修缮，对白云寺大发慈悲，还认那孤儿为干儿子，并花钱送他去县城读书，原来他与静心那老尼姑演的是这一出。老爷肯定与那女人早有勾连，包得够严实，要不是这次上山……不知他还要对自己瞒多久。白玉屏此刻心里非常烦乱，连走路都失去重心，低一脚高一脚的踩不稳。丫鬟瞧之，紧忙上前将她扶了，跌跌撞撞一起朝山下而去。下到坡底，恰巧有香客乘轿前来上香，待该香客出得轿，还未等轿夫问要不要乘轿子回去，白玉屏便一抬腿坐了上去，说声回镇上。轿夫也就不多问，回声“好嘞”抬起就走。丫鬟在后面一路跟着。

二

白玉屏毕竟不是个寻常人家出身的女人，她回到家并没有将此事四处去张扬,更没有找冯德昌算账或一哭二闹三上吊。对此她泰然处之，内心非常淡定：冯府是个大户人家，大户人家有大户人家的规矩，面子比啥都重要，最忌讳将家丑外扬；而且事情涉及到老爷，若要抖落出去那还不把整个桂花镇给搅动了，让他那脸往哪里搁？他要是一怒之下还不把她给杀了？这又是何苦呢？要干也应由别人去干，她不能挑这个头。自己作为冯府的大太太，应把握大局，不能先乱了方寸，更不能带头去挑事；再说呢，此事也只是自己躲在窗外偷听而来，属真属假现在还不清楚，就这样草率去折腾……万一事情没坐实，岂不把自己陷了进去，让人说她白玉屏不守妇道，是一恶人，留得个千古骂名？更有老爷，他能饶了她？说她整天疑神疑鬼不干正经儿，尽弄些没底没面的事出来，辱没他冯家祖宗，败坏门风，即使不被休，从今往后再难在众人面前抬得起头，二太太、三太太、四太太也不会再拿正眼看她。白玉屏是个精明女人，在认真仔细权衡各方面利弊后，决定还是先忍了，待看看风头再说。所以说，她从白云寺回来，对于此次上山还愿听到什么看到什么闭口不言，只字不提；也叮咛丫鬟阿雪将嘴把牢，一切装得跟没事一样。她虽坚信老爷与山上那女人肯定有撇不清的关系；还有那个仁昌。说来也觉奇怪，老爷叫“德昌”，他竟然叫“仁昌”，如此的靠近，是早就有预谋……还属无意？在她看来前者的成分要占得多一点。要弄清这里面到底隐藏着啥秘密，得靠时间去揭开，她白玉屏可不愿冒这个险，刚平下一波，又掀起另一波。白玉屏虽如是想，但从内心深处来说，她还是希望尽早破解这个谜，拖久终归对她没啥好处。这可让她费尽思量，睡觉也总不踏实：一、无法找静心师父问个清楚；二、不敢当面去质问老爷；三、更不可能将这事情说给老二、老三、老四她们听。若说给她们几个，她们不但不会信，反会怀疑说她白玉屏不安好心，为能让儿子子枫继承家业有意编排故事，挑拨是非，诽谤老爷，把水搅混，若再将之前所发生的一些事情链在一起，更加绞缠不清，越抹越黑，让她们合起来还不把自己给生吃活剥了？瞻前顾后，前怕狼后怕虎，让她内心充满矛盾，愁肠百结，含垢忍辱，弄得一点主意也没有，最后只好自己给自己宽心：先忍着再看，雪地里埋人总有见光的时候；不信他纸里能包住火，自己这是着的哪门子急呀。

三

半个月后，白玉屏忽然想到应该找她那娘家兄弟商量商量。人常说“当事者迷，旁观者清”，或许他们有啥好主意。

话说白玉屏在娘家还有个弟弟，名叫白玉堂，外号白老二，今年四十二三岁了。自从白玉屏嫁入冯府，白玉堂没少受她的接济和帮衬，小到盖房开店，大到结婚娶妻，可以说光没少沾。白玉堂人算不得有啥大本事，然而脑子却不笨，凡遇事总能给你说出个道道来。白玉屏不想让父母知道此事，怕他们没事出去乱扬播，觉得找弟弟商量最合适。

白玉堂听了姐姐从头到尾的叙述后，也觉此事有点难为人，说冯府的人咋都这德行？他替姐姐鸣不平，但要保证姐姐在冯府的地位不被动摇。他说这与大外甥子枫能不能顺顺当当接替冯家的家业有直接关系，子出息则母贵，否则就糟糕了。白云寺这个秘密必须把它揭开，晚了木已成舟，后悔来不及。但怎么揭开问他拿主意。白玉堂平时无论遇大小事都能滔滔不绝给你说个所以然，今儿也变哑巴了，干坐在椅子上半天不出声，眼珠子转了无数转也不见他开口。白玉屏就急了，想拿话奚落他两句：你平时总是能说会道，鬼点子一肚子，这回也没主意了。奚落的话白玉屏并未说出口，她知道此事放谁都伤脑筋，顾忌的地方太多：既不能伤着自家，也不能伤着对方；弄砸了对谁都不利，可能对自家伤害更大。

白玉堂思索了大半天，总算开口说话了。他问白玉屏："姐呀，我想来想去……有一个法子可以弄清这事，冯府不是有个管家叫钱福顺吗，他陪你家老爷这多年，啥事能瞒过他？你私下里找他问问不就清楚了？"

"嘿嘿，你说得轻巧，你问他……他就告诉你啦？有那么简单？他说不知道，你能拿他咋地？过后……反让他说我疑神疑鬼，传到老爷耳朵里还不讨骂，要我今后咋做人？"白玉屏戗白说。

"那咋办？"

"我是在问你。我若知道咋办……何来找你商量！"

"此事……确有点棘手，既不能直接跑去问那尼姑，又不能去问你家老爷，管家又不肯说，还张扬不得，事情着实不那么好办。”白玉堂也面露难色，一时帮姐姐想不出啥好主意。

“唉，关键时刻没有一个给力的，都靠不上。”白玉屏生气地说。

“不是靠不上，这种事从来都没遇到过，老虎吃日头，没处下爪子。你先别性急，让我慢慢想想，或许能琢磨出个道道来。”白玉堂解释说。

“那你就琢磨吧，反正我是没治了。事情的来龙去脉你也清楚，我告诉你，你可不要出啥馊主意，把我给害了。”白玉屏警告说。

“你你……你这话我可不爱听了，你是我姐，我咋会害你呢？”

“我只是提醒你，把问题想周全点，冯府是个大户人家，方方面面都要顾及。姐能在冯府混到今天……也不容易，咱不能因小失大。就算你外甥子枫接不了班，大太太这个位置咱还能保得住，将来不会沦落到被二太太、三太太、四太太瞧不起的地步。”

“你若这么说，此事就根本用不着去管它，随它怎么着。”白玉堂说。

“你看你，我一说……你就跟着来了，那我来找你……不是闲磨牙？事情该弄还是要弄清楚，弄清楚了……心里也好有底，总堵在胸口上还不憋闷死。”

“我倒有个上不了台面的主意，不知……你想不想听？”

“上不了台面？我说过，馊主意我可不听！”

“哪会是馊主意呢。”

“那你就说吧，还磨蹭个啥？”

“那我就说了。点子虽不怎么好，但一定起作用。你不是说管家钱福顺不听你的吗，那我就让他听你的！”

“哼，我明白你是啥意思了。你可不要伤着他，更不能让他知道是我在搞鬼，他要将话传给老爷，那一切全完了！”

“姐，这你就放心，伤不着。我不会让他知道是你干的，也不会让他知道是我干的，让他乖乖并心甘情愿地将事情真相抖出来，不会牵扯到任何人。”白玉堂说。

“那你也得告诉我，你是采用啥办法……让他开口？”白玉屏问。

“还是暂先不告诉你吧。告诉你……你肯定说不行，你们女人胆子小，怕这怕那的。我说过，让他自愿把事情抖出来，一不会打他，二不会骂他。将来真要有啥事，惹出啥是非，也只能说是他胡说八道，与别人无关；是他钱福顺吃饱了撑的……尽瞎琢磨，无事生非。将责任全推到他身上，你只装作不知道……等着做好人。你家老爷要罚，也只能罚他。”白玉堂说。

“真要如你说的，啥事都没有，那你就试试看吧。”白玉屏最后说。

“姐，你就将心放肚子里，没啥好担心的。咱一不偷，二不抢，更不会杀人放火，让他钱福顺自己把真相道出来还不行吗？你怕个啥。你要怕这怕那，干脆啥也别做了，那不就太平了？”

“行行行，那就依你说的去办，有了消息尽快告诉我。”白玉屏说。

“你就放心，我会的！”白玉堂说。

四

话说这白玉堂，自早年娶妻后，就与妻子双双打理起镇上的这爿豆腐房。豆腐房的活儿虽辛苦，然而日子过得倒顺畅。再加上姐姐白玉屏的接济，很快就买了房置了地，家底越来越殷实。日子好了，白玉堂人却反而渐渐变得懒散，身子骨也娇贵了。他觉得做豆腐起早贪黑的太累，来钱也慢，不如学父亲过去那样倒腾大烟。小时候他可亲眼看见父亲出去一趟，就会带回大把白花花的银子。后来他还真这么干了，本钱不够，他就找姐姐白玉屏借；说是借，十次有九不还。都自家亲弟弟，白玉屏也不计较，私底下贴补贴补娘家人也是应该的。因此，不管白玉堂借多借少，白玉屏从未追他讨要过。

倒腾大烟，肯定少不了要与面上面下的人打交道。因此，这些年白玉堂也结交了不少道上的人，茶馆、酒肆、戏院、窑子、烟馆、药铺、码头、客栈、当铺、官家、市井，各个行口都有他认识的人。白玉堂个头虽不算高，但长相生得体面；善结交，三教九流哪个都能搭上话，也会见风使舵。所以，出道没几年，他便在行内混得人模狗样，人人见了都喊他白老板，不再叫他诨号白老二，他很受用这种称谓。有了解他底细的，知他这老板是走夜路贩黑货发的；不了解底细的，还误以为他是豆腐房的老板，背地里拿话揶揄他："不就是个卖豆腐的吗，摆那大谱？不怕人笑掉大牙。"

白玉堂确实也摆谱，就论穿着吧，完全没以前那么朴素了。无论是出行，还是去做客，总是一身绸衫绸裤，哗啦啦，飘飘然；不知从何处弄来的一把楠木官扇，左右都不离其手；头顶上戴的黑缎小圆帽还是嵌了玉牌的，成色一点都不差。走路迈着小方步，哪像个干粗活的？实际他也没干。家中的豆腐作坊，这些年全靠妻子一个人在操持，他十天半个月都难进豆腐房一两次；即便有幸来，也脚不粘地，一抬腿又走了。

这里且说白玉堂为啥会将目标锁定在冯府的管家钱福顺身上，因在白玉堂认识的人堆里，有一位是钱福顺乡下的干亲。钱福顺小时候就没了娘，其父怕他独苗身子骨单薄命，就给他拜了邻居一位姓李的女人做干娘。干娘家境殷实，她也有一个儿子叫张天润，年纪与钱福顺差不多相仿。因是邻居，这哥俩从小就在一起玩得很要好，也鉴于此，李姓女人才肯认钱福顺做干儿子。长大后，钱福顺去了冯府做护院，再后来当管家；张天润呢，则一直在乡下种田。钱福顺算是端头吃甘蔗，越吃越香甜，日子过得一天比一天滋润；而张天润却不咋地，仍守着家中几亩田打转转，日子越来越往下坡走，有时竟到了揭不开锅的地步。钱福顺也就常过来接济接济，丢些银子给他。自从张天润结识白玉堂之后，情况则发生逆转，他常跟着白玉堂做些黑货，短短不几年，他不但在镇上开了店，还纳了一房小。钱福顺瞧着眼馋，不得不对他刮目相看，说让他这个在冯府当大管家的也自叹莫如，难以望其项背，对兄弟的能耐自是佩服。张天润说："只要福顺哥愿意（钱福顺比张天润大一岁），咱哥俩有福同享，有难同当，跟着我混，何愁不发达。你虽给冯府当管家，看似风光，实际也就伺候人的差事，没啥意思，你说……我这话对不？"钱福顺说对对对，是是是。他就请张天润往后有啥好事也拉着他点。张天润说一定一定，谁叫我俩是兄弟呢。

张天润纳的那房小，名叫春花，人生得煞是婀娜，盘儿也靓。当然，有了钱谁不想寻个好的，歪瓜裂枣那是穷得没办法拾掇了凑合。钱福顺没事时就去她家寻天润兄弟喝酒，每当看到春花时两眼就发直，眼珠子都快掉在地。有时张天润不在家，钱福顺就没事找事顺势在春花怀里摸一把。春花躲了，但却不责怪他，这让钱福顺胆子更大，甚至肆无忌惮，慢慢俩人就私下勾搭在一起。

钱福顺背地里与春花交好，给张天润戴绿帽子，张天润并非一无所知，单从钱福顺与春花碰面时的眼神里，张天润就判断二人背后肯定有事，只因碍于干兄弟这层面子不便把事挑明罢了。但啥事总得有个了断，不能老结在心里，抹不开面子难道这绿帽子就这么一直戴下去？那还不被人笑死。

这天，张天润吃完晚饭没事出来闲转悠，被白玉堂撞见拉了去酒馆喝酒。刚落座，白玉堂就说有一桩大生意要与他一块做。张天润问啥大生意？白玉堂说："不急，先喝酒，慢慢聊。"张天润就不再问，慢慢就慢慢。酒菜上桌，二人你一杯，我一杯，一连干喝了四五杯，脸都泛红了，方才放下杯子拿起筷子夹菜。一边吃着，白玉堂就问张天润："张兄，听说你有个干兄弟在冯府管着事，那可是个有钱的大户人家啊。"

"钱福顺，您又不是不认识，管家，也就个跑腿的，没啥能耐。您是冯府的舅老爷，他哪敢与您比。白兄问他做什么？"张天润不解，转而问道。

"其实也没啥事，喝酒……随便问问。不知你俩关系怎么样，还行吧？"

"凑合。过去行，现在……咋说呢，有些事情做得有点过分。"张天润喝了点酒，酒劲上来，怨气也就生，于是说。

白玉堂遂从张天润的口吻嗅出他与干兄弟钱福顺的关系似乎出现裂痕，就试探着问："听张兄此话……像是有啥难言之隐？"

"唉，喝酒喝酒，不提啦，提起丢人。"张天润端起面前的酒杯一口干了。

白玉堂望望他，也跟着干了。

"张兄如有啥难处……不妨对白某说说，说不定我能开导开导你，那样会好受些，一个人老憋着哪行？"

"丑事。说来丢人！"张天润涨红着脸说。

"这能有啥丢人的，你兄弟俩……摊开说不就行了。"白玉堂说。

"就是摊不开，开不了这个口，所以才憋屈。"张天润说。

“是……是……是不是……”白玉堂用手轻拍拍自己的头接着说：“给……给你戴绿帽子来着？我是听人传，根本……不相信会有这种事。”白玉堂有意这样说。

“你说对啦，还真为这事。”紧接着，张天润借酒浇愁，就把他干兄弟钱福顺如何勾引他的小妾春花的事从头到尾说了一遍。说到气愤处，双眼泛红，牙根都咬得咯嘣响，但过后又唉声叹气，一副无可奈何。白玉堂听了，先是拿话抚慰，接着就替他出主意想办法，说道：“钱福顺这事做得实在太过分。俗话说：‘朋友妻，不可欺。’他怎能这样呢？不过，我倒有个法子让他断了这念头，让他不再黏糊。”

“你能有啥法子？”张天润两眼放光看着白玉堂。

“其实，我早知道你天润兄弟窝囊，也早想找个机会给你说叨说叨，只是……唉，不说了。”白玉堂有意把话夹住。

“那我先谢谢您了。说来……我这辈子能有今天，还不是靠你玉堂兄拉扯，兄弟我敬您一杯！”张天润情绪有点激动，说话声音颤抖。

此刻，俩人都视对方为知己，站起将酒杯一碰干掉，然后坐下说了一堆相互掏心窝子的话，像一对亲兄弟那样难分难舍，掰不开。

“天润兄，你可知道……白云寺有个尼姑叫静心的吗？”白玉堂问。

“咋不知道？！她是那里的住持。你问她做什么？”张天润觉得莫名其妙。

“据说……那娘儿骚着呢。你要是能想办法将她介绍给你干兄弟钱福顺……就好了。他有了新欢，那春花还能不放手？”白玉堂狡黠地说。

“那怎么行？她是尼姑，僧人，怎么能做那事呢？不可不可……万万不可！”张天润拒绝说。

“这你就不懂了。有句话不是这样说的:‘骚和尚,野道人’吗，你别看她们平日都一本正经，那是在装蒜，背地里都干着偷鸡摸狗的事！”白玉堂煽惑说。

“啊？有这等事儿？”张天润感到惊讶，半信半疑。

“你瞧静心那女人，模样长得也不差，常年住在寺院里，白嫩白嫩……能忍得了寂寞？只要你将此事对你那干兄弟钱福顺一提说，肯定要乐死去。”

“好是好，可我不认识静心那女人。过去去寺院见是见过几回，可没搭过话。”

“这好办，你只要私下把这事说给你那干兄弟钱福顺听就行，至于静心那边……就由我来负责。你放心，他俩肯定一拍即合，干柴遇见烈火还能不烧起来？如此一来，你那顶绿帽子……哈哈哈不就摘了？”

张天润一时被白玉堂说得有点不好意思，低下头去。

“给你透个风吧，静心那女人早对你那干兄弟有意思。自己开不了口，所以就请我从中穿针引线。”

“原来这样呀，你怎……不早点说，绕了这一大圈。”

“早说？我见大家都生意忙，这捕风捉影的事……哪敢随便乱说。你们兄弟之间的事，谁知属真属假，说错了还不招你骂？说我一个外人，闲了没事尽磨牙。”

“唉，说来说去，只有你玉堂兄了解我，把我当人看。遇啥难处都是您在帮着我操心，天润有愧啊！”张天润说毕，噌的起身朝白玉堂恭敬一拜。

“唉，这叫什么，再说啦，你也没少帮我的忙。我那些货……还不是你帮找门子，出的手。”白玉堂客套说。

“嘿嘿嘿……”这回张天润咧嘴笑了。

“来来来，喝酒！”白玉堂说。

“对，喝……喝喝酒。”张天润说。

“那这事……你就约个时间，与你那干兄弟钱福顺单独谈谈，我还等着给人回话呢。另外，你可千万不能对他说……说是我说的；你随便编个别的理由都行，就是不能提我。”白玉堂特别叮嘱说。

“行！您放心，我不会提说的。这几天我就找个时间与他谈，一有消息我立刻告诉您。您是为我好，我能不放心上吗？我最后还想问您一句，静心那女人除了那方面，她就不图点别的？”张天润最后还存有一丝疑虑。

“当然还有钱呗！”白玉堂说。

“好好好，我明白了，钱福顺这些年是攒有钱。”张天润笑说。

“来，喝酒！”白玉堂说。

“来，喝酒！”张天润说。

“来，夹菜！”白玉堂说。

“来，夹菜！”张天润说。

最后，白玉堂与张天润俩人都喝醉了，两瓶钱江老烧全见底。

五

第二天晚上，张天润就找钱福顺谈这事。钱福顺听了先是诧异，后则表现出惊喜，就问张天润是怎么知道的，不会是瞎编吧？张天润就说是一个朋友要我转告你。钱福顺问他是哪位朋友？张天润说你就别问了，这种事哪好随便张扬，以后慢慢就知道。

说心里话，钱福顺早些年就喜欢上静心这女人，当时叫素月，只是有所顾忌，胆小不敢下手罢了。张天润见他犹豫，就催促说人家可等着你回话呢，信不信由你。钱福顺还是心存

疑虑，不肯相信张天润的话是真的，就神秘兮兮附在张天润耳边说："天润弟啊，你有所不知，这里面的道道深着呢，别人敢碰不敢碰……反正我是不敢碰，怕惹出大麻烦连命都不保。"

"这我就不明白了，你情我愿能惹出啥麻烦来？不就是男女之间那点事吗？人家不就瞧你在冯府当管家有能耐才巴结你，你倒扭捏起来，还顾虑重重，放别人……早乐死。我知道，你就是个有贼心没贼胆的人，做啥都前怕老虎后怕狼。我是为哥你好，想帮你，你俩要真成了……她还俗跟你一起过日子，你说这有啥不好，难道你想打一辈子光棍？老了身边没有人照顾……孤零零一个人咋生活？你自己想想看。"张天润劝他说。

钱福顺受刺激，急了："不是我没这个胆，你不知道……这里面隐藏着大秘密，说出来吓你一跳，到时你就不会说我胆小了！"

"啥秘密？说出来我听听……才知能否吓着我，帮不帮得上你。"张天润说。

"说出来……你也帮不了，没有人能帮得上。"钱福顺口气肯定地说。

"唉，你不说算了，连我你都不肯信，白兄弟一场。"张天润说。

"那我就说给你听吧，你可得保守秘密，千万不能对旁人说。"钱福顺叮咛道。

"你我干兄弟，从小到大哪时害过你？"张天润回道。

"唉，这事……说来话长……"于是，钱福顺就将自家主人冯德昌老爷与静心师父之间存在的那种暧昧关系抖落了出来。

他说："那是十六年前的事情了。十六年前的一个秋天，我与冯德昌老爷去省城办事……夜里乘官船返回，途经合安县段时，突遇一女子投江，冯德昌老爷是个善人，遂命船夫们救人。待该女子被救上船来时人已完全昏迷，冯德昌命人马上施救。随后该女子渐渐苏醒过来，船上随行的几个女眷就将她抬进舱去，并帮她换上了干净衣裳，整理好凌乱的头发。接着，冯德昌又打发人从岸上请来郎中，经诊治该女子精神恢复，方见她是位俏人儿，年纪大约十六七八岁。冯德昌心中欢喜，就问她缘何要投江？开始该女子不开口，后来也就说了。说她叫素月，合安县人，十六岁就许给了当地一朱姓人家的少爷为妻。新婚之夜该少爷不知因啥突然暴病死亡，朱姓人家就说她是妖孽，是灾星，克死了他的儿子。自那以后，她在朱姓人家罪没少受，家公家婆经常虐待她；朱姓族人们也不给她好脸色看，更不许她入祖祠，以死相逼，要她去跳湖。最可恨的是他那叔叔，趁雨夜无人潜入她的房间，强奸了她。后来事情暴露，她那叔叔矢口否认，反说是她勾引他。族人们也就信了，骂她乱伦，辱没纲常，伤风败俗，是个不折不扣的贱妇，逼她去自尽。再后来呢，也就发生了前面我说的那一幕，被冯老爷给救了。冯老爷当初出于怜悯收留了她，并认她做干女儿。然而，待船回到桂花镇，他又担心会闹出啥误会，不便将她带回府上去居住。无奈之中，他想到了白云寺里的住持静玉师父，就将她托付给静玉师父暂且收留。静玉师父是佛门僧人，怎可随随便便留一凡间俗子在身边呢？反正她凡念已绝，干脆就收她为徒，取名静心。从此，该素月女子便拜在白云寺大住持静玉师父门下为尼，有了安身立命之处。素月虽皈依佛门脱俗为尼，但她一直都念念不忘报答冯德昌老爷的救命之恩，后来……就为他生了儿子，就是现在的仁昌。当初，为掩人耳目，就说仁昌是孤儿。你可曾知道，自从素月来到白云寺后，冯德昌没少给寺院捐银子，为的是啥？奥妙就在这里。人们只知道白云寺的静心住持是冯德昌老爷收的干女儿，没人知道二人之间还存在着另一层关系。多少年来，此事一直对外人保密，老爷叮嘱过，不让那天在船的所有人对外宣讲，并放下狠话，说谁要向外透露半点信息，他就要了谁的命！你想想，凭着冯德昌老爷的势力，处置个把下人，还不比捏死只蚂蚁容易？你说，有哪个下人吃饱了没事敢造这种次？此事一直包得很严实，至今没人知道他与静心师父之间的这种秘密。今天，我可是头一次对天润兄弟你讲，你可千万不能说出去，否则我就完了！所以说，你说静心那女人惦记我，当然从救起那天起我也惦记她：人材模样长得俊俏，身段好，迷人，也很想讨她为妻，但有冯老爷他在中间杠着，你怕是真有这个贼心……也没那贼胆，谁敢碰？”钱福顺一口气把事说完，方舒了口气，两眼木无表情地望着张天润。

“噢，原来……如此如此。你……你你不会是在编故事吧？”张天润听完，心中暗暗窃喜，但又假装疑惑地问道。

“开玩笑，这种故事能乱编得出来吗？！”钱福顺说。

“要真如你所说，静心那女人可就绝对不敢碰了。不过……话说回来，她主动找上门来，即便有事……也由她护着，你怕啥？冯德昌再厉害能拿她怎么样？”张天润有意说。

“那也不敢。冯德昌虽不能将她怎么样，但我可就要倒霉了，不被他打断腿，也会被驱出府去。人可就丢大了，今后还能在桂花镇站立住脚？还是算了吧。”钱福顺说。

“我说你呀，总是胆小怕事，遇事优柔寡断，难怪做不成啥事。你看我，如今吃香喝辣……你到现在连个女人都没有，光棍儿一个。我劝你还是正儿八经娶门亲，都快老了，不要再东一口西一口打野食……被人笑话，名声也不好听。”张天润后面这话是故意说给钱福顺听的，虽还含糊，但意思已很明确：叫他不要再与春花往来。

钱福顺遭干兄弟张天润话里带话地一顿数落，脸色难看，但也不好说什么，最后就只干坐着吃菜喝酒，其余一句话不说。

六

事情虽没谈成，但这不怨他张天润，是他那干兄弟钱福顺不上套，牛不喝水，狠摁犄角也没用。无奈，他就找到白玉堂，将与钱福顺见面后所说的话，原原本本倒给白玉堂听。白玉堂听了甚是高兴，暗想：只略施小计就将此事的来龙去脉弄清楚。张天润不明就里，自己事情没办成他还高兴，想问为啥？白玉堂说不急，另想办法，改日再议，就借口家中有事将张天润支走了。张天润一脸疑惑不解。支走张天润，白玉堂就跑去姐姐家将此消息转述给她听。白玉屏听了没吱声，足足憋了老半天才从牙缝里挤出几个字："冯——德——昌，没想到……你真还有此事。"从山上回来，她俩眼皮就跳个不停，还自欺欺人地怀疑是自己耳朵听岔了，现在钱福顺的话已足以证明一切，还有啥好说的。怕见鬼，鬼偏就来了。白玉堂走后，她一宿没睡好觉，头脑总是嗡嗡响个不停，心慌意乱：刚刚走了个二少爷子桐，这不……又冒出个静心还有仁昌来，这叫咋回事儿呀，往后的日子还叫她怎么过？老天爷有意在跟自己作对。老二、老三、老四这仨骚娘儿说不定早就知道此事，就自己一个蒙在鼓里，真令人作呕。

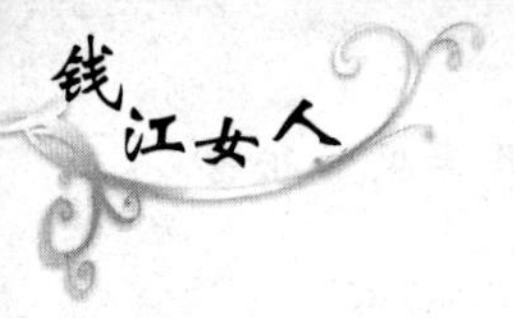

第九章　女大当嫁

一

寒冷的冬季刚刚过去，春天的脚步便伴随着遍地鲜花悄然到来，将漫山遍野装扮得多姿多彩。翘首眺望钱江两岸一片忙碌，蛰伏了一个冬天的农人们养足了精神，攒足力气，干起活来浑身上下有使不完的劲。耙地是肯定的，去年收割完秋稻歇了大半年的土地，这会儿需要灌水沤一沤，重新将它梳理规整，准备过些日子插春秧。

在桂花镇，人们栽种的是双季稻，即早稻和晚稻。早稻春插秋收，晚稻秋插冬收。早稻的好坏，功夫全在精耕细作上。有句农谚讲得好："人勤地生宝，人懒地长草。"的的确确也是这样。在桂花镇大凡经验丰富、腿脚勤快的农户，稻田都苗壮叶肥籽粒饱满，无论是早稻还是晚稻，其产量都不低。而那些懒人所种，不是苗瘦叶黄就是蔫不拉唧没精神，至少他没把种田放心上，产量不用说上不去，缴完租饿肚子那是自然的。

街镇上，春日里清凉的米酒早就上市，小贩们脆生着嗓子在叫卖。待招铺子里最热闹，男人们把攒了一个冬天甚至更长时间的长发统统剃掉，说晚上睡觉头火旺，不舒爽，待招师傅就帮他们刮个光瓢。他们用手一摸，说立刻精神不少，爽快多多。有人就在一旁笑说：全和尚庙出来的一帮秃驴。牛市上人也不少，去年春上配的种，今年年头下的崽，现已拉来集市上叫卖，希望能讨个好价钱；因春耕农忙时节，农户购买耕牛的欲望要比平时更加强烈。码头上干苦力活的精壮后生们，正将一大包一大包盐巴扛上船去，小船倒大船，装满一艘再装另一艘。码头边上，冯家大少爷子枫手摇着扇子在指挥工人装船。曹老四的监工吆五喝六，时不时轮起鞭子在空中甩几个炸响，要这些人小心点。隔着栅栏，一条渡船靠岸来，从船上走下不少赶集的人。一年轻小媳妇臂上挎着包袱腆着肚子下船来，冯子枫瞅见，拿眼珠子把人家往死里抠："嘿嘿……小样够俊的！"目不转睛，直待那小媳妇消失在人流里，方咂咂嘴将目光收回。

二

冯德昌老爷这两天没出门，一直在后院书房猫着。因最近从古董贩子手中刚刚获得一件宝物：明万历酱彩堆粉青花松梅瓶。器型高大，做工精细，釉色沉稳，画工上乘。怀疑贩子不懂行，他只花了五十块银洋就弄到手，算是捡了漏，拾了个大便宜，心里高兴，一吃完午饭就来到书房琢磨，左看右看，对它爱不释手。他佩服自己的眼光独到，在这一行总能淘到好东西，放其他人可就没那么好的运气了。县城的陈三就是，还是个开古董店的呢，几次都打眼，亏得可不轻。他粗略在心里算了一下，自己这些年所收的货，少说也有五六十件，若要拿出去换成银子，至少值一两百万元。有了这笔雄厚家底他还怕个啥，府中上下一家人几辈子都吃喝不完。想到这儿，冯德昌眯眼笑了。笑眯中他忽然又想起四太太钱石兰来，她几次向自己讨要那幅吴镇的《芦花寒雁图》，都没舍得送她，也怪自己一时说漏了嘴，说能换十几处院子，因此被她惦记上，家产分不成就盯上画了，小脑筋转得可够快的。现在想来，既然她要，就送她呗，自己以后再弄还不成？这样也好让她心里踏实。几个太太中，他最疼这个小的了，但有一条必须对她说清楚：不能让其他几位知道。否则就糟了，转过来都朝他讨要……可如何是好？还不又闹翻去。冯德昌起身，将手中的酱彩堆粉青花松梅瓶放回博古架上，然后在案上摊开一张宣纸，饱蘸浓墨唰唰在上写下一幅六字联：

雪里梅花绽放，
霜间松针凝翠。

写完大字，用小楷落了款，盖上红印，方离案三尺远远观赏起来。自认为字写得不错，用笔苍劲有力，古朴而浑厚，把梅花和松树的那种精气神全展露出来。待墨干，他准备将它装裱后与那酱彩堆粉青花松梅瓶一起收藏。

此时，门外传来脚步声，紧接着便有人轻喊："老爷，老爷，有书信来。"

冯德昌听得出是管家钱福顺的声音，也就随口答道："进来吧。"

房门被推开。但见管家钱福顺手里拿着个书札，蹑蹑揣揣伸腿进来。进屋后，他第一眼便瞧见案上那幅字，随口便夸："好好好，妙！妙！实在太妙了！老爷，您好雅兴啊。"至于好在哪里，妙在何处，钱福顺并没说。冯德昌装作没听见，足足盯着案上的字幅瞧了好半天，方转过身来问管家钱福顺："书信……哪儿来的？"

"是是……是省城易府送来的。估计是……"

钱福顺回说。

"估计什么？"冯德昌茄着个脸说。

钱福顺忐忑没敢回答。

冯德昌伸手接过书札，一边拆一边猜：定为易公子与大小姐的婚事而来。待拆开一看，果不其然。书信中这样写道：

德昌兄：近来可安好？

此番捎书，只为犬子与令爱之婚事添扰。原两家婚约，只因犬子染疾而搁置，致佳期一推再推。无奈，依照尊兄之意，犬子经过两年多调理，现身体已彻底痊愈，特捎书报喜。依愚之见，既已无恙，也就无忧。眼下，时已近阳月，就将二人佳期拟在今岁新秋。此值金秋送爽大好季节，倍加喜庆，同时也好留出时间早做准备。不知德昌兄及尊夫人意下如何，还望多多赐教。

甚安！

易乐山亲笔

民国某年三月二十四日

之前，冯德昌为自己淘得酱彩堆粉青花松梅瓶而沾沾自喜；待他看完易乐山捎来的书信，情绪一下跌落谷底，意兴阑珊，脸上一丝喜色也没了，挥挥手让钱福顺下去。钱福顺走后，冯德昌陷入了长长的沉思之中：他料到易家迟早会来催婚的，这几天他还在寻思这个事到底该咋办才好，这不……说来就来了。说句实话，如今他冯德昌对这桩婚姻也不像当初那样看好。大小姐秋云呢，不用再说，从一开始她就不满意，不仅仅因对方抽大烟患有疾，还有一个原因就是嫌他说话也不甚利索，结尔巴唧不说，还娘娘腔，丢死人了。她母亲何如雪呢，以前因他压着，才不敢多嘴；自“秀才亭”回来后，如今已公开表示反对，坚决不同意大小姐秋云嫁给易公子，冯德昌清楚二太太为何这样，皆因她心里有气。十多年前之所以与易家联姻，实出无奈，为的是自家盐场生意能够昌盛在官场寻个靠山罢了。易乐山是大清国江州省署衙门的盐务官，大权在握，没有他的支持，冯家不可能把霞山盐场的生意做到这么大。时下，大清国垮台了，可易乐山摇身一变又成了民国江州省政府的盐务长官，手中仍然掌握着盐业购销上的实权。冯德昌想到这儿，有心一纸文书将它退掉，但掂量再三还是下不了决心，有点像遇曹老四那事一样，投鼠忌器，不知如何是好。他没有马上就修书答复对方，因心头确实太烦乱。他把书信收起，转身将它拿去压在书架高处的一沓古书下，然后拿上扇子关门上锁，一路出宅院去。他觉得这屋内的空气实在太沉闷了，快要令人窒息，应出去走走，洒脱洒脱。至于何时回复易家，暂先不管，待过些日子头脑清静下来好好考虑考虑再说。

三

时隔半月，冯德昌终于想好该如何答复易乐山。这天，他吃过早饭一抹嘴抬腿就来到后院书房，进门就研墨。研好墨，在案上摊开一张八格纸，提起笔就唰唰写起来，很快一溜小楷又一溜小楷跃然纸上。他在纸上如此写道：

乐山兄并署官大人：时值槐月，阳光明媚，贵体可安？

所捎书信收悉。皆因琐事缠身，又适逢春娘节到来，未及时回复，尚望见谅。关于儿女婚姻一事，做父母的理应放在心上，不可耽搁。肺腑之言：小女能与贵公子缔结丝萝，实乃吾冯氏祖上之荣耀，门庭生辉，算是攀龙附凤，一步登天。另言，尊兄及署官大人有所不知，小女秋云已于年首去了省城理工专科学堂读书。佳期何定，待吾去书与她商量之后，再将消息转禀于您。着实抱歉，让您久盼，还望尊兄及署官大人海涵，愚愿俯首聆听教诲。

顺颂安康。

乡愚：冯德昌

民国某年四月十日

写完，等风干，叠了，装入信袋封好，再恭恭敬敬在表皮题上收落款人后，唤来管家钱福顺，要他托人将书信送往省城二老爷冯德信处，再由他转递易府收。管家领命，冯德昌暂时算是松了口气，终于有个理由把这事儿给打发了。他这是一种拖延术，既不提退婚，又不说不退，先应付着看。

这里，且说家住省城的易乐山，到底何方神圣，能让享誉一方、富甲一方的冯德昌老爷对他敬畏三分，佩服得五体投地？

前面提到过，这易乐山原是清廷掌管江州省盐务的旧臣。清廷垮台后，他又摇身一变成了民国政府江州省衙门的盐务署长，继续执掌着江州省的盐务大权。作为从事盐业生意的冯德昌能不对他敬畏三分吗？一方面极尽巴结之能事，另一方面又怕事做太过了伤着自家，更怕有所不慎得罪他，被他怪罪卡自己脖子，没了“盐引”生意做不下去。过去巴结不上，生意上难免吃亏和受制于人，后来巴结上了，有了后台，这可是拿女儿做筹码，心里总觉不爽：全怨那易公子，不成器，没出息；要是他堂堂正正像个男儿，有本事，你情我愿，这不两全其美的好事？冯易联姻岂不成人间美谈？这种利用儿女亲家结成的利益联盟将牢不可破，无人能企及，他冯家何愁永远不兴旺下去？但随着时代的变迁，他渐渐对这种儿女亲家关系不看好，原因有两方面：一、易家大势已去，首先权柄被人削弱，没了之前的实力，本省盐务事上并非他一人说了算，还要听命于人。就拿前年所遇到的事情来说吧，省盐务衙门次长强行要将他冯家盐场三成的生意分给自己的亲戚。冯德昌要老二冯德信去找易乐山协调解决，可易乐山作为该次长的头儿，却对此表现得无能为力，一点办法没有。二、年初，他冯德昌去省城办事，顺道去了易家府上想看望看望易乐山夫妇。待到得府上，偶尔瞧见易公子文鼎后，让他眼镜大跌，易公子文鼎小时候见着着实可爱，一天天长大后竟判若两人，只见其行动猥琐，脸色蜡黄，说话含糊不清。据易乐山与夫人讲，易公子大烟是坚决不抽了，病也在调理中，不出时日便可痊愈。他夫妇二人话虽如此说，但依冯德昌自己观察，易公子文鼎短期内要彻底恢复健康是不可能，除非另有仙丹妙药。所以，他现在不想将大小姐秋云嫁给易公子，原因也在这里，太令他失望了；悔当初不应该做出这样的决定，订下这桩儿女婚约。但如今想要解除，又张不开这个口，也因易乐山人还在位上，挣脱不开这种利益关系，让他两厢犯难，内心充满矛盾。易乐山从省城捎信来，他久久不予回复，就想冷冷易家，能往后拖延个一年半载，说不定易乐山就会滚下台。据老二冯德信前段回来分析说，省财政厅的次长牛云海，正四下活动要谋取盐务署长这个位置，取代易乐山。看来易乐山在位的日子不长了，想自己还有必要巴结他吗？还要把女儿秋云嫁给他那傻儿子吗？没了利益所图，结交他还有何用，与易公子解除婚约其实也就是个时间问题，眼下能拖就拖。可以肯定地说，易乐山已嗅到自己将要被解职，所以才想赶在卸任前把两家儿女的婚事给办了，担心夜长梦多生出啥变故。

四

易乐山，乃蜀地乐山人氏。当年跟随其父迁居江州，举孝廉。个头矮小，但人极精。夫人杨氏，为江州本地人。夫妇二人一生只生得一子，即文鼎，生育较晚。易乐山今年六十有三，早年因家境贫寒，其父手上只是个小本生意人。易乐山从小跟随父亲走街串巷当货郎，深深体会到底层生活的不容易，为此立志发奋读书。因家贫进不了私塾学堂，就挑灯在家夜读。光绪末年入秋闱，易乐山凭着自己的聪明才智，终于夺得江州省乡试第二名，举孝廉。后获任职江州省衙门盐务官，时年他已逾不惑。有了功名，官袍加身，自是荣耀无比，当岁即娶得一本地妙龄女子为妻，次年秋上便生下一子，取名文鼎。易乐山虽经历一路坎坷，最终算是修成正果，苦没白吃，从此结束了底层人的生活，一步登天，成为受人尊敬的官宦人家。置了宅院，买了田地，也攒下不少银子，一家人过上了锦衣玉食的生活。盐务官是个肥缺，巴结的人很多，来钱自然也就容易。易乐山贪财，是因为过去穷怕了。他敛财的手段很多，唯有最迷恋且让他难以收手的就是古董字画，这与他小时候随父亲跑街串巷当小贩有关。过去有些小户人家的女人，想买针头线脑及小件物品，一时没现钱，就拿家中的老旧物件来换，像旧字画、旧玩偶、旧瓷器，装饰用的小佩饰、小挂件，还有一些锡器制品，如酒壶、酒盅之类等。家中积攒一多，其父就将这些东西拿到鬼市上去卖。从那时起易乐山就接触上了古物，用针头线脑换来的旧物件，运气好时竟能卖个二三两银子。对他们这个穷家庭来说，二三两银子够他们一家人半年米面油盐用的了。易乐山跟着父亲去鬼市一多，渐渐也就看出一些门道，从古董贩子那儿学到一些鉴别古物件的知识。然而，走街串巷得来的小物件，并非样样都是宝贝，有些东西一文不值，丢进炉内当柴火烧。所以说，能捡到值钱的东西少之又少。亏多了，小本生意赔不起，易乐山父亲干脆只认现钱，宁肯对方这回没现钱，先赊着，下回可一定得补上，也不再以物易物；但有时扛不住对方的几句好话，最后还是同意换了。这些古物堆在家里，雨天不出摊，易乐山无事时就一件件翻着摆弄。长大点因要读书，没时间摆弄，但从此他对古物产生了浓厚兴趣，后来做了官，仍对古物有着眷恋不舍之情。冯德昌为投其所好，也渐渐学起收藏古物来。他不惜重金从古董贩子手中买来明、宋以前的字画和各种古董送给易乐山，为的是能从他手中获取尽可能多的“盐引”。开办盐场，贩官盐，没了“盐引”可不行。女儿秋云的婚事,也是冯德昌在与易乐山的利益交换中促成的。

易乐山举孝廉后，出任江州省衙门盐务官后，一下火鸡变凤凰,再也不用为吃喝发愁,从此过起达官显贵的富足生活。然而，儿子文鼎却不争气，染上了抽大烟的坏毛病，不久又得痨病，弄得易乐山夫妇俩头痛不已。前几年想为儿子娶亲冲冲喜，谁知冯德昌老奸巨猾，以儿子文鼎抽大烟患病为托词，将结婚的事一推再推。易乐山夫妇有心退掉与冯家女儿的婚约，再另找合适女子，可儿子文鼎不知哪儿中了邪，竟痴迷上那姑娘，非她不娶。夫妇俩只好作罢，一心一意安下心来为儿子戒烟、治病，希望能早点把冯家姑娘娶进门，了结做父母的一片心愿。功夫不负有心人，经易乐山大把往外撒银子，寻遍四方名医，儿子的病竟奇迹般转好，不久烟也戒掉。夫妇俩兴奋不已，遂一过完年便修书一份，捎与冯家商量为儿子完婚的事。书信捎出去足有半月，乃不见有回音，猜路途周折多，或许给耽搁了，再耐心等等。这一等，又过去十日，即在四月二十一日方盼来回信。打开一瞧，才知未来的少奶奶，已来了省城国立理工专科学堂念书，自家却一点消息不曾知。冯父在信中言说结婚一事要待他与女儿商量之后，再作决定。易乐山看完书信，心里非常生气，不满冯家人这种拖拖沓沓的做法，自古儿女婚姻大事均由父母做主，哪有儿女说话的份？！不知冯德昌这葫芦里卖的是什么药，怀疑他是不是闻到什么风声，见自己大势所去想悔婚？他拿定主意，无论如何要在今年内为儿子完婚。他掐算过，即便自己要卸任，也没那么快，起码要到明年去，完全有时间处理儿子的婚事，不信他冯德昌能跳出如来佛的手心，人还没走，他茶就敢凉？！

五

四月二十七日下午。

坐落在江州省金州市苏伊仕路上的国立理工专科学堂的铃声又响了。铃声过后不久，渐渐三三两两……成群结队的男女学生涌出学堂门，叽叽喳喳，熙熙攘攘，有说有笑，又打又闹，一个个欢天喜地，活泼异常。就在这花花绿绿的人流里，桂花镇冯府的大小姐秋云也夹杂在其中，与她同行的则既是同乡又是钱江书院同门师弟的仁昌。

"嘻嘻，一只苹果从树上掉下来，砸在牛顿的头上，他便发现宇宙间存在'万有引力'，真有意思。怪不得……我们跳起后，脚总往下落，而不落在别处。"秋云兴致勃勃地对仁昌说。

"你说，牛顿他去求婚，竟把人家姑娘的手指拉了硬往烟斗里塞，真是太好玩了！"仁昌嘿嘿嘿笑说。

"你说他煮鸡蛋就煮鸡蛋呗，把怀表竟也放进锅里煮，那怎么吃？把牙不磕崩，咯咯咯……"秋云说得眉飞色舞，腰里快岔气。

"他那位朋友也真是的，将鸡肉全吃了，只剩鸡骨头在盘子。"仁昌说。

"咯咯咯……他还以为自己吃了呢，真傻。"秋云道。

"生下来还不到一斤，才九两重，真是个奇人！"仁昌说。

"不修边幅，邋遢。我发现大凡有才能的人，生活习惯都稀里古怪。"秋云说。

"可不是吗。"仁昌附和道。

今天下午最后一堂课，工科教师给同学们讲了牛顿的故事，引起大家浓厚兴趣，秋云和仁昌也不例外。散学了，二人在回家的路上仍聊得津津有味，兴趣盎然。然而，在暗中，却有一个人在盯着他们，无时不在注视着他俩的一举一动。那就是江州省衙门盐务署署长易乐山的公子——易文鼎。

易文鼎从冯家人的回信中，得知自己的未婚妻秋云来到了省城国立理工学堂念书，于是便来学堂打听。因担心贸然闯入怕惹对方不高兴，遂每天只能躲在暗处盯梢。自从两家父母做主为他二人订下这儿女婚事后，易文鼎总共也只见过秋云小姐两三次：一次隐约是在他小的时候，对男女之事还懵懂，啥事全由父母做主；一次是五六年前跟着父母去桂花镇送礼，在冯家府上见过她一面，那时她还是个十多岁的小姑娘，但人长相清丽洒脱，身材发育也已显丰满，可谓含苞待放，让他不胜欢喜；最后一次，记得上前年，秋云来省城她叔叔德信那儿办事，父亲易乐山得知消息后邀她来家中吃过一次饭，除此再无谋面。也就是最后那次见面之后，他就催父母早点帮他完婚。父母也照做了，去书与女家商量。当时因他身体欠佳，又抽上大烟，被女家以此理由拒绝。无奈，父母只好先设法为他治病、戒烟；他自己也盼着赶快把病治好，把烟戒掉，早日把秋云小姐娶回家。相隔两年，如今见到她时，她已变成一位大姑娘，出脱得如花似玉，光彩照人，当下口水就流了，遂在心中暗暗发誓：一定要将她娶到手！然而，在他发现有一位男生总是不离秋云左右时，他不免心中吃醋，很想立马就冲上去美美揍那男的一顿，但他没有，他清楚就凭自己那小身板哪是对手，还未出手估计就被人打趴下。哪咋办？总不能看着自己的未婚妻整天被别的男人黏着，那样会出问题的。他忽然想到平日在金州地面上混得比较好的几个兄弟，何不请他们来帮自己教训教训那小子，让他今后离秋云小姐远点，若再敢黏着，打断他的狗腿！

今天下午，易文鼎早早就带着这帮兄弟在理工学堂门外等候，待二人一出来找准机会就动手，教训一下每天伴在秋云小姐身边的那臭小子。

且说秋云小姐与仁昌来省城就读后，因借住在秋云二叔冯德信家里，因此，每天上下学俩人自然而然也就结伴出行。易文鼎并不知道他二人的这层关系，误以为是别的什么男生惦记上了自己的未婚妻，所以妒火中烧，要伺机报复。

秋云与仁昌来省城读书，按冯德昌老爷最初的想法，只打算安排仁昌一个来，主要考虑到冯氏家业将来的传承；从内心深处讲，他早对儿子仁昌寄予厚望。谁知大小姐秋云知道仁昌要去省城读书，也嚷着闹着要去省城，没法，冯德昌只好允了。秋云之所以嚷嚷着去省城，不外乎有两个原因：一、她已寄情于仁昌，不想与他分开；二、待在这个家里，整天搅在是非窝里，她早厌倦了这种生活，无聊，想离开。因此，去省城也就成了最好的选择。

秋云的二叔冯德信家就住在苏伊仕路东头的新兴巷。新兴巷离国立理工学堂不远，出门拐弯向西走一里左右的路程就到了。所以，俩人上下学走路也费不了多少功夫，秋云不想坐洋车，说与仁昌步行挺好的。这样，一边走路，一边还可与他谈天说地；毕竟初来乍到，对金州城里的生活处处都充满着好奇。

就在秋云与仁昌从学堂回来的半路，突然从一旁冲出三四个年轻人，不问青红皂白围住仁昌就拳打脚踢。这帮人从穿戴看非学生，更像是金州地面上的混混。仁昌对这突如其来的袭击弄得不知所措，混乱中他逼迫应战。但单打独斗，寡不敌众，很快被这帮人打翻在地。秋云小姐被眼前瞬间所发生的一幕给吓蒙了头，神色慌张，惊呼尖叫。此时，忽然从街边走过来一个人，对着秋云喊："秋云！秋云！不不……不用怕，是是我，文……文鼎……文文鼎。跟跟跟我……去我家吧，对，咱咱咱……家。"

秋云一愣，定睛一瞧，发现来人乃自己所谓的未婚夫——易文鼎。她问："怎么是你？你来干什么？"

易文鼎劝她息怒，说："听……听听说你在……在在这里读书，我来来……来看你。"

听他这一说，秋云既尴尬又恼怒，要他滚远点，此时此刻没时间跟他瞎啰唆，说毕，扑过去就要帮仁昌解围，想用自己娇弱的身体替他遮挡。然而她的手却被易文鼎给拽住了，说叫她不要多管闲事，还是跟他回家去吧，公婆在家等着呢。秋云不理他，硬是挣脱他的纠缠朝仁昌扑了去。这时，马路边已围了一大圈人，人人都不知这里到底发生了什么事，个个睁大眼睛在观看。仁昌势单力薄，被打倒，又爬起来；再被打倒，再次爬起来，一点都不示弱。待秋云扑来他跟前，仁昌鼻口已全是血。秋云极力阻挡，高声喊叫："住手！住手！你们要打，冲我来！"仁昌要她赶紧离开，不要管他。她不走。然而，尽管她高声喊叫，要对方冲她来，对方并不理会她，也不对她动手，专追着仁昌不放。易文鼎又跑上前来拉她。她此刻似乎明白了，一个巴掌甩过去掴在易文鼎的脸上，问他这是怎么回事？！易文鼎顿感脸上火辣辣的，双眼往外冒金星，当下被秋云的这一举动给震傻了。待清醒，支支吾吾结结巴巴方说这是为她好，不愿看着自己的未婚妻整天被人黏着。秋云听后，又好气又好笑，说："你混账，他是我的同学……干表弟仁昌！"厉声要易文鼎让那帮人马上住手，滚远点！易文鼎此刻方知道弄错了，诚惶诚恐朝带来的那几个人扬扬手："别打了！"那几个人闻之也就停住。现在事情已经弄清楚，这一切完全是易文鼎争风吃醋搞的鬼。秋云胸中怒气仍难消，狠狠剜了易文鼎一眼，气呼呼不再理他，准备过去扶仁昌起来。也就在这当口，一队当兵的由西往东开过来，路见前面街上有人打斗闹事，遂哗啦啦拉开架势将秋云仁昌连同易文鼎及他带来的几个混混围了起来。紧接着，从队伍中走出三位身着戎装骑着高头大马的人。街边瞧热闹的认出：中间那位骑白马脸黑的乃国军江州省金州市城防司令熊麻子；左边骑黑马敦实点的那位是他手下，国军团长李阿喜；右边骑棕色马的那位就不认识了，长脸、八撇胡，猜应是熊麻子的随行副官。

“你们这是在干什么？”熊麻子在马背上问。

“熊司令问你们啦！你们在这里干什么？不知道……这是破坏本市治安吗？！”李阿喜一跃翻身下马，用手中的马鞭指着这帮人厉声呵问。

易文鼎见势不妙，遂满脸堆着笑跑上前来对李阿喜说：“长长……长官，您有所不不……不知，是他调戏本少爷的未未……未婚妻，被本少爷看看……看见了，于是就想教教……教训教……训他。”易文鼎指着倒在地上口角仍流着鲜血的仁昌道。

“你是谁？”李阿喜黑着脸问。

“长官，您应该听听……听说过，本本……本少爷乃省府盐务衙门易易……易乐山署长的公子——易易……易文鼎。这位，是我的未未……未婚妻秋云小姐。”易文鼎神气十足地对李阿喜说。

“是吗？”李阿喜在省府衙门曾见过易乐山署长几面，看长相应该是实话。至于秋云这名字，忽然引起他的注意：想起老家桂花镇冯府的大小姐也叫秋云，遂睁大眼睛仔细过来瞧。他在霞山盐场做工时，曾见过冯家大小姐秋云几面，人很干净漂亮，可否就是她，她来省城了？他朝秋云诡秘一笑，转问她：“他说的可对？地上……躺着的那位是谁？”

秋云说："谁是他的未婚妻？他胡说，我根本不认识他。地上躺的……是我学堂的同学，也是我表弟，名叫仁昌。莫名其妙被人打伤，你得帮我们主持公道，管管这帮人，光天化日之下，实在太猖狂！"秋云说。

"长长……长官，没有有错。她确确实实是是……是我的未婚妻，她家是集兰县桂桂……桂花镇人，叫秋云。她父亲名叫冯冯……冯德昌，不信……长官你你……你再问问她，看看……看我说得对不？"易文鼎在旁努力向李阿喜表明自己的身份及与秋云小姐之间的关系。

李阿喜对此不再怀疑，只是对秋云产生兴趣，在心里想：果然是她，怪不得见了似有几分眼熟，模样长得如此俏嫩。还有仁昌这个名字，他听说过，在家乡桂花镇确有这么一个人，也见过一两回，年纪比自己小，瘦瘦的，是青凉山白云寺尼姑收养的孤儿，冯府大老爷冯德昌还认他做了干儿子，他也来省城读书了？

"哼哼，你说你们不在乡下好好待着，兵荒马乱的……跑省城来凑什么热闹？"李阿喜故意问。

"读书。我与表弟来省城国立理工学堂读书，图上学方便，住在前面不远处的新兴巷我二叔家。我二叔名叫冯德信，你若不信……就派人去问！"秋云向对方解释道。

事情很快弄清楚：应该是冯家大小姐与仁昌来省城读书，俩人常在一起，被易家公子瞧见产生误会，所以，找人给揍了一顿，那仁昌显然挨了冤枉。看在同乡的面上，李阿喜本想教训教训那帮打人的臭小子，替他俩出出气，可当他一回想起在家乡她那没人性的哥哥冯子枫，还有她那既可恨又可憎的父亲冯老爷来，一股怒火径直从胸口往上窜，遂改变了主意翻身上马，对着熊麻子耳朵叽咕了几句后，然后一挥手，对手下人喊道："这伙人，大白天的……扰乱本市治安秩序，统统给我绑了带走，押回兵营去处理！走！”

一听此话，秋云、仁昌大声质问李阿喜，说你怎么不分青红皂白就抓人，该抓走的应该是这伙打人的人！易文鼎这时也急了，跑上前去求情，说：“长官，要抓，就抓那小子……”他指指仁昌，“秋云小姐是我的未婚妻，您就看在我父亲易署长的面上，放了她和我那帮兄弟吧？我让我父亲……给您登门道谢。”

李阿喜面对易公子的求情，用不屑的眼神瞟了他一眼说：“少啰唆，到了兵营自会有你说话的地方。”说毕，就不再理睬，扭头望了一眼熊麻子，挥手一拍马屁股说：“司令，我们走！”秋云、仁昌，还有那位易大公子及几个打手，即被扑上来的十几个当兵的捆了双手带走。此时，天已近黄昏，西方的晚霞，投射在远去队伍的背身上显得陆离而光怪，扭曲得厉害，就像是刚从墓穴里放出的一群魑魅魍魉。

故事讲到这里，你或许要问这国军团长李阿喜到底何许人也？是否为当年在桂花镇霞山盐场替人打抱不平，后来被抓的李阿喜呢？你猜的没有错，就是他。那他怎么当上国军团长的？是的，这话得从头说起。

李阿喜当年因冯家大少爷欺负自己的相好刘雨荷，为替她打抱不平，发动盐工罢工。后遭冯德昌陷害，以破坏官盐生产、通“红匪”的罪名，将李阿喜与几名带头罢工的盐工抓起送往集兰县大牢关押。之后，遇徐世昌的队伍抓壮丁，又被捕去当劳工、修工事。就在一次攻打颖州县城的战役中，部队因人手不够，又被抽调去支援前方打仗。李阿喜抱着必死的决心，带着几名老乡拼死冲杀进城去，城内守军大乱，颖州县城遂被很快拿下。指挥这次攻城战役的长官熊麻子见他作战勇敢，为表彰他，收在麾下提拔他做了连长，其他几位也一同受到重用，当了副官及侍卫。在接下来的几场战役中，李阿喜更是表现突出，很快便被提升为国军团长。一个月前，他随同熊麻子司令驻防江州省会城市金州市。今天可是他到达金州后，第一次陪同熊麻子司令外出巡防。不曾想就是这第一次，半路上便遇上一伙打架斗殴的。金州市的治安可是他李阿喜一手抓的，今天弄成这样子，让他在熊司令跟前很没面子，涉事的竟然还是自己的老乡和仇家。两件事撞在一起，不说仇人相见分外眼红，总之令他心中非常不快。既如此，那就干脆都抓带回去玩玩。可恶冯家人，在桂花镇耀武扬威，见谁都想欺负，今日撞在老子的枪口上，真乃苍天有眼，让你也尝尝你李爷爷的厉害！

六

秋云、仁昌，以及易文鼎和他带来的那帮人，一起被李阿喜带回兵营关押。易文鼎的老子易乐山得知儿子被抓后，犹如热锅上的蚂蚁，恐慌不安，紧忙怀揣了银子去找熊麻子求情，请他看在彼此虽军政两界，但同为党国效劳的份上就放了自己的儿子吧。熊麻子见了银子自是眼开，就顺便卖他个顺水人情，说：“好说好说。但那个叫秋云和仁昌的……两个学生不能放。”易乐山问他这是为啥？那女学生可是舍下未过门的少奶奶。熊麻子道：“那没办法，有人说她通‘红匪’，审查没事后，自会释放，请署长大人放心。”易乐山说：“怎会呢？”熊麻子说：“会不会……待审查后才能知道，我会照顾好她的，你不必多虑。”无奈，易乐山只好暂且放弃搭救秋云与仁昌俩，还是先顾自己的儿子要紧。就这样，易文鼎和他那帮小兄弟很快被放出，而秋云与仁昌俩仍被熊麻子关押在兵营。易乐山虽未救出秋云小姐与仁昌，但他却将消息通报给了家在省城……秋云的二叔冯德信，让他们想办法。冯德信之前并不知道他二人为啥被抓，正在四下活动探听。今听到易府派来的人说是因通

“红匪”，当下就哀叹说：“糟了糟了，怎会沾上这名？现在情势正紧，四处通缉，谁染上谁倒霉。这下可如何是好？”他虽不相信俩年轻人会有这事，肯定莫须有遭诬陷。但眼下他也拿不出啥证据，事急，不容他多考虑，先救人要紧。于是，他二话没说，揣了银子打算去兵营找熊麻子疏通，结果连兵营的大门都没进得去；又转而去省府衙门找关系，结果都说兵营的事，地方上说不上话，不好办。冯德信来气，在心里骂：“他娘的，平日个个都摆谱，吹大话，关键时候……一个用不上，唉，真乃人情薄如纸。”事到了走投无路，他只好派人将情况速转告远在桂花镇乡下的哥哥——冯德昌。

说荒唐点，秋云、仁昌通“红匪”的罪名，实乃李阿喜虚拟，真正哪有这回事儿。李阿喜为什么要这么做，还不是为了报复当年冯德昌给自己捏造上通“红匪”的罪名，用这种方式将自己送进大牢的吗。要不是巧遇队伍抓丁，差点没了性命。李阿喜在学冯德昌，在他眼里冯家人没一个好东西，他要以其人之道，还治其人之身。今天落在自己手上，哪好轻易放过，岂不便宜。

冯德昌接到消息后，更是心急如焚。冯家大院上上下下可以说乱成一锅粥。静心师父也放心不下仁昌，几次下山来找冯德昌打探情况。

冯家在桂花镇可以说呼风唤雨，可出了桂花镇就鞭长莫及了，遇事还得四下求人。求人就得使银子，没银子，谁人愿揽这种闲事。冯德昌这次豁出去了，就是花多少银子，也要将大小姐秋云和干儿子仁昌从兵营里解救出来。钱能通天，冯德昌联合二弟冯德信用人把的银了铺路，一直将路铺进了江州省金州市熊麻子的城防司令部。熊麻子正缺军饷，冯德昌就答应捐他二十万饷银做条件，让他放了大小姐秋云和干儿子仁昌。最后，熊麻子只放了仁昌。至于大小姐秋云，熊麻子说暂时尚不能放，等过些时日案子调查清楚才能放，要他在家静候消息。

冯德昌心想，既已送了银子，应该不会把大小姐咋地，静候就静候，估计时间也不会长。

冯德昌显然判断错了：以为撒银子，投门子就能将事情摆平。事情远非那么简单，可以说早已变得复杂和扑朔迷离。不久，从城防司令部就传来消息，说熊司令看上了大小姐秋云，要娶她做小。这给了冯德昌当头一棒，当下被震懵了，好消息没等来，却等来了坏消息，这可如何是好？冯德昌哭丧着脸在想，今年可够倒霉的，从一开年就没好兆头：先是易家人催婚；再就是被当兵的抓；现如今……又出这事。冯德昌隐隐感觉像有一根无形的绳索在往自己脖子上套，自己越想解开，越解不开，眼下已到了透不过气来的时候。

冯德昌还是相信银子能说话，与其弟冯德信商量后，带着银子再去找熊麻子说情。见到熊麻子后，说要娶自家大小姐秋云做小之事，万万使不得，因自家大小姐早些年就许配给了省府盐务衙门易乐山署长的公子为妻，眼下正在商量婚期，求他放了大小姐吧；如若不信，可问问易署长。熊麻子变脸回说："不用问了，事情就这么定了！"冯德昌与其弟冯德信还想再作解释，熊麻子就有点不耐烦，一挥手，让人给轰了出去。这回银子不灵了。最后，冯德昌想到了易家，这时候易家应该出面才对。当他把熊麻子要娶大小姐秋云做小的事转告给易家人后，你听易乐山是怎么说的："事情有点难了，我试试看吧。你知道……熊麻子是驻军，我是个地方官；地方上管不了军界的事。熊麻子既然能将您轰出来，说明这事情已打上死结，再要让他解开哪可能呢？必须找到他的上司……事情才能有转机。可上司在哪里？我易乐山与军界素无往来，今在哪儿去投门子？军界的事，就连省主席都搭不上话，我一个小小的盐务署长算个啥……"易乐山话说了一大堆，总之归结到开头的那句话上：答应托人试试看。冯德昌听后，一肚子没好气：自家未过门的少奶奶被别人逼着去做小，他易某人还推来推去拖拖沓沓一点不着急，什么人嘛？冯德昌心里清楚，靠易乐山是靠不住的，不可能有啥指望。这些个地方官，平日里横征暴敛，你争我夺，无所不能，待熊麻子一来，个个都变成缩头乌龟，想起就让人气愤。他现在有点后悔：一、本就不该让大小姐跟了仁昌去省城读书；二、自己不该将大小姐去省城读书的事告诉易家人，不至于易公子带人生出枝节招惹祸端；三、后悔没把秋云早嫁了，否则哪会有今天这难缠事。如今，看来说啥都没用，思忖着与其弟再另寻高人。

然而冯德昌始终都没弄懂，此事还另有深层原因，那就是当年被他所迫害过的盐工李阿喜，借此要报复他。李阿喜报复他冯德昌做事太绝，不给自己一丝活路。今天他李阿喜之所以要这么做，完全是以牙还牙，是他冯家人逼出来的。他们以为我李阿喜到了队伍上肯定一死；谁知李爷爷命大，不但未死还升官回来了，这就叫冤家路窄。

看官，想要知道那天李阿喜在马上贴着熊麻子耳朵都叽咕了些啥？这就告诉你。那天，李阿喜同熊麻子司令巡防回来，路过瞧见一帮人在街上打架斗殴，本想驱之算了，但后来得知那女学生就是冯家大小姐秋云时，他遂改变了主意，心生报复之意，就对熊麻子说："司令，嘻嘻，你瞧那小娘们……够俊的，是不是带回去给司令……啊……哈哈哈哈。"熊麻子不用说领会其意，即淫笑着点头表示同意。后来呢，这伙人不分青红皂白统统被抓走，也就成顺理成章的事情，这下知道问题的症结了吧？

七

且说这熊麻子到底何许人也，如此厉害？把省衙门大小

官员均不放在眼中，连省主席也不例外。

熊麻子官名熊天野，熊麻子是外号。熊天野二十岁时染上天花，三天三夜高烧不退，全身布满疱疹。病痊愈后，原本平整的脸上竟然变得坑坑洼洼，就像乡下的道路，大坑小窖。只因这次天花，改变了他的面部形象，人们不再喊他熊天野，干脆直呼“熊麻子”。日子一久，他也慢慢习惯了，随人们怎么去喊，喊啥都应。从此，“熊麻子”这一外号就永远跟定了他，本名熊天野竟被人渐渐遗忘。

熊麻子老家为江州省峒山县兴龙镇人，长工出身。当年因与本镇郑大财主的小老婆阿娇偷情，奸情败露，被郑大财主指使家丁将俩人吊起来暴打一顿后，半夜沉江。当时阿娇已怀有熊麻子三个月的情种，可怜她肚中的孩子，尚未出世就夭折腹中。熊麻子可能命里不该死，谁知他竟在水下挣脱绳索奇迹般生还。他爬上岸后，得知阿娇已死，搭救无望，遂连夜逃去他乡，从此隐姓埋名过起流浪生活。尽管流浪乞讨的日子难熬，但熊麻子心里时时刻刻都不忘“报仇雪恨”四个字。就在一个风高月黑的晚上，他潜回了兴龙镇，翻墙进入郑大财主的卧室，一刀将他给宰了。为了逃避官府的通缉，他径直投奔去了徐世昌在皖北的部队。当时战事正紧，对方没多盘查就将他收下。熊麻子也如后来的李阿喜一样，冲锋陷阵，作战勇敢，跟着队伍攻城掠地，很快立下不少功劳。当官的见他作战不怕死，遂提拔他做了尖刀连连长，专门啃硬骨头。随着部队作战的节节胜利，熊麻子也由最初的尖刀连连长升任至营长、团长、旅长。熊麻子在皖军打仗出了名，也受到徐世昌将军的器重，如今特封他为江州省金州市城防司令，肩负镇守一方的大任。之前那场攻打颍州的战役，熊麻子当时就任攻城指挥官，就在那次战役中认识了与他同样不怕死的年轻后生李阿喜，二人一见如故，脾气相投，都有类似遭遇，遂将李收在身边使用。李阿喜出生入死，没少给他熊麻子长脸，渐渐就成了他的心腹和生死兄弟。

熊麻子今年四十出头，性直。人个子不高，但虎背熊腰。生着一副弯刀眉，一对黑豆眼，说话略带喉音，瓮声瓦气。皮肤略黑，二十岁时因患疱疹，脸上留下的麻坑一览无余。头顶毛发稀少，下半截脸不见一根胡须，上下颌骨显得异常突出。

熊麻子已有家室。那是在他拿下颍州城后掳得一位富绅女人，名叫李六娘。新婚当夜她死也不从，说一女不侍二夫，但最终扛不过熊麻子的软硬兼施还是从了。女人都这样，开始不给碰，碰了之后再碰也就无所谓了。接下来不用说很顺畅，熊麻子自是乐得一个快活，李六娘从此也就成了他熊麻子的太太。熊太太之前之后都未曾生养，仗打到哪儿，她就跟到哪儿，浮家泛宅地生活；待丈夫熊麻子驻防金州市后才算基本安静下来。安静下来之后，熊麻子就想：若能有个一儿半女在身边岂不乐乎？！自从那天遇到冯家大小姐秋云后，经李阿喜提醒，他也觉得应该纳她做小，给自己生儿育女。后来，秋云就被单独关起来，由手下好生伺候。一切安排妥当后，熊麻子便找机会试着对李六娘提说此事。起初他还担心李六娘会反对，谁知她却显得很大度，表示赞成。说有个妹妹陪着也少些寂寞，还催促他快点将新人娶进门来。这不，冯家大小姐秋云还拧着，死活都不愿嫁给这么一个不要脸的人。这些天来，熊麻子打发人好酒好菜伺候着，她不吃也不喝死扛着。新招进府的王婆子是金州城最能说会道的人，拍着胸脯去劝说，把嘴皮子都快磨烂了，秋云就是不为所动，嚷着要出去。后来熊麻子又打发太太李六娘去开导，也不起作用。那冯家大小姐秋云说自己早已许给了易公子，已有婆家，再逼，就死给你们看看。易家获知消息后，马上送来文书，宣布与其解除婚约，生怕自家受到连累。秋云就说，同易公子的婚约是父母包办的，早应该解除。熊麻子想，这下她应该无话可说了吧？谁知她又说自己已有相好叫仁昌，早些年就私订终身，山崩地裂不变心。这令熊麻子很伤脑筋。无奈，他又将已释放的仁昌重新抓回来对质。当着秋云的面，熊麻子让人对仁昌施以酷刑。秋云看不下去，就否定了曾与仁昌私订终身的事。但她守身如玉，仍不肯就范。就在一筹莫展之时，熊麻子忽然想到团长李阿喜，李阿喜与冯家大小姐秋云是同乡，请他出面开导说不定能成。李阿喜见熊司令有求自己，欣然应诺，说一定设法成全熊司令与冯大小姐俩人的美事。

八

冯家大小姐秋云，被熊麻子软禁在金州城一大户人家的宅子里，该宅子被驻军征用，大户人家早已搬走，现在宅子已成为熊麻子的私人府邸。院内院外均有兵丁日夜把守。秋云就被软禁在后院的一处屋子里，生活起居由一帮下人随时伺候。

这天天黑，李阿喜来了。

秋云伏在床上。

李阿喜进门就喊："秋云姑娘，在这儿还好吗？"

秋云一惊，以为又有人来当说客，遂爬起身来问："你是谁？来干什么？！告诉你，谁来也白费，就是天王老子来了也徒劳，让他早点死了这条心吧！我是不会嫁给他这种人的。"

"噢呵，好厉害的嘴！告诉你，我既不是天王，也非老子，我是你的同乡！"李阿喜说。

听声音，秋云小姐这才看清进来的乃一青年军官，她头脑忽然闪过一线希望，说不定这位同乡能帮上她。当她仔细瞧过之后，放声冷笑了，说："原来是你呀，什么同乡啊？别装了。就是你……那天把我们抓到这鬼地方来的，同乡能干这种事情吗？有啥话我劝你还是别说了，反正说了我也不会听。"

“小姐请息怒，请息怒，等我给你解释后，你就知道了。”李阿喜说。

秋云不作声，要说就说吧，全当猪哼哼。

李阿喜自己找了凳子坐下，然后心平气和地对她道：“你先别恨我，我也知道那些劝你的话……说多少也没有用。不瞒你说，我确确实实与你是同乡，也是集兰县桂花镇人，眼下是驻军队伍里的一名团长，即熊司令的手下。熊司令确实要我来劝劝你，我知道那些劝你的话，你根本不爱听，所以，我也就不说了，只是想与你坐下来拉拉家常，你不会反对吧？”

“桂花镇……可没有见过你这样的人。你要说就说吧，随你说得天花乱坠。”秋云更加没好气。

有女下人进来倒茶，李阿喜挥挥手说不用了，要她先出去，要喝他自己来，他有话要与小姐说。女下人走了，李阿喜便自己斟了杯茶水，一边喝着，一边对秋云小姐说：“我想……你应该没认出来，我就是你家霞山盐场的耙盐工——李阿喜，桂花镇兰溪村人。你不认识我，可我见过你几回。当然啦，您是贵人，我一个耙盐的，你哪能记得，再说也没必要。不过有一件事你应该清楚，那就是曾在你家盐场所发生的那场罢工事件。”秋云睁大了眼睛，似乎有点惊讶。她这才拿正眼睛瞧了瞧坐在自己面前不远处的这位年轻军官，人长得倒不丑，甚至还眉清目秀，是有点面熟。李阿喜继续说：“那次罢工，就是我带的头。你也可能清楚我为什么要带头闹事，就是你那无耻之极的弟弟冯子枫欺负了我的相好雨荷。本来过一半年我们就要结婚，可被你那畜生一样的弟弟硬是给糟蹋了。你说，我能不气吗？后来呢，你那人面兽心的老子，不但不讲理，还把我们几个人冠以通‘红匪’的罪名送进集兰县大牢……”李阿喜说话的声音开始有些颤抖，“你可知道通‘红匪’是啥罪名？那是死罪，十有五双是要杀头的，没有人进去了能活着出来。

然而我得谢谢老天，他不让我死。当时正遇徐世昌将军的队伍在集兰县城征壮丁，我与几个同乡被抓去修工事，当劳工，暂时算活下来，没被立马砍头。后来呢，跟着队伍在战火中出生入死，一直闯荡到今天。是熊司令看得起我，让我做了团长，如今随他一同来到这金州城。我说到这儿，你应该明白了吧？知道我为啥抓你到这儿来？我要报仇，报当年你家老子和弟弟祸害我的仇！让他们也尝尝被人欺负是什么滋味。我在战场上杀过无数人，我清楚，人软弱就要受死，好马被人骑，好人挨人欺。现在，我手中既有人，又有枪有炮，谁再敢欺负我，我就将他碎尸万段！”李阿喜情绪有点激动，站起身不再往下叙说，只是来回在屋子走动。再看看秋云，此刻她人完全变傻了，之前她总闹不明白，只因街头一次小小的打架斗殴，怎就惹出如此大的麻烦？怎么说也得讲理啊？自己半道遭人袭击，惩处的应该是对方，怎就把自己给关起来呢？后来呢，当官的可能瞧自己模样出众，眼馋，就硬逼自己给他做小。不是都说了吗，自己早有婆家，也有相好，这姓熊的咋就不听呢？现在她全明白了，遇上仇人了，这就叫冤家路窄，他要拿她出气，看来不被杀了，也得扒层皮。想到这儿，她顿觉头脑嗡嗡响。原先她对从这里出去，还抱有一丝幻想，现在幻想全灭了，像一下掉进冰窟窿，全身凉透了，落入仇人之手，哪还有好果子吃，只能任人宰割。就是她心里还放心不下仁昌，他怎么样了？这会儿在哪儿？她双眼渐渐湿润，仰天发出一阵阵长叹。

“当然啦，你会说你是无辜的，这些事情与你无关。但我要问你，你弟弟子枫那畜生糟蹋我的女人……她也是无辜的啊，他为什么要这么干？不怕遭天谴？还有你那老子，不仅对孽子的行为不严加管束，反而变本加厉跟着一起加害于我等。我今天这么做，只能说是以牙还牙，以其人之道，还治其人之身。让你那人面兽心的父亲和弟弟知道，什么叫‘多行不义必自毙’，作恶太多是要遭报应的！”。李阿喜将内心积攒多年的愤懑，一股脑儿在秋云面前全宣泄出来。让秋云明白，他李阿喜原本也是个好人，之所以变成今天这样子，全是他冯家人逼的，要恨……就恨你们自家人吧。

李阿喜倒完肚中苦水，宣泄完胸中的郁闷，总算长长嘘了口气，顿感浑身轻松不少。秋云蜷缩在床头一角，像只被人逮了关进笼子的小动物，既疲惫又恐惧，一个自由之身突然间就变成别人手中的玩物，任人宰割，自己一点反抗的力气都没有。她不知道接下来将会发生什么，但肯定难逃牢笼，只能坐以待毙，别无选择。

李阿喜又说话了：“人家可不像你那弟弟子枫样恶心，人家这是明媒正娶，非霸占。只要你过门，嫁了，今后你就是我们这帮兄弟的嫂夫人，我们都会敬着你，否则……别怪我这个同乡不讲情面，那只有对不起了。话我已向你挑明，现在该知道是咋回事了吧？总之，是好是坏，你自己考虑着办吧。”李阿喜手中的杯子很快空了，不知是茶好还是说话多口干了，放下杯子重新斟满一杯，刚刚还说要秋云小姐自己考虑，一转身他又开始絮叨起来，猜他是想把积聚在胸中多少年来对冯家人的怨恨，当着秋云的面宣泄个干净。秋云有点烦了，说：“死就死吧，何来这多废话！”

李阿喜不管这些，继续说：“你也该看清楚了，死心吧，别指望有人能救你出去。你们冯家有钱有势，结交了不少豪门显贵，告诉你，这些人都是些怂包，平日里耀武扬威，遇事王八一样个个将头缩了回去，没有人愿为你出面。还有你那未来的公公易乐山，见你落难，洗得一干二净，躲得远远的，生怕你把他染上。我奉劝你，只能嫁给熊司令，别无选择。我们熊司令……你可能不了解，他可是个大好人啦。他当年也如我一样，是被逼出来的。当年与自己的相好一起被人沉入江中，他是死里逃生，可他的女人却未能有幸活下来，当时她已怀有三个月的身孕，你说惨不惨？后来他隐姓埋名，终于找到机会杀了他的仇人。再后来他加入队伍，当上了司令。这些……全是真人真事，非我瞎编拿来骗你。所以，依我说，你就是将来嫁给谁，也没有嫁给我们司令好。况且那些人你也看到了，没一个好人！”李阿喜说到此，停下了，像是这回将要说的话终于说完了，该收场了。下人进来续茶水，他说不要了，肚子都灌胀了。他不说了，秋云此刻似乎却有话要说：“我问你，仁昌……你们把他怎么样了？”蜷缩着一直不开口的秋云大小姐，此刻突然开腔了。李阿喜感到惊喜，于是就笑答：“我就知道你心里还装着那小子，只要你答应嫁给我们熊司令，我保证他没事。否则……就难说了……”

“……”她似乎在考虑。

“你……好好考虑考虑吧。”李阿喜说。

“我问你，你刚才说的话……可当真？”

“我说话，从来都不骗人，说过的话，肯定算数。”

李阿喜已经明白她问这话是啥意思，遂有意避开说道：“你我同乡，在此处见面实不容易，干脆，我就让厨房炒俩菜，一起喝两杯，估计你也饿了。”

秋云小姐本想说不会喝酒，后又觉附和他难为情，就闷不作声。反正她也正想来个一醉方休，好死不如赖活着，喝就喝呗！

故事讲到这儿，你或许已猜到结局是什么了。

当晚，秋云小姐喝得烂醉，熊麻子进来遂把她给奸污了，不过她并未反抗。再后来呢，她就成了熊麻子的姨太太，据说与李六娘相处甚好，没有像传说中那样做个烈女。

第十章　女人善变

一

几场秋雨过后，天气渐渐转凉。刚过霜降，眨眼就又到立冬时节。

白玉屏站在镜前犹豫，是穿夹袍呢，还是穿春秋装呢？白玉屏每次出门都为穿啥衣裳犯愁。今天早晨，天还没亮她就爬起来，她要上山去对静心师父把话说清楚。她已在心里盘旋许久了，准备对静心师父说："你和老爷之间的事，请不要再瞒了，就光明正大把仁昌接回来……让他主持冯府的家业吧。"反正子枫已成她们的众矢之的，哪有脸再争这个位置，连我这做娘的都替他害臊，一起卷了进去，跟着挨人唾骂。

白玉屏反复在镜前比划着，拿起夹的放下单的，又拿起单的放下夹的；索性夹的单的都丢一边，伸手又从柜子里翻出几件棉的来瞧，刚穿上身，又犹豫了，觉得还是夹的较合适。这个季节属乱穿衣：立冬后的天气早晚都有寒意，穿得少会受凉；穿得多中午大太阳一出来晒得人满身往外冒热汗。还有，今天她要去见静心这位女人，打算尽可能庄重点，否则穿着太随意有失大太太的身份，虽然沦落到此田地，但面子不能全丢光……被她轻瞧了。妆她已化好，现在就为该穿什么衣裳自己跟自己犯难。白玉屏想到阿雪，唤丫鬟阿雪过来帮瞧瞧，这姑娘性灵，问她今天该穿啥衣裳合适？阿雪像过去一样，正在外面准备供品，听白玉屏唤，忙放下手中的活儿跑进来问大奶奶有何事要吩咐？白玉屏说："你帮我瞧瞧，今天穿啥衣裳较合适？"阿雪一愣，后又笑了："原来为这事呀大奶奶，嘿嘿……我还当另有啥吩咐。"然后往白玉屏身上左看右瞧，上看下瞅，一忽而睁大眼睛，一忽而又眯起小眼缝。白玉屏忍不住就说："我说阿雪呀，你就别做精做怪了……"阿雪停下来，旋转了一下眼珠子，若有所思地道："我瞧……这件就合适的。"阿雪是指白玉屏身上穿的这一件。这是白玉屏后来从柜子里翻出来的一件枣红色夹袍，绸面的，上面绣有些暗花。大前年秋上让二太太何如雪的娘家爹何茂财给做的，打拿回来只穿过一次，此后压在框底就再没往外拿出。阿雪说："你看，早上天气寒，穿太薄了冷，太厚一到中午又热，这绸夹袍最合适，穿着走路轻巧，不冷又不热。"白玉屏眉头展开，觉得她说得对，自己也这么想。"色彩呢？"白玉屏问。"我觉得，这枣红色就挺好，既不老气，又不太艳，正合适。大奶奶您觉得呢？"阿雪回道。"嘿嘿，你这小人精还真有眼力。我……也是这么想。"白玉屏说。阿雪遂跟着笑笑，未作声。

一切很快收拾停当，白玉屏领着阿雪，趁太阳还没爬上山来便出门去。这会儿，街上仍一片冷清，可能入冬，天气冷人们起得较晚，只有挑担去菜地淋粪水的农人嘴巴呼哧呼哧喷着热气朝前赶。白玉屏嫌臭，紧忙捂住鼻子。道路两旁的杂草上，已落上了厚厚一层白霜，草叶子变得硬挺挺的。弯曲的柿子树，叶子火红；树上已没了柿子，只有几只老鸦在树梢跳来跳去，见有人从树下经过，展开翅膀一溜儿朝别处飞去。街边幌子竿头有两只麻雀在啄羽毛，叽叽喳喳，说些人类听不懂的话，同样，见有人过来，"嗖"的一声并翼飞走了。一排排的桂花树，叶子已脱光，枝条光秃秃竖着。钱江书院的大门紧闭，白玉屏曾数次经过这里，从未见大门开过，也可能啥事赶巧吧，门开的时候你却偏不到。此时尚早，估计书院先生还蜷缩在被窝里懒着，外面冷飕飕，哪能天天起早练什么功，人老骨头硬，还是猫在被窝里为好。

太阳从东边山尖露出小半个脸，将人和树的影子拉得老长。乡间屋舍一半被抹上橙红的颜色，另一半则还浸在阴暗里。炊烟从房屋顶上升起。鸡在道旁啄食。上回路过春米房遇见阿六媳妇，这回，门紧关着，没人。门前的地面上多了许多白花花的东西，是鸟粪。石板上也积了厚厚一层灰，上面印了不少鸟的脚爪，看来春米房至少十天半月没来人了。白玉屏与丫鬟阿雪在此没久留，只是原地站着歇歇腿就走了。日上三竿时分，她主仆二人便登上了清凉山顶端。到得清凉山，白玉屏顾不上累，领着阿雪径直向着白云寺走去。来前她啥都想好，见了静心师父就照直倒给她听，反正事情都到这一步，没有啥好顾虑的。

今天寺院的门大开着，一进门便碰见静心师父肩挑了两只木桶要去清凉泉取水，二人算是撞了个满怀。相互寒暄后，白玉屏言说有事情找她相商。静心师父遂唤来其他僧人帮去挑水，自己则领着白玉屏去东边小院住处坐了说话。阿雪问带来的香烛供品咋办，白玉屏说：“待会儿……回头再去殿里拜不迟。我与师父有话说，你在院子找个地儿坐了，等着。”阿雪听了主人吩咐，就在小院找了块荫凉处坐等。静心师父要白玉屏寒舍内请。白玉屏微微一笑，也不客气，一抬腿便跨过门槛；尔后，在客间椅子上分宾主坐了。静心师父很快便沏好一杯茶，端过递到白玉屏手上。白玉屏说：“您不必这么客气，你我又不是啥外人。”待稍静静，静心师父就试探着问白玉屏：“白施主……不会是为修缮捐赠之事而来吧？关于修缮……冯老爷也常过问，缺啥差啥寺内管账的都会有清单给他过目，你就放心好了。有啥事打发下人们前来通报一声照办就行，大老远的路……您不必太辛苦。”

白玉屏似乎心中很淡定，放下杯子，慢悠悠地笑说道：“差也差也，说岔也。我今儿，并非为寺内修缮捐款之事而来；捐款自有家中老爷筹集，我们女人家哪好问这些。我是有别的事与您相商。”白玉屏并没有立即说是啥事儿。

“噢……原来如此，怪我说岔了，说岔了，让白施主见笑。”静心师父有点不好意思补白说。

“唉，怎么对您说呢，……是这样的……”白玉屏欲说她是为仁昌的事来的，刚刚张开口，却又止住了，当着静心师父的面她实在有点难为情。她不知这一连串的话说出口后会引来啥反应：是激烈呢？还是像自己预想的那样……很快自然接受了呢？

“唉，我说白施主，您有啥话，但说无妨，这儿又没啥外人。”静心师父瞧出来了，白玉屏胸中一定有啥难言之隐，说不出口，说明这事十有八九与自己有关联，过去她可不是这样，于是宽解道。

“那那……那我就说了，说得不对，您也别见怪。”经对方如此一说，白玉屏似乎底气足了不少。

“见啥怪呢，出家之人，素以慈悲为怀，哪能遇事就轻易与人计较。即使说得不当，贫尼也绝不可能去责怪，更何况是您白施主呢。”静心再次向白玉屏解释说。

说就说，吞吞吐吐，藏着掖着让人觉得自己心中有鬼，白玉屏遂开口道：“就是你跟我家老爷之间的事。”

“跟你家老爷……有啥事呀？”静心师父不禁错愕，不晓得白玉屏想说啥。

“就是让仁昌去省城的事。上次我来你这儿隔着窗户都听到了。”白玉屏说。

“你听到什么了……啥时候来过，我怎不曾知？”静心问。

“我说……静心师父，你就别瞒了，那仁昌是你与老爷的孩子，我都打听过了。”白玉屏说。

“这位白施主，你听谁说来着？你打听过啥了？佛门乃清净之地，你可不能乱说。”

“我没乱说，那年，你掉到水里面，是我家老爷救了你，后来你为了报答他，于是就为他生了仁昌。你是个好人。”

“施主，我听不懂您的话，您到底想说什么？如无别的事……我还要去殿里做工课呢，没有闲工夫陪您聊天。多有得罪，望施主回吧！”

“您先请我把话说完，说完我自会离开的。”白玉屏忙说。

“阿弥陀佛，就请施主把话说完，贫尼听着呢。”静心师父将左手轻按在胸口处，右手施一礼道。

接下来，白玉屏就将从钱福顺口中得来的话，原原本本倒给静心师父听。静心师父听了半天沉默不语，脸色异常凝重，很显然白玉屏的话触碰到了她的痛处，愈合已久的伤疤又被人莫名其妙地掀开，而且还扯到了仁昌，这让她很震惊，做梦也想不到她与冯德昌老爷埋藏了将近二十年的秘密，一夜之间竟被人泄露了出去。这一切全出在冯府的那位管家身上，当年是他跟随冯老爷水中救了她，谁料都守了二十年了，老了老了嘴巴还是把不住门,将事情张扬出去,真乃世事难料,人心莫测啊。

白玉屏见静心师父久久都不语，面色难看，知道自己的话勾起了她不堪的身世回忆，将她重新陷入两难境地，遂内心有所不安，慌忙对她作解释：“静心师父，你你你……你听我说，听我我……我说，我此次上山并不是来寻事，也非揭你的短或要为难你，我是来帮你的。既然我们是一家人，何必还要瞒着？您就是我们冯家的亲人，仁昌就是冯府的二少爷。你不用待在这山上，干脆一起搬来府上居住。这多年了，让您一个

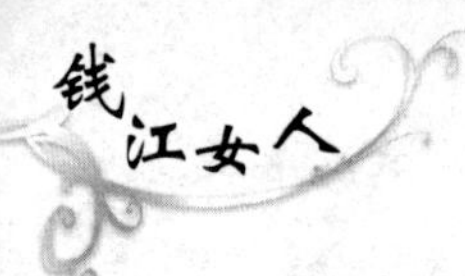

人住在这山上……可够清冷的，真乃一个苦命人啊……”白玉屏说着，假装抹了一把眼泪。

“……唉，都过去了，不说了。谢谢你的好意，心我领了。我在这儿……生活得挺好，您不必为我担心。再说啦，我也离不开我那一帮弟子，更不愿还俗。”静心师父叹着气对白玉屏说道。

“话虽如此，但我觉得你既然啥都知道了，我也就不含糊，我作为仁昌的大娘……能看着你不管吗？让人说我白玉屏是啥人啦？就算你不为自己想，也该为这个家想想。我今天还有一件事要告诉你：我想让仁昌回来，或者说将来就由他继承冯氏的家业。你又不是不知道，家中大少爷子枫是个没出息的东西，靠不住。冯家现只有仁昌了。”白玉屏进一步对她解释道。

“白施主言重了。我娘俩可从来没想过要图什么，唯有对冯家人表示感恩。这多年来，无论是寺院的修缮，还是仁昌我儿的生活、读书方面，都没少得到冯家人的照顾，哪还敢有此非分之想。搬进府上去住和继承家业这话，贫尼受不起，对此抱以诚惶诚恐，不愿去打扰别人平静的生活。贫尼……几十年在这山上住习惯了，也不想改变。仁昌嘛，贫尼以为……还是继续让他安心读书的好，将来是否能有出息，那全看他的造化。您此番好意我心领了，就请白施主以后不要再提此事。”静心师父道。

“那怎么行，我说过，既然我知道了，就得管管，同是一家人，不能厚此薄彼，冯家不能委屈你，否则……太没人情味了。我所说的，今天你不用这么快就回复我，你细细考虑考虑，待过些日子我再来，你看如何？”白玉屏话说得很干脆利落。

“我心里有数，还望白施主莫强求。”静心师父再次拒绝说。

“时间不早了，就不太多打扰，我还要跟丫鬟去大殿小殿上香，就此告辞了。”白玉屏说完，抬起屁股就要走。

“请白施主慢走，贫僧话有说得不对之处还望多担待。阿弥陀佛……”静心师父边说边将她送出门去。

二

这俗话说：“世上没有不透风的墙。”冯德昌与白云寺静心之间的事，经白玉屏这么一抖落，很快就传遍整个桂花镇，成了大街小巷人们谈论的话资。人们先觉新奇，新奇冯德昌这样一个道貌岸然、号称宿儒之人，怎会与一个尼姑干起那龌龊事？再就是好笑，家中已有四位女人拥着，还嫌不够，背地里却还偷偷摸摸与寺院那尼姑勾搭在一起，怎当得？冯老爷真乃好精力。总之，都在拿话取笑他。然而，也有替冯德昌打抱不平的，说冯老爷乃桂花镇大善人，俗话说“救人一命，胜造七级浮屠，”当年要不是他救了静心师父和接济她，她哪能活至今天？静心师父为了报答救命之恩，帮他生了仁昌，没有啥错。相反，她这种知恩图报，侠肝义胆之心肠更应得到吾辈效仿，她是一个真正有情有义之人。如此一来，人们忽而又对冯德昌老爷的为人，生出一种由衷的敬佩之情，敬佩他的仁慈，救了静心这个苦命的女人，并慷慨接济和照顾她。作为女人，没有别的，只能用自己的身子感谢他。所以说，他二人之间根本就不存在什么男盗女娼之说，这种感情，在世上可以说是纯洁而高尚的！

街坊邻里的传言无论属好属坏，却都进了冯德昌老爷的耳朵，他还是觉得面子有点挂不住；蒙羞和尴尬迅速占据了他的心头，如同在众人面前剥光了衣裳给人瞧，怎么说都不是滋味。但与此同时，他也暗暗庆幸，此事终于被人掀开了。之前他一直为此发愁，有心自己亲口说开去，却想了又想，总归抹不开这老脸，忧心忡忡；现在不怕了，雪地里埋人迟早得见阳光，脸掉地上就掉地上，慢慢再拾起来不就行了。这样一来，思想上反倒觉得轻松不少。街坊邻里背后的指指点点甚至加盐调醋在所难免，日子一久，自会烟消云散，眼前只是暂时的。如此一想，冯德昌也就转过弯来，胸中没了啥顾虑。但让冯德昌疑惑不解的是：这事是怎么传出去的？外面传得沸沸扬扬，而且有底又有面，可以说分毫都不差；家中内部却似乎一点动静都没有，平静得出奇，他翻来覆去在脑子认真回旋后，得出如下判断：一、为静心放风出去。但很快就又否定，认为她没理由放这种风，也不是那种人。二、是家中太太？不可能。这事从来都包得严实，她们怎会知道。那该是谁呢？最后，他想到一个人：钱福顺。钱福顺当年跟随参与了此事，也清楚事情的全过程，不会是他泄露出去的吧？他喊来钱福顺试问。起初，钱福顺死不承认，并替冯德昌分析说有可能是这帮下人所为，封嘴都这多年，还把不住门，等查出来一定好好收拾才对。然而，经对当年在场的下人一一排查，都说不会干这种对不起老爷的事。有一个下人却意外反映说管家钱福顺有重大嫌疑，依据是：他有一个弟弟在镇上一酒馆当伙计，说有一回，瞧见钱福顺与其干兄弟张天润来酒馆喝酒，无意间听到钱福顺说白云寺尼姑静心住持与冯府大老爷有勾连。我那弟弟还以为他酒喝多了瞎吹牛，遂没在意。后来呢，外面疯传开了，方知钱福顺说的话属真的。于是，冯德昌又将钱福顺唤来审问。这回没好气，待钱福顺人一到，就要人将他吊到后院老榕树上去。钱福顺听了，当下吓尿裤子，承认此事是自己泄露出去的。接下来，他就将干兄弟张天润如何请他喝酒，中途都说了些啥，一五一十地全倒给冯德昌听。说完，自己抽自己嘴巴，说全怨自己一时糊涂，都这多年了，还管不住自己这张臭嘴，冯老爷您对小人不薄，自己却做出了如此对不起主人的事，应遭天打五雷轰。

若不是冯德昌叫住，看来他还要继续抽下去。末了，冯德昌说："见是老臣，既然招了，就暂且饶了你。不过，有一事不明，我问你：你那干兄弟张天润是从何人之口得知静心师父对你有意思？"钱福顺捂着半边脸结巴说："这事……干兄弟……张张张……天润真没告诉小的，记得当时问了……他也不说。我说的全是实话，一点不敢骗您。"也许他真不知道，冯德昌如此想，遂也便先放了他。后来，经对张天润一顿板子后，冯德昌查清：言说静心师父对管家钱福顺有意思的话，是从府中大太太白玉屏的娘家兄弟白玉堂口中传出的。冯德昌此刻心中全明白了：祸起萧墙。一定是白玉屏这娘儿摸到了什么把柄，所以才有意掀起这风波，否则，外面都近乎沸腾起来，她却纹丝不动。这，或许就是女人的心机。冯德昌一番虚张声势地折腾，样子是做足了，是非的来龙去脉也弄清楚了，现专等着大太太白玉屏前来找他兴师问罪。最后再经她一推，坏事变好事，事情就算彻底掀开，水到渠成，正中自己下怀。如此一来，他冯德昌便可堂堂正正、光明正大地把静心、仁昌娘俩认下，从此，啥事不用再遮遮掩掩做贼似的。接下来，继承家业的事，也便可顺理成章托付给二少爷仁昌了。想到此，冯德昌心中不禁暗自窃喜，这一困惑自己多年的难题，怎就一下给破解了呢？看来还是老话说得好："谋事在人，成事在天。"时运到了，一切均自然化解。

三

尽管外面对冯德昌老爷与静心师父之间的绯闻，传得沸沸扬扬，冯府的大太太白玉屏却装作没听见。虽府中上下也有人在议论，但她仍然稳坐钓鱼台，不为所动，冷静得有些出乎常理。其实，她是在装聋作哑，她要先把火从外围烧起来，待老爷坐不住了自会找她来问。从目前看，他已坐不住了，反正秃子头上的虱子明摆着，又不是她编出来的，怕啥，到时他要问照实说不就成了。虽如是想，她白玉屏还是有几分心虚，揭了他的短，出了他的丑，担心老爷盛怒之下万一把她给休了可咋办？那不惨了。起初她是有过盘算，现在也一样，只是当时胆大，这会儿怎就变小了呢。其实女人本性都一样，没事儿的时候喜欢挑事，事挑起来了却又往回缩，躲在后面怕出头。

白玉屏显然想错了，老爷冯德昌一连有大半个月都没问过此事，坐在一起的时候也闭口不提。但从对钱福顺施压，对张天润一顿板子，可以断定，那俩家伙一定招了，老爷已查明这事是她白玉屏干的。这回，她自己反而坐不住了，思前想后，觉得还是主动找老爷当面谈谈为好，打开窗户说亮话，直接把事情挑明看他怎么说。自己也一片好心，并非有意要找茬起事在众人面前丢老爷的丑；现在府中上下都拿异样的眼神在看她，犹如芒刺在背，此时自己再不站出来说明，那她在众人的眼里可真就成魔鬼了，岂不冤死？

说找便找。她问阿雪最近可曾瞧见老爷在哪位姨奶奶房中？阿雪说："昨天和更早些见老爷从四奶奶屋里出进，现在在哪儿就不曾知道，从今早到现在未瞧见人。要不我去找二小姐秋霁问问？"白玉屏说："你去吧。"不一会儿，阿雪就回来了，问过秋霁说老爷一早去了江边白鹤楼。白玉屏心里慌，猜不透他葫芦里到底装些啥药。她不想再耽搁，决定亲自过江去白鹤楼寻他。她匆匆回房打扮了一番，就独自出门去。

到了码头，正好有船到对岸，遂直接登了上去。不一会儿船就到了，下了船，她目不斜视，匆匆朝白鹤楼赶去。冯德昌老爷待客、谈生意一般在白鹤楼三楼包间。白玉屏之前也曾来过几次。到了白鹤楼，用不着打听，白玉屏就一手扶了栏杆噔噔噔照直朝上攀去。来到老爷房门外，白玉屏犹豫片刻，然后一咬牙推门便跨了进去。冯德昌在室内正跟客人谈话、喝茶，白玉屏的突然闯入，把在场的人均吓了一跳。待瞧清是白玉屏后，方笑了，齐声说：“我当是谁呢，原来是冯太太。哈哈哈哈……”这几位早前白玉屏都认识。冯德昌则假装生气说：“莽撞，狼追来了？！”然后白了她一眼。白玉屏脸上火花四闪，自觉有失稳重，羞愧之极，遂忙作解释道：“不知有客人在座，有失礼节……有失礼节……”

“唉，冯太太不必客气，快快请坐，快快请坐。冯老板，事情就按您说的办，就这么定了。我们这就告辞。”几位客人说着即起身，向冯德昌拱手施礼准备离开。

冯德昌一边回礼，一边说道：“行行行，吴掌柜，事情……你就尽管放心，价不会再变，一言为定，一言为定。几位何不一起再坐会儿，茶才喝到一半，着啥急呢？”

“不了不了，不打搅了。改日再聊，改日再聊。请冯老板留步……留步。”几位客人齐齐说着告辞出门去。

冯德昌在身后则说：“尚请几位走好，恕不远送……”

白玉屏也附和着说：“慢走，慢走。”领头的客人姓吴，是个贩盐的老板，另两位则是他的手下。白玉屏认识他们，听口气是来谈盐生意的。

客人走后，冯德昌就将脸拉下来，一本正经地问她：“有啥事不在家里谈，非要跑到这里来？！”

白玉屏的突然到来确实惹冯德昌心里不高兴。白玉屏有自知之明，慌忙补白说：“嘿嘿嘿，我说老爷，您先别生气。我也不是有意来打搅你，我是有事要与你相商。府里找不着……所以就跑这儿来了。实不知有客人在座，还望老爷原谅，奴给你赔礼了。”说毕，起身恭恭敬敬朝冯德昌施一礼。冯德昌见她扭捏作态，忍不住笑了，说：“行了行了，都老夫老妻了，赔礼就免了。有啥话就请坐了说吧，别站着。”白玉屏见他气消，也就不绕弯子，坐下后向他开门见山道："老爷，近来外面传得沸沸扬扬，您可曾有所耳闻？"

冯德昌听她如是说，立马又将脸沉下来道："沸沸扬扬个啥？又没偷又没抢，耳闻能怎么样，不耳闻能怎么样？众人的嘴，谁能一个个堵上？"

"是啊。依我说老爷，你就别遮遮掩掩了，我都弄清楚了。我知道老爷您是个大善人，救人一命胜造七级浮屠，既然做好人，您就把好人做到底吧。这么多年来实不容易，我说你就干脆将她接下山来，住处我都帮她想好了，她娘俩就安排住后院西屋吧。仁昌那孩子挺可怜的，以后回来不要再去山上了，就直接回府上来；按次序，他名正言顺应是我冯家的二少爷，您就不用再担心将来会后继无人了。我这是来劝老爷，不是来胡搅蛮缠；我也绝非那种小肚鸡肠的女人，你就把她接回来吧，我们今后也好以姐妹相处。您说行不行？"白玉屏一口气呱呱完，以为冯德昌听懂了。谁知冯德昌却一副漫不经心的样子说："你云里雾里都说些啥？叨叨半天不懂你啥意思？"白玉屏愕然，一时傻愣住，语塞，待回过神遂补充道："就是……老爷与静心师父的事。"

"什么静心师父的事？"冯德昌道。

"就是……你救她的事，……后后来又……"白玉屏猜他在装。

"你听谁说的？"

"谁说的？！外面都快传疯了……"

"既然传疯了，你还跑来问我干什么？真的假的你还能不清楚？"冯德昌有意拿话噎她，心想：传疯了，还不是你白玉屏搞的鬼？

常言道："听话听音，锣鼓听声。"冯德昌面上虽生气，但白玉屏从他的话里已明显嗅出信息：他已承认了与静心那女人之间的事，只是当下还抹不开面子。我白玉屏得给他台阶下才对。

“唉，我也是多事。说实话，我也是替咱们冯家着想，替老爷着想。你想想，这种事怎会长久瞒下去呢？总有一天得把它捅开。否则，静心妹妹岂不冤枉死？还有仁昌二少爷，当着亲娘亲爹的面都不能相认，你说咱这良心上能得过去吗？”白玉屏说完这段话，只见冯德昌不吭声了，似乎陷入长长的沉思之中，神色异常凝重。白玉屏接着往下说：“既然事情都掀开了，就光明正大给她个名份吧，不要让外人说我冯府的女人没有一个通情达理的，容不下她娘俩。我可不背这骂名！”

“……唉，此事一直被人所误解。眼下就是我这张老脸还有点抹不下。你说你啥都清楚了，我也就不再多言，就照您的意思办就是了。”冯德昌最终说出了心里话。白玉屏望望他，眉开眼笑了。冯德昌装作难为情，起身去帮她沏茶。

四

事情总算弄清了。但静心师父说她凡念已绝，不想还俗，就让她继承静玉师父的遗愿，继续做她的住持吧，以后别再打扰她，让她安心修行。倘若就此依了冯府，岂不被人误解，说她这个女人太有心计，拐了这么大个弯，原来是为了谋得冯府的家业，被人唾骂死。真要那样的话，老爷当初就不应该救她。

至于仁昌，目前在省城读书，暂回不来，愿不愿做冯府的二少爷，待以后再说吧。咋说他也是冯家的种，将来怎么办，由他自己决定。无论咋样，对冯德昌老爷来说，这块在心上压了十多年的石头，今天总算落到地上，身上一下轻松不少，心境也豁然开朗，再也不用藏着掖着，从此光明正大，堂堂正正反倒在人面前觉得是件很光彩的事。

静心师父最终还是没能还俗，无论白玉屏咋劝。

再就是：仁昌到头来当没当冯府的二少爷，这里暂且按下不提，先说说冯德昌老爷与静心师父这段奇缘公开后，除大太太白玉屏外，府中几位姨太太对此有啥反应。

二太太何如雪，自大小姐秋云落入兵营熊麻子之手被逼做小后，一直阴着个脸，见谁都冷冰冰不说话。她总觉得太不公平了：当年大少爷子枫得罪盐工李阿喜犯下的事，为什么要拿自己的女儿秋云做垫背？更让她可气的是这易家，也真怂，没事的时候天天催着结婚，本事大得很；有了事则躲得远远的，生怕把他们粘连上，都啥人嘛？！另外，还有这白玉屏也不是好人，见大少爷继承家业无望，平白无故竟又扯出老爷与尼姑之间的风流韵事来，描得有眉有眼，有来龙有去脉。起初自己还误以为白玉屏这女人捏造是非，有意找茬气老爷，谁知人家还真有这事儿，而且还生有儿子——仁昌。自己这才如梦初醒：白玉屏她并非真要气老爷，是在众人面前虚晃一枪，真正目的在于讨好老爷；子枫不成器，子桐又死了，将来这继承权肯定落在仁昌身上。白玉屏想捷足先登，收买静心那尼姑的心，将来要是仁昌做了冯府的少爷继承了家业，好把他娘俩紧紧攥在手心，啥事都听她摆布。鬼女人真会算计，一计不成又生一计，其用心可谓良苦。现在，她何如雪算是孤家寡人，要啥没有啥。最终她把一切罪过全归在大少爷子枫身上：是他造的孽闯的祸，为啥不让他去承担却拿自己的女儿做替罪羊？！同时，她也怨恨老爷，嫌他心太狠，当年为了做生意巴结易家，拿女儿的婚事做交易；后来呢，惹怒盐工李阿喜，种下恶果，让人逮了又拿自己女儿出气。盐工闹事，还不都是你那宝贝儿子引起的？做老子的，本应教训那儿子才对，反而给人家安上个什么通“红匪”的罪名，非要置人家于死地。这下可好，连自己亲生女儿也成“红匪”了。真乃“天作孽，犹可违；人作孽，不可活”，老老实实遭报应了。目下，在冯府四位太太中，不，准确地说应是五位，算她何如雪最倒霉，啥也没捞着，丢了孩子还没套着狼，惨透了。一段时间来，她觉睡不好，饭吃不下，越想这事越来气，脑子都要破了，郁积胸中的肝火快要将躯体烤焦，人像要疯了。她现在唯有一个念头，那就是：她不能就这么算了！前次，被人诬陷，差一点投江自尽；这回又是自己的女儿被人加害落入虎口；再往下，她不敢去想，不知道还会发生什么事情。她要主动出击。俗话说，“先下手为强，后下手遭殃”，她不能坐以待毙，现在谁都指望不上，唯有依靠自己，她要为自己今后的生活开拓条后路。她忽然想起四太太曾经提说老爷在库房地下室藏有价值连城的宝物，何不弄它些出来自己掌管着……至于其他，任这帮人去折腾。但如何才能获得，一下子又犯难了。后来，何如雪不知被气晕了，还是存心想泄愤，竟然鬼使神差去找曹老四商量。她一见面就对曹老四诉苦说自己在冯府没活路了，求他帮忙想想办法。曹老四听后十分诧异，不知她何意，遂应付说：“这办法咋想？”何如雪就将冯德昌在库房地下室藏有古董的事叙说了一遍，并道：“只要你能帮我弄到手，弄到一件卖了银子对半分；弄到两件，一人一件；弄到三件，你二我一。你看行还是不行？”曹老四没有立刻就答应她，而是说让他考虑考虑再说。三天后，曹老四回话了，说就照她说的办。与曹老四为伍，原非她何如雪本意，是事情把她逼到这份上。人到走投无路时，啥事都敢做，哪怕是引狼入室。引领清军入关，吴三桂当年就是这么干的。接下来，她就将冯府库房的位置告诉给曹老四听。实际上，何如雪只晓得库房的位置，至于地下室在库房的什么地方，她只能根据之前四太太钱石兰描述的情节将它学舌给曹老四听。这也难怪，自她嫁入冯家，就从未迈进过库房的门，更不要说地下室了，若不是四太太钱石兰提说，她压根就不知道这些事情。库房的钥匙当然掌握在冯德昌老爷的手里,出进库房都要经过他的允许。曹老四倒对此显得无所谓，说只要提供这些就足够了。何如雪清楚曹老四过去是干什么吃的：在省城黑帮组织内混，打打杀杀、翻墙入室、撬门开锁这点小事对他来说算不得啥，敢说他手到擒来。

十天后，从冯府便传出消息，说府上库房被盗了。奇怪的是：库中银两分文未动，盗贼却偏偏窃走了冯德昌老爷心爱的几件古董。目前尚不知道属何人所为。因被窃走的那几件古董，是冯老爷从黑市古董贩子手里所买，也就不便报官，怕被官府知道追究。

事实也果真如此。

盗贼偷走了冯德昌前年从古董贩子手中花了一万块银洋买来的西周青铜双牛贡，那可是他的镇宅之宝；其次，还有几件很贵重的瓷器和两幅古画，损失可谓不小。这对冯德昌打击很大，被盗贼拿走的那几件恰恰是他的心爱之物，件件都价值不菲。他非常气愤，对这些盗贼可以说恨之入骨，咬牙切齿，恨不能立马抓来活剥了！

这回，二太太何如雪却显得非常平静，府里发生了这么大的事，她却装作跟没事的人一样。其实，这是她本就预料中的事，才不会大惊小怪呢。谁让你们一个个不做好人，害得老娘不得不这么干。

其次，且说说冯府的三太太夏林月。夏林月自儿子子桐遇难后，就一直心情不好，缠绵悱恻，没了过去那种细声嗲气。她对大太太白玉屏提出要将静心师父和仁昌接入府中来住的话，嘴上不说，心里却极力排斥。她认为，白玉屏这女人真不是人，见风就使舵；子桐一死，懂得她夏林月没了啥可利用的，便马上转了去讨好老爷，拉弄那尼姑。其“司马昭之心，路人皆知”，目的还不是为了将那尼姑娘俩掌控在手，以后啥事都听她指挥。对于近来府中所发生的被窃之事，她夏林月才懒得有心思去理，甚至还有点幸灾乐祸：偷！偷！偷了活该！最好全偷光，省得她们这些人整天去算计。

四太太钱石兰，比谁都淡定：任凭它风吹浪打，一个稳坐钓鱼台。自她从老爷手中拿到那幅宋代《芦花寒雁图》后，心里就踏实不少。她已托人询过价，那幅画确实价值不菲。她把它拿去秘密存放在了省城的“国泰银行”。因此，她对静心师父还不还俗、老爷的干儿子进不进门，一点兴趣都没有。对于库房失窃，她反倒庆幸自己下手快，不然那幅《芦花寒雁图》说不定也成窃贼囊中之物。现在，她不用再担心冯氏的家业会落入谁人之手，爱谁是谁。有了这幅价值连城的古画，够她娘俩吃喝几辈子，还怕个啥。

第十一章　出　走

一

室内室外的空气有点闷。临近午饭时分，未曾留神，这晒了大半天的太阳不知啥时候竟突然隐去，蔚蓝的天空一时被阴云所覆盖。江面明显在涌动，但见一团团白雾紧黏着江水由东北向西南席卷而来，空水氤氲，阴阳相交，天色遂由半灰暗转成了深灰色。接着冷风飕飕从耳畔划过，带来丝丝凉意。很快密集的雨珠从云层深处抛洒下来，声若筛豆。顿时，江面被溅起无数小水泡，密密麻麻只一瞬间便连成一片，将整个江面封锁严实。再瞧，四下已不见景物。与此同时，隆隆雷声，犹若石滚，更若万钧雷霆，由弱到强，由小到大，突然“咔嚓”一声炸裂，将天撕开一道口子，刺目的闪电把大地照得雪白，接着如注雨水从开口处倾盆往下泻，江面陡时风浪大作，舟楫在剧烈摇晃。天地间突然变得一片混沌，好像回到洪荒时代。风雨大约持续了半个多时辰，随后也就消停了。雨停，乌云散退，太阳遂跑出来仍旧挂在天空，只是位置比之前偏西不少。

“雨停了？”

“雨停了。”

“太阳出来了？”

“太阳出来了。”

“我该走了。”

“去哪儿？”

“还能去哪儿，盐场呗！”

“这……都太阳偏西了，还去？”

“还去。”

“不去不行吗？”

“不行。都出来两天了，我怕孙掌柜找。他要是老不见我面，一定会告诉我父亲的。”

“告诉……又怎么样？”

“你不知道，我现在一直背着呢。自从打残了曹二公子，这倒霉事就一件接着一件：先是我那弟弟子桐落水出事；后则是姐姐秋云被抓；我父亲又闹出绯闻，张家结出李家果，莫名其妙多出个姨娘和弟弟仁昌来。如今，家中又遭窃，你说……这叫什么事儿吗？”

“唉，你说的也是，真够倒霉的，也太复杂。”

“谁说不是。”

这是钱江北岸“春来茶馆”老板娘李二嫂与冯府大少爷子枫俩在床上的一段对话。冯子枫自前天晚上溜来李二嫂这里寻乐子，算起来都两日了，到现在仍未回霞山盐场去。他眼下头上顶的可是盐场二掌柜的大名，生产上的事主要由他安排，要是带班的寻不见他，那不乱了套？所以，他在这儿已与李二嫂风流了两天两夜，玩也玩腻了，此刻该回去了。临走前，他抱了李二嫂最后再亲了一口，对她说声“等着我”，便起身披上衣裳下楼去。楼下马路边，就有揽活的轿夫。他招手喊过一乘，说声“霞山盐场！”便一抬腿坐进轿去，不再吭声。俩精

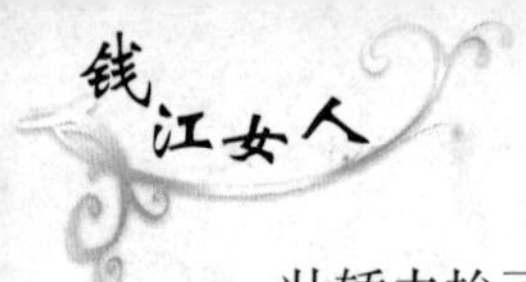

壮轿夫抬了就走。

二

“春来茶馆”的李二嫂，娘家姓薛，名桂花。“李二嫂”，是后来嫁给李二旺众人才这样称呼她的。薛桂花今年三十好几，是土生土长的本地人。薛桂花的娘家原是街东头开烧锅的，家境较殷实，生活条件好，薛桂花打小就吃得白白胖胖的。待到十六岁，身材已发育得丰满，姿色迷人。月盘脸，柳叶眉，唇红而齿白；一双大眼睛，乌黑发亮，水盈盈，满噙秋色。众人阅之，均夸说这薛桂花真乃一旷世绝色女子。话虽有点过，但足以看出薛桂花人材生得非一般的漂亮。据说当年上薛家登门提亲的人不下百八十号，几乎要把门槛踏断。薛桂花的父母为了给女儿寻个好人家，可谓百里挑一，最后选中在钱江边上开茶馆的李二旺。李二旺比薛桂花大两岁，人长得憨实敦厚，豁达，方脸，浓眉毛，大眼睛，七尺几的个头，嘴也不笨。咋看都是个聪明俊朗有出息的好后生。李二旺父母去世得早，是哥哥把他拉扯大的。哥哥娶有嫂子后搬去县城另起炉灶做生意，于是就把钱江边上的这座带阁楼的“春来茶馆”留给弟弟二旺来经营，让他多攒点银子将来好娶门亲。这不，后来薛桂花便进了门，成了李二嫂。小两口日子过得甜蜜，你忙里我忙外，把个“春来茶馆”生意做得红红火火。当然，也有不少客人是为瞧他那漂亮媳妇而来的，嘴里品着香茗，眼里瞅着美人，一坐下来谁还愿意离开。李二旺见大家羡慕，心中更是乐得屁颠，出进嘴都合不拢。李二嫂穿堂迎客，身姿婀娜，嘴角总挂着笑，哪里人多专往哪里凑，与客人打趣逗乐笑语似银铃，迷得那新老茶客天天都来“春来茶馆”就座。有时，走了一拨，又来一拨。也有少数客人不为品茗，专冲李二嫂的美色而来。李二嫂不管这些，只要有银子赚，谁来都欢迎。

然而，这样的好日子没持续多久，灾祸就降临。有一天，都大半夜打烊了，有两位熟客还不愿离去，说要与李二旺喝几杯酒，祝贺祝贺他再走。为了不扫客人的兴，李二旺就去隔壁店要了几瓶桂花酒，坐下来陪两位熟客一起喝。开始，三人言说只小酌几杯便散，谁知一端起酒杯就放不下，你敬我一杯，我敬你一杯，一来二去没个完，直到一瓶桂花酒见底还不肯罢休。紧接着又打开第二瓶、第三瓶，第三瓶喝剩一半，三人都已脸红脖子粗。此时，李二旺忽然说他尿胀，待撒泡尿回来再陪二位一起喝。俩熟客也不拦，要他快去快回，不可耍赖。李二旺说："哪会呢！"说毕，便摇摇晃晃沿楼底通道往江边茅厕摸去。不知是光线太暗，还是酒喝多了头晕，就建在自家楼底这条熟悉得再熟悉不过的小通道，让李二旺折腾了好大一会儿才来到茅厕边。也就在他要脱裤子撒尿的那一刻，身子忽然摇晃，脚下像没了重心，竟然一趔趄跌落水下去。楼上客人与李二嫂并不知晓李二旺已落水，三人还一直在又说又笑讲些荤段子逗乐。大约过去了半个时辰，三人方注意到二旺言说去撒尿，一去许久怎不见回返？李二嫂遂嘟噜着下楼去寻，说客人没走，自己先溜了，我一个女人家又不会喝酒，让我咋应酬？李二嫂放大声音呼唤，不见李二旺有回应，就开始担心他酒醉崴倒在哪个角落里，便又折回挑了灯笼下楼去察看。寻了一遍，并不见二旺人影，再回屋中四处去找，仍不见。这就奇了，客人没走，按理他不会躲哪儿去，这李二旺在玩啥名堂？一客人对李二嫂喊说："你沿楼底通道往后方茅厕狭道，细细察看，会不会……"客人话没说完，李二嫂便立刻明白其意，心想客人乌鸦嘴，就几杯酒，自家二旺不会那么不经扛。然而，事实验证了那位客人的推测：就在楼底通道拐弯处，发现了一摊血迹；再往茅厕前察看，又发现了一只鞋子。李二嫂认出是二旺的。俩茶客诧异，也下来瞧，这下慌了神，酒顿时被吓醒，估计情况不妙，十有八九是落水了。最后，证明李二旺真是因酒醉把控不住，跌落江中身亡。从此，留得李二嫂一人，形只影单，独守着这座空荡荡的茶楼，根本无心再做生意。过了不几年，镇上来了一帮唱戏的，戏班有位唱小生的，常来茶馆喝茶，被李二嫂的姿色所吸引，俩人遂很快就好上。一个月后，戏班子演出结束要离去，那位小生割舍不下李二嫂，遂留下来说与李二嫂一起过日子。谁知，那小生只在李二嫂这里仅仅待了两个月便跑了，丢下李二嫂仍旧一个人孤零零守着个茶楼。有俗言道："婊子无情，戏子无义。"这话一点都不假。接二连三受打击，这让李二嫂非常懊恼，同时也看淡了人生。从此，她对未来不再抱啥希望，生活上开始变得放荡。这不，自上个月来，不知怎的竟与比自己小十来岁的冯家大少爷子枫勾搭上，两人一有空，就腻歪在一起。李二嫂人虽两度守寡，但丰姿一点不曾减，迷得冯家大少爷只一个团团转。这不，刚在一起风流完，要不是子枫担心盐场有事，恐怕还不愿分开。

三

冯家大少爷子枫最近有点烦。前两天因偷偷溜去李二嫂的香窝里逍遥，人不在盐场，两拨盐工为收盐的事打起架来，而且还伤到人。盐场的监工去劝阻，也被这些人操起家伙轰走。无奈，孙掌柜就干脆将此事直接捅禀给了冯德昌。冯德昌闻知消息后，大发雷霆，在大少爷人不在场的情况下，对其一顿猛斥，骂其整天东游西荡不务正业。最后冯德昌增派了一帮背枪的家丁前往，方将事态平息，但他对大少爷的气并没完全消，单等他回来算账。毋庸多说，冯子枫从李二嫂那里一回来，第二天就被冯德昌喊去一顿臭骂，说一个盐场二掌柜尚且当不好,何谈将来主持我冯家大业？！纯粹一个忤逆子弟，辱我祖上门楣。

被骂是小，现在他冯子枫最担心的是：冯氏家业继承权会落到别人手上。按理说，自没了弟弟子桐，自己就成了冯氏家业唯一继承人，可事不遂人愿，没了一个，又来一个，无缘无故竟又冒出个仁昌来，情况就变得扑朔迷离更加复杂化了。他若要与自己竞争，这可如何是好？尤其是自己那母亲白玉屏，不帮自己儿子说好话，竟然还撺掇要把静心那女人接下山来一块儿住，把仁昌也请回来，实在荒唐可笑。这分明是在挤对他冯子枫嘛，天下哪有这样的母亲，胳膊肘往外拐，替他人讲话？！真是老糊涂了，连个好坏都分不出。

就在盐场打架事件过去大约半个月，冯子枫并没汲取之前的教训，一转身又扑溜去李二嫂的怀里。行完巫山云雨之事后，躺下发出一阵阵长吁短叹。李二嫂见他如此，疑惑不解，便问："你这是咋啦？"子枫并不回答。再问，他还是不吭声。李二嫂急了，一翻身在他胸部使劲儿咬了一口。子枫疼得哇哇叫，这才说："还不是静心那尼姑闹的！"

"尼姑怎么啦？"李二嫂问。

"她她……她……她是我爹……我爹的……对啦，不说……啦，说了心烦。"子枫在李二嫂面前，不好意思说出口。

"你爹怎么啦？"李二嫂追问。

"外面早就传开了，难道你……真不知？"

"不知。我这整天闷在茶馆里……大门不出，二门不迈，哪晓得外面传些啥。"其实，关于子枫父亲的那些花花事，她早有耳闻。

"那我就告诉你吧。白云寺的静心住持，你可知道？"

李二嫂回答说："知道。"

“她是我爹老相好。庙中收留的那孤儿仁昌，仁昌，你知道吗？为我爹与那尼姑所生。这回你明白了吧？！”

“啊，真有这回事？我还以为外面街坊胡传说呢。”

“哼哼，还能有假。都已证实了，他们二人之间的事……系真事！”

“哦，怪不得你爹对白云寺那么上心，又是捐款，又修缮，还把仁昌认了干儿子，并送他去县城读书，原来仁昌是你爹与那尼姑私生的。你说这白云寺的尼姑可够乱的，一边吃斋念佛，一边勾引着男人，这都成啥了？”

“你可别乱说。据说……我爹之前救过那尼姑的命，她为了报答……才帮我爹生了仁昌呢。”

“照你这么说，她是个好人了？”

“那当然。不像你那戏子，太绝情。”

“你看，说着说着就扯一边去，真是的。”李二嫂嘴一嘟，假装生气了。屋内空气冻住，二人都沉默不说话。外面夜深人静，天气渐渐转凉。最终，还是李二嫂忍不住，主动爬过来找他说话。她将热乎乎的两只大奶子贴在子枫的身上说：“那你……打算咋办？”

“能咋办？我正为此事发愁呢。”

“愁什么？”

“愁什么，你替我想想看，现在我娘都帮着那尼姑说话，甚至劝说那尼姑还俗搬来府上住，要仁昌名正言顺做我冯家二少爷。你说，这都叫什么话呀？！这事要真那样了，冯氏家业的继承人说不定就是他了，可就没了我冯子枫的份。你说我那娘是人不是人，到底是在帮谁？连自己的亲儿子都不顾，竟然为那野的说话，她这是为什么？”

“那怎么行？！”李二嫂说。

“所以，就寻你来了。求你给出出主意，想想办法。”

子枫说。

“求我？嘿嘿，我能有啥主意。你先说说你心里咋想的，我才好帮你参谋。”李二嫂说。

“我能咋想，我现在头脑乱得很，要是能想，就不用大老远跑过来问你了。”子枫说。

“你这是有事才求，没事就把人家忘了？”

“哎呀，我不是那意思。上回挨了骂，这不，心里还是放不下你，又跑来了。你脑子灵便，所以才找你。”子枫分辩说。

“嘿嘿……那你也得容我好好想想，突然要我出主意，放谁也没这大本事。等我想好了，过两天你再来，我便告诉你。”李二嫂抿抿嘴嬉笑着说。

“行！过两天就过两天。你可一定帮我想好噢？”子枫说。

“你就放心吧，这点小事难不倒我。”李二嫂回说。

“行。……嘿嘿……”

此刻，二人元气恢复，相互会意一笑，再次抱在一起折腾起来。时已近五更，天色泛白，隔窗已能闻到远方有鸡叫声。

四

到了第三天，冯府大少爷子枫按照先前的约定来找李二嫂，问她想出法子没？李二嫂一身桃色碎花软缎旗袍，紧紧裹在身上，屁股在他面前扭过来扭过去就是抿着嘴不说话。子枫急了，一把将她拽过来，脸对着脸，嘴对着嘴问她：“你倒是说话呀，是不是……想把本少爷憋死？”李二嫂这方咯咯咯笑了，道：“我不但想把你憋死，还想把你吃了。”说完，乘势在他嘴上亲了一口。子枫一时哭笑不得，就拿手在她腰间挠。李二嫂扭捏着喊说痒。子枫不管这些，继续挠：“我看你说不说，你说不说……”李二嫂被他挠得要岔气，笑声都变了调，浑身没了一丝气力，软绵绵倒在他的怀里。子枫经她这一挑逗，顿感全身燥热，一时性起，就暂且将正事搁一边，抱了她就要上床去寻快活。李二嫂挣脱开，说："馋嘴猫，大白天的……不怕被人撞见笑话。"冯大少爷咧嘴嘿嘿一笑，说："还不是你惹的！那你就快点告诉我，法子到底想好了没有？"

"想好了想好了，看把你急得。你的事我能不放在心上吗？！"李二嫂戗道。

"那你快说是啥个法子？"

"法子吗……损了点，怕你不肯。"

"什么损不损的，你就说吧，说了才知肯不肯！"

"法子很简单：上山找那尼姑去闹，羞辱她，啥话难听拣啥话，让她望而却步，觉得这冯府的大门不是那么好进的，趁早死了这条心吧。"李二嫂话说得很轻松。

"……"子枫听后沉默不语，将脑袋耷拉了下来。

李二嫂见他不说话，就补充道："你若觉得这法子不妥，那就算了，全当我没说。"

"不是不妥，只是觉得做得有点过，毕竟她是个吃斋念佛的人。"子枫心里有些顾虑。

"这就对了，吃斋念佛的人，更应懂佛门的清规戒律，怎能与人私欢破了佛门规矩而打扰他人的清静呢？"李二嫂说。

"你这话说得也对。一个出家的僧人，谁让她先坏了规矩。只是……这么一闹，那女人一定会被气疯。"子枫说。

"那她还敢再有念头还俗？你说是不？"李二嫂说。

"没错。我也这么想。"子枫道。

"除此，其余的法子……很难奏效。毕竟冯家偌大的家业吸引着她，她会轻易就放弃？她不为自己着想，也一定会为儿子想的。名不正，言不顺，事也就难成，你先把她的名声搞臭，她哪还再有脸跟你争？”李二嫂又说。

“对，先把她的名声搞臭，我看她还有脸进我冯家的门？！”子枫赞同说。

“是啊。法子是损了点，但你若不这样，采用其他法子很难阻止她。”李二嫂说。

“是这样。”子枫说。

俩人就这么你一句，我一句，都认为这法子最好，别无选择。话说得投机，也很默契。末了，无话可说了，就又开始调情，你摸我一把，我摸你一把，情调到高处，子枫便将她搂了，伸手去解她的衣扣。这回李二嫂没拒绝，随他抱了去床上。子枫自是高兴，脱掉裤子就往她的身上压去，接下来如何尽兴之事，自不必说。

五

李二嫂的主意可谓之馊，甚至说缺德。但遇冯家大少爷这种人，香臭不辨，好坏不分，竟将它捧若法宝。没几天，他就带着一帮混混上白云寺去闹。先是大喊大叫，后便是砸门。寺内僧人不明就里，还以为来了官匪，慌忙跑去将情况禀报给寺院住持。静心住持闻之，半信半疑：这光天化日之下哪来的官匪？时间紧急，无须多虑，她遂放下手中活路，匆匆赶了去。稍做镇静，便命人将寺院门打开，准备应对。门被弟子们打开，一瞧，原来是一帮游手好闲的后生在门外打闹。静心住持问他们有何事？这帮人即口出秽语，诬蔑谩骂寺内尼姑偷奸养汉，图谋他人家产，一阵阵胡说八道，恶意中伤。听其意，他们是冲着静心师父来的。一旁众僧尼，见有人辱骂师父，心中气愤，准备操家伙将这帮无赖打下山去，被静心师父制止了。她神态冷静，左手码着念珠，右手合十，瞧着来人道：“阿弥陀佛，此乃佛门净地，来人不可胡言乱语，辱我佛家众弟子。有得罪之处，尚望慢慢道来，切不可恶语伤人。”说完这段话，对方一帮人还是嘈哄哄的，你一句，我一句，在院子里大喊大叫。其中有一人指着静心师父的鼻子喊叫道：“我们说的就是你！偷奸养汉，意欲图谋他人家产，难道骂你不对吗？假惺惺，装可怜，我呸！还佛门弟子呢。”

“对。说的就是她，假尼姑！”

“不单偷人，还养出私生子，真恶心。”

“真不要脸。既已出家，为何背地还干那龌龊之事！”

“她是看上冯老爷的家业，才与冯老爷勾搭上。哈哈哈哈……你们说是不是？”

“想把私生子带进冯府去，没门！你先问问冯大少爷答应不答应。”

“我说你个尼姑够精的，先迷倒冯老爷，再生子；然后再还俗搬进冯府；最后，摇身一变便成了冯府的姨太太。私生子，也就是那个仁昌，即可当上冯府的阔少爷，继承冯氏的家业。算盘打得真好，真会算计。可惜啊，实话告诉你，没那么容易！”

“你你……你一派胡言！一派——胡言！”静心起初还忍着，此刻已被这帮人气晕了，浑身颤抖。

然而，任凭这帮人在寺院内怎么胡闹腾，冯府的大少爷子枫，却始终躲在角落不露面。

作为一个出家人，静心师父面对这帮无赖之徒，给予了最大的宽容和忍让。一帮混混仍不肯作罢，在院内继续拿脏话辱她，一点尊严都没了。这让她实在忍无可忍，遂一声大呵：“把这帮狂妄之徒，给我乱棍打出去！岂能容他在此胡说八道，辱我佛门圣地！”话音落，早已伺候在旁多时的十几名护法使者，手持戒杖齐齐朝这伙人扑过去。这帮混混无赖，你别看他们咋咋呼呼，真动起硬来，个个都成狗怂，慌忙夺路而逃，抱头鼠窜，一溜烟滚下山去。寺院的大门随被哐啷一声关上，一切方重新恢复平静。静心住持因被这帮家伙气晕，脸色难看，几名弟子急忙将她搀扶回房去歇息。

大少爷子枫带人去白云寺胡闹的事很快便传进冯德昌的耳朵。听到孽子的所作所为，冯德昌一时气血冲头，恼羞成怒，让人将大少爷喊来，当着面一顿怒斥："你个七窍不开，香臭不辨，好坏不分的狗东西，不在盐场待着……整天四处乱跑个啥？！竟然背地里揭起你老子的短来，丢人现眼，把我冯家的德给丧尽了。静心师父要是有个三长两短，我饶不了你！大人之间的事，你懂个屁，用得着你掺和？你说你闯的祸还少吗？搭上了子桐，搭上了秋云，你还想把你老子也搭进去？！成事不足，败事有余，你说，让我怎么说你好呢，都这大人了，还疯疯癫癫没个正形，与一帮游手好闲的混混……混在一起，浪荡成性，一点都不知道收敛。从今天起，你给老子老老实实在盐场待着，不许离开半步。要是再给老子知道你溜出去，非打断你个狗腿不成！另外，有人瞧见你常往'春来茶馆'李寡妇那儿溜，你给老子实话说，可有此事？！"

"没没没……没……有。"子枫想掩盖，但又胆怯，遂试探回答道。

"你一个未婚男子，往一个寡妇那里紧跑，荒唐，成何体统！"

"孩儿……没有，那是人胡说。"子枫分明想狡辩。

"我不管你有没有，今后，你把你那德行给老子收着点。你母亲已予你寻得一门亲事，也是个大户人家女子。你再不收着点，让人家怎么看？哼，滚！以后……没事少给老子在外面造次！"

"嗯，孩儿知道了。"子枫低眉顺眼，头都不敢抬，说

完就退了出去。

六

冯府大少爷子枫，虽形骸放荡，四处生惹是非，但模样并非丑陋之人。身材匀称敦实，皮肤白净，五官俊朗，与她母亲白玉屏一个模子，大眼睛，高鼻梁，薄薄的嘴唇。十七八九岁，个头已长到七尺多高；一身柞丝酱色长袍，配一浅色黄马褂，瓦片头发之上戴一顶与长袍同样颜色的小圆帽；手持一雕花折叠绣扇，行走摆开架势，边走边摇，尽显风流倜傥。他对学业没兴趣。他去盐场跟孙立人学管事，嫌细活费脑子，就领着一帮监工瞎游荡。他派活和管理盐工不是靠说理，而是靠武力压制。所以盐工们个个都怕他，背地骂他“冯阎王”，没人性。但在他看来，这法子很奏效，不服也得服。有时，盐工们因晾晒场被人踩坏，盐水泄漏，或者之间为一点小事小非打架，倘若被他冯子枫发现，不论谁对谁错，让监工冲过去就是一顿猛棍。自他来到盐场，盐工之间打架的事明显减少。大伙也知道，遇上“冯阎王”甭管谁输谁赢，双方都没好果子吃。渐渐也就没人愿掐架了，有事主动相互协商，尽可能自我化解，不让“冯阎王”知道，免得双方都吃苦头。盐场掌柜的孙立人，明知这样对待盐工不妥，但想来这种法子倒也省事，遂也就闭眼装好人。在大少爷没到来盐场之前，处理这种纠纷，不知要费多少口舌，如今倒用不着他再操心。你要知道这帮盐工也不是好惹的，都来这里靠卖苦力挣钱，但相互之间还经常发生械斗。就说前不久吧，子枫溜去镇上找李二嫂，不在盐场。一帮南村和北村盐工为过秤排队动起了拳脚。当时，把个孙立人急得团团转，嗓子喊破都没能制止。最终，有一盐工被对方几个人抬了丢进盐池，差一点没被呛死。

冯子枫最大的缺点就是好色，这也给他招来了不少麻烦。像有些俊秀姑娘，被他欺负后，惧于其家族的势力，只好忍气吞声，不了了之；有些却让他付出了代价。如开香料铺子的赵柱就难缠，他媳妇被欺负后，手里拿了尖刀天天寻子枫算账。可没把冯德昌老爷给气死，无奈，只好让管家钱福顺出面，赔给赵柱五十块银洋方算把此事给平了。像在盐场欺负雨荷后，事情闹得就更大，时间一晃都好多年过去，竟还遭雨荷相好李阿喜的猛烈报复，姐姐秋云被抓进省城兵营，至今生死不明。这方面吃了不少亏，可他仍痴心不改，慢慢他又将方向转去“春来茶馆”的李二嫂。俩人臭味相投，一拍即合，很快鬼混在了一起。李二嫂是个寡妇，寂寞，需要男人抚慰；冯子枫年少精力旺盛，需要发泄，二人各取所需，这回妨不着碍不着哪一个，算是随心所欲。李二嫂虽年纪比他大，但人风致有韵味，会来事，在一起寻乐子不比找年轻姑娘媳妇差哪里。真乃臭虫遇见屎壳郎——要臭，臭一块了。

冯子枫上山找静心师父闹事，被其父知道后严厉斥责一顿，心里怏怏不快。他没有从自身找缘由，而一下就把责任归结到“春来茶馆”李二嫂身上，嫌这娘儿们出的主意馊。其次，就是怨恨他父亲冯德昌太狠心，不把他这个儿子当亲生的看。在府中，他本就是众矢之的，猪嫌狗不爱，眼下经这一闹腾，算是全完了，有谁还再相信他？今后的生活不用说：前途黯淡，难有指望；自己待在这深宅大院里还有啥意思？不被憋闷死，也会背后让人用手指戳死。他想着离开这个鬼地方，想去外面世界闯闯看。李阿喜一个盐工都能当上国军团长，吃香喝辣，凭他冯子枫的本事，一定不比他混得差。他思忖去省城，后又顾忌在省城万一遇着李阿喜，遭他报复怎么办？最终选择了去上海。上海地方大，不信混不出个人样来。他要带李二嫂一起去，也好有个伴；其次，他也舍不下她。银子自是要准备的，去找家中要，肯定不行，得自己想办法。他想到了盐场，盐场银柜有钱，不过钥匙掌握在孙立人手里，寻理由借：数字太大想必他不会同意的。过去在柜上也没少支，眼下如此大笔提钱，他定会报告老爷的，那岂不把事情弄糟了？不行。最后他想到，既然借不成，就来个偷！他孙立人不是爱喝酒吗，就给他买几瓶，晚上将他灌倒，然后从他身上轻松拿下钥匙，自己去柜上取，还怕取不到？主意就这么定了，卷了钱就直接去找李二嫂，连夜乘船走，天亮就可到达省城。待孙立人第二天一觉睡醒，一切均已晚矣。为了不让母亲担忧，临走前写封信留给她，就说这里容不下他，他去上海闯世界了，要她不必为儿子担心。其实，有一半意思他是有意这么做，目的想借此机会好好气气她们这些人，还有父亲冯德昌，让他们后悔和愧疚去吧！

七

孙立人有个喜好，没事的时候，喜欢沏上一壶上好的“钱江毛峰”，然后独自坐了边拉胡琴边哼戏词，自娱自乐。

这天吃过晚饭，没事，他又像往常一样拉起哼起。拉哼的是徽戏魏蜀吴三国里的《铁笼山》：

灶王爷篡献帝才兴魏帮，
孙仲谋刘玄德各霸一方。
我主爷宠司马软弱无能，
欺天下压大臣败乱朝纲。
……

拉得有板有眼，哼得也如痴如醉，时不时停下来嘬上一口“钱江毛峰”，美若神仙，悠哉悠哉。有时，他还会找些戏折来，照着拉，照着哼。估计属上了年纪，记性不好，更多时间还是炒旧饭，《铁笼山》里那几句。由于新词少，老炒旧饭，久而久之灌耳音，邻居们也听会了，无论是劳作或行路，嘴闲也哼几句“灶王爷篡献帝才兴魏帮，孙仲谋刘玄德各霸一方……”排遣胸中烦闷和岁月之枯燥。

孙立人是徽城人，一生未娶，年近大衍，即五十，仍孑然一身。不知是不想娶，还是与女人无缘？还是别的原因？总之他对女人不感兴趣。有人戏说他那东西不行，到底行不行纯属猜测，无从验证，只有他孙立人自己知道。不过，另有一则说法倒像属真的，说孙立人原在徽城做教书先生，恋上了一位富家小姐，俩人打小在一起，算得上青梅竹马，交往甚笃。后遭女方父母反对，父母之命难违，该小姐嫁去了外乡，从此二人天各一方，长相思，情难忘，意难却。孙立人发誓，今生今世不再娶。由于承受不了这种精神上的长期折磨，孙立人决定离开这伤心之地去远方谋生。后来呢，他便一路南下，来到了这钱江边的小镇——桂花镇。当时恰逢冯家霞山盐场缺人手，他便落脚在盐场做杂工。后来，冯德昌老爷见他人聪明，又能写会算，就安排他协助自己管管账。再后来呢，孙立人就一步一步坐上了冯家霞山盐场掌柜的位置，成了冯德昌老爷的心腹和左膀右臂。再接着，冯德昌就干脆将盐场的事务全盘托付给孙立人来管理，自己好腾出手来专心忙他的古董。到此，孙立人已成了冯家盐场真正意义上的代理人。除冯德昌老爷外，盐场的大小事务均由孙立人一人说了算，无人能干涉。

孙立人年轻时，也算得上一俊朗男儿：五官周正，皮肤白细，斯斯文文，唯一就是家贫，否则也非寻常之人。如今，他虽年近知天命，长相依然不显老，随便收拾一下，瞧起来就像四十刚出头。

孙立人住在盐场大院。

盐场大院前后分两个院子。前院是他管事的地方，为柜台、账房和仓库；后院则是其住处。紧靠院外则搭建着一处处的盐工房。盐场监工则住另外一个地方：北面的半山坡上，这儿地势居高临下，眼界开阔，整个盐场尽收眼底，出门便能监察到盐工们的一切活动。大少爷子枫人也住那里。

孙立人除爱拉爱唱外，还有个嗜好，每天晚上临睡前喜欢喝两盅小酒，说这样解乏，睡觉踏实。

这天吃过晚饭，孙立人坐下来只拉了一会儿胡琴，时间尚未到二更，便觉困了，遂去厨房打了热水，准备洗脸洗脚上床趁早歇息。毕竟他人不再当年，忙了一整天也确实够累的。他一个人生活惯了，做啥都简单，擦脸洗脚三两下便忙完。当他来到床前刚刚打开酒瓶盖子，突然有人在外敲门，隔着门缝喊："孙叔，孙叔，你睡了吗？"孙立人听出是大少爷子枫的声音，遂将刚拿起的酒瓶又放下，朝门外回道："唉……唉唉，还没没……没睡呢。是大少爷啊，有事吗？"说完准备上前去开门。

"晚上睡不着，想找你喝两杯。"子枫在门外说。

门开了。只见子枫手中拎着两小坛酒，是钱江老烧桂花酒，此酒烈，进门来。

"大少爷……你你这是干啥，来就来，还拎什么酒，难道怕孙叔这儿没酒喝？"孙立人嗔怪说。

"我知道孙叔您喜欢烈一点的。前不久从家里带来的，顺便拎了两坛，两斤装的，陪你喝几盅。"

"唉，来就来，我这里有的是酒。不信你朝床底下瞅。"

子枫于是就拿眼瞥瞥，但见床底确实摆放着许多坛坛罐罐，就笑说："还是喝我这个好，喝我这个好！"

"请先坐吧。见没啥事，我刚准备上床，听人敲门，还以为谁呢，原是大少爷您。平时……怎不见你喝酒，今儿……这是咋啦？”

“嘿嘿，打扰孙叔休息了。不知咋的，睡不着，躺在床上……睁大眼睛看天花板，无聊。跟那一帮监工打牌没意思，就想着孙叔您还没睡，所以就来了，喝几杯，消磨消磨时间。”

“打扰个啥？我也没这早就睡，上床也是干躺着。你来得正好，陪我聊聊天。”孙立人说着，拿出酒杯摆好，接着，又去柜子挡板翻来一包花生米桌上打开，然后坐了，边聊天边开始对饮。聊着，喝着。花生米你一粒我一粒丢进嘴里嚼得嘎嘣响。孙立人虽老，牙口却一点不比年轻后生差。

“大少爷，其实，你是个好人，孙叔看得出来。只是……你府上的事情……太复杂。”

“唉，没法子。复杂也罢不复杂也罢，管他呢。好事看不见，坏事全归我头上，整天你争来我抢去的，争个屁。争到头……唉，不说不说了，提起心烦。喝酒。”子枫本想说盐船被劫、子桐被害、秋云被抓、库房被盗等等，但又觉得，其中更多一些因他引起，便不提。

“唉，你冯府家大业大，免不了这事那事。就像皇宫，人人都瞅着皇位明争暗斗，弄得不可开交。像孙叔我，孤身一人，一人吃饱全家不饿，想让人抢，还没人呢。你父亲冯老爷子，他是个极有本事的人，他要守好这么大一个家，其实也不容易。俗话说：‘创业艰难，守业更难。’做儿女的应多理解。当然啦，有时……太严，就像在女人这件事上，对你有点过。男人嘛，谁年轻时候没荒唐过？只要不伤人体，就装作没看见没听见，不必管那么多。就在前两天，他还问起我：‘大少爷……去没去寡妇李二嫂那儿？’我回答说没有。他说：‘你可不能骗我？’我说哪会呢。”孙立人原本想讨好子枫大少爷，话只说一半，又觉得在他面前议论人家家务事不好，遂将舌头一转，扯去玩女人的事上来。

“我爹那是管得有点太宽。”子枫生气说。

“我猜，他不是管太宽，他是嫌你跟一个寡妇在一起，不好，影响府上的名声。”孙立人说。

“名声算个啥？要说名声，那他自己做的那些事……唉嘿，不不……不说了！”子枫有点不服气。

孙立人从来都是个谨小慎微的人，背后里议论老爷，怕自己万一说漏嘴，留下啥话柄，以后被大少爷捅出去就不好，毕竟人家是一家人。于是，他再次将话题引到一边去：

“听说雨荷……全家都搬省城去住了？”

就在两个月前，桂花镇突然来了一队当兵的。人们当时并不知道这多当兵的来桂花镇有啥事，不会是抓人吧？后来才晓得是李阿喜派来的。李阿喜在省城做大官了，派人来接雨荷、刘庆祥及他那年迈的母亲去省城享清福。桂花镇人人都知道此事，都过几久了，还提说。其实，孙立人他是在无话找话。

“唉，搬就搬嘛，神气个啥？！”子枫一副不屑。

“依我说，走了好，走了好啊。”孙立人说。

“孙叔，来，喝喝……喝酒，不说这些。我敬你，你多喝点，我不会喝酒，陪陪您。”子枫想把话岔开。

“不说不说，喝喝喝……喝酒，喝酒，谢谢大少爷。这酒好，香喷，顺喉。”孙立人客气说。此时，他已感到浑身燥热，额上也沁出层汗来。

“那您就多喝点。喜欢，下次我从府中给你带几坛来。”子枫说。

“不用不用，今晚能尝尝鲜，已算很有口福，孙叔乃一个下人，哪能如此贪心，还是留着给老爷喝吧。”

“嘿，啥下不下人，喝酒不讲这个，您只管喝。”子枫说。话音刚落，他又殷勤为孙立人斟满一杯。孙立人笑眯了眼，耳热脖子胀，已有点微醉。一包花生米已嚼剩一小半。此时，冯子枫说他尿胀，出去一下。孙立人说："你不用走远，就在门外院子撒了。"子枫回说知道了。撒完尿回屋坐下，他继续陪孙立人喝酒。一坛酒早见底，接着他又开启第二坛。孙立人说到此为止，不敢再喝了，快醉了。子枫说："呃……以你孙叔的酒量，才这点酒醉个啥，今晚咋爷俩喝好。"子枫给他戴高帽，一坛酒大部分为孙立人所喝。开始时，子枫还喝几杯，后面就只装装样子。孙立人明白，年轻后生，不会喝酒，也就不强求，喝多喝少随他便。

"孙叔，我跟你这久了，有一件事我始终闹不明白：你刚才不是提到女人吗，我想问您，您至今孤身一人，为什么……不娶房太太？"子枫突然问到这事，让孙立人颇觉尴尬，酒到嘴边又放下来。沉默良久，刚想开口，又一声叹息把嘴闭上，仿佛陷入长长的沉思之中。

"孙叔，听听……听说你在家乡原有位相好，还是位富家小姐呢，因她你才不娶的，是这样吗？"子枫又问。

孙立人仰头将手中的酒一口闷完，咂咂嘴唇，这方开口道："呃，是的，是这样的。那是年轻时候的事了，如今已经……物是人非，早忘掉，谁还记得谁呀。"

"那那那……那……那不是有点……绝绝……绝情？既然这样，为何不再娶一房？是否还牵挂着她……放不下？"子枫想刨根。

"唉，孙叔不怕你笑话，说完全忘记，那是自己在骗自己。孙叔就是因为心里割舍不下她，至今才没再娶的。"孙立人，刚才还不好意思说出口，见子枫老追，也就不怕。说完独自斟满一杯酒，端起饮了；再斟满一杯，饮了，连饮三杯方才放手。子枫心中暗自高兴：猜话一定触碰到他的伤心处，勾起他的回忆。子枫发愣，在旁呆呆望着他。孙立人沙哑着嗓子，情绪显

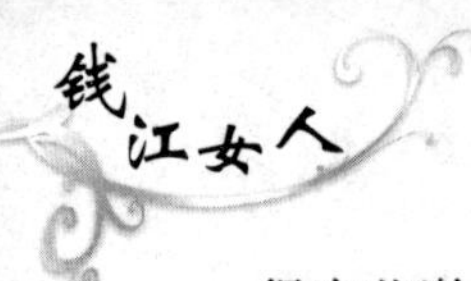

得有些激动，继续接着前面的话说：“子枫啊，孙叔也算得个有情有义的人，正是为了‘情义’这二字，才放不下，才……抱定终身不再娶的。”接下来，孙立人就借着酒劲，讲起了他那陈年往事。

他说：“我的老家在徽城一个叫莲花渡的小镇上，那儿很美丽，跟这儿一样有山有水。我的父亲原是位先生，在镇上教私塾。我的邻居王家，是户有钱人家。家中有位小姐名唤怀玉，打小与我一起玩，算得上青梅竹马。后来长大一点，怀玉就跟我一起去父亲的私塾院念书。她方写得好，父亲常夸她，拿她做榜样来教导我。再长大一点，那年参加院试，我考得秀才，她则回家去做女工。父亲染病去世后，我则挑起了私塾院的担子。怀玉小姐手拿针线活有时也来我这里坐坐，听我讲课。怀玉女工活做得非常漂亮，针脚缜密，构图优美，令人赞叹。天热，有时偷偷帮我做件线褂送来；见我衣衫有个破洞，便要我换下帮补上；我老娘身体不好，常患病，她一有空就跑过来帮梳梳洗洗，甚至还做上一顿香喷喷的饭菜，端到老娘面前喂了吃。老娘被她感动得热泪横流，说：‘立人要是能有你这么个好姑娘做媳妇，那可真算有福分了，只可惜我家太贫。’怀玉笑笑不作声。后来，我俩慢慢就产生感情，一日不见，如隔三秋。俩人在一起时，她戏唤我为梁山伯，我唤她祝英台，愿二人成双成对永远在一起，即使成蛹化蝶也不分离。再后来呢，王家父母发现我俩之间的私情，遂极力阻挠，很快托媒将怀玉许给了外乡一户有钱人家。无论怀玉小姐怎么作解释，说她不嫌我家里穷，不怕伺候我患病在床的老娘，不愿嫁去外乡。遭到父母严词拒绝：‘除非我们死，否则想都别想！’就在她出嫁的前一天晚上，怀玉小姐将自己贴身的一件红肚兜脱下，咬破手指用鲜血在肚兜里子上写下一个大大的‘心’字，托人送给我。我明白其中的含意，意即她人虽走了，但‘心’永远都在我这儿。”

说着说着，孙立人突然起身，跑去床头柜前，打开柜子，从里面翻出当年王怀玉小姐送给他的那件红肚兜来给子枫看。翻开，里子上果然有个大大的“心”字，字迹已有点发褐。孙立人两眼泛红，说话声音颤抖：“当年，当我拿到这件红肚兜时，心如刀绞，连死的念头都有了，最终被母亲劝住。母亲含着泪对我说：‘孩子啊，这就是命啊，咱不能与命抗争。你若有个三长两短……我可怎么活啊？怎么去见你爹？’所以，为了母亲，我强忍下内心的痛苦，继续在镇上教自己的书。但一有闲暇，心里还是放不下怀玉，她的影子老在我眼前晃动，有时晚上睡觉常做噩梦，梦见怀玉小姐被人欺负，在夫家活得不顺，半夜被她的呼喊声惊醒。醒来后方知是梦，便爬起来坐在床上静静发呆。两年后，母亲去世，未等过完三周年我就卷起铺盖离开了家乡，远离那伤心之地，南下闯荡。这不，才来到了这桂花镇落脚。从此，便抱定终身不再娶，今生不能与怀玉小姐在一起，那就等来世吧。”孙立人说到这儿，已是老泪纵横，泣不成声。大少爷在旁听得感动，也生恻隐之心，就劝了几句，说：“没曾想到，您老还有这么感人的故事。不过……事情过去了，就别念了，老挂在心中对身体不好。都几十年了，对方说不定早忘了，你还再折磨自己，不值。该娶便娶。”

听完大少爷这话，孙立人遂觉得有些怪不好意思，苦笑笑说：“唉，你看……你看，我在你面前说这些干吗呀，让你们年轻人听着……笑话。”

“不笑话不笑话。你讲得太感人了，我都快流泪，真的。”子枫说。

“嘿嘿，不好意思……见笑。来来来……尽顾说话，忘喝酒。来，干！”孙立人佯装轻松没事，实际内心苦着呢，哪能说放就放得下。据说当年王怀玉小姐出嫁时，为了他哭得死

去活来，差一点一头撞死在轿杆上。想起，让他铭心刻骨，至死难忘。

桌上的花生米只嚼剩得几粒，子枫就连连向孙立人敬酒。因喝酒闲聊，勾起他过去的往事，心里难受，就想借酒浇愁，所以，来者不拒，有敬必喝。孙立人渐渐便感到神志有点不清，身子也坐不稳，但嘴里还嘟噜着说："这这……这……男人啊，一辈子……都都……都是…是为女人，为为为……为女人……活着。一辈子……能能……遇到真真……正爱你的……女人却很少，她们……都是……为了钱财。我的怀玉……她她……不是，她是……是为情……"孙立人说到这儿，人已开始东倒西歪，醉眼昏花，观人观物影像重叠，很快也就趴下，头伏在桌边不动，接着便打起鼾来。子枫试着喊了他两声，起初还动一下，再喊就没反应，——知道他彻底醉倒，不禁心中窃喜，便起身将他扶去床上睡。孙立人这会儿已醉成烂泥一滩，任凭他咋摆弄。子枫见时机成熟，就在他身上找寻银柜上的钥匙，从头到尾摸了一遍，并不见有钥匙携带在他身，就猜他可能藏在别的某个地方。于是丢下孙立人就又去屋内四处翻。大箱小箱、橱柜、顶棚夹缝，凡能想到的地方统统扫了一遍，均未曾发现。最后想到去床头摸，果不其然，就在孙立人睡觉的枕头底下摸到一串钥匙。拿在手一瞧，没错，是孙立人平时开银柜所使用的那串，找他支钱时见过。毋庸再多考虑，赶快去柜上拿钱要紧。临走时，子枫尚不忘帮他吹灭灯，盖好被子。

大少爷冯子枫手里拿着从孙立人枕头底下偷来的钥匙，轻车熟路很快便进入前院屋子，来到柜台前，只三两下就打开银柜：里面除一根根卷好的银棒，另还有几张银票，估计未来得及存钱庄。子枫划亮火柴细瞧，见一张五千，一张一万银洋银票，还夹有一张省城金州银号的兑换券。他心中欣喜，忙从腰间解下事先准备好的包袱，一满揽了，扎好拎着。然后，重新锁好银柜，关好房门，还回钥匙，趁着夜色出门去。出门没走多远，遇盐场一帮巡逻的监工，子枫谎说府上有紧要事，老爷唤他回去一趟。监工们见是主人，也并不怀疑，还向他讨好说：“大少爷天黑走好！”

子枫大少爷出了霞山盐场，一路疾行，很快便回到镇子上。转来自家大门口，匆匆将一封提前写好的书信从门缝隙塞了进去。信的内容大概意思是告别父母，说你们都容不下我，我准备外出闯闯，请家人不必为我担心。丢下书信后，他就心急火燎地直奔钱江东头“春来茶馆”李二嫂而去，他要带李二嫂一同前往上海闯荡。到得“春来茶馆”门外，他急忙上前去敲门。敲了半天都无人应，想必她睡太死，就再敲。再敲里面终于有了回应，是李二嫂的声音，她嘟噜问：“是谁呀？大半夜了还来敲门，有事天亮再说。”子枫回说“是我”，她就不再问。接着楼上灯亮，随后便听见李二嫂噔噔噔下楼来，门开了，借着街边亮光，只见李二嫂还光溜着身子，胸前只围了块薄布，大半个奶子袒露在外。她把子枫让进屋里。子枫瞧她那扮相，就问屋内是否还有别的男人。李二嫂说哪会？子枫就要她赶快上楼去穿衣裳跟他走。李二嫂问去哪儿呀？子枫说：“前几天不是讲好的吗，去上海。快去收拾吧，我们连夜走，迟了……就走不了了。”李二嫂不作声，子枫就催她抓紧点，别磨蹭了。李二嫂仍旧慢慢腾腾。上得楼来，她一屁股坐在床上，开始支支吾吾说：“我……我我……我不想去上海，要去……你自己去。”

“你说啥？不是讲好的吗？怎就……好啦好啦，抓紧收拾！”子枫说。

“咋说啦，当时……我还以为你是在开玩笑呢，谁知当真要去？”李二嫂向他解释说。

“我的姑奶奶呀，我哪儿是在与你开玩笑？是真的，是

真的！现在……你啥也别说了，赶快收拾跟我走，再迟就来不及了。”

“我不去。走了这儿谁打理？”

“都这节骨眼上，还惦记那干什么？到了上海……有得你吃住，尽管放心！”

“哪我也不去。我劝你也别去了，在这儿不是挺好的嘛。到了外面……人生地不熟的，谁还拿我们当人看？闯江湖可不是那么好闯的，闯得好还行；闯不好，睡马路，饭都吃不上。我才不愿跟着你受那罪。”

“凭本少爷的本事，一定混得不会差，你就相信我。况且，我们又不是空手打天下，你怕个啥？！”

“我知道你不会空手。可花完呢，花完咋办？”

“你说的是坐吃山空。我要干大事，此去……可不是为了坐吃山空！”子枫急切地解释说。

“要去……你还是自己去吧，等你干大事了再回来接我。你放心，我不会跟别人跑的。”

“我说你个娘们，说话真不算数。之前说得好好的，怎突然说变卦就变卦？”子枫开始生气道。

“……”李二嫂咿咿呀呀不作声。

“唉，真是一个没良心的东西，水性杨花。待爷去上海闯出个名堂来给你瞧瞧，到时你可别后悔！”外面天色已不早，不能再磨蹭，再磨蹭天就要亮了。无奈，他只好只身离开，临走时不忘愤愤骂上一句：“臭婊子！”然后，往地上猛吐一口唾沫下楼去。

第十二章　桂子飘香

一

第二年的仲秋，仁昌从省城国立理工学堂毕业回到了桂花镇。他没有去冯府，而是去了钱江书院，与文先生创办起了“钱江乡学”。钱江乡学与钱江书院不同之处在于：钱江书院过去为成人们科举走仕途而兴办，习“八股”，重诗文；而钱江乡学，则是乡村小学堂，教授孩子们识字作文，还教孩子们学数理，引导他们崇尚科学，接受新思想，开启民智。

“钱江书院”改为“钱江乡学”得到了众人的支持，也得到冯德昌老爷的支持。冯老爷不但出资为学堂添置桌椅板凳，还出资帮修缮了校舍。因书院好多房屋年久失修，已变得破败不堪。他还联络桂花镇众乡绅为新学堂踊跃捐款，筹集资金。所筹款项，除用作学堂的日常开支和职员的工资外，其余则作为学杂费补贴：凡桂花镇年满八、九岁的孩子们，无论家中贫富，都不用掏一文钱，均可来这里念书。

冯德昌的这些善举，得到集兰县国民政府的表彰。桂花镇的人也夸说冯德昌老爷是个大善人。

善不善人暂且按下不说，单说仁昌之前与秋云去省城读书，放学回家途中被李阿喜抓去兵营；后来仁昌被释放，秋云则被逼成了熊麻子的姨太太；再后来，熊麻子出兵打仗，离开省城，冯家人便开始寻找秋云的下落。冬去春来，时间一晃两三年过去，始终都未探出个确切消息。有人说秋云跟随熊麻子司令远去了北方；又有人说往南去了广州；更有传说漂洋去了日本。说法五花八门，但都似是而非，近乎神话，无从可考。秋云的二叔冯德信也通过关系在省府衙门内打听过侄女的去向。有了解熊麻子的则说，队伍开拔去了北方，熊麻子携家眷一起离开了省城，具体去哪就不清楚；当兵的东奔西跑，四处打仗，落脚哪有个准地儿。不了解又爱说牢骚话的则道：熊麻子这人飞扬跋扈，他来到省城做城防司令，根本不把我们这些省府官员放在眼里，他要去哪儿打哪儿，哪能告诉我们。不过，衙门内也有一较细心的职员偷偷告诉冯德信，说在济安路上有一家日本人开的料理店，老板是个女的，叫稻田信子，熊麻子驻防省城时，曾有人瞧见秋云与她有来往，不妨去那儿打听打听。冯德信欣喜，非常感谢这位朋友提供线索。之后，他就选了个晴好的上午，带了礼物去济安路拜访那日本女人。那家日本料理店就坐落在济安路街西头，位置比较偏僻，不过冯德信很快就找到它。下车后，他整整衣衫，便准备上前去探问。他刚到店门口，就被两个日本男侍客拦住，说这里只接待日本客人，中国人不得入内。冯德信解释说自己是来拜访你们老板稻田信子的。俩日本侍客说不行，拜访需她的邀帖，没有邀帖不接见，请回吧。冯德信说自己有紧要事找她，烦请通报一声。俩侍客就说，有啥紧要事情，就对我们讲吧，通报就不必了，过后会将情况转告我们老板的。冯德信说那怎么行？非要面见你们老板才好讲。冯德信与俩侍客在门外的争论，引来店内其他人的注意。此时，一位年纪有三十五六岁，打扮得妖里妖气的女人从里间走了出来，样子有点像日本浮世绘。她瞧瞧站在门外的冯德信和俩侍客，慢条斯理地问：“什么事在这里瞎嚷嚷，不怕影响里面客人用餐？”听口气应是个管事的，说不准她就是稻田信子。冯德信遂抢先一步回答：“我是来拜访稻田信子老板的，猜您就是吧？我是本市霞山盐行的掌柜的冯德信。我是来向你打听我侄女秋云小姐下落的，……你可知道她去了哪里吗？可有她的消息？听人说……她过去常来您这儿，您能告诉我她在哪吗？家里人快急死了，四处在寻找。”对方听了，先是诧异，继而表现出迟疑，似乎不大情愿听他说话：“这位先生，您的意思我明白了。我从来都不认识您所说的秋云小姐，您弄错了。请您离开这里，别影响我做生意。”

“秋云小姐是我的侄女，他是原城防司令熊麻子的姨太太，姨太太！”冯德信忙向她作解释。

“我说了，我并不认识先生你所说的什么小姐、太太。请你走吧。”

冯德信还想再向她作解释，只见旁边俩日本侍客用双眼恶狠狠地瞪着他。无奈，他只好讪讪离开。稻田信子见冯德信离去，昂首轻蔑一笑回店。

冯德信找人吃了闭门羹，心里懊恼，带来的礼物没派上用场，一气将它扔进路旁的垃圾堆。没行几步，觉得白白丢弃可惜，回头又将它捡起，嘴里嘟噜：臭娘们不受，拿回去自己享用。刚刚摸到的一丝线索，便就此中断了。后来，冯德信又在当地的《金州晚报》上刊登寻人启事，最终一无所获。总之，这两三年，冯家人一直都在寻找秋云小姐的下落，从没间断过；时至今日，功夫没少费，路没少跑，银子没少花，但仍然杳无音信，慢慢也就心灰意冷，不再过问，是死是活只好听天由命。唯有仁昌心里还牵挂着她，放心不下。

冯家大小姐秋云人到底去向何方？这里话还得慢慢从头说起。

自从秋云被抓进兵营身陷囹圄，后遭熊麻子奸污，她就像只小鸟被人关进笼子再没了自由，任人欺负和蹂躏。她渐渐明白一个道理：在强盗面前反抗只能是徒劳的。她只有含垢忍辱做了熊麻子的姨太太。熊麻子自是高兴，就如费了好大工夫才逮到手的一只猎物，任其玩弄。秋云有泪也只能偷偷往肚里咽。慢慢泪干了，不哭了，人也发生了质的变化：她不再像只小鸟任人摆弄，与其窝囊地活着，不如展展庹庹。换句话说，面对有枪有炮这样的强人，又谁能与之相抗呢，家人？朋友？还是其他所谓的厉害人？答案是否定的。在弱肉强食这样的生存环境中，没有人能救得了自己。她在想：既然如此，好人做不成，就跟着坏人做坏人，这总该行了吧？我看有谁还敢拿自己不当人。于是，她不再悲伤，不再感叹自己的命不好。她开始振作精神，出入省城各大商场、酒店。哪里繁华专往哪里去，成堆成堆往回采购那些名贵珠宝和西洋饰品。第一步她先跟钱较上劲，省城几大有名商场，几乎都被她光顾过。大太太李六娘则说你这是疯了，买这多东西在家……又不能吃不能喝放着有啥用？秋云说，反正我就是要买。熊麻子也劝，她不听，再劝就发脾气。无奈，熊麻子只好随着她，说好好好，买吧买吧，本司令有的是军饷，再不行……就找家肥猪杀，不怕他不出钱。就这样过了一段落，腻了。不久，秋云又跟人较上劲，没事就带上卫兵上街去瞎溜达。瞧哪儿不顺眼，就要卫兵上去调教。有一回，一富家子弟带着一艳妇在街上逛。秋云把手一挥，随行几个卫兵，上前就对那富家子弟一顿暴打。那富家子弟不明就里，稀里糊涂就挨了揍。待他从地上爬起，两只眼窝全黑了，门牙也只剩得一颗。秋云瞧之，咯咯咯大笑，心里异常开心。还有一回，路过江州省政府衙门前，此时，正值上班时间，人人行色匆匆。突然，一部油亮黑色轿车嘎然一声停在省府大门前，只见从车后坐上下来一位穿着光鲜的人物，猜应是衙门某个部门拿事的。秋云不管这些，要卫兵上去教训教训，别让他那么神气。该官员很快就被扑过来的一帮卫兵摁倒，一顿狠揍。

事后，消息通报至营地，方知被揍的那家伙，就是当下江州省国民政府的主席。秋云以为这回惹下大祸了，谁知熊麻子人霸道，根本不予理睬。那省主席恼羞成怒，骂熊麻子真乃一粗鄙狂人，蛮不讲理。熊麻子则回话气他说："粗鄙又怎么样？再胡说八道，端了你个省政府老巢，什么狗屁主席，给老子擦屁股都不要！"后来呢，这事也就不了了之。再后来，秋云又盯上市内的几家酒楼。像"逢源盛""聚福隆""神仙会""达三江""得意春"都被她折腾过。其中有一叫"鸿福楼"的，被她折腾得最惨。鸿福楼老板有黑帮做靠山。一日，秋云带着五六个卫兵出去逛街，逛着逛着就来到了鸿福酒楼门前。秋云说进去看看。陪伴的丫鬟说"该酒楼有背景"，提醒姨太太注意。秋云则说："难道还怕他不成？！"随后，她便与卫兵走了进去。店小二见有女贵客到，且身后还跟着几名当兵的，忙殷勤招呼她楼上请。秋云上楼厢间坐定后，店小二一连报出几十种菜肴供她选择。秋云瞅了那店小二一眼，说："店里有的……全上！"店小二惊疑，说："这位太太，那得摆好多桌呀，你们吃得完吗？"秋云说："少废话，吃不吃得完不关你的事，只管上！"店小二说："唉唉唉，是是是，全全……全上。"半个时辰后，三四十个菜品全上完，满满当当摆了两大桌。秋云拿起筷子，每样菜只挑起一小块放舌尖尝尝就不再动；有些菜连碰都没碰一下，起身就要离开。管账的走过来收钱。秋云则不屑说，老娘在偌大的金州城吃饭从不付钱，要对方滚远点，别惹她生气。管账的还要说什么，即被当兵的端枪给挡了："再啰嗦，老子一枪嘣了你！"管账的瞧着黑乎乎的枪口，俩腿发软，吓得不敢再开口。秋云便与一帮卫兵准备下楼去。楼梯刚下一半，突然从身后传来一声吼："站住！"

秋云与几个卫兵回首一看，只见身后楼梯口处，一矮胖男人领着十几个黑衣壮汉，一字排开，每人手里拿着一把板斧，明晃晃泛着阴光。秋云一愣，说："你们这是……要干什么？不就是吃顿饭吗！"

对方领头的(估计应是酒楼掌柜)则说："请把饭钱留下来，否则休想离开！"

卫兵中有一人小声对秋云说："太太，我们遇上斧头帮了。他们人多，我们人少，还是小心点为好。"

秋云不服气，对那帮人说："不留……又能怎么样？！"

"那你就等着你的家人来帮你收尸吧！"对方口气强硬。

"咯咯咯……笑话。我看你们哪个有种……敢碰老娘一下试试？让你们吃不了兜着走！"

"把钱留下！否则就不客气了。臭娘们，别以为身后跟着几个背枪的爷就怕了，惹毛了……连他们一起宰！"

秋云在想，这回真还碰上硬茬了。俗话说，"好汉不吃眼前亏"，就先让让，回头再收拾他们。于是，便将口气放软和，说："不就是钱吗，干吗搞得那么生杀吓人的，给你们还不行吗？"说完，伸手从手提袋里面摸出一张千元银票，握在手中朝对方晃晃说："一千银洋，不用找了！"扔在地上。转身对卫兵说："我们走！"然后气冲冲疾步下楼出门去。

就在秋云与几名卫兵离开后大约一顿饭的工夫，鸿福楼门外，突然来了六七辆卡车，车上满载荷枪实弹的士兵。他们一跳下车，便纷纷将鸿福楼团团包围。瞬间枪声大作，鸿福楼内火光冲天，浓烟滚滚。一个时辰前，还气焰嚣张的黑衣斧头帮，此时个个鬼哭狼嚎，从火海中挣扎着往外逃，谁知刚一出门便被当兵的射杀。没逃出来的则被活活烧死，包括矮胖掌柜的和那管账的及店小二。鸿福楼之所以遭此厄运，不用说是他们得罪了不该得罪的人——那就是城防司令熊麻子的姨太太秋云。秋云与一帮卫兵回到兵营后，就找熊麻子大吵大闹，说鸿福楼的黑帮欺负了她，你管还是不管？熊麻子听后大怒，说这帮人也太嚣张了，竟敢把他这个城防司令都不放在眼里？！当下便调集了一个团的兵力，一声令下把个鸿福楼给灭了。

秋云的这种恶作剧，其实她是在发泄自己内心中的怨恨。但她并不知道，她这一系列的举动，被一直躲在暗处的日本人盯上。这天稻田信子送来帖子，专门邀请她来本店吃日本料理。秋云没尝过这玩意儿，不懂这日本料理是咋回事，出于好奇，她欣然接受邀请。到店后，店老板是个女的，名叫稻田信子。秋云一坐下，稻田信子就向秋云吹嘘她的日本料理做得如何如何的好，大和民族多么优秀。秋云对这些空话没兴趣，她只是想亲眼瞧瞧这日本料理是咋回事；亲口尝一尝是啥味道；它与中国菜又啥不同。原来这日本料理，是用各种食材做成的卷子，日本名叫寿司。还有鱼生，也就是将鱼切成很薄的生鱼片，将葱、芫荽、酱油、芥末拌后蘸着吃。初吃很呛鼻，很冲，没吃过的绝对接受不了。秋云也是头一次，在稻田信子的指点下，只尝了一口就表情扭曲，碍于面子她只好硬撑着。最后，她转向寿司糕，她觉得这东西不难吃，黏黏的，花花绿绿很爽口，做得也精致。随后，除喝茶，她就专吃这个，不再碰那生鱼片。稻田信子笑了，两手朝外拍了几下，很快又端上几款别的菜品让秋云品尝。俩女人开始时还有点生疏，慢慢便熟了，甚至无话不说。秋云向对方说些熊麻子打仗的事；稻田信子则向秋云说些日本明治维新的事。你一句我一句，甚为热络。从此之后，俩人便结成好友，稻田信子也便成了兵营里的常客，时不时带些日本货送给秋云。秋云见到这些稀奇古怪的东西，对稻田信子心存感激，视若知己。

二

中华民国八年五月，熊麻子与冯国璋部在争夺莱阳城的一次激战中身亡，秋云也从此下落不明，人们误以为她也遇难。就在人们从记忆中慢慢将她忘却时，也就是在熊麻子战死沙场后第三年春天的一个下午，从桂花镇码头的一艘货船上走下一位穿戴讲究的女人：只见她留一头卷发，着一件淡灰色的连衣裙，脚蹬一双黑色高跟皮鞋，手里拎着只棕皮箱子。有人眼尖，认出她像是冯家大小姐秋云，转即又怀疑不是，因在人们的记忆中，冯家大小姐穿着打扮可从不是这样子；即便是，据说不是死了吗，怎会突然出现在这里？或许为长相与之相似的某个人也难说，近来，在桂花镇常出现一些稀奇古怪的人，穿戴也一样稀奇古怪。此年轻女人是否真就是冯家大小姐秋云，一时印象模糊。她上岸后并未去冯府，而是目不斜视径直朝钱江书院方向走去。

人们的眼光没有错，其实，她真就是冯家大小姐秋云。她此次回桂花镇主要为打探仁昌的消息。这些年来，她虽在外漂泊，但心里一直都还牵挂着仁昌。熊麻子战死了，队伍被打散了，她逃了出来。她跑去学堂找仁昌，学堂的人说仁昌早两年就从理工学堂毕业。又据昔日同学说：他回乡下去了。她猜他一定是回了桂花镇。因此，这才匆匆赶来。远远望见自家的大门，她却不想回家；她恨那个家，也烦那帮人。她首先考虑去书院找文先生，打听打听仁昌的去处，保不中碰上仁昌人就在书院，她心里一边想着，不禁暗自笑了。当她风尘仆仆来到钱江书院大门口时，眼前的变化让她着实一惊：昔日的钱江书院已非原样，外观虽没变，但门头已重新粉刷过，焕然一新，给人一种新鲜感。尤其那块写着“钱江乡学”的大吊牌，白底黑字，格外醒目，让人不觉眼前一亮。她虽暂且尚不知书院里到底发生什么事，但当她看到这一切时，心里不免怀有丝丝欣慰，一种亲切感油然而生，毕竟这里曾给她留下过美好的回忆。

秋云怀着忐忑不安的心情跨进书院门，隐隐约约闻听到院内有朗朗的读书声传来。此时，她似乎彻底明白了什么：这里已改为乡村小学堂。对于书院的环境秋云并不陌生，她进门照直闻声寻去。

朗朗的读书声使从中庭房屋飘出的：

青菱小，
红菱老，
不问红与青，
只觉菱儿好。
好哥哥，
去采菱，
菱塘浅，
坐小盆。
哥哥采盈盆，
弟弟妹妹共欢欣。
青菱小，
红菱老……

中庭房屋的一间教室里，仁昌正在向学生们讲授《采菱歌》，这是临仿课后，他教同学们的第三首儿歌。第一首为《晓日》，第二首为《秋天早上好》。同学们在仁昌先生的指导下，朗读完《采菱歌》，仁昌说：“同学们，今天这首《采菱歌》就先学习到此。为了温故而知新，接下来，我们再把昨天学的那首《秋天早上好》合上书，从头到尾背诵一遍。我启头，你们就跟着开始背诵。秋天早上好……”

秋天早上好，
白云飞，
红叶飘，
月光淡淡星光小，
只有早起的人，
才能看得到。
秋天早上好，
墙角边，
树枝梢，
虫声唧唧鸟声闹，
只有早起的人，
才能听得到……

正当仁昌全神贯注教授孩子们课文时，忽然发觉教室门口站着一个人，正在注视着他。他看清是位女士，穿戴洋气，打扮入时。待目光与之相碰，对方则微微一笑，并招手朝他打招呼。他误以为是省城来此采风的画家或记者，遂要学生们自习，自己则放下手中的书本迎了出去。

“请问小姐，你有事……找我？”仁昌一踏出教室门，就随口问对方。

“哦哦……哦……哦，咯咯咯……仁昌，我我是秋云啊！不认识啦？”秋云原为找文先生打探仁昌的去处，忽听得朗朗的读书声，又闻得似曾有些熟悉的声音，就寻声赶来。果不出所料，看到了仁昌，令她欣喜不已，脸一下绯红，心怦怦在乱跳。

仁昌迟疑，一时懵了，遂将眼睛睁大来看。只见面前站着的这位年轻少妇，留一头卷发，白皙的面庞之上架一副金丝眼镜，是眼镜让他产生错觉，没能立刻认出她就是自己日思夜盼的冯家大小姐秋云。经对方提醒，他这才恍然大悟，看清真乃秋云也。

“啊——？是秋云姐，你真是秋云姐？你你……你怎么成这样了？一时没认出,还以为是谁呢。你可让我找得好苦呦！走，去屋里坐，别别……干站着。”仁昌陡时情绪激动。秋云也满心欢欣。仁昌回头让同学们自行预习功课，同学们齐声说好。然后，他转身帮秋云拎了行李，遂一同去住处坐。

接下来的事，不说你也猜得出。二人互诉衷肠，互诉相思之苦。仁昌则诉被抓进兵营前前后后所发生的一切事情，及后来冯家人包括自己如何苦苦寻找她，毕业后回乡办学的事。秋云呢，却避重就轻，有所选择地只诉说了她被抓进兵营身陷囹圄所遭受的折磨；为了活命，她不得不屈服于熊麻子的淫威，做了他的二姨太；虽如此，但心中却一直都装着仁昌。对于她如何出入商场、酒楼、殴打江州省政府主席、灭了“鸿福楼”的斧头帮并与稻田信子往来密切的事只字不提。仁昌问她：“后来这几年，离开省城你都去了哪？家里人可没少满世界寻你，一点消息都没有。”秋云犹豫一下方缓缓对仁昌诉说道：“唉，后来呢，队伍开拔，离开省城，去莱阳打仗。战事激烈，炮火连天，部队整整鏖战了七天七夜，守城的和攻城的死伤都很惨重。城墙下堆满了尸体，城壕几乎被尸体填平，血水横流。我与李六娘，对了……李六娘她是熊麻子的大太太，我俩随司令部住在城外一处院子，整天心惊肉跳，总怕有所不测发生意外把我们也卷进去。战斗持续到第七天，莱阳城内已断水断粮闹起饥荒，眼看就被拿下，谁知一颗流弹飞来，不偏不倚落在了司令部指挥所的屋顶上，瞬间屋顶被炸开了花。所幸我与李六娘住后院，不然也没命了。熊麻子与司令部那帮人被炸成了碎片，连尸首都未曾找到。我想，这下完了，司令部都被炸飞了，还待在这儿干吗？李六娘说她想回颖州，李六娘的老家在颖州。她问我去哪儿？我说，我哪儿也不去，还是回江州省城吧，再作打算。后来，我俩便分手逃离了莱阳。”秋云略作停顿，皱皱眉头，想继续往下说，抬头见仁昌俩眼静静盯着她不放，像听说书一样，遂有点不好意思，不觉脸红。仁昌却并未感到有啥异样，一脸好奇和疑惑不解，意欲继续探寻下去。秋云只好接着往下讲，她呷了一口茶水道：“后来呢，后来我回到省城没了去处，原住处已被人占去，又没脸去见我二叔，只好投奔曾经相处较好的一位姐妹那儿，暂时有了落脚地。有了落脚地，就抽空跑出去学堂寻你。学堂说你已毕业，早离开。我问去哪儿了？对方说……这就不知道。后再经打听，同学中有人说你回乡下了。我猜，你回乡下……还能回哪儿去，无非是桂花镇。所以，就赶来了，果不其然……嘿嘿嘿你在这儿。”

“唉，世事无常，变化不定，你经历这多事，现在自由了，就别乱跑了，还是这儿清净。现在，我与文先生一块办起了乡学，教孩子们读书认字，你都看见了，我觉得很好。秋云姐……你回来了，就别走了，咱们一起教学生，你看咋样？”仁昌说。

仁昌说完上述话，秋云并没立刻就回应，只是微微含笑带过。仁昌见她犹豫，自觉话问得有点太唐突，遂岔开话题说：“秋云姐，你若暂不急着回家看父母，就先在我这里休息，一路风尘仆仆的，我让吴妈准备饭菜，就说你来啦。然后再弄些热水来，你洗洗烫烫脚，一定是累了，好好放松放松。吴妈自办起乡学，就来到书院专门帮做饭。饭后，我们一块再去见文先生，你好久没见他了，他年纪高了，行动有些不便。”

秋云见他如此细心和善解人意，遂爽朗答应说：“行——！”

仁昌出去了。

不一会儿，吴妈打来热水，见到秋云后，甚是惊喜，笑盈盈的，笑声中似乎半含了泪花，像多年失踪的亲人突然回到自己身边，又是问长又是问短；又是嘘寒又是问暖；情真真意切切，话语中无不流露出对冯家大小姐的关心和爱怜。最后，她说："囫囵回来了就好，回来了就好。"旋即又夸说："几年不见，出脱得跟天仙一样，我老婆子活这大岁数，还没见过长得像大小姐这样的美人儿，就是皇宫里的娘娘也比不上你。"

秋云一边梳洗，一边时不时回答吴妈的问话。吴妈话多，呱呱嗒嗒了一阵，呱嗒完，这方说要大小姐梳洗完坐了歇息，自己去准备饭菜，走这老远路，一定是饿坏了，灶上啥都现成的，很快就弄好，让秋云稍等，然后抬腿出门去。秋云听了吴妈这一大堆关切的话，并未嫌她说话啰唆，反而倍觉温暖，对她表露出感激之情。

秋云确实饿了。

吴妈用木盘帮她端来一碟青椒炒肉片，吴妈知道她吃得辣；一碟烧茄子，两只鸡腿，一碟蒜泥牛肉，外加一小碗酱油泡花生。放下这些后，她又溜着小脚很快从厨房弄来一碗刚煮好的鸡蛋肉丝挂面，上面撒了细碎葱花，香气诱人，还冒着热气呢。除此而外，还外加一小摞摊饼，黄澄澄看着都流口水。晚饭算得丰盛，秋云瞧之早忍不住了。她说这多菜，要仁昌一起来吃。仁昌进屋后说他吃过中午饭了，晚饭尚早，暂还不饿，让秋云赶快吃，不要管其他人。秋云就笑笑说："那我就不客气了。"说完，拿起筷子就开始狼吞虎咽。仁昌见她那狼狈相，笑着提醒她吃慢点，别噎着。秋云眄了他一眼，一咧嘴继续吃她的。仁昌便说他去教室看看，一会儿就回来。秋云嘴占着，就点点头。仁昌出去后，秋云不再拘束，甩开腮帮子随意吃喝起来。很快面前那些菜肴就被她风卷残云吃剩小半。这会儿，她抹抹额上的汗，方停下歇息歇息；然后又端起面前的那碗肉丝挂面吃起来，连汤带面三两下扒拉完，这才松了口气，老老实实坐了休息。没多一会儿，吴妈进来，问她吃饱了没？秋云说吃饱了吃饱了，谢谢吴妈。吴妈说，谢个啥，又不是外人。秋云就笑笑。吴妈收拾碗筷出去了。秋云就坐了喝茶，等仁昌回来。

天很快便黑了。

仁昌带秋云去后院拜见文先生。文怀远先生见自己的弟子回来了，甚是高兴。文怀远先生是过来人，说话比较中肯和含蓄，不比吴妈那种胡叨叨。他对秋云说："大小姐……回来了就好。生逢乱世，人情世态，变化不定，不宜太认真。有尧夫云：'昔日所云……我而今却是伊，不知今日我又属后来谁。'人常作是观，却胸中冐矣。人一生要经历很多事情，很多磨难，有些属时运不济，有些属外界所强加，但遇啥事都不能趴下，活着才是最重要。人来到这个世上……多么的不容易，一定要珍惜自己。谁人没有个七灾八难，就像我……咱不能因此就随随便便把自己给……毁了。不是一番寒彻骨，怎得梅花扑鼻香。你是个好孩子，秉性灵秀，能诗善画，神情开涤，将来无论做啥一定大有出息。过去的就让它过去，不必太在意，打起精神开辟新生活，一切都会好的。大小姐，你相信我的话。"

秋云感激，点头微笑说："先生，我相信。"

文先生还为秋云讲述了一大堆处世的哲理，秋云均一一点头。仁昌静静坐一旁一句话不插，陪她一起聆听文先生的教诲。

夜很静。师生久别重逢，有很多话要说。不经意间，时间已过去两个时辰，接近夜里子时，仁昌就要文先生早点歇息，不再打扰，主要是秋云奔波一天也累了，准备起身告辞。出门前，文先生还不忘叮嘱几句，要秋云把心放宽，你还年轻，后面的路还很长，一定要快乐地生活着，不可自暴自弃。秋云回说我会的。她心里清楚，文先生一定知晓这几年她在外面所经历的一切，所以，今晚的诸多话，他一直都在安慰她，替她担心。

三

夜深人静。

仁昌与秋云从文先生那儿告辞出来，一起返回住处。起初，并不感到有啥异样，渐渐就有点不好意思起来：深更半夜，俩孤男寡女独处一室，你想还有比这更让人难为情的事情吗？一个坐在床头，一个坐在桌旁凳子上，都呆呆坐着不说话，目光投去一边，好像各自都在想心事。夜虽已深，说实话，仁昌真不舍她离开；他知道她除比自己大几岁外，从血缘关系上论，她还是自己的亲姐姐呢，怎好开口撵她走？她这些年经受了那么多磨难，我不能再伤她的心。但男女有别，总得想个法子呀？不能这么干坐着，她早困了。就秋云而言，此刻她身体已非常疲倦，坐在床头的她，恨不能立刻就躺上床睡他个囫囵觉，但她没有，她在等待仁昌的安排，心想在这寂静的夜晚，能与他共枕同眠将是件多么美好的事情。想到此，她不禁俩脸颊发烫，怕他瞧见，遂不好意地埋下头去。

“秋云姐，你……你你喝水不？我帮你倒。”沉默良久，仁昌率先开口了。

秋云一愣，不再想心思，回说：“不不……不喝。”

“时间太晚，我送你回家吧。家中老爷、大娘还有姨娘她们……都还不知道你回来呢。明天有空你再过来玩，我们好好聊聊，你看……”仁昌说。

秋云迟疑片刻，最终回答说：“嗯，那好吧……”

仁昌起身帮着秋云收拾行李，然后二人一同出门去。秋云的家在书院正门的街西头。月色下，俩人没行几多步便来到她家大门外。二人停住脚步都默默原地站着不动，也没有哪一个率先上前去敲门，都在等着对方有啥话要说。秋云这会儿在脑子里想：自己进门后，该向家中这帮人说些什么呢？老实说，她不愿提起之前的那些事。可她（他）们硬是要问怎么办？她讨厌这帮人，整天在府中争这争那，闹出一大堆是非来不算，还要把自己拉上做垫背。想到这儿，心头一股无名之火“噌”的往上蹿，恨不能把她（他）们一个个都啃了。此刻进不进门她犹豫了。仁昌见她干站着既不说声再见，也不上去敲门，遂帮她去敲。不曾想步子还未迈出去，就被秋云一把拽住，她说：“我我……我不想进这个家，我们还是回去吧，回书院。”

“啊……啊啊，来家门口了，还还是……进去吧？”仁昌惊讶。

“不进了。折回吧。”秋云口气肯定。

“这这这……都到家了……”仁昌心里疑惑。

“唉，走走——走吧。”秋云道。

“……”仁昌猜，她可能是跟家里人赌气。于是，就依她意见，一块儿踏着夜色重新返回到书院。

回到书院住处，仁昌要秋云睡自己床，他去后面菜园子与老杜头搭伙。秋云说：“行，就委屈你了。”仁昌遂向她交代一些铺盖的事，就准备关门出去。秋云此会儿却说要仁昌再坐坐，先不忙走。仁昌说夜已深，还是早点歇着。秋云说就陪她一小会儿。无奈，仁昌只得坐下来与她说话。秋云脸红，却不曾开口。仁昌就拣了些学堂的事情聊起来，没说多少句，见秋云对话题并不感兴趣，就又换个话题说开来。这时，却见秋云涨红着脸似乎有话要说，像是压在心头好久了。仁昌便不再说话，停下来静静等她说什么。她终于开口了，说：“仁昌，你不是……想我留下来吗？”

“对呀。你同意啦？”仁昌欣喜。

“那你……觉得我这人怎么样？”说此话时，她心跳得厉害。

仁昌一时犯懵懂，不知她后面这话啥意思，就随口一答：“好啊，像你这样漂亮的大小姐……谁人不喜欢？！”

“那你呢？”

“那还用说。喜欢！”

“那那……那你……那你愿意娶我吗？娶我，我就留下……不走了，与你安心过日子，当先生，一起教孩子们识字。”

“这这这……”仁昌惊得眼珠子老大，都快要掉地上，转而以为她在开玩笑，遂嘿嘿嘿抿嘴笑笑，说：“怎么……可能呢？嘿嘿嘿……秋云姐，你真能开玩笑！”

“刚说喜欢，眨眼就变卦了，你这是在哄人。”

“没错，秋云姐，我真的喜欢你；不信……你摸摸我这胸口，说的全是衷心话，根本没哄你。说娶……嘿嘿，你是我的秋云姐，你你……在说笑话，咋会呢？！”

“怎么不会？如此说来……我若不是你的秋云姐……你就答应不是？那我就留下来，与你一起做先生，教孩子。”说完，还未等仁昌回答，便扑上来在他脸上亲了一口。

秋云这一突然举动，让仁昌猝不及防，头脑顿时空白，不知如何应付，只能呆坐听由其摆布。秋云起身，继而又将他的头搂在自己的胸前。仁昌脸贴在她柔软地肌肤上，只觉一股股诱人的芳香往他鼻子里钻，让他局促和不安，呼吸变得紧张。渐渐的，他有点受不了，竟不由自主伸开双臂将她紧紧抱了。就这样，双方均不说话。大约沉默良久，秋云这才将手松开，俩眼满含着深情静静望着他，然后开始解她衣裙上方的扣子。仁昌并不知道她这要干什么。衣扣被打开了，秋云的半个胸部袒了出来，一件精致的白色丝织抹胸紧紧裹在乳房之上，一起一伏。秋云还要解，并移步向床前靠去。当她脱去鞋子，脱去连衣裙，半赤裸着身子躺在床上之时，仁昌再也控制不住自己，站起身来就向床头扑去，接下来便是一阵狂吻。秋云有点受不了了，腾出一只手向下极力去扯自己的小内裤。就在这一刻，仁昌却忽然一把将她推开，下床去一旁凳子上坐了，并双手抱头，又是抓又是拍打，嘴里喃喃在叫，显得极度恐慌："我我……我这是干什么呀？干什么呀？！我真是糊涂到家了，怎能做出这事来……"

秋云见他突然间变得如此慌乱，不禁诧异，满脸疑惑，误以为发生了什么紧要事情，遂坐起问他："你你……你这是怎么啦？难难……难道你不喜欢我？啊……？"

仁昌连连摇头，叹气说："不不……不是，不是……"

"那那那……那是为什么？说说说……说呀？"秋云一边穿衣裳，一边问仁昌。

仁昌这才站起身来，端起桌上的凉茶咕噜咕噜一口气喝完，然后放下杯子叹说道："唉，你有所不知，你我是……是是……唉，你让我咋说呢？"

"是是是……是什么？你说呀？！"秋云紧逼道。

"你我是亲兄妹。"仁昌终于说出口。

"啥？怎么可能。你你……你真能开玩笑！你姓仁，我姓冯，咋就成亲兄妹啦？不会还有别的想法吧？"秋云一时错愕。

"我我我……我没骗你，这是真的！"仁昌说。

"是真的？那你刚才还说喜欢我，答应娶我，没过一多会儿就变卦了。我知道你嫌我年纪比你大，更不是黄花大闺女了，配不上你。这样吧，我我……我走，我走还不行吗？！"秋云明显生气了。

"不不……不是，不是的。"

"那那那……那是为啥？！"

"我我……我也不信，我们怎可能是亲兄妹呢？然而，这一切可确确实实是真的，是事实。我没骗你。”

秋云不吱声了，一一整理好身上的衣裳扣子，眼中流露出无奈与失望，叹口气问他：“你既然说……没骗我，那你说说事情的缘由吧，你我怎么个亲兄妹法？否则……你啥也别说了，我全明白了。”

窗外，月色如银，树荫婆娑，一股桂花的芳香透过门窗缝隙徐徐飘了进来，沁人心脾，给这寂静的夜晚平添了一份别样的清幽。秋云质问，仁昌也不想再瞒她，遂冷静对她说：“这事，起初……我也不大相信，可老天偏偏不长眼，硬是要把你我俩分开。你说这不捉弄人吗？！”接下来，仁昌就将俩人为何会是亲兄妹的缘由说给她听。他说，之前他也不曾知晓有此事，从省城毕业回来方听到镇上有人在议论，还以为他们在拿自己开玩笑找乐子，就对他们说，你们这些人嘴上积些德吧，别没事了瞎编故事笑乜人；再说啦，冯府是啥人家？冯老爷是啥人？我一个穷孤儿哪有那福分，你们就饶了我吧。这些人就说：“我们没骗你，属真的，不信你去打问。”后来，我真上你家找干爹去问，又问我的养母静心，事实证明这一切全是真的。你知道吗，干爹也就是你父亲，他为什么对白云寺的一切事都表现出热心？他为什么对我养母生活上如此的关照？我养母为什么不让我与你走得太近？原来这里面深藏着一个巨大的秘密。啥秘密？仁昌就将养母静心师父实则为他的亲生母亲年轻时的不幸遭遇转述给她听。秋云听后，颇为同情。仁昌倚着前面的话继续往下说：“在我母亲走投无路时，也就是你我的父亲救了她，又将她安排在白云寺落脚。我母亲为了感谢他的恩德，后来就有我出生。因母亲生我之前已皈依佛门，冯府又是个大户人家，为了不影响他二人清白做人，规避那些闲言碎语，就只好将我说成孤儿，以孤儿的名义寄养在白云寺。静心师父也就是我的母亲，也就由生母变成了养母；冯老爷也就由生父，变成了干爹。至于说干爹呢，他始终没忘这段奇特感情，常常予我母子俩以接济和照顾，这你也知道，否则我也不会有今天。听说我母亲出家前名叫素月，静心是她皈依佛门的名字，为江州合安县人，后来跟了干爹才来到桂花镇。我说了这多……这会儿你应该明白了吧？”

“唉！看来这事……你们都清楚，就我一个蒙在鼓里。这上苍……真会捉弄人，哏哏……”听完仁昌上述这些话，秋云只觉胸中五味杂陈，说不出是啥滋味，不禁苦笑道。随后便不再吭声，端坐在床头，一副神情漠然。借着昏暗的灯光，瞧见两道泪水不由自主地从她眼角滑落下来，滴在床上。此时她心中的悲凉可想而知。仁昌知道她心里苦，想安慰安慰她几句，但又找不出合适的话来，就掏出自己的手绢递给她，让她擦擦泪水，然后试着对她说：“时间……已很晚了，一路奔波……累了，早点歇息吧。”

秋云两眼涨红，一抹眼泪，声音颤颤巍巍说：“你，你……你走吧。”

望着秋云那张纸一样苍白的脸，仁昌没再多言，只轻轻说声：“早点歇息。”然后把门带上，悄声离开。

四

第二天早晨天一亮，仁昌就爬起来跑去厨房交代吴妈准备早餐，早餐做好后先给文先生送去；秋云那儿由我亲自来送。吴妈知道秋云昨夜没走，消息是老杜头出门时告诉她的，说仁昌半夜了挤来他那里睡，所以才如此说。吴妈是个明白人，也会揣摩人心，答说：“我晓得了，大小姐人肯定累了，不吵醒她，就让她多睡会儿。”仁昌点点头，说是这个意思。然后说他先去前面教室转转，一会儿就过来。吴妈说，你放心，大锅里我熬着粥，加了莲子；小锅里盛着鸡蛋汤。还有一簸箕小笼包，我昨晚蒸的，待会儿吃时只需热热就行。菜品呢，我弄了几个凉的，热菜吃着没胃口，就算了。一盘清油炝黄瓜，一盘凉拌粉丝，一盘酸梅菜，外配一小碟臭豆腐。茶水呢，煮粥前我已冲好，文先生那儿，我这忙完腾出手便与饭菜一起送过去。大小姐那儿呢，按你所说的，慢点，等你来。仁昌说行，这样最好，随后转身去了前院教室。

吴妈人性格开朗，也是个热心肠，无论对谁都那么可亲可敬，从她嘴里说出来的每一句话，听着都那么的舒服。据说她年轻时曾在大户人家里做个丫鬟，很会伺候人，颇讨主人喜欢。只因命薄福浅，年轻轻就死了丈夫，留下一个傻儿子守着过活。这人啦，一辈子是好是坏说不来：前面路顺顺的，后面就有事了；前面倒霉透了，后面却突然间转好。要说，这都属命里注定。

书院大门响，是老杜头卖菜回来了。此刻，东边的太阳已爬上竿顶。仁昌猜秋云这会儿应该醒了，便打算去厨房弄了洗脸水给她送去，待她梳洗完就一起吃早餐。当他打好洗脸水，高高兴兴端来住处房门前，压低嗓子连喊几声秋云姐时，却发现屋内并无人应。仁昌以为她睡得太死，估计还没苏醒，女孩家身子单薄，跑这远的路经不起折腾，就让她再多睡一会儿吧，暂不去打扰她。于是，就又将已打好的洗脸水端了回去。

时间大约又过去了半个来时辰，仁昌想：秋云她此时应该起床了。于是便去厨房重新打了洗脸水端了去，用同样的声音轻喊了两声，仍无人回应。这就奇了，仁昌决定推门试试，没曾想房门只轻轻一推便开了，以为她早起床了，不回应是因为还再生他的气，不觉心里好笑。当他迈进屋却不见秋云人，连唤也不见回，四处一瞄，屋内竟空荡荡的。仁昌心生疑惑：她这是去哪儿了？转念又想，可能出门去方便或觉没事出门去走走；否则就是回家了，昨晚不想回，现在又想了。他弯腰将洗脸盆放在凳子上，就在他弯腰起身的那一当儿，忽然瞧见桌子砚台下压着一封信。他一愣，拭拭手去拿，顿时一种预感袭上心头：难道她……走了？不可能，要走起码打声招呼。遂展开目光四下察寻，看她的行李箱等物品是否还在？行李箱不在了，其他小件物品也不在了，床上铺盖叠得整整齐齐，其余一切则保持着原样。他似乎明白了：她真走了，连早饭都没吃一口就走了。他将信摊开来看，信是用他给学生拿来练字的麻纸写的，只见上面如此写道：

仁昌：你好！

我走了，恕我不辞而别。说实话，我这次回来是专冲你而来，别的都不重要。

这些年来，我之所以在这个世上苟延残喘地活着，都是因为你。你，让我有了活下去的勇气。然而上苍并不眷顾我这样的人，跟我开了一个天大的玩笑，让我无地自容。那个家我是不回去了，没意义；他们能对我说些什么呢，我又能对他们说些什么呢。我不想埋怨和责怪哪一个人，也不想把自己经历的那些事告诉他们。我已是遍体鳞伤，还再一层层地把伤疤剥开来给人看，有意思吗？往事已不堪回首，何必要拿自己的不幸让人看笑话呢。我走了，你安心教你的书吧，不必为我担心。请代我向文先生问好，同时也向你说声道别。我这一去，不知啥时我们才能再见面，不过一有机会我定会回来看你的，希望你莫牵挂。天涯何处无芳草，你放心，我自会找到一个适合我生长的地方！

暂且说这些吧。再见！

秋云仅此告别。

中华民国十一年四月二十日

信不是很长，但很深沉。仁昌看完信后，神情呆滞，站在原地一动不动，一时陷入长长的沉思之中。渐渐鼻子泛酸，两股热泪夺眶而出，噗噜噜滚落地上。他想再见秋云一面，遂丢下手中的书信，冲出门一路疾奔，朝钱江码头追了去。

第十三章　世事无常

一

岁月流转，光阴荏苒，转瞬时间已推移至民国二十九年。

这一年三月底的一天，一架绿肚皮上贴着红膏药的飞机在桂花镇上空盘旋了几圈，末了竟丢下两颗炸弹，一溜烟向东飞走了。

炸弹，一颗落在了老街口的镇公所；一颗则落在冯府的后花园。可能这两个目标比较明显的缘故吧。强烈而带沉闷的两声巨响，似乎要把个桂花镇掀翻。爆炸声一度引来人们阵阵恐慌。据初步传来的消息说：那颗落在镇公所门前的炸弹，炸死了前来赶集的一老一少；落在冯府后花园的一颗，则把地上炸了大坑，两个在冯府扛活的下人，一个被炸飞了一条腿，一个被飞来的弹片炸断了两根肋骨。冯老爷的书房也被掀去半个角，瓦砾散落一地。当时冯老爷恰巧不在书房，一早就去了白鹤楼，否则也遭殃。

飞机的到来，炸弹的爆炸，一度弄得人心惶惶，如临大难。这大难，云里雾里，让人迷惑不解：它来自哪里？为的是啥？因迷惑，所以也就瞎猜诌。

“贴这种膏药标识的应是日本飞机。这日本人不是在北京和上海吗，怎突然就打到咱这里来了？”

“这北京上海是在打，这架飞机估计来这儿侦察啥事，侦查完了……就四处乱逛悠，返回时……为了省油，才将身上的炸弹卸掉，图轻松。”

“政府……也实在太无能了，偌大个中国……老给一个小日本欺负。”

“自甲午海战，八国联军进北京，咱就没赢过。不是割地就是赔款，当官的没一个硬气的，只会窝里斗！”

“政府，祸害老百姓有本事，对外都他娘的怂包！”

“都抢着当皇帝，当了……又没本事把国家管好。前朝的不行，后朝的上来更加差劲。依我看……这回非亡不可。”

“唉，好人不当官，当官的都是些害人精，自古到今，多少代了，就出得一个包公。”

“可不是嘛。”

“现在听说……国军全力在剿匪，哪有时间顾得上去打日本人。”

“世上的事，真看不明白：明治维新，建立共和，这些东西不都是康梁、孙文从日本学来的吗，怎很快就翻脸……干上呢？”

“桂花镇离上海远，日本人不会到这儿来的。”

“是的，红毛子都没到，这日人也到不了。”

“依我说，先看看形势再做计较。”

“我也一样，躲，往哪里躲，这生意还做不？”

“退一万步说，这日本人来了，也得吃也得喝，所以，生意还是要给我们做的。只要我们不反对他，他也不会把我们怎么样。”

“软骨头，软骨头也！”

“……”

说这话的，都是本镇一帮生意人，聚在一起瞎议论。像杂货铺的容掌柜、绸布店的何五爷、洋药铺的李回春、做香料生意的冯仕奇、开当铺的许宗昌、干牙行的陆三爷等，还有暗地里倒腾烟土的白玉堂、经营码头的曹老四也混在人堆里。那些不常出门的，站一旁只有听的份。

无论这些人嘴里都说些啥，桂花镇的老百姓可没那么淡定，两颗炸弹受惊后，家家户户提心吊胆，如临大敌，惶惶不可终日。为保自家平安，有的已携儿带女提早躲去乡下；有的则将家中贵重物品找地儿藏匿地下，怕将来被人抢走；有的则担心这日本人哪天真打来了，怕没了吃的，没了穿的，就将手中的银票换成米面、煤油、蜡烛、洋布之类的生活用品扛回家去存放，觉得这样更保险。有闺女的人家，便托了媒婆急急找男人嫁了，放平时可不是那样，非来个挑三拣四不行，而眼下就另当别论了，只要有男人托付就不错，哪还敢再提条件；担心日本人来，被糟蹋就更不划算。有店面的，则出钱多请了守夜的，轮换值守，不怕一万就怕万一。珍贵点的东西，白天摆上柜，天一擦黑则赶忙收起来。更有远见者，则干脆卖掉家产，一家人投奔远方亲戚去了。

由于受到日机炸弹的影响，一段时间来，来镇赶集的人明显减少。而物价呢，却突飞猛涨，像米面、油盐、酱醋、蜡烛等生活用品，一天一个价：昨天一个铜板还能买得两斤米，今天就只能买一斤；昨天一个铜板还能买三斤面，今天三斤面就得两个铜板了。那些经营米、面的生意人黑了心，一个个坐地起价。像青菜之类，今天两个铜子还能买得一把，明天就得三个；因挑担来镇上卖菜的乡下人越来越少，胆小，怕遇着炸弹炸着。鸡鸭鱼肉，基本上看不到活物；连死鱼、死虾、死泥鳅都少见；想吃猪肉就更不用说了。即便瞧见有挑担挑筐的来卖东西，也被眼尖手快者冲上前抢了。本来一块银洋一只鸡，竟被三块银洋一只全买走了；本来一斤猪肉俩铜板，这会儿却涨成四个铜板一斤。即使如此，但还是有人大把大把往外掏银子。兜里没银子的，别说买了，连看都不敢看。有些投机商人则趁乱囤积居奇，然后再转手高价卖出去，推波助澜，致使物价高涨。

曹老四的码头呢，此时则变得更加热闹。一有货船靠岸，无论是米还是面或别的什么，都会被提早等候在此的人一抢而空，连好坏都不论，丢钱就走。放以往可绝不是这样，万般挑剔，千般压价，卖主被逼近乎亏本将货物让给这些人。

盐巴，毋庸置疑成为人们哄抢的主要对象，谁都懂，缺啥都行，生活中唯一不可缺少的就是食盐，它是一种必需品。冯德昌老爷还是有办法，无论男女老幼，每人只售给两斤盐，多了没有。有些人就从中投机，雇人排队，然后再转手卖高价。过去最被有钱人瞧不起的盐工，这会儿吃香了：无论是淘盐的，还是熬盐晒盐的，甚至打杂的，人人都想与他们攀关系，目的只为一个，就是想从他们手上多弄些盐巴出来。如此一来，偷盐事件便屡屡在霞山盐场发生，虽有监工日夜巡察，但还是避免不了被偷被盗。过去，曾有大少爷子枫压着，无人敢乱动，这会儿就一个孙立人，谁还怕。另外，那些监工也没有之前尽责了，能敷衍就敷衍，不愿多得罪人。

由此可见，日机的两颗炸弹对人们的心理震慑真可谓不小。人们担心事态会进一步扩大：这次只是丢下来两颗，下一次三颗五颗也保不中。两颗尚且如此，那三颗五颗甚至更多，那将是一个多么悲惨的世界？残垣断壁，陈尸遍野，哭娘喊老子，妻离子散……人们为了躲避灾祸，都在做着各种准备。能逃即逃，能躲即躲。房子先雇人看守，年轻的怕死，年老的土涌到脖根，死就死了，就请他们看守。钱财和贵重点的东西能随身带走就随身带走，带不走的就找个隐秘地方挖个坑埋着，待以后有机会再回来拿或天下太平了再挖出来不迟。家业大的，不忍心离开，就想死守；钱财先匀一部分出去安全地儿存放，只留少部分在手头。他们抱定：这日本人能不能打到这里来还不一定呢，两颗炸弹就吓成这样。退一步讲，这日本人真要到了桂花镇，他们也得讲道理啊：征粮征税要钱，人都撵跑了，找谁要？两国交战乃政府间在较量，挨得着老百姓啥事？哪支队伍来了，老百姓还不照样缴粮缴税缴钱。像冯府的大老爷冯德昌，对府上的几位太太就是如此训导的。他说：“躲是躲不掉的，既然桂花镇都不安全，躲哪儿也一样，还是看看形势再说吧！”

二

冯德昌虽如是说，为的是给府中太太们壮胆，但太太们听了心里并不踏实。时光流转，如今的冯府已非昔日。

先说大太太白玉屏吧，人年已逾花甲，虽还算不得风烛残年，但光景却大不如前。去年患上噎食病未痊愈，今又患上了腰椎疼，身子骨一天一天地虚弱下去。自从子枫那年离家出走后，对她的打击格外大，短短不几年头发全白了，走路要人搀扶，眼下可以说晚景有几分凄凉。她认为，自己都这把年纪了，死就死了呗，还往哪里逃？瞎折腾个啥？兵家打仗又不是没见过,管他日本人中国人来,能把我一个半死老太太怎么样？就待在家里哪儿也不去，并交代身边的下人也不许跑。白玉屏是与老爷站一块的，坚持坐地不动，先看看形势发展再说；哪有一见风吹草动，就跟兔子一样撒腿跑，吓破胆。

二太太何如雪，人也不再年轻，不过身体尚好。女儿秋云自去省城读书一别，再无音信，传言颇多，但难辨真假。有人说秋云做上官太太，在外面过得很风光；有人说，曾去省城办货，瞧见秋云跟个日本女人在一起；也有人说，早些时候，在本镇码头瞅见秋云回来过，但是不是本人……不敢定论，问问书院的人或许知道一些。何如雪找过仁昌，仁昌如实告诉她说秋云是回来过，但未等来得及告诉府上，她就又走了，而且走得又是那么急匆匆。消息是没有错，但令何如雪无比失望，为未能见上秋云一面而懊恼不已。秋云这一走，就是十多年。何如雪早上盼晚上盼，冬去春来，期盼女儿早点回家，即使回来瞅上一眼，她也便满足了，但最终未能如愿。在何如雪的内心深处，她把女儿秋云所遭遇的一切不幸，全归结在大太太白玉屏的身上：都是她那宝贝儿子与人争斗埋下的祸根，最后让人拿自己女儿当垫背。因怨生恨，从此以后，她不愿与大太太多来往，见面冷若冰霜，没一丝的热乎。她的娘家兄弟来过几次，说这日本人要来了，问她眼下是咋打算的？她说：自家老爷意思先看看形势，不忙走。你们也清楚，这冯家上上下下一大堆人，说逃……哪有那么容易，还有置下这偌大家业……丢弃不要了？只能先扛着。老爷说：他都不怕，你们怕什么？！娘家兄弟还是关心她说："你现在在冯府已是孤苦伶仃，没有哪个能帮你。若听你家老爷话，那不叫等死吗？你想想看，他一大家子人围着，哪分得身子去管你，他又不是孙猴子七十二变，到头来还不是要靠你自己，劝你还是跟我们一起回乡下去住安全。镇上的染房也暂先不开了，停下，等世道安静了再回来做。"娘家兄弟何如富、何如贵的话，无疑让何如雪颇觉感动，她心想这才叫骨肉亲。她决定听从兄弟的劝，与他们一起回乡下去。于是，她遂偷偷开始收拾手头那些金银细软，当然也包括与曹老四分得的那几件宝物，归拢好后，就通知娘家兄弟晚上趁天黑先帮她捎出去，最后再向老爷和府上人作别，想他们不会不答应的。

三太太夏林月，自十多年前儿子子桐落水身亡后不久，人就半疯了，整日披头散发四处乱跑。冯德昌加倍安排下人盯着她，但下人做事也有疏忽的时候。一天早饭后，几个照管她的下人不知因啥事耽搁，只一眨眼工夫竟发现夏林月人不见了，这可把所有人急坏，散开满世界地找；大街小巷全寻遍了也没发现三太太的踪影。后来从一打渔的口中得知：瞧见有一女人在钱江边上瞎晃悠，不知可就是冯家三太太夏林月？后派人去察看，果不其然就是她。从此，下人们也摸着规律，一旦发现三太太失踪，无论白天还是黑夜，就去钱江边上和子桐少爷当年落水的老榕树下去寻找，一准能找到。眼下，面对桂花镇上空如此紧张气氛，冯府上下才没有人会想到她的死活；一个全囫人对未来尚且生死难卜，谁还会把一个疯子放心上。对于她的死活，在大伙眼里，只能听其天由其命了。

四太太钱石兰，跟别的人情况都不同，她上前年生了儿子子业（子业，意即子承父业，是冯德昌亲起的），现一天到晚围着孩子转，才没空过问外面的世事。

对于冯德昌来说，可谓老来得子，自有幼子子业后，他自是乐呵。都说这孔圣人，其老子八十岁才生的，他冯德昌虽比不得孔圣人老子，但年届古稀，竟也能拨底生得一小后人，岂不喜煞？众人笑说他这是宝刀不老，东西厉害着呢，他就笑笑。子桐殁了，子枫出走了，仁昌又不愿回冯家，他人老了老了竟得一子，总归来说是件大好事，也算遂了他的心愿，家业传承不再担心后继无人。

四太太钱石兰自有了儿子子业后，人在冯府的地位迅速提高，从此不再受谁的气。她没事时，就老在心里想：这风水真乃轮流转，没想到转来自个儿了。过去那帮人，你争啊我抢啊，都争抢个啥？弄得鸡飞蛋打，最终落得病的病，疯的疯，离家出走的离家出走，又何苦呢？说穿了，这都属命，命里有时终会有，命里无时争也白搭！她敢肯定：这冯府偌大的家业继承权，将来一定非儿子子业莫属。想到这儿，她不禁笑了。

眼下形势虽人人喊叫紧张，满街似乎乱成了一锅粥，在她钱石兰看来，一点都不着急，不到万不得已……她是不会逃走的。至于府上其他人，爱跑不跑，管那么多。就按老爷说的办，看看形势再说。

冯家大院落了一颗炸弹，可没把全府上下人给震懵，钱石兰却显得异常冷静，出出进进跟没事一样，带上儿子天天上街去玩。有人就问她，这日本人就要来了，你不打算躲一躲，还带孩子出来玩？她回说，有啥好躲的，这日本人也是人，怕他干吗。对方一脸疑惑，转即又好像明白了什么，就对一旁的人说："这冯家四太太真不愧为虞参军的后代，就凭一颗炸弹想把她吓住，根本不可能。战场上的事她见多了。难说在娘胎里就跟着打仗，这点响动算什么。"

面对灾难就要降临，钱石兰显得大义凛然，气概不凡，死守家园，其实源于她心中所藏的一个鲜为人知的秘密。啥秘密呢？这就偷偷告诉你：话说钱石兰在怀上儿子子业的前一年，突然房中闹老鼠，吵得她睡不好觉，半夜三更起来驱赶，刚赶走，过一会儿老鼠又来。有一次为驱赶老鼠，一不小心滑倒，竟弄她个四脚朝天，可没把她气死。后来她四下察看，挪开室内柜子的一角，最终发现在柜底墙根处有一拳头大小老鼠洞，她猜：这讨厌的坏老鼠，夜里肯定是从这里爬出爬进。于是，她遂请来了泥水匠，要他赶快把那老鼠洞给堵上，越结实越好，越牢固越好。泥水匠没敢怠慢，就按她说的去做，说连一个老鼠洞都堵不结实，哪还敢在人前称泥水匠？钱石兰就笑说："那就赶快动手吧，还磨蹭啥？"泥水匠话说得轻松，谁知接下来的事情，并没有他想象的那么简单。原计划只一两块破砖，小半铲泥灰就能解决问题，谁知五六块碎砖塞进洞去，两三铲泥灰全用完仍不顶用，看来还得再加倍。泥水匠心里就好生奇怪，从没遇一个小小的老鼠洞这么费神。他怀疑墙内壁一定被老鼠掏空了，否则不会这样的，得动大工夫才行。他建议主家先扒开来看看，然后再思忖咋弄。钱石兰也觉好奇，是呀，一个小小老鼠洞，这多料填进去还堵不上，遂同意了泥水匠的建议。于是那泥水匠就找来工具，敲敲打打开始刨。他用力扳掉洞口周围的几块砖，竟发现墙壁内还嵌有一层厚厚的木夹板。鬼老鼠真厉害，竟能钻透这厚地木板。他伸手拉了拉，木夹板显得很结实，纹丝不动。这一发现让钱石兰吃惊不小，就招呼泥水匠将老鼠洞四周大面积的墙砖全拆下，探探除了这木板还有哪些名堂。泥水匠依照主人的吩咐做了。紧接着，鼠洞周围很大一片墙砖被拆卸下来，木夹板完全裸露在外。现在算彻底看清楚了：原来是扇小木门，在小木门的左首还装有一个小木闩。这一发现让二人都惊呼寻常。钱石兰的心开始怦怦乱跳，她不晓得这小木门之后都藏些啥秘密，想一探究竟，遂睁大眼睛盯着。她要泥水匠将侧面的小木闩打开。泥水匠试着拧了几下，没拧动。钱石兰要他再使点力。这一用力，门开了，露出一个巨大的洞口，当下从洞口往外冒凉气。凉气迎面扑来，不禁令他打个冷噤。再瞧瞧洞内，阴森漆黑一片，仿佛深不见底，让人毛骨悚然。泥水匠与钱石兰被眼前出现的这一景象，吓了一大跳，惊得目瞪口呆：屋内怎会隐藏如此大的一个地洞口？钱石兰说她在这屋子里住了十几、二十多年，怎一点不知道，真是吓死人了，一时不知所措。俩人都远远站着，望着洞口呆立不动。这时，泥水匠却突然从嘴里冒出一句非常吓人的话："不会是……墓道口吧？"话音落，说者和听者脸色瞬间变得煞白，像涂了一层石粉，发白发青。泥水匠问她还修堵吗？钱石兰犹豫片刻说："你先别忙，我思忖这应该是个暗道或密室，非你说的墓道。你想想，有谁家会把墓道口藏匿屋内呢，那不晦气？我猜……应该是个藏宝贝的地方，之前或更早些时候为防土匪用的，好物件放家中不安稳，怕被抢，于是就在地下挖个洞藏着保险。你说是不？”泥水匠说：“是的。四太太您说得极有可能，像那些有钱人家……家中基本都这么做，这我也见过。那……您家冯老爷……肯定知道,没告诉过你？”钱石兰说“先不管这些。即如此，我们不妨打着火把下去瞧瞧，看看到底是咋回事，然后再作决断。”泥水匠说：“行！”钱石兰便出屋将门外下人支开，恰巧秋霁也出去了，不在家，回过头她最后再将房门关好，准备与泥水匠下洞去看看。泥水匠问没有火把咋办？里面黑黢黢的。钱石兰说她房中有罩子灯，遂去前厅拿来点亮交给泥水匠端着。泥水匠开始时还有点懵得慌，浑身战战兢兢，不敢探进洞去，因“墓道”二字的影子尚未完全从他脑中褪去。钱石兰就说：“你看你……一个大男人，连这点胆量都没有，还能弄啥事。我个女人家都不怕……你怕个啥？”泥水匠是个中年男人，遭主家嗤笑，颇觉不好意思，就掩饰说：“嘿嘿……我我……我不是害怕，里面黑黢黢，看不清，我怕万一是口深井，栽下去可了得？”钱石兰说：“不可能。”泥水匠这方壮着胆子俯身探头进去仔细察看。他高举着罩子灯小心翼翼四处瞄，渐渐他瞧清楚了里面的大致构造。他发现这确是一处密室，四太太钱石兰还真没猜错。洞内高约五尺，宽约三尺，深约两人许。从洞口到洞底成斜坡状，一级一级沿台阶通下去。泥水匠回头对钱石兰说：“四太太，地洞较大，如您所说……确是一处密室。说不准里面真还藏有啥宝贝呢。”

“那就下去看看。”

“从洞口周围留下的痕迹来看，这密室应为上辈或者更早前祖上人开凿的。太太您说您在这儿住了有十几二十多年了，都未发现这儿有个暗道，就说明你家老爷也不一定知晓。有可能是上辈人忘了告诉后代。”泥水匠如此分析说。

“嗯，你说得有道理。小时候记得常闹‘捻子’，可能为防‘捻子’用的。即如此，我们就赶快下洞去瞧瞧，看看里

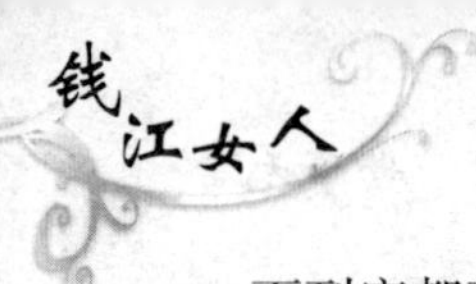

面到底都藏些啥？”钱石兰催说。

泥水匠说行，要钱石兰跟在他身后，一起猫着腰慢慢顺着青砖台阶往下摸。钱石兰回说：“行。”于是泥水匠就在前面带路，不时还回过头招呼一下钱石兰脚下踩稳，刚丢下的泥灰湿滑。钱石兰说知道了，请他放心。就这样，二人一前一后，很快就下到洞底。洞内黑乎乎，阴森而潮湿，空气中甚至还弥漫着某种霉变味，刺鼻。到得洞底，忽然发现洞肚空间变大，下来时尚弯曲着腰，这会儿竟能直立起身子。地洞横向向左延伸而去，走在里面如履平地，黑暗里暂还难看到尽头。在昏暗的灯光照耀下，察看此洞确实年代久远，非今人所凿；猜当初若不是为了藏匿钱财，就是为了躲避战乱而修建。泥水匠与钱石兰在原地稍作停留，便大着胆子顺地洞向前走。当他们大约行走二三十步远的时候，忽然瞧见在主洞右侧有一岔道，朝哪边走，俩一时没了主意。泥水匠说：“依我判断，这岔道内应属藏东西的密室。你瞧，岔道明显比主洞要小。咋办，继续往前走……还是……”

“既然下来了，依我说，就拐进岔道去看看。”钱石兰对泥水匠说。泥水匠表示同意。

泥水匠端着罩子灯边走边四下打量，在六七步的地方，发现岔道墙壁两侧留有一道一道暗槽和凹坑。他仔细观察后，遂又对钱石兰分析说：“估计此处……早前应该有道暗门，只是年代相隔久远，门腐烂罢了。”

“既是门，那里面一定藏有东西！”钱石兰说。

“要有……估计也腐烂完，变灰土了。”泥水匠说。

“其它东西变灰土，难道金银财宝也变灰土不成？”钱石兰说。

“那倒不会。”泥水匠说。

俩人接着往岔道深处走去。刚抬脚没行几步就到顶头了。

里面空空荡荡啥也没有，只有一堆堆圆乎乎的碎石块散落在地上。碎石块被一层层黑乎乎的泥土所包裹，难辨其为何物。泥水匠从腰间抽出凿刀，蹲了轻轻敲击并拨弄了几下那堆散落的碎石块，“当当当”，似乎有金属的声音。他放下手中的凿刀，捡起一块来细细察看，待他剥去石块表面那层厚厚的泥土时，他方看清原来是块大元宝，顿时令他惊讶不已。“啊呀，我的娘呀，原是块金元宝，真没猜错。”听到此话，钱石兰俩眼放光，心中甚喜，说：“你再刨刨其它的，看都是些啥？”泥水匠接着统统刨过，证实这些东西全是些宝物。除不少的元宝外，还有一些值钱的金银首饰类物品混杂在其中。泥水匠问主家咋办？钱石兰没立刻回答，她弯腰拿起几样来眼前瞧了瞧又放回，然后，拍拍手上的泥土，非常冷静地对水泥匠说：“先搁这儿吧！暂且不理它。我们还是去探探洞的出口在哪儿……回头再说。”泥水匠于是就端起罩子灯，起身与她一同返回主洞，借着昏黄的灯光继续沿主洞忐忑向前行。泥水匠边走又对钱石兰分析说：“我猜，前方一定有个出口。主人在家中碰到麻烦或遇兵匪来抢劫，就打开暗道，由暗道进入洞中，再带上事先藏匿好的钱财由洞口逃生。”钱石兰不吭声，只管跟着他屁股往前行。从岔道出来，一路再没发现有什么异样之处。待二人小心翼翼大约又走了七八十步远，忽然罩子灯内火苗嘣嘣乱窜，忽明忽暗，像要熄灭。钱石兰不禁有点担心，问泥水匠这是咋回事，不会是没油了吧？泥水匠说灯油有，不晓得为啥，他也有点莫名其妙，转而又补白说：“我估计……到出口啦，有吸力，否则不会这样的。”钱石兰觉得他的话有几分道理，遂将悬起的心重又放下。没走几步就应了泥水匠的话，此处已到顶头。只见一层层青砖台阶，由下向上斜铺了去，与下来时一个样。然而，当他们抬头向上望，并未看到出口处有丝毫亮光投进来，二人不禁心生疑惑。钱石兰就自言自语道：

“不会……是被人……封起来了吧，你说……这可咋办？”泥水匠接着她的话说：“估计是。你想，出口哪有敞开给人看的，否则……还能叫暗道吗？”“有道理！”钱石兰对泥水匠的话表示赞同。

泥水匠试着顺着斜坡向上攀登，钱石兰仍旧尾随其后。十个二十个台阶后，就到洞顶。顶上出口相当狭小，仅容得一人出入。泥水匠举起罩子灯仔细察看一圈后说：“太太，洞口上盖着的像是一青石板，我来试试……看能否移得动。”泥水匠于是让钱石兰帮掌灯，自己则腾出手来去摸头顶的盖板。他猜想：石盖板若移得动，从此出去，那就有望；若移不动，可能就属条死路，只有原路返回。他张开双臂用力向上试着推了几下，让他万万没曾想到石板竟然给动了。再用力摇晃了几下，石板“哐啷”一声裂开一道口子，与此同时，一道亮光瞬间从裂口处射了进来。泥水匠对钱石兰说：“太太，是出口！是出口！”钱石兰兴奋异常，遂说：“你再使点劲，移大点看看。”泥水匠说：“好！”这回他扎好姿势，站稳脚跟，憋足力气向上推。石板被他挪开一个大口，眼前豁然开朗。泥水匠稍作喘气，然后将石板移去一边，洞口彻底敞开，随之一些柴草之类的杂物顺着洞口与尘土一起撒落下来，差点眯了二人的眼，落下的灰尘呛得他们一阵阵咳嗽。泥水匠搓搓眼，两只胳膊撑开向上用力一跃，竟来到地面。他顾不上四下察看，先拽了四太太一同上来。这下俩人都看清了，原来此处是个废弃的杂物房。说是杂物房，倒不如说样子更像个四角亭。亭内堆满了一些杂七杂八的东西。亭的位置就挨在冯府后院围墙外十来步远的地方。至于为何在这里建个杂物房，泥石匠就不懂了。钱石兰是冯府的四太太，自然清楚这个杂物房的用途了：要说这杂物房的存在非一天两天，自她钱石兰进到冯府当丫鬟时起就有，之前或更早就一直存在，估计是上辈人手里留下的。在此建杂物房的目的，据府上人说是为专供田间劳作的佃户们乘凉歇息用的，也可临时避避风雨。有时，一些大件农具因第二天还要使用，不便带回家，就暂先搁置在这儿。现在，钱石兰方彻底明白，此杂物房非专供人乘凉歇息避风雨，它还有另外一个特殊功能，那就是为了掩藏暗道的秘密出口。从杂物房到她的住处，直线距离不超过十来丈，中间仅只隔一道围墙，若遇紧急情况，主人瞬间就可由屋内这条秘密通道逃到户外，接着一眨眼工夫便消失在茫茫田野之中。钱石兰要泥水匠将洞口恢复原状，上面重新盖上柴草，然后与他一起由地面绕道回府去。回到府上住处，钱石兰要泥水匠把屋内洞口的小门关上，再用砖块照原样封好，最后把柜子挪回原处放了。做完这些，钱石兰在正常工钱之外，一下多赏了他十块大洋。钱石兰要他保守秘密，今天这事万不可对宣扬。泥水匠得了大洋，甚是感恩不尽，说："四太太，你尽管放心好，我不会对任何人说的，就让它烂在我的肚子里……带进棺材里去吧。"钱石兰也就相信了。泥水匠走时仍再三保证，他绝不会对外人乱讲的。

日本人要来桂花镇的消息，像长了腿似的在钱江两岸疯传，把个日本人传得神乎其神，青面獠牙，见男人就杀，见女人就奸淫。本来总共只扔下两颗炸弹，经人一传竟变成三颗。钱石兰才不信呢，明明只听到两声爆炸响，哪来三颗？除非有一颗是哑弹。她想好了：秋霁，过两天就将她送婆家去。本打算年底才办喜事出嫁，这下可好了，等年底是等不到了。这日本人真要一来，一个大姑娘在家戳着总归不是好事，还是早早将她送去婆家的好。情况紧急，那些嫁娶的俗俗套套就免了，待以后生了孩子再补办不迟，眼下一切从俭。秋霁婆家在邻乡的临水镇，也是一大户，算得上是门当户对，三年前就订的婚。结婚，算命先生已帮掐算好日子，时间挑定在丁丑年九月十一日，阳年阳月阳日这一天，到时冯家准备大操大办好好热闹一

番，把镇上的名流、生意人，乃至其他有头有脸的人物都请到。杂耍、戏班子、吹鼓手也都已订好，专等这一天的到来。谁知，眼看这喜日子一天天临近，情况却发生变故，令人连头都晕转不过，早前所定下的喜日子是没法等到了。送走了秋霁，留得她与小少爷子业就啥也不怕了。就照老爷的话，先不着急，看看形势发展再说。万一情况不妙，自己就和小少爷从地下通道溜走，顺便揽了那元宝今后去哪儿都行，况且还有寄存在省城银行的字画支撑，怕个啥？至于逃出去后，就暂先去自家霞山盐场躲，看看情况再做打算。她已交代孙立人，在盐场帮她秘密准备两间房子，到时她要与小少爷来住。孙立人说没问题。

钱石兰是个很有主意的女人，见识也广，遇事不慌张。她对府中的人说："自大清国亡了之后，这仗就打个没得消停，小小的桂花镇，昨天刚走一拨，今天又来一拨；昨天刚征完粮，今天又来征税。你征，他也征，就像走马灯、割韭菜。你瞧那些当兵的，都一帮穷小子，没啥好害怕的。不过这日本人长啥样就不晓得了，会不会真像传说的那样青面獠牙，见男人就杀，见女人就奸淫，这就不能不令人毛骨悚然了，最好防着点。"府中听的人，说她说得极是。

当然，日机在桂花镇扔炸弹的事，也传到清凉山白云寺静心师父的耳朵里。其实那天她与寺院的僧人也都听到两声轰响，后来经人说才知道是咋回事。她对日本人来不来不感兴趣，她既已皈依佛门，就向来很少问津凡间俗事。这人世间总是吵吵闹闹、争争抢抢、打打杀杀，从来就没清净过，随它怎么去。她现在心中唯一放心不下的就是儿子仁昌，昨天他回山上来，儿子言说他一个教书先生有啥好担心的，只是文怀远老先生年事已高，一辈子孤苦伶仃，身边需要人照顾，此时，他作为先生的学生怎好意思离开？这日本人想来就来，谁也管不着，他只管教自己的书，不招谁惹谁，要她尽管放心，不会有事的。然而儿子总归是娘身上掉下的肉，母子连心，虽已成人，但在母亲的眼里他仍然是个孩子，怎能让她放心得下？

话说仁昌自十多年前与秋云分别后，情绪一直不佳，陷入了长久的苦闷之中。俩人的身世虽已公开，但他还是割舍不下对她那份深深的情义。秋云自那次离开书院后，十多年来是好是坏再无音讯；二叔冯德信对此也一筹莫展，基本失去了信心。只有仁昌不放弃，一直都在打寻她的下落，无论如何要找到她，否则他一辈子良心都不会安。他托在省城理工学堂读书时的同学打听，只要有星星点点关于她的消息，他都会亲自前往去核实，十多年来从未间断过。光是来往于桂花镇与省城之间的书信就多达上百封，虽至今仍未查找到她的下落，但寻找还在继续。常话说，岁月会抹平一切，然而在仁昌的脑子里，他对秋云的记忆永远都无法抹平，秋云的形象已深深根植于他的脑海之中，到死都难拂去。他对她心存愧疚，更有一种难以言状的负罪感，认为秋云的出走，与他有相当大的关系。他那天晚上要是不急着捅破那层窗户纸，如若换另外一种方式与她商量或许效果会更好。她是带着很大希望来找他的，突然一盆冰水从头浇下……说他们是亲兄亲妹关系，放谁，都难以接受。她对他的感情可以说早已渗透到骨子里，突然说这话……她肯定一下转不过弯来。都怪他说话做事太直接，不会文火慢炖。这一走，就是十多年，连个向她解释的机会都没有，至今后悔不已。这十多年来，他一直都活在对秋云的思念和自责之中，始终难以撇开对她的那份情感。也正因为此，他才发誓，今生今世在见不到秋云之前，他不会跟别的女人结婚的。他的母亲静心也说：这孩子随我，跟我年轻时一个样。她不止一次劝过，说："这样下去不好，哪像个活人过日子的样？"仁昌不作声。

母亲就双手合十，道声“阿弥陀佛”。走开了。

三

事情总是令人难以预料的。

日机在对桂花镇投下两颗炸弹后，掀起阵阵恐慌，人人自危，家家户户都在抓紧做着应对措施。然而，一连十几天过去了，再没见有啥动静，日机也再没光临。人们的精神便变得松懈涣散，不再那么紧张了，桂花镇渐渐又重新恢复往日的平静。爱卜卦的就说，他掐算过了：桂花镇有神灵保佑，那点儿小灾小难算不得啥，虚惊一场而已，往后不会再发生。

正当人们悬着的心刚刚放下，就在昨天夜里，这日本飞机又飞临本镇上空，人们一下子又开始惊慌失措起来，个个躲在屋内不敢出来，只伸长脖子透过窗户纸往外瞅，大气不敢出。出乎意料的是，这回日机并没有投下炸弹来，而只是在镇子上空嗡嗡嗡转了几圈就飞走了，人们收紧的心方稍稍松弛。之前还说有神灵保佑的人，这下哑口无言了。日机虽飞走了，但夜晚人们睡觉还是提心吊胆，让年轻人和孩子先睡，老人就坐着值夜，听见有轰鸣声，就喊他们起来抓紧躲藏，炸弹可没长眼睛。镇长白麻子，想出好主意，从白云寺借了口大钟，悬挂在镇中心的望火楼上，安排专人值守，无论白天还是黑夜，一有动静立马鸣钟报警。人们就赞说：“白麻子这回方算干了件人事！”白麻子闻之自是得意，当然，他也从中嗅出某一种异味来。

一次扔炸弹，一次盘旋；一次在白天，一次在夜晚。从此，桂花镇的人们不敢再麻痹大意，无论白天黑夜，都把耳朵眼睛放得尖尖的，一闻得钟声响，全家老幼就赶快躲藏起来。有时瞅见天上老鸹飞，头脑幻觉，就怀疑是否为日本飞机，把脖子伸老长瞅。全然若惊弓之鸟，闻机色变，生怕这日本飞机将炸弹丢在自家头上。

冯府的大太太白玉屏、变疯了的三太太夏林月、四太太钱石兰她们不躲，该咋样还咋样。白玉屏就说：“躲哪儿也没用，这日本人的炸弹虽没长眼睛，可你长眼睛了，却并不知道它要向哪儿扔；不躲还罢，一躲，说不中反而给撞上了，你说冤不？常话说，‘是福不是祸，是祸躲不过’，这就要看谁的命硬了。命里不该死的，怎么也死不了；命里活不长的，想长也难。生死由命，富贵在天。”她话虽如此说，第二次日机过后第三天，就要下人喊来轿夫，抬了她上了一趟白云寺，烧香磕头求菩萨多多保佑，顺便还看望了静心师父，在一起说了不少知心话。

“……咱姐妹俩的命可够苦的，子枫不见了；仁昌呢，都三十大几了，仍不娶，这冯家……我看是没指望了。二妹何如雪去了乡下；老三夏林月人疯了；老四钱石兰前些年虽生了子业，但尚小；老爷年呢，年事已高……我呢，身子骨一直都不好。眼下里，这形势慌乱，整天让人提心吊胆。唉，你说这日子可咋过？”白玉屏说着说着，不禁眼眶潮湿，一阵悲悲切切，伤心落泪。静心师父也跟着一番叹息，眼里泛着酸。

四

形势紧张了几天，这次，好像又过去了。

人们紧绷的神经重又放松，松一阵子，紧一阵子，似乎也慢慢适应了这种日子。躲到乡下去的人渐渐开始回折，先是打听镇上有什么变化，再就是自家的宅子或者店铺有啥损失没有。折回的人并没有打算久留，他们只是操心自家住宅和铺子罢了，一有啥风吹草动立马又动身走。冯府的二太太何如雪她可没回来，娘家兄弟说，既已到得乡下，家里的事就不要再牵挂，冯家没一个好人，你还管那多干吗？

至于桂花镇的形势到底往哪儿走，镇长白麻子发告示，要大家不要惊慌，保持冷静，相信日本人不会打到这里来的，北京上海都顾不过来，跑这来干吗。人们似乎也信了，开始放心做自己的事。当然也有不信的，说桂花镇肯定有大事发生，否则这日机闲得没事，三番几次跑这儿来干什么？一定有目的，不信等着瞧！

第十四章　打起来了

一

“打起来！”

“是打起来了！”

“你听那枪炮声多激烈啊……”

“是激烈，简直就像爆豆子，放雷子。”

“半边天都红了，从没见过这么厉害。”

“不晓得哪家跟哪家打？”

“不晓得。”

“估计多半是国军跟日本人干上了。”

“难说。不知这仗……要打到啥时去？”

人们所说的打仗，其战场并没有在桂花镇，因枪炮声是从东边二十里开外的书卷山传来的。进入四月中，天气转热，这天夜里，忙碌一天的人们，困了，吃过晚饭便早早上床歇息，刚刚进入梦乡，望火楼上的钟声就响了。夜色中人们一阵阵恐慌，躲的躲，藏的藏，逃的逃，哭娘喊老子，都说日本人来了，杀人放火。气氛骤然紧张，风声鹤唳。白天还平静的桂花镇，夜晚只一下便炸了锅。

东边的枪炮声仍在持续，且趋之更紧，声音听得真真切切，好像要把整个大地掀翻。甚至还有飞机在上空盘旋助阵，嗡嗡的轰鸣声与地面激烈的枪炮声交织在一起，分不清谁是谁，火光映红了大半个天空。在桂花镇，从没人亲历过战场厮杀，所以也便有人胡猜诌："一定是咱国军跟日本人干上了。别的势力，诸如土匪、'红匪'眼下还不具备与人正面对抗的能力，打一打早跑了，哪能撑到现在。"

"没错。若属土匪、'红匪'，哪儿来飞机大炮？最多几杆长短枪，哪有此规模。"

"看来……这日本人要来咱桂花镇……是真的了。"

"我就说嘛，前一阵子是派飞机侦察，侦察好了便派队伍来，结果……半路被人给截住了。

"有道理。"

说上述这些话的人，用的是排除法。他们猜对了，确实是国军与日本人打，交战地点就在距离桂花镇以东二十里的书卷山。

书卷山是日军进入桂花镇的一个隘口。日本人来桂花镇的目的，就是为了夺取钱江上游的霞山盐场。之前派飞机来侦察，就是为了确定霞山盐场的确切位置。那国军为啥要力阻这股日军占领霞山盐场呢？道理很简单：想想看，十几万日军开进江州省，食盐是必不可少的战略物资，如今国内战乱，食盐运输受阻，全省境内都在闹盐荒，掌握了食盐，就等于控制了江州的生息。所以，霞山如此重要的产盐地，理所当然也就成了日军争夺的目标。但作为国军，就偏不想让日军的阴谋得逞，于是便派出一个团的兵力前往书卷山进行阻击。双方打得不可谓不激烈，都急红了眼。从昨天夜里，一直打到东方快要泛白也没决出个胜负来，战斗一直处于胶着状态。就在这时，日军主动停止了射击，打出旗子，要求与国军谈判。国军呢，正想此借机会休整休整，于是便答应了。谈判地点，就设在双方控制地的中间线，按商定好的时间双方指挥官准时到来。先是日军指挥官用日语对国军指挥官说了一大串难于听懂的话。说完，跟随的翻译官，便用中文开始进行翻译。他说："我们秋云美惠子少佐说了，只要你们放弃抵抗，接受大日本皇军的收编，皇军将大大的有赏。从今以后……我们就是一家人，中日亲善，共同建设大东亚共荣圈。你们整个东北，都被我们占领，还有北京、上海、山东。江州也很快就是我们的。我劝你们不要再做无谓抵抗，尽快放下武器！"

国军指挥官先是听出，这日军领头的原来是位女的，心想这女人打仗也真他妈够狠。紧接着，他听完对方翻译官的一番解释，不由心中怒火噌噌往上冒，异常生气地对翻译说："你们这哪是谈判？分明是要老子投降。还未决出胜负，就敢大言不惭要老子放下武器，真乃天大笑话！东北是丢了，北京是丢了，乃至山东、上海也丢了，就算江州省也丢了，但书卷山不会丢。桂花镇、霞山盐场，你们日本人想都别想。这儿是老子的家！懂吗！什么大东亚共荣圈，狗屁！"

此刻，天空已渐渐放亮。对方听了国军指挥官的回答，一时老羞成怒，狂言道："放肆！你没看全中国都快完了吗？一个小小的桂花镇算什么。识时务者为俊杰，我劝你及早放下武器，与皇军合作。这样，你可继续当你的团长，不过……是在为皇军服务！你考虑考虑。"这次她没用翻译，而是直接用汉语向国军指挥官发话。

"不用考虑！不服气，就再打。"国军指挥官没想到这日本娘们也会中国话，遂朝她冷冷一笑，拒绝道。

"我最后再通告你一声，你这样做的后果，只能是自不量力，以卵击石，走向灭亡。你会后悔的！"

"你放心！冯某既为党国效力，甘愿马革裹尸，战死沙场，死不足惜！"

双方口气强硬，都不愿给对方丝毫余地，谈判难以再进行下去。但与此同时也出现某种新情况，令谈判双方颇感意外：先是日方女指挥官一改刚才的阴冷，换用一种较为温和的姿态，开始慢慢打量起面前的这位年轻国军指挥官。国军指挥官见这日本娘们对他一副古怪神色，就在心里想：她又要耍什么鬼花招，随她去，想要老子投降……没门！大不了再战，谁怕谁啊！遂昂首一边，铁着脸不愿睬她。

“子子……子枫？子枫，你是子枫？怎怎……怎么会是是……是你呀？”那日本女人突然对面前的这位国军指挥官呼喊道。

被称为子枫的国军指挥官一怔，回过头来，想这是咋回事？这娘们怎知道他的名字，听声音似乎有一丝耳熟，但又想不起来这日本女人到底是谁。过去在场面上也碰到过几个日本人，那都是些生意人或艺妓，不可能出现在战场上，遂懵懂了。

“我我是姐姐秋云呀！你是子枫弟弟？！”

“……”国军指挥官冯子枫瞪大了眼睛看着她。他看清楚了，站在自己对面谈判的，是位长相极清秀的女子，大约三十七八岁，一身戎装，戴着副金丝眼镜，腰间挎着军刀，显得极其威武。瞧其面容似曾相识，很像十多年前失踪的姐姐秋云，难道真是她？他心里迷糊了，不敢就此断定，她怎么会出现在这里呢？并且还指挥着日军一个大队，一个晚上在与她打？这更让他不解了。

对方见他傻愣着不说话，似乎看出他没认出她，就遂摘下帽子，一摆首，将一头长发撒下给他瞧。这回他看仔细了，也笑了：“秋……云……姐？真真……真是你呀？”

秋云不好意思一抿嘴说：“那还有错！？”

“你怎认出我来？”子枫心中狐疑。

“你那古里古怪的嗓门，我一辈子都忘不了，不用辨认，光听声音就知道是你了。”秋云说。

“嘿嘿……嘿嘿……”子枫没了初始的冷峻，变得一副憨态。

“咯咯咯……唉，弄了半天……是你跟姐姐在打。你可够厉害的呦？”秋云戏说。

“姐姐你不也一样吗？”子枫也反戏说。

“咯咯咯……真会说话。”秋云笑他。

“姐姐，你怎么会在这儿？还……变日本人了？”子枫问。

“你不也变国军了吗？！咯咯咯……”秋云也笑着反问他。“好啦好啦，这里说话不方便，下来我们姐弟找个时间，坐了足膝长谈。当下我们还是谈谈正事吧。”

子枫说行。

后来经俩人商议一致：停止战斗，双方各自率队后撤两里地安营扎寨，有什么话下来再说。

此时天已大亮，谈判遂也就此结束。

这场战斗，让二人哭笑不得：你死我活地打了一整夜，原来是姐姐在跟弟弟打，实属罕见！

二

接下来事情如何发展，此处暂先按下不提。单说说冯府的大小姐秋云，失踪十多年后，怎突然冒出，出现在书卷山的阵地上，还成了侵华日军占领霞山盐场行动的指挥官？令人费解。要弄清楚这一切，话还得从头细说起。

十多年前，冯府的大小姐秋云，离开熊麻子后，满怀信心回到钱江书院来找仁昌，希望能与他再续前缘，结秦晋之好。当仁昌告诉她，他俩是同父异母的兄妹后，当下让她伤心欲绝，肝肠寸断，怎么也接受不了这样的事实，一气之下返回了省城。因熊麻子已战死，李六娘回了颍州老家，返回城后，一时间没处落脚，便再次想到那位曾经与自己相处甚好的姐妹——稻田信子小姐，找她寻求帮助。屡屡打扰别人，虽觉不好意思，但眼下已是走投无路，除此，还能找谁去？稻田信子是位日本人，在省城济安路上开有一家日本料理店。稻田信子对秋云的再次到来，并未表现出有啥反感，反而让秋云觉得她比之前更热情了。这让秋云感激涕零，来时的重重顾虑，顿时烟飞九霄。后来呢，秋云就在稻田信子这儿住了。稻田信子便时不时给她灌输一些日本明治维新的思想，再后来呢，就劝她去日本留学。秋云呢，虽在稻田信子这里暂时住得安稳，但总的来说仍属寄人篱下，非自己的家。从长远考虑，与其在这儿闲着，不如出去走走，说不定有啥机会，遂答应了稻田信子。很快秋云就在稻田信子的安排下，从上海黄浦码头踏上了稻田丸号轮船，东渡去日本留学。由于之前受稻田信子的宣传，她对日本这个神奇的国度，充满着遐想甚至向往。到达日本后，她被安排在东京一所陆军武官学堂学习军事。她头脑简单，以为武官学堂无非就是学习放枪，学习攻城，这些知识她与熊麻子在一起时早学会了，带领一帮当兵的想打哪儿打哪儿；在江州省城时她也带了兵出去潇洒过几回，很过瘾，要论这，谁不会，还用学？！

秋云这回彻底想错了，东京的武官学堂，绝非她想象的那样。这里除日本本国女学生外，还有南亚一些国家的女学生也在这里学习。秋云与她们混在一起，只能算作唯一的一名中国人。学堂的课程安排，除了学习日语外，主要是射击和体能训练。射击倒还不咋地，体能训练却让她吃尽了苦头：她们每天要扛五十多斤的沙袋，在操场跑二十圈；然后再拳击、散打格斗十几个回合；接着在冰冷的水中要泡上大半天或太阳下晒一个上午。为了训练对饥饿的忍耐度，一饿就是四五天，已快达到人体生命极限，有些女学生还未扛到第三天就躺下了。另外还有，就是对硫黄和硝氨气味的适应：将一帮女学生关在有硫黄、硝氨气体的试验室内，让她们憋足十多分钟才能放出来，目的是让她们这些人将来到了炮火连天的战场上，能适应类似的环境。白天训练结束，到了晚上还得摸黑训练。有时半夜哨子响，同学们赶忙爬起来穿好衣裳，背了几十斤的重物，冒雨行军三十多里路，去攻击某个“敌方”目标。待训练结束回到宿舍躺下，全身已没了一丝力气，骨头都快散了架，腿和胳膊就像不是自己的，麻木，想稍稍挪动一下都困难。

武官学堂主教官是位男的，对待女学生们冷酷无情。在他的眼里，这些女学生全是些没有生命的机器，训练起来根本不管她们的死活，从没拿她们当人看过。这些女学生在这里除接受残酷的军事训练外，有时还要遭受男性的性侵害和肉体上的污辱。这些训练内容，竟然也堂而皇之地被写在学堂的课程表里。秋云在这里一待就是六年，如此漫长一个过程，不知她是怎么熬过来的。

一开始，秋云一点都忍受不了这样的残酷折磨，曾自杀过好几次，但均未成功，被学堂单独关在笼子里一个多月，整天放蛇、放狗进行袭扰，精神差点崩溃，人简直快成了一具僵尸。从笼子出来，学堂从东京监狱提来十几个死刑犯给女学生们做活靶。秋云第一个拿起枪就射击，还没等教官发令，十几个鲜活的生命就此结束：脑袋一一被她击穿。接下来在对活体突刺时，秋云刀刀都刺准对方的心窝。可以说，她已变得没了人性，成了台杀人的机器。结业后，她因学习成绩优异，被日本军部授予大尉军衔，改名秋云美惠子，加入日本国籍，被派往南亚战场任中队长。三年后，日军全面战领南亚，秋云又因战功卓著，被提升为大队长，并授予少佐军衔。就在当年，中国战场打响，秋云因熟悉中国国内情况，又懂日汉两种语言，遂被抽调上海，负责对上海反日人士的清剿。这次，她又奉侵华日军驻上海司令官的命令，前往钱江上游占领霞山盐场。盐是日本侵华的重要战略物资，也是抑制华人反抗侵略的重要手段，必须将它牢牢掌控在大日本皇军手中。霞山，是她的家乡，霞山盐场又属她自家的产业，夺取霞山盐场对她来说犹如囊中探物，不费吹灰之力就可手到擒来。秋云满怀信心带领日军大队从上海出发，一路所向披靡，很少遇到中国军队的抵抗。若要说有，也都是些散兵游勇，小股势力，一击即崩，不值一提。因带兵回家乡，轻车熟路，她精神显得异常兴奋。这不，经过几天的急行军，眼看就快要到书卷山了。她知道，书卷山是通往家乡霞山盐场的必经之地，翻过这座山，就能望见桂花镇，望见桂花镇，也就离盐场不远了。骑在马上的她，回想起自己一别就是十多年，如今再次踏上这片土地，不禁难掩心中喜悦，张口唱起了家乡的山歌小调来：

桂花儿黄，
桂花儿香，
桂花村的哥哥好模样，
桂花村的女子情义长。
哥哥上山去砍柴，
妹妹在河畔洗衣裳。
咿儿呀嘚呦……

正当她兴高采烈，边走边唱之时，歌声被通信兵的一声报告所打断，说先头部队在前方发现中国军队。她立即下令部队攻战书卷山，以防中国军队负隅顽抗。这一突如其来的变故，令她万万没有料到，都快到家门口了，竟然还遇到拦截。不过，她对这种无谓的拦截嗤之以鼻，并未放在眼里，相信对手很快就会被她击垮。原本计划在天黑前赶到桂花镇安营扎寨，看来在这里得打上一阵子了，她遂跃下马指挥战斗。由此，书卷山的战斗也便打响了。枪林弹雨，损兵折将，双方互不相让。她一气之下调来飞机空中支援，但场面混乱，飞机没法投弹，她只好率队伍坚持与对方死拼，整整折腾了一个晚上，天都快亮了也没把对方击退。从上海出发，她一路都畅通无阻，到家门口了，竟还真遇上强敌。无奈，她决定改变战术，变武攻为攻心，提出与对方谈判：只要对方放下武器投降，接受大日本皇军的收编，日方将提供粮饷和武器装备，共谋东亚共荣之大业。如今，大半个中国都被占领，大势所趋，小小的抵抗只能属徒劳，大日本帝国的脚步是谁也无法阻挡的，请认清形势，及早放下武器，方为上策，否则，只会自取灭亡。然而，令她无论如何都没想到的是：与自己鏖战了一整夜的强硬对手，竟然是曾经放荡不羁，受其牵连没少害苦自己的亲弟弟——冯子枫。说是喜，也是忧：喜的是在这战火纷飞的战场上，遇到了久未见面的亲弟弟；忧的是，他会不会接受自己提出的条件？若不接受，那接下来将是亲兄妹之间的相互厮杀，这是她所不愿意看到的。她在心中默默祈祷，希望他能听劝，答应她归顺大日本皇军，一起为帝国效劳。

且说这冯府的大少爷冯子枫，当年因在家惹是生非，被其父亲痛斥后，心存不快，便在一天夜里灌醉盐场掌柜的孙立人，趁机盗走柜上银两，离家出走。他这一走，也是十多年，杳无音信。如今却突然出现在书卷山的战场上，令人不可思议，甚至费解。这到底是咋回事呢？话同样得慢慢从头说起。

话说冯府的大少爷冯子枫，当年怀揣了从盐柜偷来的银两，乘船连夜赶往江州省城。到得江州省城后，只小住一晚，第二天接着又抓紧往上海赶。到得上海，抬头一瞧这大千世界，千姿百态，真让他有点眼花缭乱，不知所去。好在他人非穷汉，怀里揣有银子，不必担心会流落街头，于是便找了处地方下榻。吃饱了喝足了没事就上街去闲晃荡。因属第一次来上海，洋车、洋房、洋装、洋人……这些东西之前从没见过，不禁样样都让他觉得新奇。男人都留分头，走路笔挺。女人呢，个个都打扮得花枝招展，那腰肢一扭一扭，瞧之让他全身肌肉都酥软。相对比起乡下那些土妹子来，简直一个在天上，一个在地下，没法比。李二嫂那臭娘儿，喊她还不来，真要来了……领着她满世界跑，还不把人瘆死。

冯子枫在上海街头溜达了几日，心方渐渐安静下来，一个人躺在床上开始想心事：这上海虽繁华，但无钱无势难立足。除挥金如土的官家富人外，你没见街头仍有许许多多地平民夹杂在其中？他们或拉车，或挑担，或叫卖，或帮人跑腿……回想起当年的盐工李阿喜就这副模样。如今，他之所以能成为人上人，威风凛凛，吆五喝六，还不是仗着他手下有人、手中有枪，否则他啥也不是。自己此次来上海，也想像李阿喜一样，干出一番大事业。自己早就说过，凭他冯子枫的胆识与能耐，绝不比他李阿喜差；他能当团长，自己将来一定盖过他。

冯子枫在旅馆床上躺了一两天，把一切都想好了，便准备出去投门子。他打听到了上海国军的驻地，思忖着在那儿谋个差事，给当官的送些银子，看能否先弄个小官当当，等以后再提升，他有这个自信。国军的上海驻地在市北郊的训练场。这天，他起了个大早，认真打扮一番就出门去。出门，道旁一塌鼻梁洋车夫唤，没多想抬腿便坐了上去。洋车夫一路将他拉到驻军司令部大门口不远处放下。他下车丢钱打发走车夫后，便径直朝司令部的大门走去。到得大门口，他向俩站岗的说明来意，希望在司令部谋个差事干，提出面见里面的长官。那俩站岗的并不买账，说这儿是军事重地，要他离开。子枫见站岗的难说话，就从怀里掏出几块银洋塞了过去，求对方通融通融。谁知俩站岗的恼怒，不但未收银洋，还端起枪对着他，一边拉枪栓，一边喊要他滚，否则就不客气了。冯子枫这下怕了，忙说：“好好好……我这就走，这就走……”

冯子枫第一次出门谋事，就碰了一鼻子灰，被俩小小站岗的拦在了门外，心里虽不服气，但也无可奈何，担心往下会不会能顺畅，很难说。此时，时间尚未近中午，出门事没办成，觉得回去也无聊，索性就去街市上转转，散散心，待下午了，再回去好好思忖看下一步该咋弄，于是转身朝来时的路上折去。他垂丧着头，没行几步，觉得这样往回走，得走到何时去？还是要辆车坐了的好。然而，此处属郊外，人稀车少，左右打量并不见有拉车的过来。咋办？正在犯愁时，忽然身后一声呐喊：“先生，还坐车吗？”吓他一大跳，猛回头，是位拉车的，心中窃喜，自己只顾朝前瞅，却忘了身后三四丈远还有人跟着，不禁摇摇头笑了，看来自己真被那站岗的给气晕了。更让他哭笑不得的是：此车夫，原竟是来时的那位塌鼻梁车夫。车夫见他神情古怪，也颇觉不好意思，脸一下红到脖根。子枫招招手，要那车夫过来，随后一句话也不说就坐了上去。车夫似乎与他形成默契，并不曾问他要去哪儿，拉了便朝原路折回。走了一段路程，心情稍平复，子枫就问那车夫：“你是怎么知道……我要回去？”车夫说：“我见你在军营门口碰了壁，肯定得回去，不回去还能上哪儿？再说，军营离市区较远，一般没有车夫愿来，我既然来了，总不能空着回去吧？嘿嘿……”子枫这回明白了车夫为什么老跟着他。半个时辰后，车子到达市内，车夫问他在哪儿下？子枫没做多想，随口答说：“就在此处吧！”车夫停住。子枫下车，顺手摸出几块铜元丢给那车夫。车夫双手接了，肯定多给了，连声说谢谢，然后点头哈腰拉起车离开。车夫走后，子枫懒懒朝马路边上走去。此去，出师不利，让他精神十分沮丧，就连走路都没了力气。想想昔日在老家桂花镇，颐指气使，有谁人敢奈何他；眼下竟变得像只丧家犬，连个站岗的都不拿他当人看。越想心头越窝堵，忽觉脚下被什么东西绊了一下，低头一看，是只破铁罐，心里来气，一脚飞出去，铁罐被踢出老远，咣当当满街响。路人见之，个个侧目。子枫不理，随他们怎么去瞧，只管走自己的路。他一边走着，一边四下瞎瞄。他发现：上海的男人理洋头穿洋装的多，女人着旗袍烫卷发的多。再对比自己这身打扮，实在太土了，难怪总有路人拿奇异的眼神瞧自己。他决定改造改造自己这形象，先把那瓦片头拿掉，再买套洋服穿上，还有皮鞋，反正自己有的是钱。说来凑巧，街旁就有一家待招店，于是便大摇大摆走了进去。店小二殷勤唤他椅子上坐了，并随手递上一杯热茶水要他坐等，说师傅马上就来。子枫端了茶水一边喝着，一边拿眼四处瞅。该待招店规模并不大，但生意却红火，不时有男男女女客人进来。理头的，烫发的，煞是热闹。电推子、电吹风等理发工具吱吱呜呜响个不停；室内蒸气弥漫，头发的焦煳味让他联想到乡下的烙猪蹄。不大的屋子里有十几个师傅在围着男女客人转，手忙脚乱。这让从未进过大城市待招店的子枫少爷，一时眼花缭乱，有种目不暇接。不说别的，单就这些理发用具就让他颇觉新鲜，千奇百怪。室内嗡声大，嘈杂，闹哄哄，听不清都在说些啥，惟见人人上下嘴皮子在扇动。

“先生，请跟我这边来！”有人喊他，是进门时招呼他坐的那位店小二。子枫起身木呆呆跟着店小二走到一大镜前，店小二要他在一空座位上坐了，说师傅去小解，很快就回来，要他稍候，然后便又去招呼别的客人，可够忙的。店小二离开，面前墙壁镜中的他，显得异常丑陋，与周围的环境简直格格不入。他伸手拨弄了一下自己那瓦片头，觉得既土又难看，像是个怪物。唉，住乡下人人都留瓦片头，堪觉时兴；到了这儿，方知老土之极，难怪那站岗的瞧不起自己。师傅来了，先帮他围好围裙，再问他理个啥发式？子枫不懂，就说：“洋洋……洋头，洋头。”师傅就乐了，幽默说：“我们这里不挂羊头，也不卖狗肉。到底啥子羊头吗？”子枫说不上来，就说：“街街……街上最时兴的那种。”师傅这回像是明白了，便不再问，拿起剪刀就在他头上咔嚓起来，一撮一撮的黑发落在他胸前围裙上和周围地板上。紧接着，电推子在他头上响，嗡嗡嗡，唰唰唰，就像在割韭菜。他的头被理发师傅拨过来拨过去，像在玩一只拨浪鼓。他紧闭着双眼一动不敢动，随理发师傅咋侍弄。很快，一个崭新的形象出现在镜子里。理发师傅要他瞧瞧所理洋头怎么样？子枫睁眼从镜子里确实看到一个不同凡响的自己。他不说话，只冲着理发师傅傻笑。理发师傅看出他很满意，就要他跟了自己去冲水。冲完水重新回到座位上坐了。理发师傅问他要不要再刮刮脸？子枫说那就刮吧。理发师傅遂安排他躺了。刮完脸坐起身来，理发师傅不知从哪儿弄来一小掬类似鸡蛋清的东西，黏糊糊，摊开双手便往他头上一阵阵乱搓。末了，随手又拿起一把小梳子在他头上梳弄起来。梳弄完，一转身，又从一旁拿过一面尺余见方的水银镜举到他面前，问他：“先生，请看如何？”子枫立刻从水银镜中瞧见自己的光辉形象，觉得比冲水前更加好看，齐刷刷，溜溜光，真乃变了一个人，遂对着水银镜笑了，不由自主说声：“真好看！”理发师傅便将水银镜拿走，等着收钱。子枫付过钱后，便一身轻松来到大街上。起初尚有些不习惯，怕人瞅着怪怪的，头顶也像缺少了啥，不过很快便适应了，遂一路晃荡着再去寻找洋装店，身上这套长衫得敢快把它换掉才行。卖洋装的店铺很快便找到。店主照样很殷勤，满面笑容将他迎进门，接连拿来几套洋装给他试，他最后选定一套灰色面料的。待付钱时，店主又说了，光有了面子还不行，还得有里子。店主说得也对，他又要了白衬衣，灰马甲。店主还说得再买条领带。对呀，穿洋装没领带可不行，遂再又要了领带，这回应该齐全了吧。店主又追补一句：“先生，齐全是齐全了，但还忘记一件事。”子枫问说啥事？店主说你瞅瞅你的脚上。脚上怎么哪？一瞅，子枫这才仿佛恍然大悟，一拍大腿道：“对，对呀！皮皮……皮鞋。穿洋装，没皮鞋咋成？！”店主说：“是呀。”遂转身又帮他拿来几双不同颜色的皮鞋给他试，有黑色、白色、棕色的。子枫选了棕色，一试正合适，便穿了。热情的店主这才领他来到一面大镜前观看。不看不知道，一看着实吓他一大跳，那镜里的人连他自己都不认识了：油头粉面，西装革履，完全成了另外一个人，谁还会再说他是乡下来的？纯粹一上海本地油子。俗话说：“人靠衣裳马靠鞍。”这话一点都不假。换上洋装，不但样子变了，人也精神不少。子枫心里甚是兴奋，连连对店主说谢谢。待问对方这一身行头总共要多少钱？店主笑答：“不多，总共二十块银洋。”子枫被对方的回答吓着了，误以为自己耳朵听错，就再问了一句店主。店主这回放慢声调很认真地对他说：“总共二十块银洋。”我的妈妈呀，要这多？放乡下二十块银洋要买五六亩地哩。店主见他犹豫，就说：“这已经属很便宜的啦，出门隔壁更加贵。不信……你问问。这样吧，见先生你第一次来我店里，就少你一块吧，只收你十九个银洋。再少……我可就要赔本了，你看怎么样？”子枫原以为换套行头，大不了也就十块八块的，谁知竟要这许多？便与对方讨价还价起来。店主最终又少了他一块银洋，就坚持再也不少了，说再少就亏大了。无奈，最后以十八块银洋成交。出门时，店主问他换下的旧衣裳作何处理？子枫稍作思考即说：“就替我把它扔掉吧！”店主遂对他微笑着说：“那先生……您慢走！”说完转身忙别的去了。子枫也就挺直腰杆，人模狗样出了洋装店，再没了来时的猥琐与腌臜。这回，冯子枫穿戴是光鲜了，再没人斜着眼睛瞧他，迎来的只是羡慕，他心里十分自得，甚至有点趾高气扬。此时肚子咕噜咕噜响起，他觉得应该吃点东西，一早出来光顾了跑，忘了顾肚子。待填饱肚子就回住处歇息，然后再琢磨看下一步怎么弄。于是拣了街边一不大的饭馆，进去放下提包坐了，要了一碟卤牛肉，一碟炒腰花，二两小烧酒，一碗白米饭，开始吃将起来。吃饱喝足便准备回去。子枫住的地方在济南路上，济南路离这儿不很远，往前走一走，拐个弯就到了，他这一点记得很清出，一般走哪儿都不会迷路。在济南路上有家“美人坊”，不晓得是干啥的，门面装饰得花花绿绿，非常耀眼。门前还站着几位穿戴香艳的女子在不停向路人抛媚眼。模样有点像招贴画上的摩登女郎，红靴子，红短裤，白生生的大腿露在外面，胸脯高高耸起，奶子都快要顶着下巴了。撅起的小嘴，就像一个红火球；盘起的发髻之上戴了一顶小红帽；两边耳垂上挂着两只大圆环，金光灿灿。用红色皮革做成的小短裤，将女子的屁股包裹得紧紧实实，快要爆裂。眉和眼涂得乌黑，就像深山里的小叶猴。女子不停扭动，并搔首弄姿做出各种姿势。子枫不知她们这是在干啥，不敢靠近，只冲她们努嘴一笑。只因这一笑，非同小可，几位女子见有人回应，便一齐扑上来要拉他往店内去。子枫有个毛病：见了漂亮女人就迈不动脚步，在乡下时就喜追人家俊俏妹子。心想此刻时间尚早，反正吃饱了回去也没啥事，不如索性就跟着她们进去玩玩。子枫被几个女子拥进店内，进院方见里面是个天井，有点像北方的四合院：四面有房，两层，全木质结构。因属大白天，里面人较稀少，楼上楼下站着些穿红戴绿的男男女女，挤成一堆在又说又笑，形色放荡。子枫似乎明白这里是啥地方了：妓院。民国政府提倡妇女新生活运动，妓院老鸨嫌先前的名字不好听，太露骨，于是就改“美人坊”，连门口拉客穿戴也学西洋，赶时髦。初时路过，他冯子枫还误以为“美人坊”是专教女人穿戴化妆之类的地方呢，进来方知是做皮肉生意的场所。对此种挂羊头卖狗肉的行为，民国政府也是睁一只眼闭一只眼。

“姐妹们，来客人啦——！”几位女子进院便仰头喊。喊声落，只见从对面二楼噔噔噔抢先跑下一年轻女子。女子着红色细花旗袍，竖着高高的领口，涂脂抹粉，面色红润，模样长得煞是好看。随着一股香风飘来，子枫旋即被她掳上楼去。子枫顿时乐了：他娘的，今天投奔军营不成，却撞上了桃花运，就跟了她去快活快活再说，爷爷也尝尝这上海窑姐儿是个啥味道。楼梯上到一半，迎面走下一位高个子军官，在与一浓妆艳抹的女子拉拉扯扯，打情骂俏。子枫想躲开，挽着他的女子却率先开口向高个子军官打招呼：

“呦，高团长啊，快活完啦？彩云姐姐可舍不得你走噢，咯咯咯咯……不多待会儿？”

“哈哈哈哈……红儿，你也不错呀，钩到嫩的啦？！”高团长停住脚步戏回道。子枫也因此从这位高团长口中得知自己身边的女子名叫红儿。

“啥嫩不嫩，现在还不知道。咯咯咯咯……”红儿自我调侃说。子枫在旁听着一时脸涨红。

“那就赶快尝尝吧，哈哈哈哈……”高团长笑着向红儿做了个鬼脸。

子枫人头脑也不笨，从红儿与那军官的对话中，判断出他们之间的关系非同一般。别过高团长，上得二楼，进得东边的一间屋子后，红儿便将门关上，随手拉好窗帘，请子枫桌前椅子上就座。子枫初次进上海逛窑子，又逢大白天，心不免怦怦乱跳，总有种不安。再看看室内的陈设，甚是华丽无比。在乡下县城他也逛过几回土窑子，与这儿根本无法相提并论。子枫忐忑坐定，那红儿便走上前来一屁股坐在他的怀中。子枫也不客气，顺势将她抱了，心想，自己花钱逛窑子，怕个啥？自己给自己打气，于是便大着胆子在红儿身体上胡乱摸。那红儿并无羞怯之意，随子枫怎么去摩挲。很快俩人便由桌前滚到床上去了，紧接着就行起那巫山云雨之事。子枫心中迷惑：都说这上海女人温柔委婉，哪知这话一点都没说对，一进屋就行那事，直截了当，一点序幕都没有，还不如在乡下县城逛窑子慢慢爽着舒服。事行完了，红儿伸手就向他要银子："爷，付花钱吧？"

"这这……这快就完事啦？多多……多钱？"

"十块银洋。"红儿边扣扣子边回答说。

"这短时间，就就……就要十块银洋，也太坑人了吧？"子枫说。

"看来你爷不懂，这叫吃洋餐，也叫快餐。要玩久，……请晚上来我再伺候您。至于说贵，大门口可清清楚楚写着，每枝花儿十块银洋，你爷没瞧见？"红儿解释说。

这回子枫像是明白了，全怪自己太傻，不瞧清楚稀里糊涂就跟人进来，冤枉挨顿宰，纯属活该。好在自己身上有的是银子，不然要倒霉。十块就十块，也算在此长见识。付过钱，刚待要抬屁股走人时，他忽然想起一件事来：进门上楼时遇见的那位国军高团长，红儿似乎跟他混得很熟，何不通过红儿攀识一下那位高团长呢？难说不是条路子。于是就将刚抬起的屁股又坐实，然后笑着对红儿说：

"红儿小姐，我想问您件事……您可愿意告诉我？"

"有啥事……你问吧。"红儿不假思索随口回答道。

"上楼时，碰见的那位高个团长……您与他认识？"子枫试探着问红儿。

"噢——，何止认识，他可是我们这儿的老常客啦。你问他做什么？"红儿不禁对子枫产生怀疑。

"没别的，小弟有心想托红儿小姐……牵线认识一下那位官爷，不知可否愿意帮这个忙？"子枫说。

"这这这……恐怕不好吧？"红儿一听为这事，犹豫不大情愿。子枫理解她，谁会将自己知道的一些事情随便告诉一个陌生人呢，遂从所携包内掏出一棒沉甸甸的银洋塞到红儿小姐手上。红儿笑了，说："他呀，叫高虎，国军上海驻军司令部的警备团团长。"

"是否就在市北……郊区那边？"

"是的。你知道？"

"我也是平时路过。"

"噢……"红儿说到这儿停住，不想继续往下说。子枫明白她是啥意思，见过世面的红儿小姐，仅送她一棒银子，就想要她为自己牵线搭桥，看来是不可能。于是，他又将剩余的两棒银洋掏出递到她手上，心想这回该行了吧？再要可就没有了。红儿咯咯笑了，笑得开心，笑得爽朗，连屋外的人都听见了。子枫痴呆呆望着她发愣，等她回自己的话。红儿将银洋收好，回身弯腰坐在他对面，抿抿嘴，压低嗓子说："爷，对……应喊您先生，或少少……少爷，您找高团长……有啥事您尽管说吧，红儿一定帮你！"听到红儿如是说，子枫不禁喜上心头，就将自己姓啥名啥详细告诉她听，最后说："其实也没啥大事，我是在家乡待腻了，父母老说我没出息，于是就想出来闯荡闯荡，去队伍上混混。让我犯难的是没人引荐，眼前正为此发愁呢。今儿遇见那位国军高团长，见小姐您与他熟络，之间又如此的亲近，就想着能将小弟介绍给高团长认识，说不定在他那儿能谋个差事，望红儿小姐予以举荐，小弟不胜感激涕零，千恩万谢了。"

"原来为这呀，好说好说。此乃小事一桩，用不着我亲自出面，只需一纸书信就可解决问题。不用愁！"红儿小姐很爽快。

"那就有劳小姐了。"子枫说。

"你坐了喝茶，稍息等候。我房中有纸砚，即刻就好。"

说完，红儿挪过茶盘，要帮他沏茶。子枫挡了，说我自己来。红儿小姐也就不客气，随他去弄。自己抽身去寻纸和笔砚。寻得纸和笔砚，便摊了桌上写将起来。红儿在举荐信中如此写道：

“高团长：您好！昨日见您与彩云姐玩得甚欢，也就不便讨扰。今有家乡小表弟冯子枫来军营投奔，如身边有适合差事，望予关照。红儿将不胜感激，仅此拜托。人家可想你了。红儿妹妹呈上，民国某年某月某日。”

信很简短，只寥寥数语，但也从中可看出红儿小姐与那位高团长的关系非同寻常，信内容所言分量也不轻。首先称他为家乡人；其次又言他为自己的小表弟。既家乡人，又为小表弟，哪还有不关照的理？看来红儿小姐诚心诚意在帮他。信，她用一牛皮纸信袋装好封了，并在封皮题写上高虎团长收的大名，随后方将它交给冯子枫，并交代说：

“你亲手把它交给高团长，他应该会关照你的。他的驻地就北郊那儿，你不是知道吗？！”

子枫点点头，表示知道。然后千恩万谢，说事成后，他一辈子都不忘红儿小姐的大恩大德。红儿说：“行了行了。”子枫一再谢过，方才出门去。红儿此时却突然追出门来朝他喊：“欢迎冯公子再来——！”

子枫回首向红儿挥挥手，回说：“会的——！放心吧红儿。”

言说冯子枫回到下榻处，兴奋异常，没想到自己因祸得福，撞上了好运，贵人自有天助。他决定明日一早就去军营拜见那位高团长。

第二天，天刚亮，冯子枫就爬起床，一番精心梳洗打扮后，便出门去路边小食摊吃早点。一碗白粥，两个食鸡蛋，一屉小笼包，外加一小碟咸菜，坐下匆匆吃将起来。常言道，“人逢喜事精神爽”，看得出子枫吃得很有味。吃完，东方的太阳已露出了脸。他心想，时间不早了，去北郊尚有一段路程，不如现在就出发，晚了万一高团长出门去可咋办？说走就走，他遂起身，朝不远处揽活的洋车夫招招手，很快一辆黄包车便停在他面前。细看，又是昨日拉他去的那位车夫，这真奇了。黄包车夫此时也认出了他，不好意思朝他笑笑说："先生，要去那儿？是军营吗？"真怪事，车夫怎知他今天又要去军营？心有一丝不爽："你怎知我要去军营？"车夫一脸窘态，笑笑回答说属瞎猜的；接着又说自己常年在此处揽活，所以也就再次碰上先生了。"我们这一行有个规矩：凡是被拉过一次的客人，第二次再拉，别的车夫便不会与其抢客的，所以……"子枫讨厌那塌鼻梁车夫，不愿与他多说话，一抬腿坐上车去，说声走吧！车夫也就少言，拉起便走。因轻车熟路，又揽到一单大活儿，于是跑起路来脚下生风，不一个时辰，便到了昨天刚刚来过的地方——市北郊国军上海驻军司令部门口。子枫虽换了身行头，没说两句，昨天那俩站岗的还是认出了他。

"你小子，怎又来了？！这里是军事要地，任何人不得随便闯入，否则格杀勿论。滚吧，免得激怒老子……一枪打死你。"其中一站岗的恐吓说。说完真还端起枪来瞄准。这回子枫不惧他了，说："这位兄弟且慢，先放下枪，息怒。您听我说，我这是来找你们高团长的，高高……高虎，我是来给他送信的，不信……你瞧瞧。"子枫将红儿写给他的信书高举给站岗的看。站岗的眼不瞎，瞧见那褐色信袋上果真写着高虎的名字，遂将端起的枪放下，要子枫把信拿过来。站岗的接过书信细瞧，是写给高团长的，信皮上明白写着"高虎团长收，"一点没有错，字迹清秀，像是个女人的字体。子枫说他要亲手将信书交到高团长手中。这回站岗的态度变软和了，将信还给他说："你小子……怎不早说？原来你认识我们高团长。"

"岂止只是认识，还是远方亲戚呢！"子枫这回胆子变大了。

站岗的不再怀疑，用手朝大门内指指，说："进去吧！高团长就在前方楼内办公。"

子枫哈腰向俩站岗的说声谢谢，就大着胆子朝其所指的方向奔了去。就因这一回，冯子枫便从此走运，这也是一些偶然的机遇和自身特质造就了他。冯子枫干别的不行，做生意更不行，家里人对他很失望，然而论起打架斗狠来，却一点都不含糊。到了军中，他自然便有了用武之地，与李阿喜一样，跟着上司攻城掠地，深得上司赏识。从高团长身边的一名勤务兵，一路升迁至连长、营长、团长，也就成了很自然的事，不必奇怪。高团长也因带领手下奋勇杀敌，战功卓著，被提拔为师长。空出的上海驻军司令部警备团团长这个位置，也就非冯子枫莫属了。

民国二十七年，中日爆发战争。

民国二十九年初春，冯子枫随上司奉命驻防江州省会金州市。刚到金州市，就接到上司的命令，要他火速赶往集兰县境内的书卷山，阻击前来企图夺取霞山盐场的一股日军。这不，刚刚赶到，就与日军遭遇上了。他答应，每位士兵赏十块大洋，鼓励士兵英勇杀敌。炮火连天，整整激战一夜，快到破晓，也没分出个胜负来，再耗下去恐难支撑。谁知他扛不住了，对面的日军也扛不住了，并率先打出白旗，派特使过来要求与他谈判。谈就谈呗，谁怕谁啊，老子不行了，估计你那日本鬼也够呛。令他没想到的是，前来与他面对面谈判的日军长官竟是他失踪十多年的姐姐秋云大小姐，当下让他哭笑不得。姐弟十多年未见面，一见面竟用这种方式，也太离奇了，太能搞笑了。她怎么跑到日本鬼那边去了？手下称她为少佐，官职还不小；名字也改了，叫什么秋云美惠子。子枫对此百思不得其解。

这世上的事讲究个巧合，巧合绝非人为，纯属一种偶然，信神的人称它为天意。冯子枫并非单纯因他平时作战勇敢被上司派来书卷山阻击日军，也因他属本地人，熟悉这里的地形才被派往。秋云呢，因她曾经为中国人，也因她谙熟这里的地理，要夺取的又是自家的盐场，所以被日军上峰抽调也就成理所当然的事情。

冯子枫属首次与日军作战，想在上司面前表现表现他的能力，再次得到重用，这是其一。其二，这日军他娘的要夺取的竟然是自家盐场，岂能拱手相让？所以这场战斗打得就异常惨烈。

秋云这边呢，这是她入侵中国以来遇上的第一块硬骨头。之前的那些中国军队大都不堪一击，见了皇军抱头就跑，闻风丧胆；这次却不同，整整耗了一夜也没拿下。弄到最后，竟然姐姐跟弟弟在打仗，自己人打自己人，真乃天大笑话，世上恐再没有这样的怪事儿了。那接下来事情就应该好办多了：既然是一家人，让子枫把霞山盐场交给自己不就成了；全中国都快完了，就让子枫跟着自己干吧，凭自己在日军中的影响，今后亏待不了他。仗暂时停下来不打了，但谈判却进行得很艰苦，一切并没有像她想象的那么轻松。一开始姐弟俩还表现出一团和气，久别重逢，亲人相见，又是叙旧，又是叙说各自离家后的经历。秋云说她去日本后可没少遭罪；子枫说他在战场上如何命悬一线。说到伤心处，二人竟还抱头痛哭，呜呜咽咽泣不成声。但当谈到关键问题上时，态度就都变得冷冰起来。秋云力图不计前嫌，说服弟弟子枫与她合作，不与皇军对抗，只要放下武器，一切都好说，团长仍然照当，队伍仍由他指挥，只需稍稍变换一下旗帜就行，接受皇军收编。今后要啥给啥，要武器给武器，要钱给钱。至于霞山盐场就由皇军与他一起管理好了，所产之盐首先要供应皇军。父亲那里由她去做工作，相信他会想开的。

秋云开出的条件不可谓之不优厚，问子枫意下如何？子枫回答得非常干脆，说：“一、我若接受易帜收编……那不成汉奸了吗？遭人唾骂；二、第一次与日军作战就降了，我的上司是绝不会答应的，他会派军统的人把我暗杀了，到时全家人会受到连累；三、霞山盐场是冯家的祖业，我怎能拱手把它让给日本人呢？”谈判陷入僵局，秋云也明白了子枫所持的态度，就暂且不死逼，缓一步再说，相信他会同意的，于是就说：“我理解你的苦衷，咱各自退一步：霞山盐场就暂先由你管辖。我的部队必须进入桂花镇驻扎。有啥事过后咱再细细商量……你看如何？就算你给姐姐一个面子吧。”

无奈，冯子枫勉强同意了姐姐的要求。心想，她进驻桂花镇，盐场由他管辖，已算是让着自己了。虽现在她的身份是日本人，领着日本人攻打中国，但毕竟她是自己的亲姐姐呀，古话说：“打断骨头还连着筋呢，”怎能连这个面子都不给？再说，过去自己也曾做了一些对不起她的事，害得她吃了不少苦头，她今天走到这一步，也与自己之前所犯的错误不无关系。眼下就先让让她，按她所说的办，算是个补偿吧，不要让她再伤心，说做弟弟的心实在太狠；也好就此结束战斗，让队伍休整。话又说回来，当今政府也太软弱，泱泱大国，四万万民众，几百万军队难敌一个小小岛国，怨不得谁。就算秋云姐姐不来，日本方面还会派其他人来。日军装备精良，又有飞机空中支援，打到哪儿，势如破竹，所向披靡，哪是我一个小小警备团能阻挡得了的？书卷山一战，自己损兵折将近半，从中也尝到了日军的厉害。另外，他也佩服姐姐的指挥才能，她不但英勇、坚韧，而且训练有素，是名非常了不起的指挥官。自己过去打过不少硬仗，但对手都是些乌七八糟的军阀派系，队伍里领头的不是土匪出身就是帮会里出来的，没一个正路的，只需他冯子枫稍稍动动脑筋就搞定。这次不同，打了整整一晚，计谋都用尽了，快到弹尽粮绝也没把对手制服。说句实话，书卷山这一仗是秋云姐占了上风，自己已快溃不成军，再往下打只有败退的份，套用民间一句歇后语，这叫作：“癞蛤蟆挨砖头——死撑！”

其实，秋云的退让是有她的道理的：当下要攻占霞山盐场，子枫肯定不答应，双方就会僵持不下；若缓一步考虑，也不失为一良策。她只要控制了桂花镇，掐住桂花镇水陆咽喉，就算霞山盐场在他手里，到时，一斤盐也甭想流出去。时日一久，他自会坚持不住，拱手把盐场交给皇军。

就这样，桂花镇很快便落入日军之手。冯家大院被秋云强行征用为自己的司令部，大院里的男人女人自然也被赶了出去。对于秋云如此绝情做法，子枫为什么不予阻止？被赶出去后，接下来他们各自的命运又如何？这都属后话了，请看下一章分解。

第十五章　死水微澜

一

日军占领桂花镇。

日军占领桂花镇后，这个有着近千年历史的江南古镇，从此便笼罩在一片紧张恐怖的气氛中，一到天黑，就变得死一般静。小商小贩不敢来镇上赶集；临街的店铺，天刚擦黑，便早早地打了烊；戏园子不再演戏；曹老四的码头也被日军接管，曹老四被撵去一边。当地百姓外出，无论是走水路还是行旱路，都要接受日军的检查，看是否有食盐带出。因日军在进出桂花镇的各个交通要道都设了卡，人们的正常活动受到严格限制，往日繁华的桂花镇一下失去活力，形若一潭死水。

日军刚进驻时尚守规矩，慢慢就开始胡作非为。今天不是进酒馆不给钱，明天就是把人家张家李家的姑娘媳妇给强奸了，再不，就是平白无故把人家的耕牛给开枪打死。状告到秋云那儿，秋云把几个惹事的日军关了禁闭；另有几个，当着大伙的面施一鞭刑，并赔了饭钱、牛钱；给遭受日军侮辱的姑娘、媳妇家里还发放了抚恤金。大伙便评价说秋云这事做得在理，说她变成了日本人，名字也改了，叫秋云美惠子，但回到家乡，仍能念及乡情，不忘生地，实不容易。

其实，秋云更多的是为了收买人心，把桂花镇牢牢掌握在自己手中，不给子枫率领的国军留一丝缝隙。稳住了桂花镇，接下来，她就要展开对霞山盐场的争夺，这也是她的最终目标。

二

一个月过去了，紧张恐惧并未消褪。日军在镇上不时又生出一些事端，弄得人心惶惶，鸡犬不宁，夜不敢出，昼不敢走远。设在钱江书院内的钱江乡学，也因家长们怕路上不安全，不让孩子们上学了，就整天待在家中，哪儿也不去，所以，学堂也只能暂且停办。在这期间，秋云曾来过书院几趟，她要仁昌教授日语，并带来一些日语课本，说这天下今后就是日本人的啦，不会日语哪行？仁昌说他不会。秋云就说我可以抽时间教你，然后你再教孩子们。仁昌就说还是算了吧，就算你把我教会，没孩子来学习也白搭。秋云说："这你不用操心，我发布告，让各家各户的孩子重新回到学堂上课。"仁昌说："别别……别，你千万别这样，我可不愿背这汉奸的骂名。"秋云就说："你不看看啥形势，整个欧洲都被德军占领了，中国很快也就成日本的了，还怕个啥？！"仁昌说："那我也不干！"秋云就一字一句告诉他说："我……相信……你会干的。"

二人几次见面都是不欢而散。

最后一次，相隔很久，秋云都未来书院找过仁昌，看来她是死心了。仁昌呢，也不再担心秋云会来缠自己，说句心里话，他不想与她搅和在一起，因她现在是日本人和日本占领军指挥官，已不是一条心，走的也不是一条道。就在仁昌绷紧的神经刚刚放松，五月底的一天上午，阳光灿烂，春风微拂，钱江书院突然来了两位不速之客：男的头戴礼帽，方脸，高鼻梁，穿长衫，年纪大约三十七八九，中等个儿，面白皙，一副学者打扮。女的哩，留短发，穿旗袍，大眼睛，圆盘脸，像是省城里来的女教书先生，比男的略矮一些。目测观察，女的略显年轻。来人对前来开门的吴妈说要找学堂里的仁昌先生。吴妈是个细心人，见来人面相陌生，怕兵荒马乱地招来什么坏人，于是就说："桂花镇来了日本人，这里的学堂早已停课。敢问二位……是他的啥人？怎从未见过？从哪里来？找他有啥事？"

来人并不正面回答，说："大妈，你只要让我见到仁昌先生，您就会知道我们是谁了，我们不是坏人。"

"哼，是不是坏人……可没写脸上，你们不说清楚，我不能放你们进去！"吴妈坚持不让步。

后经那俩人再三恳求，说："你就相信我们吧，不会有错。你只要将仁先生喊出来，一切自会明白的。"吴妈方才答应试试，不过她又说："这会儿，不知仁先生可否有得空……就不晓了。这样吧，你俩在门口等着，待我去通报一声。"那俩人遂谢谢，说行。吴妈就要他们在门口等着，别乱动。然后转身去找仁昌。

此刻，仁昌正在文先生的房内练字。吴妈急匆匆跑进来，开嘴就对仁昌说外面来了一男一女俩陌生人，言说要见你；我问他们有何事，从哪里来，他们总不肯回答，说见了你面，自会知道是谁了。吴妈急急说完，问仁昌咋办？仁昌听了，停住书写，直愣愣钉在那里，用眼睛看着吴妈，心里在猜：不会是秋云吧？又要什么花招，肯定又是为教授日语的事。隔这久，还以为她死心了呢，怎知又来了。吴妈见他干愣着不作答，就明白肯定犯难，遂又补白说："一男一女，三四十岁年纪，男的穿长衫，女的穿旗袍，人很斯文，看似城里来的，不像是来找茬的。"

"你可看……看看清楚，那那女的不是……大小姐秋云？"仁昌心中疑虑。

"不是，不是。大小姐我哪有不认识的，吴妈我人虽老，但眼不花。这俩人像是从远处来的，说见面你就会认识是谁了。”吴妈说。

仁昌左猜右猜，猜不出。但从吴妈的描述判断，肯定不是秋云了。秋云来书院，身边还带着卫兵呢，即使一个人来也趾高气扬，吴妈哪有认不出的。

文先生如今年已杖朝，但仍旧目光矍铄，在一旁听到他俩的谈话，就说：“仁昌啊，既如此，那你就跟了吴妈出去看看，看到底是谁？不就清楚了。”

仁昌于是放下笔，吩咐吴妈先走，说自己随后就到。吴妈说声好就调转身出去。

来人真如吴妈所说，仁昌从未见过，确实很陌生，不晓得这一男一女是咋知道自己名字的，找自己有何事？心里正揣测间，对方却先答话了：

“仁昌！仁昌，老同学，不认识了？！我是友渔，李有渔。她是林竹筠，十多年不见……不认得了？！你还老样子没变！”自称同学李友渔的那位介绍说。仁昌这才如梦方醒，从疑惑中解脱出来，认出是十多年未曾见面的省城国立理工学堂的老同学李友渔和林竹筠两位。

“啊啊……啊，是你们俩啊，原来是你俩啊？！怎到这儿来了？十多年没见面了，这身打扮，一时真还没认出来，我还当是谁呢，原是老同学啊。哈哈哈……走走……走，进去说话，进去说话。”说毕，顺手就要抢过李友渔与林竹筠的行李帮拎了。

“你是没变，我可是变老了，难怪你认不出。”李友渔自嘲说。林竹筠也不好意思跟着附和说她也老了，咯咯咯。

“去去去，你俩一点也不老，哪个说老了？我才老了呢！你看看，皮黑肉糙的整个一乡巴佬。”仁昌说。

“是竹筠不老，她可是女大十八变，越变越好看，不像我们。”李友渔眨眼立场又站仁昌这边，把话扯到林竹筠身上来。

“哎哎……哎哎，夸人有这样的吗？牙都快酸掉地上了。本小姐年方已三十好几，半老徐娘一个，还说越变越好看，亏你说得出口！”林竹筠不无幽默地戗白道。

“哈哈哈……是好看了，是好看了。友渔说得没错，你看我，人不光老，在乡下把人都待傻了，土得掉渣，跟你俩……简直没法比。”仁昌搅和说。

“这不……刚见面便帮上了，在省城学堂时就这样，总卷在一起，爱挖苦人。”林竹筠故作不满地说。

“哈哈哈……揭老底，记仇……记仇。”李友渔笑歪嘴。

“哈哈哈……嘿嘿嘿……”仁昌也笑，差点眼泪水喷出来。

林竹筠被羞臊得脸涨红，干急，但又找不出合适的话语来回敬。

吴妈也帮拎着小件行李跟在后面看热闹，受感染心中也很开心：原他仨均是同学关系。不便乱插言，就只陪着他们一起笑。

仁昌、李有渔、林竹筠仨人，一边走着，一边聊着笑着。仁昌问他俩是走水路还是旱路？路上遇到啥情况没有？受到检查没？李友渔、林竹筠俩说走水路。还好，没受多少刁难，我们有省城日军司令部签发的《通行证》。我们有一位同学现在省城日军司令部当翻译，就是陈浩民。陈浩民你认识，在班上喜欢给女同学递条子，是他帮我们办的。我说，我们在省城闷得慌，想出去透透气。他问我们想去哪儿？我说，就去集兰桂花镇，老同学仁昌在那儿教书，十多年未见了，顺便去看看。他说好，也要我们代向你问好。

“是吗，这家伙真厉害，混日军司令部去了。”仁昌回忆起班上是有一位叫陈浩民的，记得当时他坐后排，高个儿，爱往女同学堆里钻，给几个女同学都写过条子，给林竹筠也写过。背地里大伙给他起外号“女人追”，呵呵呵，这家伙，太能搞笑。

“厉害啥，他父亲是省城的大商人，有钱，毕业第二年就去了日本。中日爆发战争后，这不……又回来了。开始我也不知道，后来有同学提说……才懂得的。”李友渔说。

“原来如此，呵呵呵。”仁昌笑说。

几个人说说笑笑，不知不觉便来到仁昌住处门外。推门进屋将行李放了，仁昌招呼李友渔、林竹筠坐，便去沏茶水给他们喝。吴妈搁下手中的行李也言说去打洗脸水和帮准备饭菜给他们，说完，一转身走了。李友渔与林竹筠齐说谢谢大妈。吴妈走后，仁昌就与李友渔、林竹筠坐了一边歇息一边又聊起来。不过都是些无关要紧的客套话，正题尚待梳洗完坐稳了才能开场。

三

李友渔、林竹筠这两位不速之客，在当前局势如此紧张的情况下，突然来到桂花镇，想必不会单单为了游山玩水和造访老同学吧？若果真如此，那就有点太不合时宜了。依常理推测，肯定不是，一定还有别的目的。

李友渔、林竹筠是两个活跃分子，当年在省城国立理工学堂读书时就秘密加入了共产党的地下组织。九一八事变后，二人被组织派去上海工作,主要任务是监视汪精卫的卖国活动，为组织搜集情报,再由组织将搜集到的情报通过渠道公布于众，来揭露汉奸汪精卫的卖国嘴脸。这次被派往桂花镇，也是想通过同学仁昌这层关系，争取冯子枫这支国民党的抗日队伍能够归顺共产党领导。其次，就是配合他切断日军的食盐供给线，从战略物资供给方面削弱日军的战斗力。

当天晚上，李友渔、林竹筠就将他二人此次来桂花镇的真实意图透露给仁昌听，希望他能利用与国军指挥官冯子枫既是同乡，又是同父异母兄弟这层特殊关系为我党提供帮助，动员他加入共产党的队伍，为抗日大业作出贡献。仁昌听了他二人的想法，觉得这事还真不好办，并非他不支持，在上学时他就倾向于共产主义的思想，虽不了解共产党，但对共产党提出的各项主张他都很赞成。他说：“你二位的意图我明白。说句实话，我与子枫是同乡，这没错，但我俩从小到大很少来往，关系不是很好。二呢，我虽与子枫为同父异母兄弟，这也是后来才知道，各方面事实也证实……确系如此。然而，子枫早年在家时，与我有很大的隔阂，总担心我成了冯家人后会与他争夺冯氏家族的继承权，也曾带人去白云寺我母亲那儿闹过。你说现在要我去找他做工作……恐怕希望渺茫,他不会买我账的。别说动员，估计连搭话都难。眼下据说……秋云美惠子也在拉拢他加入皇协军。秋云美惠子，想必你们也了解，就是在省城国立理工学堂念书时我的那位女同乡秋云，别的班的，她是冯子枫的亲姐姐。后来呢，不知咋地她去了日本，并加入了日本国籍，改名叫秋云美惠子，现在驻扎在桂花镇的日军指挥官就是她。”

李友渔说：“这个我俩来之前，已通过渠道了解清楚，最好先不要惊动她，不要让她知道我俩来了桂花镇，否则会引起她的注意，工作就难做了。若再让她清楚我们来桂花镇的真实意图，她定会百般阻挠，甚至切断我们与冯子枫团长的联系，说不定还会加害于我们。她现在跟了日本人，已变得冷血，在上海不知杀害了多少爱国进步人士。我们此次行动一定要保密，尽可能抢在秋云美惠子之前，把国军这支抗日队伍拉过来。”

“还有曹老四的力量，此人虽劣迹斑斑，帮会出身，眼下也受到秋云美惠子的打压：码头没了。我看你们也可以争取，说不定有用场。”仁昌忽然向李友渔提说起曹老四来。

“仁昌你说得对，来之前我们也研究过曹老四的一些情况，掌握他的一些资料。在国难当头这一紧要关头，我们可不论出身，不计前嫌，只要他是中国人，愿意抗日，都可团结，要联合一切可以联合的力量与日军展开抵抗，”李友渔说。林竹筠在旁也跟着点头，表示是这样的。

李友渔继续说：“争取曹老四为下一步的工作安排，当前首要任务是争取冯子枫，这是一支不可忽视的力量。”

“我明白二位的意思。问题是怎么才能争取？才能让他归顺？”说完，仁昌突然调转话题：“这个今晚就先不讨论了，你俩也累了，早点休息吧。书院……这里也不很安全，秋云美惠子来过几次了，要我给学生改教日语，我一再推脱，没答应。今晚，你俩就先住我屋，我去跟文先生挤挤，我们书院的一位老先生。你俩当年结婚时也不告诉我一声，好给你们道个喜，也真是的。我已交代吴妈，要她晚上别睡得太死，有啥动静立刻来喊我，我会带你俩出书院后门躲一躲。万一撞上了日本人，你俩有上面发的通行证，另外还有我呢，用不着担心。我只是个提醒，好啦，别被我的话吓着了；也相信不会，你们啥大风大浪没见过。嘿嘿嘿……明天，我会帮你俩安排一个秘密住处，非常安全。”

李友渔笑笑，道：“对外，我们只说是来看望老同学和游山玩水；通行证……是万不得已才拿出来示人。”

“是这样的。”林竹筠也说。

“既如此，那就请你们放心好了，不会有事的。早点睡，乡下……条件简陋，就先凑合一晚吧，挤一挤，待明天我会帮你们弄好的。那就祝你们晚安，做个好梦！”仁昌说完就要告辞。

李友渔、林竹筠也分别说：“仁昌，你也早点休息吧，围着我俩转了一天了。”

“唉，同学之间不说客气话。”说完朝二人挥手转身出门去，出门时不忘帮他们把门带好。

四

一夜平安无事。

一个礼拜以来，李友渔、林竹筠、仁昌仨人就如何做冯子枫的工作进行了细致商量。商量的结果为：三人一块去霞山找冯子枫。起初，仁昌提出林竹筠是女的，她就别去了，说就让他俩男人冲锋陷阵吧。林竹筠不同意，说多一个人就多一分力量；不是说人多势众吗，还是跟你俩一块去吧，这方面我有经验，在上海与友渔出生入死都没有退缩过，在这里难道还怕一个小小的国军团长不成。李友渔因与林竹筠为夫妻，不好说什么。仁昌呢，也就不再坚持，说其实也没啥，谅他冯子枫也不会拿我们怎么样，动员他抗日，难道他要去做汉奸不成？一块去就一块去。

主意拿定了，各个细节也都想好了，仁昌就以自己的名义拟了份帖子，打算到时好递进去。

日子已选好，就定在明晚。白天人多眼杂，不利于行动。

第二天傍晚，天刚刚擦黑，李友渔、林竹筠、仁昌三人便出发了。顶着茫茫暮色，绕过日军哨卡沿钱江北岸的一条小道赶往上游的霞山盐场。经过半个多时辰的步行，终于到得霞山盐场的国军驻地。仁昌掏出帖子递了进去。帖子递进去没多久，站岗的便跑回来说他们团长有请。三人听了，脸上遂露出喜色，来时一路上还担心会遭到拒绝，谁知如此顺利。三人在站岗的带领下，来到国军团部办公地，也很快就见着团长冯子枫。经仁昌简单介绍，方互相认识，一阵寒暄，进屋分宾主坐下。刚坐定，就有勤务兵端来茶水给三人一一敬上。因冯子枫与李友渔、林竹筠为初次见面，若直接问他们来此有何意图，似有不妥，于是就一起边喝茶，边扯起闲话来。你扯东我扯西；你扯天我扯地，尽扯些无关紧要的事，不着正题。冯子枫有点忍耐不住了，就开口说："仁昌啊，你们今晚来找我，不仅仅为陪我喝茶聊天吧？想必一定还有别的事。"

仁昌就笑笑说："呵呵……当然不是。俗话说'无事不登三宝殿'，是有事。"

子枫一听真还有事，遂起身去门外交代站岗的卫兵说："没有我的允许，任何人不得进来！"在门外站岗的俩卫兵齐声说是。然后他把门关上，返回座位坐定，方开口对仁昌、李友渔、林竹筠三人道："你们说吧，找我……有啥事？"于是，李友渔就把冯子枫团长英勇抵抗日军侵略、精忠报国的气概夸奖一番；然后，说国民党政府消极抗战，劝他脱离国民党，归顺共产党，在抗日的道路上共图大业。冯子枫听后则说："嘚了嘚了，我清楚你们是些什么人了。归顺不归顺谁，此事非同小可，非我冯子枫一人说了算的，一旦事情败露，将会引来杀身之祸。你们一拍屁股走了，我可就要吃不了兜着走。你们尚有所不知，在国军内部中，中统、军统无孔不入，一有风吹草动，他们就会立马下手除掉我，绝不允许军队落入他人之手。从目前的形势来看，谁积极抗日，谁消极抗日，一时尚难定论。你们说的这些大道理我都懂，这事就容我考虑考虑……再说吧。"林竹筠这时插话说："冯团长，这事不着急。我们今晚来……只是想与您见个面，认识认识，相互有个了解。下来咋办，您细细考虑考虑再说，我们相信你冯团长会认清形势，最后做出正确选择的。"

"是啊，冯团长，您不用着急，等您考虑好再答复不迟。"李友渔也补说。

"我没着急啊？我刚才说过，这种改弦易辙的事，非同小可，今晚就算说说而已，不可让军统、中统知道，更不可让日本人知道，否则消息泄漏出去，你我可就全完了。仁昌是我兄弟，我是看在你们是我兄弟朋友的面才接见你们的。特务盯得紧，我是为你们的安全着想，请千万别误会。今晚，就先聊到这儿吧，你们的意思我明白，容我考虑考虑再说吧。”子枫最后说。

李友渔、林竹筠、仁昌听出冯子枫这是在下逐客令。李友渔心想，此来反正已向他表明情况，就容他考虑考虑，遇事不可操之过急，待过一段时间再来找他，听他如何说。因此，也就不便久留，三人遂起身向他告辞。

离开国军驻地，回来的路上，李友渔从对冯子枫的谈话中分析，一时三刻要他归顺确实有难度。眼下这支队伍归不归我党领导并不重要，只要他忠心抗日，归谁都行，最担心的是怕他投靠日本人，那问题就严重了。

在后来的日子里，仁昌、李友渔、林竹筠又去过几趟霞山国军驻地，冯子枫均以事关重大，容他慎重考虑后再作答复而推脱。

五

李友渔、林竹筠、仁昌三人在家静等了一段时间后，仍不见冯子枫有所回音，就思忖不能这样干坐等，应利用这个空当去做做曹老四的工作。

曹老四如今已年逾六旬，但身板尚结实，所经营本镇的码头被日本人占去，他也打算金盆洗手，从此不再染指这一行业。遇李友遇、林竹筠来找，要他东山再起。不过，此次东山再起不是要他夺回被日本人所强占去的码头，而是要他加入共产党的队伍，为抗日作出贡献。在曹老四的脑海中，一直认为共产党就是“红匪”，虽没见过，但在他看来“红匪”应比其他土匪厉害些而已，似乎跟帮会差不多，干的也是打家劫舍的事。今听李、林二人一番讲解，方知之前那些纯属谣传。共产党乃一支工农的队伍：它既不同于土匪，也不同于帮会组织；不同于军阀，也不同于现在的国军；它是为人民大众谋天下。他曹老四过去也是穷苦人，父亲手里曾是给人守墓的下人，身份卑贱，被人瞧不起，后来，自己只因没法忍受这种低下生活，被逼无奈才走上黑道的。曹老四很干脆，只要共产党不计前嫌，他愿意收拾残部跟着李友渔、林竹筠他们干。

后来呢，经请示共产党的地下上级组织，任命曹老四为钱江武装工作支队队长，隶属县大队，在桂花镇配合李友渔、林竹筠开展敌后工作。

李友渔、林竹筠在冯子枫身上虽暂时还未找到突破口，但能这么快把曹老四拉过来，无疑是件令人快慰的事！

六

至于曹老四当上武工队支队长后都做了些啥先不提。这里且说说秋云美惠子领着日军与弟弟冯子枫的国军在书卷山干了一仗，未决出胜负，驻扎桂花镇后，对冯家大院上上下下都产生了些啥影响？

当然啦，对冯府的人来说，秋云、子枫这对亲姐弟，十多年前一个离家，一个出走，一直都杳无音信，如今却各领着两支队伍出现在家乡的土地上，并面对面地干了一仗。这让冯家人惊诧不已，可以说被这突如其来的事件给震懵了，万万没有料到事件主人公竟然为自家大少爷和大小姐俩，真是太不可思议了，普天下竟会有这等奇巧之事发生？秋云、子枫的归来，带给冯府的只是短暂的高兴。接下来所发生的每一件事均让他们心中添堵，甚至说不能安生。先从大小姐秋云那儿说起：秋云带领日军一个大队人马占领桂花镇后，只回家简单拜见了一下父亲冯德昌、大娘白玉屏、三姨娘夏林月及府中下人就匆匆离开。因她的生母何如雪躲去乡下，四姨娘搬去盐场，觉得与这帮人闲扯没啥意思，也因领兵打仗事务缠身，没太多地时间陪他们。此后，相隔没多少时日，有一天，突然一群日本兵冲撞进院来，将府中上下老小连同下人赶往后院去居住，说前院已被征用为日军大队司令部办公地。这可没把冯德昌给气死，手执拐杖在地上直捣，骂冯家尽出一些忤逆子弟、白眼狼，连自己的父母都虐待。冯德昌年逾古稀，如今看到府中上下四分五裂，家道一天天败落，不禁感慨万千。本就年老体弱的他，遭此刺激，越发承受不了，遂一病卧床不起。秋云得知消息后，带上礼物来看望，均被他拒之门外，扯着嗓子骂说他没这个女儿，让她滚远点。白玉屏见老爷被气成那样，就讥讽挖苦她说："哼，过去，老怪弟弟不好，如今……当姐姐的……做人也不咋地。当弟弟的再不好，也不至于背祖忘宗，出卖良心，把事做到这份上。所以……人啊，人心隔肚皮，好坏小的时候难看清，大了……狐狸尾巴全露出来了。"秋云听之，心里气愤，但嘴上却说不与她计较，丢下礼物转身就走。秋云前脚走，白玉屏后脚就将礼物扔出院去。

第二件事情：秋云提出要父亲冯德昌出任桂花镇维持会会长。老爷子身子骨本就不好，多半也是她给气的，现在又提说让他出任维持会会长，当下就气晕了头："你认贼作父就罢了，如今还要把老子拉上，我可不愿背这汉奸的骂名，死也不干！"秋云就天天过来催，讲一通从国外学回的大道理，什么中国现在不行了，加入日本创建的大东亚共荣圈才是最好的出路。无论如何讲，她的父亲冯德昌就是不信，泱泱大国，四万万同胞，岂能亡乎？！至于秋云为何要自己父亲出任维持会会长，而不

是别人？她自有她的考虑，她了解他，也了解桂花镇的人们，父亲冯德昌在桂花镇是有名望的人，只有他才能号令全镇，放别的谁都不行。

第三件事也与秋云有关。弟弟冯子枫的国军队伍盘踞在霞山，大日本皇军急需的战略物资必须掌控在她手里，一天不把他收编，她一天就不会善罢甘休。是接受收编，还是打垮他，两条道任由他选择。最好被收编，于两厢都有利。为此，她做了好多工作，弟弟子枫仍优柔寡断，迟疑不决，她有点着急了。最后，她竟破天荒地想到要大娘白玉屏出面去劝说子枫投靠皇军。大娘白玉屏本就讨厌她，能听她呼唤么？她决定登门试试看，不行再说。果不其然，她被大娘白玉屏赶了出来，因属预料之中的事，也就不奇怪。接下来所发生的事就让白玉屏有点难堪了，甚至说过分。秋云不再亲自出马去求白玉屏，而是派手下一个小队日军强行把白玉屏押解到霞山盐场进行喊话，逼冯子枫就犯。秋云自己则躲到幕后不露面。这回子枫慌了，老爷子、母亲二人都在她手上，凭他与秋云这几次的接触中感觉到：她现在已变得冷酷无情，什么事都干得出来。无奈，他先要求这帮日军将他母亲放了，回去告诉秋云美惠子，接不接受她提出的条件，三天之后，一定予以答复。要她不要为难自己的母亲，有事冲他来，与他母亲无关。押解的日军将情况禀报给秋云，秋云冷冷地说："好！就等他三天。三天之后他仍不表态，就再押了去——！"

这里且说说子枫被秋云一天天的催逼到底是咋想的，答应还是不答应？

实话实说，作为这支国军队伍的头，眼下何去何从他心中确实很犯难。他原本以为国军在正面战场上会一直坚持打下去，谁知随着形势逆转，战场接连失利，有部分国军将领就调转枪口倒向了日本人，接受了对方的绥靖政策，脱下了国军的服装，换上了日本人的黄皮，你说气人不气人！当前，他守着个盐场，若不属自家产业，早放弃了。现在，日本人和共产党都在拉他，要他改辙易帜，他一时尚拿不定主意，只好先敷衍着。秋云美惠子见对他软的不行，就来硬的，挟他的母亲来逼。共产党方面呢，也不停来做工作，说偌大个中国，日本是消化不了的，正面战场上中国军队只是暂时失利，总有一天会扳过来的。中共在延安已向全民发出了抗战的声音，日本最终必败。在他子枫看来，大道理讲的是没错，但拿当下国人这种懦弱状态，不亡国都难；整个东南亚地区都被日本人占领，中国又言何能打败日本？仅凭自己手中一支小小的武装，即使能耐再大也奈何不了日军的横冲直撞，迟早会被吞掉，继续抵抗下去，只能是螳臂当车，自取灭亡。他思忖再三，最后决定接受秋云美惠子的收编。至此，冯府已有三人沦落或蜕变为汉奸（当然冯父非自愿），其余自然也就成了汉奸家属。

这还不算，秋云美惠子下令，要她的父亲维持会会长冯德昌，帮她在桂花镇征收两万石粮食，急用于支援前方日军作战。霞山盐场在以往的基础上要加倍生产，以满足在华日军生活之需。国军团长冯子枫归顺日本人后，当上了皇协军的大队长。他现在的主要任务是配合日军清剿本县境内的共产党武工队，保证战略物资食盐运输线路的畅通。毋庸置疑，李友渔、林竹筠还有仁昌遂也就成了他眼中的头号危险人物。书院是不能再待下去了，仁昌就把李、林二位转移到冯府二太太何如雪的乡下娘家去隐蔽。

何如雪是个安守妇道的女人。娘家父母及兄弟都是老实本分的手艺人。手艺人做事讲规矩，一般不会自惹是非。何如雪当初嫁进冯府做二房属迫不得已，后来所发生的一些事情及联手曹老四偷盗老爷古董的事，全是府中上下争风吃醋给逼出来的，不怨她。自从女儿秋云在省城念书被人无端抓进兵营遭辱深陷囹圄后，再后来又不知去向，让她万念俱灰，要死的心都有了。十多年过去，虽尚算不得风烛残年，但也剩得一把老骨头，没用了。书卷山打仗，疯传日本人来了，她在想：都这年纪了还怕个啥，大不了一死了之。后经娘家兄弟力劝，才跟着他们一起回到乡下娘家暂住，否则她才不愿离开呢。何如雪的娘家在桂花镇柳桥村，父母生了她和哥哥、弟弟三人。哥哥叫何如富，弟弟叫何如贵，自己叫何如雪。父母给他们兄妹仨起这名字有讲究：希望他们将来能富贵，但富贵要如雪一样清白，做人不取不义之财。因何家属外来户，所以，一家人无论做啥事都十分谨慎小心，尽可能与左右邻里和睦相处，不得罪任何人。后来女儿何如雪嫁进了冯府，情况方有所扭转，村上人不再另眼相看。前些年父母先后谢世，大哥就不再守那裁缝铺，回乡下种地，染房留给弟弟何如贵一人打理。何如雪回到乡下娘家，吃不用愁，住不用愁。吃有兄、弟媳妇伺候，用不着她动手；住，父母过世后留下的房子宽宽敞敞，兄、弟媳妇帮她拾掇得干干净净，住着很是舒适。闲来无事，她也替他们搭把手干些零碎活。哥哥嫂嫂和弟弟媳妇不让，她就说活动活动筋骨，老坐歇着不好。他们就说随你便，但不可累着。其实住在乡下，自由自在，没了那些是是非非的烦恼，日子过得倒清净安闲。

岁月似梭，这一晃竟两个多月过去了。有一天上午，何家突然来了一男一女俩陌生人。男的穿洋装，女的也穿洋装，手中还拎着一大堆礼物。初见面何如雪与大哥、弟弟家里人并不认识这俩人。待对方一介绍，方大吃一惊，个个目瞪口呆。尤其是何如雪根本无法相信眼前这一切是真的。原因是：冯府的大小姐、自己的女儿、何如富何如贵的外甥女秋云，都失踪十多年了，怎就倏地冒出来了？竟然来到眼前。当何如雪见到女儿秋云后，劫后余生，悲喜交集，来不及多问，竟先一下抱了痛哭起来，数数落落，抱抱怨怨，心里说不出是个啥滋味。一旁瞧的哥哥嫂嫂、弟弟与弟媳妇亦替之难过，眼中扑闪着泪花。

后来呢，秋云要接母亲回镇上住，当然对母亲她没说真话。言说自己如今回来了，想多陪陪母亲。何如雪说，她已习惯了乡下的生活，不想再回镇上去。另外，镇上早被日本人给占了，哪还敢再回去，等世道太平了再说。秋云也就不勉强，说过一段日子再来看她。何如雪说，你用不着跑来跑去地看我，这儿有你舅舅、舅娘他们的照顾，一切都好着呢，你就放心吧。你把你父亲、大娘、三娘……他们多照应着就行。秋云点点头，遂又转身对舅舅、舅娘他们说了些照顾她母亲的感激话，末了又坐着议论了些天南地北的闲话，就言说事紧要告辞。舅舅、舅娘们及她母亲要她与同来的人吃午饭。一再挽留，秋云还是决意要走，说实在事忙，不可久留，改日再来，反正离镇上又不远，随时都可过来看望母亲与舅舅、舅娘和表弟表妹他们。既如此，母亲何如雪、舅舅、舅娘们只好作罢，随她便，不再强求。后来，邻居们私下唧唧，话不经意传到何如雪的耳朵里，她方知道女儿秋云如今就是盘踞在桂花镇日军的总头目，早就入了日本籍；大少爷子枫呢，也回来了，他是驻扎在霞山盐场国军的头目。书卷山一战，就是他姐弟二人领着队伍打的。何如雪起初不信，自己女儿是在省城，咋会去日本？再说啦，她哪有那大本事？至于大少爷子枫回没回来，她不知道，肯定乡亲们瞎胡传。后来，事实证明邻居们的议论属真的。何如雪当下就被气疯，骂："这简直造孽啊！姐弟俩在家里掐得还嫌不够，还要领着队伍打。这冯家祖上……上辈子是亏人多啦？讹人多啦？怎出这一对不孝后人？！"不久，秋云又来过几趟柳桥村看她望母亲，均被母亲骂个狗血喷头。母亲问她："这是为什么？为什么要帮日本人干？！"秋云说这是政治，你不懂，丢下东西就走了。何如雪不饶，追着屁股骂："我不懂，我是不懂，你领着日本人来打中国，当了汉奸，我们冯家何家不就成汉奸家属了吗？众人会拿唾沫星子把我们淹死，用手指头会把我们戳死，你知道吗？！”

秋云已走远，母亲何如雪还在身后骂个不止。要不是哥哥嫂嫂劝，她还要站门外继续骂下去。

何如雪是个识大体明事理的人。所以说，李友渔、林竹筠住在乡下她们这儿，可以说最安全不过了，即使遇啥危险，有了这一家人的保护，也会化险为夷，平安渡过。

七

冯子枫的国军团倒向日本人，这令李友渔、林竹筠他们大为沮丧，工作没做到家，受到上级组织的处分。分析个中原因，主要是冯子枫对共产党缺乏信任，对形势认识不清。他认为：国军都扛不住，共产党就更不用提了，眼下和今后也难成气候。日军在中国乃摧枯拉朽，势不可挡，无人能敌。

所以，在这种情况下，要动员他归顺共产党领导，基本无望。于是，他们决定给冯子枫和秋云美惠子的日伪军一点颜色看看，以壮自身士气。同时，也让对方知道共产党所领导的武工队——绝非吃素的！

八

民国二十九年八月八日，这是一个晴好的日子。桂花镇码头一片繁忙，虽笼罩在恐怖的气氛下，但人们为了谋生，不得不冒着生命危险外出讨生活。

这天，曹老四化装成搬运工混入码头刺探情报。在与工友们的交谈中，得知停泊在码头两艘运盐的船，后天晚上起锚赶往上海。曹老四问，一般晚上啥时才出发？工友说：“往常晚上二更过后开船。”曹老四心中当下有数。他回来将情况汇报给李友渔和林竹筠。李友渔、林竹筠认为这是个打击敌人的好机会。三人一番商量后，决定在钱江下游的狮子岩打他个伏击。考虑到支队的人手不够，遂派人与县大队取得了联系，要他们到时配合一下。因属首战，他们下决心要给驻扎在桂花镇的日伪军狠狠一击，让他们知道共产党武工队的厉害，同时从战略上对侵华日军以牵制。

第三天夜按估计的时间，曹老四的武工队在李友渔、林竹筠的吩咐下，按预定时间启程赶往钱江下游的狮子岩设伏。与此同时，县大队的人马也已赶到。经商量后，决定兵分三路：一路在狮子岩设伏，另外两拨人马隐藏于上下游丛林之中，待战斗一打响，划小船迅速对敌人实施攻击，形成前后夹击之势。方案一经确定，三拨人马遂进入指定位置埋伏，专等日伪军的盐船一到，即可一声令下，齐齐向敌人开火，打他个措手不及，哭娘喊老子，最终全歼，一个不留。

当天夜里，曹老四的钱江支队与县大队人马，一直埋伏到三更过了仍不见敌船出现。夏日的夜晚天气闷热，蚊虫叮咬，队员们躲在草丛中，臂上、脖子上、腿上、脚上不一会儿便被叮出许多包来，奇痒难耐。但大伙都强忍着，都不希望第一次在钱江与日寇作战就无功而返。况且这是支队与县大队初次合作，哪能一枪未放就先撤了呢？再说啦，县大队出动一次也不容易，要躲过多少明枪暗哨，行军几十里，才能到达伏击点，不能就这么算了。

李友渔问曹老四是否弄错了？曹老四说不会的，他私下问个好几个码头搬运工，都说是今晚，这个时候未来，说不定遇啥事耽搁推迟，再坚持等等吧。李友渔、林竹筠和县大队的人说行。时间又过去大约半个时辰，派去上游侦察的队员终于传来好消息，说敌人运盐的船快到了。李友渔、林竹筠、曹老四与县大队的负责人要大伙做好准备，严阵以待，争取速战速决，一举拿下。大伙听后，立马振作精神，守了一整夜，总算没白费，待这帮龟孙子一到，得好好收拾才行！李友渔传下话去，要大伙沉住气，不要暴露目标，听从他的指挥。一袋烟的工夫过去了，从钱江上游传来了隆隆的马达声，声音渐渐越来越近，江面已能瞧见敌船上的探照灯在闪烁。前后两条船，相距大约有三四十丈远。李友渔、林竹�、曹老四与县大队的负责人紧急商量：决定先打领头的那艘，前面一干起来，后面的那艘也就跑不掉，逆水行舟，不比旱路，要短时间调头没那么容易。再就是安排枪法好的队员，待战斗一打响首先打掉两条船上的探照灯，让敌人变成瞎子。曹老四说，没问题，这个任务就交给他吧，不用安排其他队员了。李友渔似乎有些犹豫，殊不知曹老四早年在帮会里混时，不光拳脚功夫好，也练就了一手好枪法，凭着这些他才坐上了帮会老四的宝座。虽说现在年纪大了，但摆弄起枪支来，仍然操作自如，一点都不含糊，可以做到百步穿杨，弹无虚发。在钱江支队刚成立时，他带领队员们在一山坳里练习射击，三五十丈远摆放一个小苹果，他连看都不看一眼，一甩手出去苹果就被打个粉碎。无论是长枪或短枪，在他手里那简直就神了，说打哪儿就打哪儿，绝无失手。以上这些，曹老四没讲，李友渔、林竹�他们当然不知了。李友渔问曹老四能行吗？曹老四回答说："李书记你尽管放心好了，不会误事的。"李友渔听了曹老四的回答，虽表示满意，但心中仍存有一丝顾虑，这可是大事，万一未能及时拿下，就会影响到整个战斗。时间已不允许他多考虑，他再一次问曹老四："你给我说实话，到底能行还是不行？"曹老四再次回答说："书记你尽管放心好了，如有失误，你当场拿枪毙了我！"李友渔说："这就好。待战斗命令一下达，你立刻给我拿下两艘船上的探照灯！"曹老四回说："是！"

敌船很快靠近，李友渔一声令下，说：“开火！”顿时三拨人马，三面齐向敌人射击，子弹就像雨点般密集朝敌船上射去。敌船上的日伪军，被眼前瞬间所发生的一幕给惊呆了，慌乱中仓促应对。支队长曹老四确实也没妄言，李友渔的命令刚下达，他就一枪一个，把敌人前后两条船上的探照灯全打哑了。没了探照灯，盐船上的日伪军当下成了瞎子，只好胡乱打枪，个个心惊胆战，混乱中伤没伤到自己人也不知。这时，武工队水上的两股人马乘十几艘小船，迅速向敌船靠近，前后对敌人实施夹击。短短不到半袋烟的工夫，前面船上的十多名日伪军便被消灭干净。后面船上的敌人见情况不妙，架起机枪，试图强行冲过狮子岩，但被曹老四端枪敲掉了。没了机枪手，船上的其他日伪军也同样乱了营，哭娘喊老子；有些丢掉枪往水中跳，但很快就被奔腾的江水卷走；没跳水的日伪军，被冲上来的武工队员们一一击毙。两艘装盐的货船，没了操作，失去控制，一条撞上前面的岩石倾覆；另一条搁浅，搁浅的被武工队员装上炸药炸掉。

这一仗，正如李友渔、林竹筠他们设想的：干得漂亮！两艘船上总共三十多名日伪军全被歼灭，一个不留。

九

盐船遭袭，消息传到秋云美惠子耳朵里，令她大为震惊。这是她带领日军进驻桂花镇以来盐船第一次遇袭，损失可谓惨重，盐船被炸，派去押船的三十多名日军伪军竟被全歼，没一个活着回来。震怒之下，她决定实施报复，否则会让大日本皇军威风扫地，颜面尽失！

如今，摇身一变，已成为日本皇协军大队长的冯子枫，闻听盐船遭袭的消息后，脑子第一时间想到的：这事肯定与李友渔、林竹筠，还有仁昌他们有关。仁昌为自家兄弟，但李友渔、林竹筠这俩共党分子一定要抓起来！当然，这事得他亲自去干了，不想让日本人知道。从某种意义上讲，他冯子枫还不想这么快就得罪共产党。然而最终结果呢，他冯子枫并没能从钱江书院抓到李友渔与林竹筠俩共党分子，因为他们早溜了。仁昌的回答是：“回省城了！”

秋云美惠子那里呢，震怒是震怒，待冷静后，只是暂时派出了探子，要报复也得掌握确切情报才能出手。尽管怀疑是共产党武工队干的，但目前尚无事实依据。另外，武工队神出鬼没，并不清楚他们藏身何地。后来盐船又接连几次遇袭，虽没第一次损失那么大，但也弄得她惶恐不安，神情沮丧。

相距盐船第一次遇袭已经两三个月时间过去了，秋云美惠子连武工队的一丝踪迹都没摸到。无奈，她只好从省城调来铁甲船进行护航，并将晚上运输，改为白天运输，这样一来，还真奏效，从此，再无盐船遇袭事件发生。

文章写到这儿，想该结束了，若要继续下去，篇幅过长，得分成上下两部。那样的话，对出版不利，我只能就此收笔了。因文章主要描写桂花镇的女人们，实则为冯府大院内女人们的生活写照。最后，我不妨交代一下冯府大院几位女人最终的命运与结局，也好让读者心既知根又知底。当然啦，对围绕在女人身边的男人及与事件有关系的男人们也顺便做个交代，这样才显得全面。

先言说冯府的大太太白玉屏。

白玉屏已年过花甲，被大小姐秋云几次当人质，派手下日军押去霞山喊话。因气血冲头，回来后就一病卧床不起，与老爷一样，如同两具僵尸，躺在床上整天唉声叹气，叫骂这冯家祖上做啥孽了，怎生了这一对忤逆子弟。从此以后，她大门不出，二门不迈，待在家一心一意吃斋念佛，不再过问人间是与非。

二太太何如雪，仍住在乡下。俗话说："女大不由娘。"女儿秋云之前已跟了熊麻子，熊麻子死后又跑去日本，入了日本籍，如今已三十六七的人了，哪还再听娘的话？颐指气使，指挥着那么多日军，四处胡作非为，让她这个做娘的脸上蒙羞，背地遭人戳脊梁骨，但又能奈之若何？秋云已不再是小时候那样听父母的话，她已完全变成另外一个人，不光冷酷无情，也变得没人性。现在何如雪唯一能做的，就是保护好李友渔与林竹筠俩。她从他们那里知道很多道理，只有他们理解自己；女儿是女儿，娘是娘，没有将是非混淆。因此，有了何如雪及其哥嫂、弟和弟媳们的掩护，秋云美惠子与冯子枫即使绞尽脑汁，也难追查到李友渔、林竹筠俩藏身的地方。如此一来，共产党所领导的钱江武工支队也就无法被清剿。

三太太夏林月，是个疯子。自日军大队司令部强行搬进冯府，三太太同样被赶去后院居住。由于她患病，精神失常，负责照料她的下人们如稍有疏忽，她就会披头散发跑去前院里闹，又是手舞足蹈，又是青衣，又是花旦，哼哼唧唧，咿咿呀呀，逗得站岗的日本兵哈哈大笑。秋云美惠子瞧之嫌丢人，就命人用铁链把她锁在后院一处空屋子内，不许她出来。瞧之，光景不可谓不凄惨？！

四太太钱石兰，在日本人到来前就领着身边下人搬去霞山盐场居住，算是寻觅得一处清静之地，日子过得坦然，无人来打扰。

另外要补充的，就是白云寺住持静心师父。她自日军占领桂花镇后，就不再与僧尼下山做道场，每天只在寺内督促僧尼们做功课，并交代僧尼们勿谈国事，以免招来杀身之祸。因之前日伪军就曾为找李友渔、林竹筠到过白云寺几趟，说是搜查共党分子。同时，她也捎话给钱江书院的儿子仁昌，要他本本分分做先生，万不可四处招惹是非，国之大事，自有政府出面，老百姓只要做好自身的事就行了。

说完女人说男人。

先说冯府的大老爷冯德昌。冯家大院被日军强征后，他因气便病倒在床。待病情稍稍好转，又被推举为桂花镇的维持会会长。再后来，日本人就派他去征粮，被逼无奈，他只好先请人写了告示满大街去张贴，走一步看一步；若觉得进展缓慢，他就借口说事情实难做，要日本人换人，自己年事已高，难当此大任。他采取的是拖延战术。

另一个就是仁昌。仁昌是冯德昌与静心所生，身份早已明确，但他不愿背冯府二少爷这名（按年龄排行应为二少爷）。再说啦，现在的冯家已败落，少不少爷没啥意思，当然他不是看上这个。他见了冯德昌仍喊干爹，不改其口。他与文先生一直都住在钱江书院。秋云逼他在钱江乡学教习日语，他不干。后来呢，她又来过几次，他拗不过，就同意了。但要她先教会他，他才好教学生，算是暂时将她稳住。再后来呢，秋云因领兵打仗，顾不上，就没再来书院找过仁昌。说到这里，你或许要问：仁昌为啥不加入共产党的组织和参加共产党所领导的地方武工队？太没觉悟了吧。那你猜错了，仁昌之所以没加入共产党和参加共产党所领导的武工队，这全是李友渔和林竹筠的主意。李友渔作为共产党钱江地下组织的领导人，他要仁昌在日本人与国军和共产党之间保持“中立”，利用自己与冯家人这种特殊身份为共产党提供情报。所以，他仁昌无论做啥事，表里表外就都不能锋芒太毕露。

再就是盐场的孙立人掌柜，他还在盐场。所不同的是：过去他是给冯家干，现在是给日本人干罢了。

写到这里，还要提到一个人，那就是李阿喜。李阿喜命运也不甚好，当年跟着熊麻子只风光了那么一阵子。后来逞强，在与熊麻子率队伍攻打莱阳城时，一颗炮弹飞来，二人均被炸上天去,死了。至于妻子雨荷及其家人流落去了哪儿,没人晓得。

还有冯府的二爷冯德信,他一直都住在省城。日本人来后,据说他又攀上了伪政府的官员，行走于各种社交场合，之所以出进自如，也有侄女秋云美惠子的背景罩着。

还有就是，由李友渔、林竹筠与曹老四领导的钱江武装工作支队,日益壮大,在钱江两岸与日伪军展开了一系列斗争,斗争进行得如火如荼，令敌人闻风丧胆。

写到这儿，应该没话可说了，但我还是强忍不住再啰嗦两句，就算是个总结吧。

一个家族，为了争夺家业继承权，明争暗斗，掐个你死我活,到头来谁也没斗过谁,好好的家被弄个四分五裂。冯府,这个本就充满着内部矛盾、危机四伏、摇摇欲坠的家庭，遇日本人一来，全散了，再难重拾昔日的辉煌。

书中人物,可以说各有自己的优缺点,有自身的发展轨迹,也有时势造人。作为作者，我不想有意拔高或贬低谁，那样的话就彻底违背了现实生活的真实感，背离了人性的基本法则：人在各个阶段都会表现出不同状态来，你不能生硬框在一个框框内，要么好，要么不好；好就好到底，坏就坏到底。真要那么做就显得太虚伪，我不想做一个虚伪的人，我要在作品中展现人物活动的本真！

2014 年 4 月下旬开始耕耘（于南宁）；
2014 年 12 月 7 日完成初稿（于南宁）；
2014 年 12 月至 2015 年 8 月 3 日完成第一稿，
并定稿（于南宁）；
2015 年 8 月 24 日完成第二稿（即修改稿于北海）；
2016 年 5 月 5 日完成第三稿（即修改稿于南宁）。

后　记

这本书我倾注了极大心血，也顶着来自多方面的压力写成。在这部作品中，我主要想揭示人性的复杂和多变性，想展现生活的原汁原味。作为作者，我不想带着个人的喜恶去安排人物的一切活动，完全遵循自然发展。因人性的复杂所决定，你不能给他们一好定终身，或者一坏定终身，贴标签。

就像冯德昌、白玉屏、何如雪、夏林月、钱石兰、秋云、冯子枫、仁昌、曹老四、李阿喜、熊麻子、易乐山等，这些人物，他们的思想行为，各个阶段都在发生变化，忽而好，忽而又不好。有些为了自身的利益，有些则属外部环境的影响和压力所促使。当然也有置身世外的，比如白云寺里的静心师父，她因死过一回，方悟透人生的真谛，所以便不再去争。不管咋说，求生存是人性的第一本能。在活不下去的时候，人就会不择手段；生活安逸的时候，就想到要给自己树碑立传。我不想走传统文学作品的老路，未开篇就先给人物定了性，不让人物自身有丝毫活动的余地和空间，一切听从作者安排。那样写出的东西，总给人一种千篇一律，千人一面，就像一个模子抠出来的感觉，虚假做作。看了开头，就知其结尾；看上一本，就能将十本八本书的意思猜透。

冯德昌的四位太太，出身各不同，有富有穷，有官有民，性格迥异，教养有别，在府中争风吃醋，掐个你死我活，最终谁也非赢家。本就摇摇欲坠的冯府，被她们弄个不成样子。日本人一到来，只经最后轻轻一击，便稀里哗啦垮了。另就是书中人物的内心活动，我没有掺杂作者的一点私心，完全出自人物内心的自然流露。在这本书里，因我主要想揭示人性的复杂和多变，跳出旧框框，奉献一份本真的东西给大家，让读者自己去细细品味，去分析和判断，而非作者有意引导。就像我们身边遇到的人和事一样，昨天还知道某某人不错，今天突然说被关起来了；昨天还知道某某人不咋地，突然遇某事，今天竟成了人人敬仰的大英雄；昨天某某人还在台上，一套一套的，今天突然闻听掉下来了，而且还摔得不轻；昨天还在一起称兄道弟，随着身份地位的变化，今天你去找他，他却突然疏远你了。殊不知，人性无时无刻不在变化之中，在这一过程中，他们无时无刻不在变化着各种角色，最后才走到或好或坏的地步，这就是结局。只有到这一刻，人们才突然醒悟，对他予以盖棺论定，之前那些全属妄言。天地有风云，人性有多面，不要被一时一刻的假象所迷惑，这就是我在这本书里要向读者传递的真正意思。

作者：王韦

2016 年 10 月 9 日于南宁